U0517303

Original Title: *L'amore in Cina . Attraverso alcune opere letterarie negli ultimi secoli dell'Impero*

ISBN: 978 – 88 – 207 – 2935 – 6

Translated into Chinese Language by permission of the Author and Liguori Editore

L'amore in Cina

Attraverso alcune opere letterarie negli ultimi secoli dell'impero

中国之爱情

——对中华帝国数百年来文学作品中爱情问题的研究

[意] 史华罗 著

王军 王苏娜 译

中国社会科学出版社

图字 01－2012－6016

图书在版编目(CIP)数据

中国之爱情:对中华帝国数百年来文学作品中爱情问题的研究/[意]史华罗著;王军,王苏娜译.—北京:中国社会科学出版社,2012.12

ISBN 978－7－5161－1272－4

Ⅰ.①中… Ⅱ.①史…②王…③王… Ⅲ.①中国文学—古典文学研究—明清时代 Ⅳ.①I206.2

中国版本图书馆 CIP 数据核字(2012)第 183498 号

出 版 人 赵剑英
责任编辑 史慕鸿
责任校对 刘 俊
责任印制 李 建

出　　版 中国社会科学出版社
社　　址 北京鼓楼西大街甲 158 号(邮编 100720)
网　　址 http://www.csspw.cn
　　　　 中文域名:中国社科网　　010－64070619
发 行 部 010－84083685
门 市 部 010－84029450
经　　销 新华书店及其他书店

印　　刷 北京市大兴区新魏印刷厂
装　　订 廊坊市广阳区广增装订厂
版　　次 2012 年 12 月第 1 版
印　　次 2012 年 12 月第 1 次印刷

开　　本 880×1230　1/32
印　　张 11.875
插　　页 2
字　　数 303 千字
定　　价 35.00 元

凡购买中国社会科学出版社图书,如有质量问题请与本社联系调换
电话:010－64009791

作者简介

史华罗（Paolo Santangelo）是罗马智慧大学东亚史教授，正在主持一项通过对现代中国文献分析所实现的有关情感问题的国际性研究。其研究成果包括多篇论文和专著，其中一些作品已翻译成中文，如：《生态主义与道德主义：明清小说中的自然观》，载《积渐所至：中国环境史论文集》，台北，“中研院”经济研究所，1995 年；《明清文学作品中的情感、心境词语研究》，中国大百科全书出版社 2000 年版；《中国与欧洲“爱情”概念化的宗教影响》，载《基督教文化学刊》第 4 辑，人民日报出版社 2000 年版；《帝国晚期的苏州城市社会》，载《帝国晚期的江南城市》，上海人民出版社 2005 年版；《17 至 18 世纪意大利人对中国的印象和想象》，《复旦学报》（社会科学版）2008 年第 3 期；《冯梦龙〈情史类略〉与安德烈·勒·夏普兰〈爱情论〉：对两种不同爱情观的诠释》，《励耘学刊》（文学卷）总第 8 辑，学苑出版社 2008 年版；《中国历史中的情感文化——对明清文献的跨学科文本研究》，商务印书馆 2009 年版；《什么是明清时代日常生活中的“清”与“浊”？》（上），《世界汉学》第 8 卷，中国人民大学出版社 2011 版。

现任《明清研究》（*Ming Qing Studies*）期刊的负责人。正在主持编写《东亚心灵激动与状态》（*Emotions and States of Mind in East Asia*，将由 Brill，Leida - Boston 国际出版社出版）和《古今东亚丛书》（*Asia Orientale*，将在罗马出版）。

序

无论在哪一个国家，无论对哪一种文明，“爱情”与“死亡”都是人类生命的两个极点。爱情与死亡是相对立的，但也是相互联系的；然而每一种文明都有不同的爱情与死亡的表现形式，也都有不同的对爱情与死亡的展现方法。爱情与死亡分别被看作是生命的起源和终结。不仅死亡会令人恐惧，过分的性爱亦会引起人们的担忧，因而，每一种文化都会创造出自己的神话，划定出自己的禁区，设计出自己的仪式和规则，建立起自己的性爱科学，以节制、调整和控制性爱，避免、延缓和接受死亡。

爱情是一种坚定不移的志趣和态度。尽管许多学者把爱情视为一种复杂的激情，然而，关于它的属性，仍然存在着各种不同的观点，其中包括：以性欲诱惑为中心的生理学理论、社会学理论、进化学和生物化学理论，等等。事实上，这种感情不仅仅是文化环境和个人经历的产物，它还在不同的情况下以不同的形式展现在我们面前。爱情是最难分析、最含糊不清的一种感情，它的基础是人最深层的基本的生命推动力，即促使人种延续和达到传宗接代目的的推动力量；同时，它也是个人文化和集体文化所沉淀出的最细腻的表现形式之一。“爱情”具有一系列不同的含义，爱情的标准和爱情的方式也大相径庭。人们遵照产生爱情的文化传统，并在该文化传统的范围之内使用表示爱情的特定语言；同样，人们也可以有卓越的能力，在低级的物类中寻觅到神一般的愉悦，或者说，寻觅到性爱的不可言喻的快乐。

此书意大利文版问世后，最近几年我继续进行我的有关情感问题的研究，这些研究印证并进一步丰富了此书中所表明的观点：我看到了面对爱情的各种人生态度，从才子佳人式的理想之爱，到《红楼梦》中的对爱情的痛苦感受；从《聊斋志异》中的情感参与，到《子不语》中的超现实主义的爱情观点；从《山歌》中的实用性的爱情，到《牡丹亭》和《情史类略》中的宗教式的爱情升华。因而，此书中所展示的画卷需要用《山歌》中的形象和语言来丰富，因为《山歌》中的形象和语言远离了“笔记”和“小品”中对名妓的华丽的描写，也远离了文学中某些理想化的色彩：违反道德规范的秘密的爱情有时被比作精神食粮，有时又被比作火或游戏，它们已经是后儒家中国的表现。袁枚所展示的爱情形象也具有去神圣化的倾向，因而，它们也使展现爱情的画面更加丰富和更具有层次感。

在探讨另一种文化中的爱情问题时，需要不断地进行概念、形象、神话和道德体系方面的对比；因而，此书能够在世界上读者最多的国家发行，我当然会感到十分满意。特别是，它的发行为中国读者提供了一个机会，使他们能够评价一位来自另一种文化的学者评介中国文化时所阐述的观点，这是一个进行文化对比的机会。作者希望了解读者的反映，恳请有意对此书进行评论的读者来函指正，作者电子邮箱地址为：paolo. santangelo@ uniroma1. it。

首先我要感谢王军教授，他的努力工作使这部著作得以从意大利语译成汉语。我对出版社也存有感激之情，我希望，此项翻译出版工作能够推动人们对世界伟大文明所产生的著作进行讨论，对人类秘密的各种解读进行讨论，能够促进不同观念和价值取向之间的比较研究。同时，我忘不了在完成这项分析明、清社会情感生活的研究中帮助过我的所有的中国学者，忘不了直接或间接支持过我的中国各大学和有关机构。

史华罗

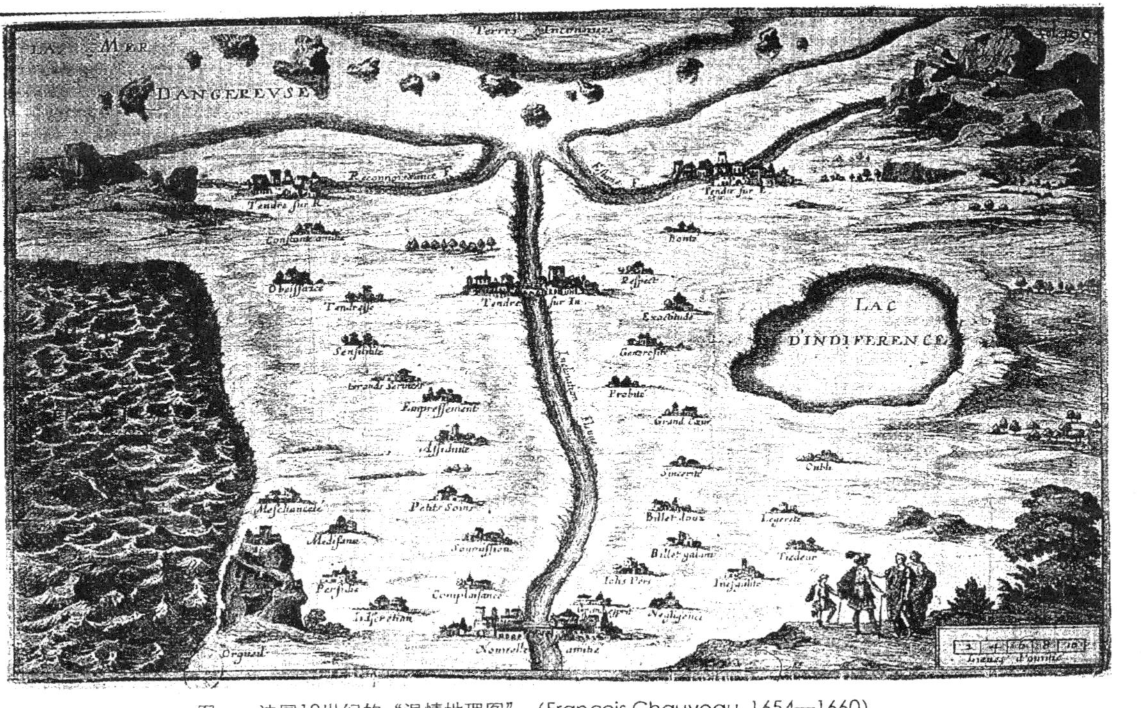

图一　法国18世纪的“温情地理图”（François Chauveau, 1654—1660）

在这张隐喻微妙情感的地理图中，我们可以看到：评估河、认可河，真诚村、慷慨村、尊重村、坚持不懈村、感激村、温情村，矜持场、遗忘场、疏忽场，无动于衷死水湖、憎恶风暴海、陌生地危险海。

目　　录

第一部分
中国不同的“爱情”观念及爱情崇拜

而天地英灵之气，不钟于男子而钟于妇人。①

忽念及当日所有之女子，一一细考较去，觉其行止见识，皆出我之上。②

引　言

众所周知，爱情是最难分析、最含糊不清的一种感情，它的基础是人最深层的基本的生命推动力，即促使人种延续和达到传宗接代目的的推动力量；同时，它也是个人文化和集体文化所沉淀出的最细腻的表现形式之一。③ 然而，事实上，这种感情不仅

① 《情史》5：154。

② 《红楼梦》1：1。

③ 比如，对欧·赫·格林［O. H. Green，见《美国哲学季刊》（*American Philosophical Quarterly*）1972年第6期，第24—40页］来说，爱情是一种坚定不移的志趣和态度。尽管许多学者把爱情视为一种复杂的激情，然而，关于它的属性，仍然存在着各种不同的观点，其中包括：以性欲诱惑为中心的生理学理论、社会学理论、进化学和生物化学理论，等等。通

仅是文化环境和个人经历的产物，它还在不同的情况下以不同的形式展现在我们面前。“爱情”具有一系列不同的含义，爱情的标准和爱情的方式也大相径庭。人们遵照产生爱情的文化传统，并在该文化传统的范围之内使用表示爱情的特定语言；同样，人们也可以有卓越的能力，在低级的物类中寻觅到神一般的愉悦，或者说，寻觅到性爱的不可言喻的快乐。

本书只局限于阐述性爱与情爱，但它为我们提供了在这一特殊论题的范围内再一次展示神话世界和传统思想的机会，也使我们有可能窥见到中国和欧洲之间在此问题上所存在的一些观念上的差异。任何一种人类群体之中，性欲和爱情都是人们所要控制的对象，因此，与性欲和爱情相关的思想和神话幻想也必然受到这种控制的深刻影响。然而，在各种不同的文化中，对性欲和爱情冲动的控制方法是不同的。在中国，人们既以压制的形式（对“情”持怀疑和谴责的态度），又以肯定的形式（承认某些社会价值和道德意义）展现爱情。乍一看，中国与欧洲截然不同，在那里，人们似乎并不崇拜爱情，不承认爱情具有最崇高的价值，也不认为爱情本身便是人们所追求的目标。本书中，我们将对此进行专门的探讨，从而说明人们为何会普遍产生这种印象。在中国的文化中，人们不十分注重爱情及爱情给人带来的愉悦，而更重视赞扬一种明智的平衡；性欲之爱和把所爱女子视为天使的理想之爱之间的区别也不十分明显，然而，“食色性也”，这一把爱情比作人类最基本需要的古老格言，却概括了爱情的内容。因此，我们可以提前作出的结论是，在中国的文化史中，爱情并不像在

过对文学作品进行分析，认识在某个特定时期中人们的思想世界，关于这一方面的一般性问题，请看史华罗《中华帝国之情》（*Le passioni nella Cina imperiale*, Venezia, Marsilio, 1997）。

欧洲那样理想化。①

如果我们看一下欧洲，便会发现，尽管现代性革命引起了巨大的变化，人们仍然可以沿着一条唯一存在的主线去探索爱的理论；追其根源，便是柏拉图“两性合一，上天之爱”的理想。在欧洲文学中，我们能够寻找到但丁式的天使化女子的柏拉图主义根源，也能够看到浪漫派理想对它的继承。巴尔扎克的作品《幽谷百合》中的主人公费利克斯，追求对德·莫尔索夫人的爱，他所遵循的是彼特拉克追求劳拉的爱情模式；彼特拉克则受到的是宫廷爱情和“文雅爱情”观念的影响。沿着历史足迹追溯上去，我们便会发现一条一环紧扣一环的锁链，它构成了我们的文化传统；人们用一种语言和一种修辞手段来展现这种文化传统，这种文化传统也随着历史的发展世世代代演化更新。

在中国也能够找到一种或多种与爱情思想、爱情种类、爱情表现和爱情感受相关的文化传统，但是，需要克服种种困难，然而，我已决意在本书中和读者携手共勉，攀登这条崎岖而艰难的小路。这里，特别要强调的是，与其他文化中所发生的情况一样，神话和各种宗教信仰起到了极其重要的凝聚作用，它们帮助相爱的男女，克服了种种困难和障碍，实现了自己的愿望。

文学是与爱情相关的最主要文化现象的最主要传达工具，同时也是在中国最后几个王朝统治下人们的思维方法所特有的最丰

---

① 关于亲属关系、亲爱关系、个人价值以及个人独立性等问题，请看许烺光（Francis Hsu）的论文《亲属关系与生活之路：一次探索》（Kinship and Ways of Life: An Exploration）。关于中国传统文化中“情”的作用等一般性问题，请看史华罗的《中华帝国之情》。如想对中国叙事文学及其主要作品有所了解，请阅读马里奥·萨巴蒂尼（Mario Sabattini）和史华罗编著的《漆笔》和《明代以来的中国叙事文学》（*Il pennello di lacca. La narrativa cinese dalla dinastia Ming ai giorni nostri*, Roma-Bari, Laterza, 1997）。

富的展现形式。

《诗经》① 是儒家经典著作之一，收集了公元前12世纪到7世纪的诗歌作品，其中有中国最早的爱情诗；这些诗表现了恋爱者的各种思想状况，从《关雎》中对所爱之人的敬仰之情，到《郑风》中相爱男女婚前的私奔，等等，内容极其丰富。《诗经》中的“窈窕淑女”成为古典式的启示，也是后来文学作品中的理想形象：她隐喻男女之间的亲昵关系和爱情。尽管后来的儒家学者在他们的解释中加上了政治与道德方面的内容，过于强调诗中所隐喻的君臣关系（儒家理论中最基本的关系之一），这些诗始终被认为是中国最早表现爱情的诗歌作品。

充分展示爱情生活的文学作品始于唐代（618—907）的小说，之后是元代（1271—1368）的戏曲，特别是元代盛世的戏曲，再往后便是“才子佳人”戏剧（后面我们还将谈及此种文学形式）。需要注意的是，在古代中国的现实生活中，是不允许公开表示爱情的，爱情只能在文学和戏剧中得以展现。另外，女人一般被束缚在家中，对自己的感情生活没有任何决定权，婚姻是家庭的一种交易，人们考虑的是利益关系，而不是当事人的个人愿望。男女被严酷地强行分离，“良家”女子不能有爱情“经历”。因此，有关爱情的文学创作是男人的专利，其核心内容是描写文人和妓女之间的关系。至少唐代之前，许多爱情故事是以妓女为女主人公的（后来才出现年轻的穷书生爱上有权有势的富家美貌小姐的故事）。正是由于这些特点，才产生了作品中理想与现实的冲突，产生了相爱者崇高而大无畏的忠诚与对具体的经济和社会利益的庸俗追求之间的

① 《诗经》是儒家六部经典著作之一，收集了305首诗歌。据说，孔子（公元前551—前479）在三千余首诗歌中选择了305首，用于教学，从而形成《诗》。书中作品多以爱情、战争、农桑、祭祀和历代传说为主题。

尖锐矛盾；幻想与现实、传统礼仪和习惯都曾经在这类矛盾中得到反映，并在未来的作品中继续在这类矛盾中得到反映；《红楼梦》以不可比拟的叙事手段充分地表现了这一点（尤其是理想主义的爱情）。

在中国的传统中，“情”和“爱”二字是表示“爱情”的最常用的字。“爱”字与现代意大利语中的 amore 一词的许多含义相同；然而，古时候，在中国，它却常被用于哲学和伦理道德文章之中，表示对他人的同情，具有伦理道德的含义，并无性爱的含义；从中国古代哲学家墨子（公元前 480—前 370）的兼爱，到儒家的仁，都是这个意思；在一定程度上，这种爱与古希腊语中的 philia 一词所表示的意思相似，与现在的“家庭亲情”（caritas）一词所表示的意思也相似，与责任（pietas）一词也有紧密的关系。① 我们再想一下“爱民”一词的含义，它表示的是君主及其官员们对臣民所要承担的主要义务。《四书人物演义》是一部话本故事集，成书于 17 世纪；书中批判了古代哲学家墨子的兼爱，将其称之为“情”，视其为虚伪之爱。“爱”也被用来表示亲属之间的情意，如“相爱”一词，曾经出现在一篇表现母亲去世后一位青年妇女患上抑郁症的文章之中；再如“宝爱”一词，在蒲松龄的小说中描写的是胭脂的父亲对女儿的感情。②

使用“爱”字表示性爱，可追溯到汉代（公元前 206—220）的诗歌，唐代以后，“爱”的词义得到了丰富，具有了夫妻之爱、婚前之爱、婚外之爱等含义。当时，人们不仅在口语中这样使用，而且在古典著作中也这样使用。这一点可以在妓女的

① 在《论语》和《孟子》中，“爱”字与“德”字有明显的联系，它还经常被用来作为“情”字的同义词，表示亲情。

② 见 18 世纪的百科全书式作品《古今图书集成》和《聊斋志异》。

名字和女人的绰号上得到认证。[①]

“情”字可解释为感情，经常被视为“爱情”的同义词。[②]在“情”的各种词义中，也包括变态之恋或同性之恋、人与人之间一般的同情或羡慕等含义。“情”用于表示爱情已是较晚的事情了，在《诗经》中和在汉代以前的诗歌中都未曾见到过先例。在《楚辞》[③]中用“情”字表示感情或思想状况的地方比比皆是，然而，却只有一处可将其解释为“性欲”；而在后来的文学作品中，用“情”字表示爱情则非常普遍。到了汉代，“情”字才开始被用来表示两性之间的爱；后来又被用来表示失

---

① 关于过分之情（无论是两性之情，还是亲情）的问题，请参见马克梦（K. McMahon）《吝啬鬼、泼妇、一夫多妻者：18世纪中国小说中的性与男女关系》（*Misers, Shrews, and Polygamists. Sexuality and Male-Female Relations in Eighteenth-Century Chinese Fiction*, Durham and London, 1995, p. 243）。陆僮林（Lu Tonglin, *Rose and Lotus: Narrative and desire in France and China*, Suny: Albany, 1991, pp. 161—162, 165）认为，“爱”在《金瓶梅》中经常表现为西门庆与情人肉体某些部位的亲密接触，在《红楼梦》和其他小说中则也表现为对某些物品的喜爱。人们还经常用“宝爱”来表示“广泛意义的爱”，用“恩爱”来表示“夫妻之爱”。

② 为了了解“情”字如何被用来表示爱情，我们也可以参照一下古时候关于男女私通案件的报告，所用公文语言虽然乏味刻板，但仍有一些人们常用的生动词语。保拉·帕德尔尼（Paola Paderni）在1736年的一些文件（“I Thought I Would Have some Happy Days: Women Eloping in Eighteenth-Century China”, *Late Imperial China*, 16, 1, 1995, p. 13）中就引用了一些有趣的句子，如：“两人情好难分”、“情密难离”、“情密意厚”、“情密心痴”，等等。“爱情”则是一个近代词汇，它通常有两个含义，可以用它表示一般的友谊和亲情，也可以用它表示男女之间的爱情（见《中文大字典》第5396页和《辞海》第1160页），现在它几乎只被用来表示男女之间的爱情（见1978年北京出版的《现代汉语词典》第5页和1974年台北出版的《词汇》第246页）。

③ 《楚辞》是公元前2、3世纪成书的一部诗集，共17章，其中非常著名的有：《离骚》、《九歌》、《天问》和《招魂》等。

恋后的痛苦和女子与心上人离别时的哀婉之情；它的背后经常掩饰着作者描写女子忧郁而惹人爱怜之态时的得意。[①] 另外，“情”字还经常被用来表示一种建立在感情而不是“淫”[②] 的基础之上的两性关系。“动情”一词来源于“情”字，最初是用于诗歌之中的，尤其是用于唐诗之中（以白居易的作品为多）。[③] 在王维的作品中，它有生机勃勃和青春活力的意思；在韩愈的作品中，其含义是，闲适的文人一边与朋友饮酒做诗一边赞美朋友的时候所表现出的慷慨和洒脱；苏东坡则将其归于自己独特的性格，它能引人发笑，也使自己过早地两鬓如霜。

明代，人们对“情”字的认识有了进一步的发展。明朝晚期有一位作家叫张琦，他在《情痴悟言》中指出：

> 无爱，人非人也。爱可赖耳目变神旨，令人忘记明暗，不知饥寒，其力可统摄神州，乃至跨荒原，震海外，亦可穿铁石，动天地，导万物；为爱，生则生，死则死，死者亦能生，生者亦能死，死能不死，生而忘生。[④]

---

① 就像巴尔斯（Barthes）在《心不在焉》（1979，第33—34页）一文中所说的那样，历史上，表现内心空虚的话都是女人说出来的，女人是深居简出的……所以，任何一个男人，如果由于别人不在而感到内心空虚的话，其身上都必定有“女子”之气，专心致志地等待并忍受痛苦的男人都是神奇的女性化了的男人。

② 关于本文中所讲的“情”字的第一个含义，请参见董说的小说《西游补》，第二个含义，请参见蒲松龄的作品《香玉》（《聊斋志异》11：1548—1555）。

③ 诗人白居易也曾十八次之多地使用“情”字来表现自己，展现自我的伤感。

④ 参见 Gōyama Kiwamu（合山究），“Min Shin jidai ni okeru jōshi to sono bungaku”（明清時代における情死とその文学），*Itō Sōhei kyōju kinen Chūgokugaku ronshū*（伊藤漱平教授退官記念中国学論集），Tokyo：Kyūko Shoin（汲古書院），1986，pp. 424—425。

朱彝尊(1629—1709)是诗人,也是儒学经典专家,在他的词集《静志居琴趣》中,"情"是爱情和欲望的意思。在著名的长篇小说《红楼梦》中,"情"字被频繁地使用,有时作为单字,有时组合成其他词语。当作单字使用的时候,它经常超越感情和亲情的含义,具有爱情的意思,有时还有情爱的意思;在不同情况下它的词义差别很大:人们可以用它表示一般的同情、爱情和男女之间的相互吸引,也可以用它表示好色,甚至表示"淫";有时它主要强调的是爱情的疯狂,与"痴"的含义很近,有时它又强调的是感情的幻觉和虚无,与"空"的含义相似。① 在一些人物名称(无论是字面含义还是隐喻)和一些文字游戏中(汉语中很容易通过同音字和近音字进行语言游戏),我们也可以看到"情"的某些特征。②

除了"情"和"爱"之外,还有一些其他常用来表示"思"、"念"、"忆"、"恋"的词汇。③ 白话文中常用"相思"一词表示一见钟情或强烈的爱情所引起的感受,如:永久的思念、无法抹

① 关于感情和亲情、男女间的相互吸引、色、淫、痴、空、情等,请分别参见《红楼梦》36:428、36:438、76:983、76:985—986、77:992、78:1014, 1:3、21:243、62:782, 5:64、5:55、5:58、64:820, 5:64, 1:2、2:20、5:55、5:57、5:64、29:342、29:468、66:850、66:857, 1:3, 34:401。

② 如带有神奇色彩的词汇"情根"、"离别天"、"忧愁海"、宝玉的侄媳妇秦可卿、宝玉在"痴梦"中所遇仙姑的具有隐喻意义的名字、"钟情"、"引愁"、"渡恨",等等。

③ 如"思"、"念"、"忆"、"恋"等。和古代欧洲一样,在传统的中国并不存在我们现在所具有的爱情理念。在《论语》、《孟子》、《道德经》和《庄子》中并不存在"恋"字,直至汉末时期,"恋"字仍只保留着"记忆"、"怀念"等一般性的意思,并无男女恋爱之意。"恋爱"一词至少从宋代就开始使用了,然而,却只用来表示人与人之间的社会关系,具有思念亲近之人的意思。今天"恋爱"一词的含义很有可能来自于日语(参见张兢 Zhang Jing 的 *Koi no Chugoku bunmeishi* 戀の中国文明史,第7—8页,1993年出版于东京)。

去的记忆、形象反复出现在眼前等。其他一些类似的词汇是："悦"、"风情"、"恩爱"，① 等等。通过用隐喻和转喻等修辞手段对爱情一词的概念进行研究，我们可以从中获得一系列丰富的词义，并可以进行广泛的概念联想；“爱情”不仅局限于描写爱的经历，而且意味着不断地用新的方法展示人物内心世界。

前面我们曾谈及到“宝爱”一词，“宝”强调了紧密相关之意。它最直接的概念可能是“联系”的意思，而不是来自于柏拉图主义的把两个不完整且相互补充的部分统一起来的概念：这里的“联系”指的是感情的联系，它一般通过性的欲望得到完成，通过婚姻的形式得到社会和法律的承认。然而，与西方现代观念不同的是，在中国，只有友谊才能使两个联系体处于平等的地位；两性之间的爱情（同性恋也仿照两性爱情关系）和亲属之间的关系是建立在等级制度基础之上的。

另一个有关的重要概念是“快乐”，人们常把它与生理快感混为一谈；生理快感来自于美的诱惑，诱惑力和它所具有的潜在危险又常被解释为神秘的魔力。汉语中，人们常用“热”和“火”字比喻爱的深度，特别是比喻爱的强烈度；这种感情的程度，往往可以体现在小说对人物性格的刻画之中。爱情的力量常常势不可挡，它征服作品的主人公，使其失掉理智，书中经常有这样的描写：灵魂无论在人间还是在上天都失去了控制。如果爱情得到了回报，一见钟情和谐美的爱可以发展到极点，达到疯狂的程度；如果爱情得不到回报，悲伤和绝望就会控制主人公，此时的情况可以用古典名言“相思之痛”加以形容：不思茶饭、夜不能寐、心灰意冷，直至思念而死或殉情而亡。

本书中，我们急于分析的是明（1368—1644）、清（1644—1911）文学作品中所表现出来的各种不同的爱情观念，以及新观

① 见《痴婆子传》，第7、10页。

念和与儒家正统道德思想紧密相连的传统观念之间的继承关系。

选择中国最后两个王朝的文学作为研究的对象，是因为当时中国正处于从“独立历史”阶段向世界范围的“区域历史”阶段转变的过程之中，这是一个危机的时期，同时也是一个帝国完全成熟后伟大的增长、创造和恢复的时期，研究和理解这一时期中国文人墨客对待爱情的态度是我的初衷。

明朝和清朝的前两个世纪是一个充满了骚动的时代，无论是艺术、文学，还是语言学，都非常发达。这个时期的经济获得了飞速的发展。15 世纪，在明初改革的基础上，中国许多地方出现了贸易革命，并波及东亚和东南亚地区。社会与经济的变革带来了生机勃勃的文化发展，特别是在最发达的江南地区；这些变革对价值观的转变产生了影响，使其步入危机；16 世纪以来价值观的转变和危机折磨着许多文人，从而也影响到了对感情和爱情的理解方式：史学界和文学界都认为当时在社会交往和婚姻关系方面有了很大的自由，传统的两性关系虽然还未被彻底否定，但出现了多样化的趋势。大城市吸引着人们，方便了人群的流动，出现了大规模的移民现象。特别是明清两个王朝的晚期，由于中央政权和官僚机构失掉了控制能力，因而减弱了对人与人之间的社会关系的干预。儒家关于社会关系和社会地位的严格道德规范受到了破坏，最明显的例子便是当时的小说经常描写正月十五看花灯的场面；元宵佳节为人们冲破两性之间的壁垒和禁锢女性的家庭大门提供了机会，也成为展示男女幽会和相爱的借口。①

① 参见《古今小说》第 4、23、24 卷和《警世通言》第 38 卷。关于宋代开封和杭州等地的节庆情况，请看今西凯夫（Imanishi Yoshio）的《冯梦龙在〈三言〉中所描写的开封和杭州的新年盛况》。关于社会风俗和思想的变化，请看吴礼权的《中国言情小说史》（1995，台北，第 184—197 页）、史华罗的《中华帝国之情》、《中国之“罪孽”：14 世纪中叶至 19 世纪中叶新儒学之利弊》（*Il“peccato”in Cina*，1991，巴里，第 10—39 页）、萨巴蒂

另外，尽管妇女的社会地位并没有得到根本的改变，然而，在有文化的家庭中，她们却利用城市的新生活环境和较多接受教育的机会，似乎有了更大的生活空间。一些文学作品对传统的男女社会角色的严格区分进行了讽刺，从中我们可以窥视到传统的爱情观念已经跌入了深刻的危机之中。纯娱乐性文学的发展和读者人数的增多也是一个不可忽略的原因。由于上面所说的种种因素，才产生了真正的对爱情的崇拜，文学成为这种崇拜的传播渠道。

在欧洲，现代爱情崇拜的根源可以追溯到彬彬有礼的宫廷式爱情；文艺复兴之后的作家经历了一段怀疑主义时期，因而，浪漫派爱情成为其当然的继承者。彬彬有礼式爱情及其所继承的柏拉图主义的爱情观，不仅把爱情与法律所确定的婚姻关系相区别，而且认为，无法得到所爱之物才能保障实现永恒之爱，从而使爱情变得十分玄奥。影响彬彬有礼式爱情观念的神秘主义和基督教异端思想，促使在文学作品中形成了新的爱情理念，产生了新的为爱情献身的典范人物和新的追求爱情的方式及丰富人们想象力的幻想。这样，便出现了矛盾状态：一方面教会加强了它在欧洲的权力，另一方面新思想确认了爱情的独立性；爱情挣脱了习俗、道德和制度的羁绊，甚至冲破了婚姻的束缚。在欧洲，这种对爱情的崇拜得到了进一步的发展，出现了献媚式爱情的双重道德观念：①尽管柏拉图主义的幻想已走向末路，但是，具有讽

尼（Sabattini）和史华罗合编的《中国通史》（*Staria della Cina*，1999，罗马-巴里，第474—629页）、史华罗的《卫匡国和他那个时代的中国的巨大变化》（“Martino Martini e le grandi trasformazioni nella Cina del suo tempo”，*Studi trentini di scienze Storiche*，77，1998）。

① 让-米歇尔·佩洛斯（Jean-Michel Pelous）说：“珍贵之爱，献媚之爱。”见1980年在巴黎出版的《试论文学与世俗社会中的爱情》（*Essay sur la représentation de l' amour dans la litèrature et la société mondaines*）。

刺性的、追求彬彬有礼式爱情的观念，仍然在过去的爱情模式和爱情哲学中寻求着榜样；同时，它也培植着一种泛色情的、强调生命活力的爱情信仰。众所周知，18 世纪开始了所谓的“性革命”，家庭所具有的核心意义和晚婚的行为也都得到了肯定；之后，浪漫派在某种程度上把忧郁和悲伤之情引入了彬彬有礼式爱情的观念之中，并使其占据了统治地位，对爱情的崇拜达到了顶峰。这一时期与爱情有关的问题是：夫妻关系、父母与子女的关系、求爱行为的普遍展开、家庭中个人的重要性相对增长，等等。婚姻恢复了它的重要意义，但要建立在感情的基础之上；感情和亲情的纽带使现代家庭发生了彻底的改变。① 但是，我们仍然要感谢柏拉图主义，它纵贯欧洲文化，其影响直至当代。在诺瓦利斯的《夜颂》中，爱情成为一种信仰；在奈瓦尔的作品中，理想的女性像神女一样超凡脱俗；还有美女贝勒奈斯，她对神也表现出浓厚的兴趣。巴塔伊在色情作品中发现了人对宗教的虔诚：“我们是一些支离破碎的生灵，是一些在难以理解的冒险过程中孤独死去的个体；我们充满了对已经失去的结合的怀念……充满了对两个个体即两个支离破碎的生灵融合为一体的怀念。……情欲不断地对我们说：如果你还是一个生灵，你这颗被孤独包围了的心，只有与那颗被你所爱的生灵的心结合在起，

① 夫妻双方的共同意愿是有别于父母包办的，它在受基督教思想影响的西方世界是极其重要的，尤其是婚姻神圣的思想观念，它起到了关键的作用，使西方人在这个问题上采取了与政治权利和异端教派的主张相对立的态度。参见乔治·杜比（G. Duby）1978 年出版的《中世纪婚姻：12 世纪法兰西的两种模式》（*Medieval Marriage*：*Two Models from Twelfth-Century France*）、休斯（D. O. Hughes）的《地中海欧洲的婚娶聘礼和嫁妆》（*From Brideprice to Dowry in Mediterranean Europe*，1978）、弗朗德兰（Jean Louis Flandrin）的《家庭》（*La famiglia*，1980，米兰）、古迪（Jack Goody）的《欧洲的家庭与婚姻》（*Famiglia e matrimonio in Europa*，1995，巴里）。在中国的传统中却很少见到这些西方的婚姻思想。

才能成为一颗心。”①

然而，中国的爱情却沿着自己的道路发展，其观念与欧洲截然不同。纵观历史，我们便可窥测一斑。在公元前2世纪成书的具有道家思想的著作《淮南子》中，人的“情”可按照相应的礼仪分为四个等级，与性的欲望有关的情感都必须与婚姻要求相符；同样，《春秋左氏传》也把礼仪和法律作为“情”和自然秩序的基础，它按照社会的要求，规范对感情的控制，认为爱情和快乐有两个“情绪源”：歌唱与舞蹈可以展现快乐，而怜悯他人的仁慈行为也可以转变为快乐。② 儒家学派的思想家孟子（公元前390—前305）也以含蓄的方式探讨过与味觉、视觉、听觉、嗅觉和身体舒适相关的自然欲望，他并不反对自然欲望，而是认为自然欲望应该服从于“德”。

以上述理论为基础，理学（新儒学）作为对佛教思想的一种反映和对立面，近千年来，构成了中国和远东文化思想的主流。它主要思考的题目是“人之本性”和“道德准则”，这两个主题不仅把孔子的社会道德思想提升到超验的、宇宙学研究的层面上来，而且还创造出一种新的伦理观念。

上天的道德准则与人的欲望之间的矛盾，是与“普遍道德准则—精神物理之气”或“道德的属性—外界影响”这样的两分法模式相一致的，它又将我们带入一个像明确其他感情观念那样明确爱情观念的误区之中。上天的道德准则与人的欲望之间的矛盾，自然受到了道家诡辩理论的影响，按照道家的思想，恰恰是“情”、“淫”和欲望消耗了生命的实质；这一矛盾同时也受

① 参见阿拉贡（Aragon）的《奥雷力恩》（*Aurélien*，1944，巴黎，第223页）和巴塔伊（G. Bataille）的《性行为》（*Erotismo*，1991，米兰，第16—21页）。

② 见《左传》。

到了佛教禁欲主义的影响，如因果报应、摆脱红尘，等等。上天的“道德准则”即“天理”，是普照一切的，它无处不在，涉及人时，便被称之为“人之本性”。但是，在具体生活中，人是由充满宇宙的“气”构成的，“气”决定了我们每一个人的物质和精神特点，即决定了我们的第二本性。这种精神物理之气，表现在人的“气质”和“情”之中，“情”只是人的头脑对外界现象的回应及回应时的运动。“情”尚未表现出来的时候被称为“未发”，这时，大脑处于平衡状态，被称为“中”；“情”表现出来以后，被称为“已发”，当行为或反应适中和恰如其分时，大脑便处于和谐状态。有时，面对外界刺激，“情”也会处于错误状态之中，或过分，或缺少，这时，人对“情”的违规现象就要承担道德责任。

朱熹（1130—1200）是理学最重要的代表，从他开始，理学思想家们认识到，情和欲（即爱情）不可能从人的灵魂中被彻底铲除。因而，他们设计出控制和征服“情”的整套办法：“情”被归纳为“四端”和“七情”，“四端”永远具有积极意义，而“七情”却有好坏之分。怜悯为“四端”之一，被看作是建立在人类道德基础上的“爱”。① 理学把性的吸引解释为在婚姻和家庭的范围内生儿育女的动力，抽掉了“淫”的内容，只保留了社会功能的内容；它甚至还反对佛教的禁欲主义，要求实现性的吸引，因为佛教的禁欲主义通过僧侣的独身生活会使家庭断子绝孙。

在伦理道德、哲学和文学作品里，经常出现反对追求快乐的思想，② 可以用一句引自《战国策》的名言来概括这一点：

---

① 见《朱子语类》53：1287、95：2453—2456。

② 儒家认为，不正当的关系会打乱基本的社会秩序。在文学作品中也经常可以见到对纵容性欲和性过度的谴责。比如，在《水浒传》中就有对清教主义和不近女色的描述，作品极其生动地展示了人物的精神状态，他们一起习武，相互间只存在着男性之间的友谊。书中占主导地位的道德准则建立在强烈的哥们儿义气和友情之上，其中也含有浓重的厌女成分。

“(美女) 破舌，(美男) 破老，戒于二美。”①《近思录》中所引用的两段程颐 (1033—1107) 语录，也极其典型地表现出了关于性欲方面的清规戒律；程颐在强调了男女之间等级制度的原则之后，说：“若徇情肆欲，唯说是动，男牵欲而失其刚，妇狃说而忘其顺……人有欲则无刚，刚则不屈于欲。”

明末，对爱情的真正崇拜才得到充分的发展，王阳明 (1472—1529) 的理论和泰州学派起到了重要作用。正是通过这些思想流派，人们才从先验的普遍道德准则逐步过渡到“良知”这一概念；当发现心是道德的唯一源泉时，人们便可以在一定程度上对同代人敞开心扉，并试图降低社会习惯和道德理论的重要性。陈确 (1604—1677) 就曾颠倒道德关系并具有挑战性地说：“天理正从人欲中见，人欲恰到好处，即天理也；向无人欲，则亦并无天理可言矣。”② 罗汝芳 (1515—1588) 是另一位泰州学派的成员，在谈及孟子“孝”的思想时，他非常强调“亲情”，认为对父母的爱和孝是子女心中天生具有的，是心的自然表露。③ 颜钧 (1504—1596) 与何心隐 (1517—1579) 认为人的本性与欲望和性的吸引是一致的。特别是李贽 (1527—1602)，他强调男女关系的优先地位，公然赞誉欲望和奢望，其思想影响了几代作家。

---

① 这是《周书》中的一句警句，《战国策》(3：13) 和《情史》(22：777) 中也都引用了它。它提醒人们既要反对迷恋美女，也要反对恋童恶习。鲁迅谴责儒家学者对一切男女之爱的贬责 [见高察 (Filippo Coccia) 的《鲁迅与二十世纪初的中国文化：传记与日本时期 (1902—1909) 作品的阅读》，该文发表在 1984 年的意大利《东方大学年鉴》上]；朱光潜也展示过中国古时候的清教主义和道学家们的清规戒律 (见 1947 年发表于重庆的《谈性爱问题》)，认为它只是虚伪和不道德的。后来此类文章就更不胜枚举了。

② 见《陈确集》5：461。

③ 见《明儒学案》43：337。

明末，还出现了冯梦龙（1574—1646）的文言短篇小说集《情史》，这是一部古典名著，向读者展示了各种对待爱情的态度，几乎可以说是一部爱情论文集。与当时一些文化团体的通常做法一样，作品的“序”中也列出了反映作品基本思想内容的提纲。首先，作者声明对爱情深信不疑，他说：“我欲立情教，教诲诸众生。子有情于父，臣有情于君。推之种种相，俱作如是观。”这里，人们看到的是，对情的崇拜深深地打上了道德的印记，它必须服从伦理道德的原则。这种“情教”将会“于是乎无情化有，私情化公，庶乡国天下……”①

“情”没有一个准确的定义，它只是被比作风。但是，从《情史》一书各章节的题目和内容中我们可以推论出，它的含义极其广泛，所要表现的思想也是极其丰富的，其中还包括消极的含义。它反映了一种忠诚和献身的精神，这种精神甚至还表现在动物和植物的世界之中。在该书的“序”中，“情”与怜悯、同情、对宇宙万物的仁慈以及对来世的敏感是一致的。社会道德和自然规律允许芸芸众生繁殖和再生，允许我们靠近远离我们的人，也允许像用细绳穿铜钱一样将宇宙万物结合在一起。因此，书中对“情”的理解方式与儒家的“仁”极其相似，但却更充满了生机。对冯梦龙这位明代作家来说，“情”这个字主要不是一个哲学—玄学概念，而是男女之间的吸引，它直接建立在两性爱情创造生命的人类发展观念之上，该观念曾被我们上面所提到过的非正统思想家李贽誉为宇宙之基础。这种理论的倡导者理解了情欲的实质，他们认识到了情欲是无法被意志所控制的，甚至可以说，情欲是构成围绕整个宇宙转动并不断引起宇宙变化的气流的组成部分。因而，在该书中，“情”是和生的意愿（即“生意”）相一致的，是芸芸众生所共有的，其中包括孔夫子和人类

① 见《情史·序》，第1页。

所有的大圣人。书中强调说：“人知惟圣贤不溺情，不知惟真圣贤不远于情。”① “情”不欺人，人却自任“情”所欺。尽管“情”是短暂的，像四季一样注定要消亡，但是，它如同春天按时生长出来的萌芽和花蕾，是自然的，无法控制的。甚至“王道本乎人情。不通人情，不能为帝王”。② 这一观念与“仁”不同，因为它承认了人和社会处在危险之中。作者把“爱情”和“乱用爱情”相区分，他驳斥了流行的历史观念，不认为昏君的过错应归罪于某个漂亮妃子的诱惑。③

在中国，《情史》是对爱情问题所进行的最深刻的思考，该书的写作意图是追溯爱情的根源，展示人类繁衍后代的本能，然后，再对从不折不扣的享乐主义到中国文化的各种表现形式展开全面论述。同时，作品使用了文言，具有“论文”的重要性；它还把爱情建立在传统的道德观念之上，从而使爱情具有了尊严。这种在“爱情崇拜”的基础上发展起来的观念，可以使我们联想起欧洲文艺复兴时期的爱情观；文艺复兴期间，爱情也被看作是世界的再生动力或连接万物的宇宙纽带；④ 然而，不同的是，中国的爱情观念与上天和永恒并无关系。

这里，我们可以推论出良知对爱情观念以及对爱情观念的形成所产生的影响。然而，首先必须看到，来自于每一个人心中的良知，本身并不是一个主观意识的产物，也不是个人对抗社会的因素。王阳明认为，人心表现人本性固有的价值，这些价值不会

① 见《情史》15：455。

② 见《情史》15：455—467。亦可参见《红楼梦》111：1402。

③ 见《情史》6：181。

④ 关于文艺复兴时期的爱情观念，我们可以借助本博（Pietro Bembo）的“万物归一”［conspiratio omnium in unum，见《阿索罗人》（*Asolani*），1505］的观点和布鲁诺（Giordano Bruno）的“英雄之疯狂”与“英雄之爱情”［见《论英雄之疯狂》（*De gli eroici furori*），1585］的名言加以说明。

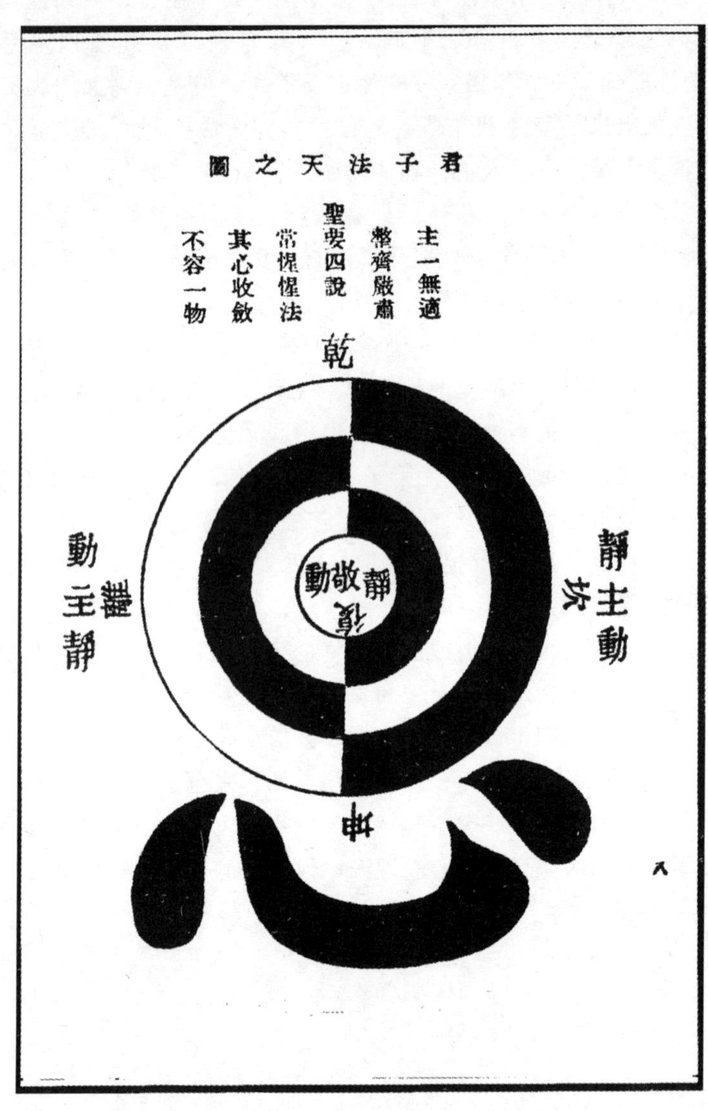

图二　新儒学君子法天正心图（陈真晟《陈剩夫集》）

脱离理学的社会目标。与西方将爱情理想化的主要倾向相比，我们可以看到，在中国的绝大多数作品中，对实现爱情的具体追求占有主要地位。尽管作品中表现出的立场反映的是中国的非正统思想，但它们并未披上人文主义式的反抗禁欲统治的外衣，[①] 也不具有城市文明对抗乡村文明的含义，更不是用宣扬个性来反对社会的苛求。如果我们理解了 16 世纪和 17 世纪出现的思想和文学潮流的重要性和创新性，我们就会明白，在哲学领域中，上面所阐述的立场是经过几个世纪关于情感问题的辩论和佛、道、儒三教争执之后所得出的结果。承认某些"情"和基本"欲"的自然性和普遍性并不是上述思想倾向的创新，在以前的作家乃至中国哲学思想的源头也可以找到同样的看法。

总之，爱情并不需要与社会的基本原则相对立，也不需要超越它；爱情与婚姻和子女紧密相关，它表现了人内心最纯真、最普遍的感受。宗教是要实现终极目标的，下面我们还将论述这一问题。对"有心人"来说，成功和财富不意味着"真"爱的堕落，与昌盛的子孙后代"偕老"才是人们最终的目标。在这一前提下，使两个不幸的相爱者在来世相聚，虽然是一种理想化的安排，却也是对实现目标的具体追求。

1. 文学之源

在分析各种爱情观以及它们所表现的形式之前，我们应该简单地介绍一下为取得有益的资料我们所研究过的主要的文学作品。文学是理解爱情思想演变的主要历史源泉，这不只是因为它间接地表现了个人和集体的潜意识，也因为它是积极与消极的爱情模式和展示感情和欲望的语言的载体。在中国，"爱情"一词

① 中国从未有过类似于欧洲中世纪时期"拒绝性快乐"的禁欲主义。

的语意也是一步一步在文学作品中得到确认的；文学作品展示了爱情，也神化了爱情，比如：清代作家张潮，在他对文学作品的注释中，用传统的花与文人之间天生的密切关系以及对花的情感来解释爱情；关于这一点，我们以后还会进一步介绍。①

这种影响不只局限于抽象的理论和哲学，也反映在享乐主义者的实际生活之中。享乐主义者憧憬更自由、更幸福的未来，他们在生活中模仿文学作品中的人物。通过文学，我们可以发现和理解一些具有共性的男女感情的雏形，文学作品中的人物向我们提供了一系列模仿的样板。按照语言的寓意，这些样板引导着读者，并影响着他们的感情。拉罗什富科曾写道："有些人，假如没有听到过别人谈论爱情，他就永远不会恋爱。"② 普鲁斯特在谈到爱情的产生时也说："识别出它（指爱情）的一个征兆，我们便可以唤出其他征兆，使其他征兆产生出来。因为爱情的歌曲整个地铭刻在我们的身上，所以，并不需要一位女士对我们说'开始爱'，我们才能够继续爱下去。"③ 正统思想对爱情持怀疑的态度，史学将历史人物分为纯粹的正派和反派；而文学却使爱情理想化，并重新赋予历史人物生命；因而，它可以创造出典型，丰富人的感情，为新要求和新欲望的诞生作出贡献。④ 在西

① 见张潮的《虞初新志》。

② 见拉罗什富科的作品《思考或判断和最高道德》（*Réflections ou sentences et maximes morales*，1678）。

③ 见普鲁斯特的《追忆逝水年华》（*A la recherche du temps perdu*，第196—197页）。

④ 见卢梭的《新爱洛绮丝》（*La Nouvelle Héloise*，1967年巴黎版，第4页，"……贞洁女子从不读小说……"）关于文学样板对人成长的影响和欲望的强烈性，请参见勒内·吉拉德（René Girard，1981）的作品，他的理论认为，小说和广告、崇拜明星以及其他类型的崇拜，同样起着中间经纪人（有很强的说服力）的作用。关于文学是传播神话的渠道和它对感

方,卢梭就曾经提醒少女们警惕小说的诱惑。在中国，小说《红楼梦》[①]中的主要人物，在感情表达方面，与先前的两部古典爱情戏剧《西厢记》[②]和《牡丹亭》有相似之处;这两部戏剧,曾经

情（特别是对感情意识）的培养，请参看德·鲁热蒙的作品《爱情与西方》(*L' amour et l' Occident*，1939，巴黎)。书中，他写道：“精英人物们所体验的感情，民众通过模仿也能体验到，这便是文学创作；准确地讲，用某种修辞手段便可以将这些感情表现出来，使人领悟这些感情。如没有修辞手段，毫无疑问，这些感情也可以存在，但却是偶然的，不被人感知的，就像是一些无法言明的稀奇古怪的感受……为了欣赏大自然的简洁，为了接受某种忧郁，甚至为了自杀，我们都需要能够向自己和他人‘解释’一下自己的感受。一个人感情越细腻，就有可能言辞越丰富、文雅。同样，一个人越充满了激情，就越有可能创造出生动的修辞形象，并发现它们存在的必要性，自发地按照这些形象所能够提供的不可磨灭的崇高榜样塑造自己。”

① 曹雪芹（1715—1764）是《红楼梦》的主要作者。通过手稿和第一次印刷版的对比，可以认为，小说的前80回主要出于曹雪芹之手，其余40回则是由高鹗根据原始笔记撰写的。尽管确定作者是谁的问题并未完全解决，然而，今天它在对《红楼梦》的研究中已处于次要地位，因为，两个世纪以来，120回版的《红楼梦》已得到人们的确认，并在中国读者中取得了巨大的成功。关于爱情问题，请看《红楼梦》第1回（特别是1：2—3），或19、23、26、29、57回中对宝玉和黛玉感情的描写。再请看23、42、51回中关于年轻人偷读《牡丹亭》和《西厢记》等禁书的描述。

② 见王实甫（13世纪后半叶）的五场二十幕戏剧。作品重现了唐代作家元稹（778—831）的小说《莺莺传》中所讲述的著名的爱情故事，但是，不但内容有所改变，而且人物和故事背景都有很大变化：女主人公莺莺是相爷之女，另一位重要的人物是一个丫鬟，她不仅能够给予莺莺很大的帮助，而且敢于对抗老夫人。作品中没有父亲的威严，故事的大部分情节发生在儒家等级价值观念不起作用的庙宇之中，这一点也是非常重要的。男主人公张生对女主人公崔莺莺一见钟情，莺莺也在暗中接受了张生的爱；但是，在小说中，男主人公害怕二人难以控制自己的情欲，舍弃爱情，主动与莺莺断绝关系，赴京赶考。正像倪豪士（William Nienhauser）所说的那样，打动读者的不仅是莺莺的遭遇，还有她对异性的吸引力，尤其是男主人公所意识到的她的美貌所包含的危险，因而，男主人公并不是一位轻佻或胆小的人，而是一位极其谨慎的青年男子。

被认为是具有破坏性和缺少道德的作品，受到政府检查机构的严厉批评，清朝初期，还被列入焚书名单之中。① 俗话说，“少不看《西厢》，老不读《三国》”，正是因为，前者会怂恿人追求淫欲，后者会教人玩世不恭、不守信用。②

明朝出现了中国白话小说第一批伟大的杰作，这并不是偶然的。从色情长篇小说《金瓶梅》到《好逑传》等“才子佳人”③ 类的理想主义作品，再到《杜十娘》和《卖油郎》等优秀的短篇小说，不胜枚举。这些作品影响了清代至少到19世纪中叶的全部小说创作，同时，其中许多作品也是在前代文学的影响下完成的，如：继承唐代传奇故事的《杜十娘》，继承宋元文学传统的著名色情长篇小说《金瓶梅》和明末的短篇小说，等等。

冯梦龙是一位多产作家，作品极丰，爱情是他非常喜爱的主

---

① 请看《红楼梦》第23、42回中青年人如何被那些书所深深地吸引和第51回中他们对那些书性质的讨论。汤显祖的著名作品《牡丹亭》对当时妇女的思想有很大的影响。

② 请看《厦门志》（1839，15：13b）中对福建某些民间文学的谴责，称其为“淫词丑态”。

③ 小说中的主人公形象一成不变，他们都是一些超凡脱俗的人物，组成不寻常的完美无缺的情侣：女子美貌诱人，聪明且善吟诗作画，男子也文才出众；他们虽然难得相见，却一见钟情，并冲破重重障碍，战胜种种困难，终成眷属，儿孙满堂。马克梦（Keith McMahon）最近发表了一篇题为《古典“美女—书生”言情小说与天才女子的超人之处》（The Classic “Beauty-Scholar” Romance and the Superiorità of the Talented Woman）的论文，强调了有文化修养的、贞洁的女主角的突出地位和此类作品一夫一妻制的明显特点。Christina Yao 在她的博士论文《“才子佳人”：元、明、清时期的爱情戏剧》（*“Cai-zi jia-ren”: Love Drama During the Yuan, Ming, Qing Periods*）中，分析了“杂剧”和“传奇”，强调了剧情的模棱两可性，剧中，追求爱情的理想化和它的神奇的实现与人们对违反道德规范的担忧交织在了一起。

题，他用白话文编辑了《喻世明言》（或称《古今小说》）、《警世通言》和《醒世恒言》三部伟大的短篇小说集，总称《三言》。文言短篇小说选集《情史》，也被认为是冯梦龙的一部力作，它通过各类主题（总共854个题目，约900篇长短故事）和编者的评论，试图全面地展示爱情的各个层面和表现形式。《三言》和《情史》中的故事内容差异极大，来源也各自不同，因此，很难归纳出一个统一的思想倾向。

毫无疑问，汤显祖（1550—1616）对冯梦龙曾有过很大的影响，他创作了四部以“梦境”为主题的戏剧作品，其中包括上文已经提到过的《牡丹亭》。他有这样一句名言：“情不知所起，一往而深。生者可以死，死者可以生。”①《牡丹亭》讲述的是一位赶考的年轻书生与官宦家小姐相爱的故事，故事发生在宋朝（960—1279）：春天，杜丽娘小姐在花园散步后回到闺房，梦中遇到了一位名叫柳梦梅的美貌少年，并与他在牡丹亭处相爱。醒来后，小姐非常失望，无法摆脱相思之苦，日益衰弱而死。然而，作者却安排了一个令人愉快的结局。作品颂扬爱情，反对一切学究式的道德主义，在女性观众中获得了很大的成功，成为传播和推动爱情的重要工具；但是，17世纪和18世纪时，该剧经常被禁止演出。

当然，“娇娘”也对冯梦龙有过很大的影响，元代以来，她始终是读者最熟悉的文学作品中的女性人物之一，直至《红楼梦》问世后，才被黛玉的形象所代替。《娇红记》讲的是娇娘和书生申纯之间的爱情故事，他们是一对私下约会的青年。娇娘很有个性，比《西厢记》中的主人公莺莺和《牡丹亭》中的主人公杜丽娘更活跃，也更勇敢。莺莺谨慎、犹豫，丽娘复活后变得端庄，而娇娘却没有丝毫的忸怩，她勇敢地给申纯写情书，还偷

① 《牡丹亭记题词》，见《汤显祖集》2，33：1094。

偷地溜入他的卧房。娇娘的自杀比丽娘为爱情忧伤而死更感人，谨慎的男主人公申纯也比《牡丹亭》中的男主人公更具有反抗精神：为了爱情，他宁可去死，完全不顾及儒家严格的伦理道德规范，不顾及男子为传宗接代应保护好自己身体的责任。正因为如此，他才成为忠贞爱情的典范。①

与冯梦龙齐名的还有一位作家，叫凌濛初，他以两部分别于1628年和1632—1633年在苏州出版的白话文短篇小说集而出名，一部叫《初刻拍案惊奇》，另一部叫《二刻拍案惊奇》。这两部作品与冯梦龙的《三言》经常被人们归并在一起。尽管凌濛初的作品有时也展示梦幻世界，但主要讲的是反映当时日常生活的故事。对冯梦龙有很大启发的另一部文学作品是1550年出版的短篇小说集《清平山堂话本》，编者叫洪楩，所收作品只有一半保留了下来。《清平山堂话本》中的小说题材极其广泛，其中有各类爱情，也有审案判案，所描述的是城市生活环境（特别是杭州），商人、手工艺人、奴仆、妓女等，应有尽有。明末还有一部短篇小说集，叫《石点头》，作品主要以爱情为主题，具有教诲读者的含义。

李渔（1611—1680）被视为历代中国文学中最具反潮流精神的优秀作家之一，作品非常丰富，有短篇小说、戏剧和文学艺术批评文章等。他审美敏感，风格独特，包容性强，对生活中的一切快乐都感兴趣，对待人总是持一种冷淡的幽默态度，有时幽默还会变成滑稽和怪诞。他在《无声戏》“序”中写道：“若以劝戒言之，则人有非高庙玉环不盗，非长陵抔土不取者，虽孔子

① Richard Wang在《情的崇拜：晚明时期和小说〈娇红记〉中的浪漫主义》（The Cult of *Qing*: Romanticism in the Late Ming Period and in the Novel *Jiao Hongji*）一文中，分析了明代文学中的这个角色［见《明代研究》（*Ming Studies*）1994年第33期，第2—55页］。

居其前，《春秋》列其侧，尚无可如何，乃欲救之以小说，夫谁信之？”① 《无声戏》和《十二楼》是李渔最重要的作品集，其内容充满了新意和情节冲突；《肉蒲团》② 是一部非常著名的色情长篇小说，也被认为是李渔的作品之一。

明代最早的几部长篇小说中，《水浒传》是骑士传奇类最优秀的作品，它讲述的是宋朝水泊梁山（现在的山东省）好汉造反的故事。与其他同类小说一样，《水浒传》以义气和正义作为激励书中人物的最高价值取向。③ 上面所提到的《金瓶梅》则是色情小说中最著名的一部，它成书于明末，作者姓名不详，其题目来自于三位女主人公的名字。故事也发生在宋朝，但描绘的却是明末生动而丰富的家庭与社会生活，展示了家庭和社会生活中消极、腐败与自私自利的一面。书中特别强调了商人对财富、权力以及享乐的欲望和追求，大商人西门庆就是其中一位代表人物；他发了财，进入了上流社会和官僚阶层的圈子，在一次又一次的风流艳事中过着奢靡的生活。书中另一位主要人物是潘金莲，她最重要的特点不是女性的温柔，而是贪婪和野心。用一句布尔克哈特的话来说，所有人物的行为，“全然不顾忌种族、民族、家族、家庭或社团的利益”。

---

① 见《李渔全集·〈无声戏〉序》。

② 《肉蒲团》被认为是著名作家李渔的作品，书中，一位书生引诱他人妻女，沉湎于性快乐之中，后来，这位好色之徒得到了应得的报应：当他去妓院寻欢求乐时竟遇到了他的妻子，这件事使他受到了震动，最后，他抛弃尘世，遁入空门。

③ 故事的来源难以确定，是人们根据不同时代各种版本的正史和野史修改编撰而成的一部小说。16、17 世纪流传下来的不同版本内容相差甚远，引起人们很大的争议。我们所使用的版本是金圣叹批注的 71 回标准版本。

《剪灯新话》① 是另一部具有一定价值的文言文短篇小说集，成书于明朝初期，书中所讲述的故事也大多以爱情为核心主题。然而，最受民众欢迎的是于 1766 年出版的蒲松龄的遗作；蒲松龄之后，还出现了一系列文言文短篇小说集，如：伟大的作家和独具一格的戏剧家袁枚（1716—1798）所作的《子不语》和纪昀（1724—1805）所作的最循规蹈矩的《阅微草堂笔记》等。

《聊斋志异》的作者蒲松龄是最重要的文言小说作家，他的作品充分地体现了人的欲望的膨胀和人接连不断遭受的挫折与对社会的不满，具有无限的想象力。蒲松龄受到了传统神奇故事的影响，描写了许多鬼狐女子和幽灵，同时也把白话小说中的一些成分带入到他的作品之中，如对话形式，等等。对待爱情，蒲松龄采取了与众不同的态度，他似乎深深地受到了明末现实主义白话小说新潮流的影响，因此，男女之间的爱情故事，在传统作品中，结局往往是悲惨的，在蒲松龄的作品中却经常以男女主人公的皆大欢喜而结束。在民间传说中，狐狸是邪恶的象征，许多小说也仍然保持了狐狸的反面形象。在西方文学中，狐仙甚至被看作恶魔，代表“欲”或性欲。只有到了唐代，一些传奇小说才转变了这种态度，开始赋予这些“妖精”美德和忠诚的品质。小说集《太平广记》继续沿着这条思路发展，书中 1/4 的狐仙是善良的，而在蒲松龄的作品中，80% 的狐仙是正面人物。蒲松龄利用奇妙的幻想世界展示了人的欲望和如何实现欲望，赋予了小说中人物新的精神，他的作品对社会既有批判性又有建设性，他呼唤人们叛逆社会，同时也劝导人们追求理想的社会秩序。狐仙具有很大

① 明初时期，瞿佑（1341—1427）对传统的“传奇”进行了改造，用文言文创作了一些短篇故事，组成《剪灯新话》集，这些故事模仿唐代“传奇”，仍以鬼魂、幽灵和扑朔迷离的神奇故事内容为主题，然而，生动而新颖的表现形式，却为后来文学的发展开辟了先河。

的魔力，爱情具有非常的创造力，因此，性的吸引和爱情不仅仅应该被接受，而且是有益的，是人们所期望的。

在蒲松龄的作品中也有少数邪恶的狐狸。例如，《董生》一文讲述的似乎是一个道德说教故事，它的基本主题是爱情与死亡：董生犹豫再三，还是坠入了情网，爱上了一位狐仙；他在疯狂的性爱中丧失了性命。董生有一位朋友，姓王，也堕入情网，爱上了一位少女；在梦中，他多次受到董生的警告，最后，在家人的帮助下才从爱情中解脱出来。在这篇作品中，狐仙是性欲和性诱惑的化身，她极具诱惑力，同时也非常危险；两位朋友代表了人性的两个方面，即性欲和道德。临终前的精神痛苦慢慢地折磨着主人公，是对他过分追求情爱和性爱的惩罚。

毫无疑问，中国的长篇小说中最受欢迎的是1791年出版的《红楼梦》。在引言中，空空道人认为其中“大旨不过谈情”，短短的一句话道出了作者所要表达的意思。故事发生在一个走向没落的大户人家，主要场景是女眷的卧房和楼阁以及梦幻般的花园，重点表现的是年轻的男主人公宝玉对两位表姐妹——黛玉和宝钗的爱情。几十位青年男女生活在极其复杂和敏感的感情环境之中，作者通过心理分析，展示了他们的幻想和不断变化的良知。最后，黛玉死去，宝玉与宝钗成婚，完成了他的家庭义务，然后抛弃红尘，出家为僧。这部小说与以往的爱情和色情小说不同，它一开始就以新的态度对待爱情，以表现真情为宗旨。

除《红楼梦》外，18世纪还有一部长篇小说，叫《野叟曝言》，由夏敬渠（1705—1787）创作，讲的是令人难以置信的文素臣的故事：主人公是一位无所不通、无所不晓的文人，具有非凡的天才，虽然他科举屡试不中，最后还是当了高官。此书引起了很大的争议，它尽管是一部极其严格的正统作品，却有许多色情和超自然的情节；主人公是一位少见的儒生典范，但同时也非常浪漫并充满了激情。

2. 各类爱情

众所周知，爱情具有共性，所有的爱情都有相同之处，然而，对待爱情的态度却不仅能够反映出文化的差异，也能够反映出生活在同一文化环境之中的不同人的性格差异。人们习惯于把对待爱情的心理状态分为不同种类，如：独立型、依赖型、反复无常型、不太感兴趣和根本不感兴趣型。心理学家、人类学家和哲学家所采取的分类法是极多的，这里我们无法一一列举。本书中我们所感兴趣的是各种社会现象，尤其是调整爱情感受的文化因素，如：约会、吸引异性的策略、家庭义务和政治—宗教思想，等等。

在中国的传统文学中我们也可以找到性质不同的分类法。如果我们分析一下《情史》中的各个章节，便会发现，爱情的种类是不同的，与爱情有关的心理状态也是不同的。爱情主要是指异性之爱，但也有“变态之爱”① 和同性之爱，② 甚至还有异类之爱，如：对幽灵和鬼怪的爱；③ 与产生及表现爱情的条件和环境有关的心理状态是指：命中注定的爱情（情缘）、秘密或非法的爱情（情思）、令人遗憾的爱情（情憾）、虚幻的爱情（情

---

① 见《情史》6：162—181。其他章节主要展示的是男女之间的爱情。

② 见《情史》22：756—777。

③ 见《情史》8：196—224（《情感》）、10：270—308（《情灵》）、19：558—631（《情疑》）、20：632—694（《情鬼》）、21：695—755（《情妖》）。这样，冯梦龙就把“情”的含义扩展到了“佛的慈悲”和“神灵的保佑”（见《情史》19：631）。关于与石头等非灵性物体之间的爱，也可参见蒲松龄《聊斋志异》卷11中的《石清虚》一文（11：1575—1579）：邢云飞喜爱石头，见到好看的石头便不惜重金买下收藏起来；一块石头为之而感动，以情相报，直至粉身碎骨仍忠诚于邢云飞。

幻)、得到回报的爱情（情报)、由于爱情而发生变异（情化)①、刚刚萌芽的爱情（情芽)、爱情所造成的毁坏（情毁)、爱情所带来的危险（情累)、保持贞节（情贞)②，等等。

从某种意义上讲，“情贞”是极具典型意义的，它反映了新旧文化融合的情况，透过它，我们可以看到，在那些我们认为是非正统作家的思想中，仍然继承了中国正统的价值观：儒家的严格信条之一便是禁止寡妇再婚。在《情史》的一半以上的故事中，女子都为男人献出了自己的生命，她们的行为符合传统道德。然而，作者却声明崇拜感情，认为在两性关系中感情是基础；因此，夫死妻自尽被认为是正确的，它表现了真挚的感情，证实了为爱而死强于为原则而活的事实。“情贞”的含义被大大地扩展了，超出了正统的观念和合法婚姻的界限，它表现为女子的英雄主义，妻妾和妓女都全身心地忠诚于心爱的男人。禁止寡妇再婚的原则也被类推发展为一个新的观念：未婚夫死后，年轻的未婚妻决意永不嫁人。这种新的观念为作家提供了创作的沃土，因为，在人们遵守严格的道德规范的同时，家庭义务和女子力求实现的爱情理想混为一谈。当父母由于某种原因不了解女儿已私订终身，将其许配给另一位求爱者时，便会出现极其复杂的情况，如：感情与责任、孝与忠贞、分离与团聚等矛盾冲突。年轻女子捍卫婚姻义务的决心被展示为捍卫女性爱情的决心，强调这一点，无疑会给人们对感情世界的认识带来新的思想，同时也确认了女性贞节的传统价值。《醒世恒言》中，蔡瑞虹自杀时在留给丈夫的信中写道：“男德在义，女德在节，女而不节，行禽

① 分别见《情史》2：37—67、3：68—99、8：196—224、9：225—269、16：468—498、11：309—321。

② 分别见《情史》15：445—467、17：499—537、18：538—557、1：1—36。

何别?”[1]

上千年来，女子与婆家的关系得到了加强，从订婚之日起，女子便与婆家建立了越来越紧密的法律关系。

在女子对男子的忠诚中，很难确定有多少像我们所理解的来自于纯正爱的感情，又有多少来自于应尽的义务和社会习俗；然而，它却表现出一种英雄主义：透过它，我们可以看到妇女的传统美德，同时也可以看到妇女如何对命运和家庭为她们所选定的男人表示自己的感情。

《醒世恒言》中可以找到这样一个荒诞的爱情故事，主人公超越了义务的界限，宁愿牺牲一切，把自己作为爱情的祭礼：少女朱多福九岁时便与同龄的陈多寿订下婚约。六年后，大婚在即，陈多寿却不幸身染麻风病；与家人协商后，他同意解除婚约。然而，朱多福却不顾未婚夫已经病得不成模样的现实，决意嫁给他，照顾他。[2] 这是一个很不寻常的例子，朱多福的决定可能只是一位少女的个人选择，凌濛初在他的一篇小说中间接地证实了这一点；他讲述了一个思想内容恰恰相反的故事：幼芳孩童时，父母便许诺，待她长大后将其嫁给一位少年；后来少年双目失明，幼芳的父亲不顾一切，仍要遵守自己的诺言；而幼芳不愿与残疾人成婚，坚决不从父命，并打算与表兄私奔；在表兄失约的情况下，她与一位陌生男子逃走，并成为他的妻子。[3] 第一个故事体现了勇敢精神，构成它以及其他同类故事的感情基础是非常复杂的；当然，这种基础并不是我们西方人所理解的爱情或友情（西方甚至不存在产生这种感情联系的必要条件），也不仅仅是道德观念，因为，通常并不存在任何此类的伦理道德规范。毫

---

① 见《醒世恒言》36：814。

② 见《醒世恒言》第9卷。

③ 见《拍案惊奇》12：204—211。

无疑问，这种感情中虽然带有对处于困境之中的人表示同情的因素，但是，它更表现了过分夸张的完美道德和过分夸张的与真实或假设的社会地位相关的社会义务；同时，它还具有“功利主义”的一面，符合社会要求，能够得到社会的赞许①：朱多福虽然解脱了法律上的一切义务，却仍然与另一位少女的情况不同，因为另一位少女尚未承担任何婚姻义务；另外，这种英雄主义的选择还能够提高她在家庭中和亲友中的声望。

阅读蒲松龄的短篇小说《菱角》，我们也会从中得到一些启示。这篇作品的内容非常简单，在某种程度上有些荒诞，其结尾令人难以预料，两位主要人物的忠诚都得到了回报：14 岁的少年胡大成在庙中遇到少女菱角，便一见钟情，爱上了她。大成遵照菱角的建议，几经周折，终于使双方家庭接受了他们的爱情，为他们订立了婚约。但是，不久便爆发了暴乱，两家人失去了联系。然而，两位青年心中仍然守护着许下的诺言，相互寻找，试图拒绝与其他任何人结婚。最后，菱角被迫嫁给一位陌生人，这位所谓的陌生青年男子恰恰就是胡大成；两人结婚之时方得相认。② 胡大成和菱角相互间的忠诚首先体现为他们要通过履行婚约来履行自己的道德义务。难道这不是对社会道德规范的尊重吗？难道这不意味着爱情披上了与婚姻相关的社会道德尊严的外衣吗？事实上，情感和道德这两个被认为相互独立的因素是爱情的根本因素：《菱角》的故事表明，很难将社会职责与感情、伦理道德与爱分离开。把感情与道德统一起来的妥协方法有许多好处，它既能使我们与官方的价值观不发生冲突，又能使我们满足读者的基本要求。

还有一种爱，由于它的内在原因，在我们西方人眼里也显得有些特殊，那就是为“报恩”而爱。这种爱的基础不是相爱者自

① “名誉”是非常受到人们重视的。

② 见《聊斋志异》6:815—818(11:539—540)。

然的互相吸引，而是接受帮助后报答他人的感恩之情。蒲松龄的作品《侠女》[①] 的故事便是此类爱情的一个典范：一位年轻姑娘携老母刚刚从外乡移居此地。邻居顾生是位年轻秀才，科举不中，只好以出卖书画为生，虽能勉强养活自己与母亲，却无力娶妻生子；他与邻村的一位后生秘密地保持着不正当的同性恋关系。然而，顾生和母亲却竭尽全力地帮助遇到经济困难的新来的外乡人。姑娘拒绝了所有求婚的人，却对顾母非常友善。顾生也爱上了姑娘。起初，姑娘表现冷淡，但渐渐地开始心动，不久便对顾生的爱给予了回报，与他秘密约会，并怀了孕。但姑娘后来的行为却非常与众不同，她并没有毫不犹豫地自作主张嫁给顾生，而是当儿子出生后仍坚持不嫁。更奇怪的是，她与曾经和顾生有过同性恋关系的青年发生了冲突，并将其杀死。故事结束时作者才向我们揭示了创造侠女形象及其怪诞行为的深层原因，即在读者的心中制造出疑点和悬念，从而造成读者情绪紧张的效果。姑娘的最终目的是为父报仇，当她提着仇人的头回到家中并向顾生告别的时候，才向他说明了一切。顾生的同性恋人是一个狐狸精，侠女将其杀死，并不是因为嫉妒，而是怕泄露自己的复仇计划。侠女对顾生的爱主要来自对他和他母亲的感激，将身体奉献给顾生也是为了对他的慷慨表示酬谢；最后，侠女完成了使命，消失了，但是，为了报答顾生，给他留下了一个儿子，使其能够延续香火。这里，爱情最终也附属于社会义务，具有了实现社会义务的功能。

《连城》是蒲松龄的另一篇小说，作品中，由于男女主人公无

---

① 见《聊斋志异·侠女》2：210—16（2：71—74）。这种爱也与浪漫爱情的观念相差甚远：家庭意识、报恩思想、孝敬父母等其他价值观念比纯粹的爱情更重要。作品取材于收编在《太平广记》中的一篇名为《贾人妻》的唐代传奇，讲述了一位貌似普通妇女的商人的遗孀为夫报仇的故事。《情史》中，“情报”一词的意思主要指“爱情中的因果报应”，见《情史》16：468—498。

法实现成为夫妻的愿望，最后双双死去；男主人公乔生，因丧失了情人便拒绝再生的机会，他竭力效仿中国传统的表示孝敬父母的方法，表现出崇高的爱情英雄主义：为挽救所爱女子的生命，他宁可将自己胸脯上的肉割下来一块。①《菱角》和《陈锡九》两篇作品中的女主人公也千方百计地反对家庭包办婚姻，和其他许多妇女殉情的故事一样，他们抗婚不仅是因为爱情（我们所理解的含义上的爱情），或者说因为捍卫感情的自由选择，其中更重要的原因是必须遵守与另一位男人事先已经订立的婚约义务。② 在已经组成的家庭中，对妻妾的爱情是通过生儿育女得到巩固和加强的。③ 然而，在《阿宝》的故事中，爱情又好像不受任何社会因素所左右，盲目而狂热的爱情使主人公变得非常可笑，也非常可悲：他希望实现阿宝的一切愿望，包括满足阿宝开玩笑时的要求，最后，为了永远守在阿宝的身边，他不惜变成一只鹦鹉。④

在蒲松龄的许多作品中，尤其是在那些以人与鬼怪相爱为主题的作品（如人与狐仙之间的爱情故事）中，所描写的是一见钟情式的爱情。同样，在《牡丹亭》中，柳梦梅一见到少女杜丽娘留下的自画像便萌发了爱情，⑤ 这种爱情已经成为几代作家和读者的爱情模式。下面的几章中，我们还会继续看到一些其他

① 见《聊斋志异》3：362—367（6：278—281）。在中国文化中，一般情况下，割肉献身之事是与孝道联系在一起的，孝子为了使生病的父母痊愈，往往会割下自己身上某部位的肉，作为医病之药献给父母。

② 见《聊斋志异》6：815—818、8：1156—1164（11：539—540、544—548）。

③ 《金瓶梅》中西门庆对瓶儿的态度就是很好的例子。

④ 见《聊斋志异·阿宝》2：233—239（2：83—86）。

⑤ 见《一见赏心篇》，这是一部以花仙为主人公的明代爱情故事集。在蒲松龄的作品中狐仙的故事也比比皆是，如《画壁》。关于与鬼怪相爱的故事，也可参见《情史》第8、9、10、12卷。

种类的爱情。但是，本章结束之前，我们不能不提一下《红楼梦》留给我们的一个难以解决的问题，即两种“淫”的区分问题，事实上是情爱（一般情况下，中国传统道德是不承认其合法性的）和真正淫荡之间的区分问题。《红楼梦》中有这样一段话：“淫虽一理，意则有别。如世之好淫者，不过悦容貌，喜歌舞，调笑无厌，云雨无时，恨不能天下之美女供我片时之趣兴，此皆皮肤淫滥之蠢物耳。如尔则天分中生成一段痴情，吾辈推之为‘意淫’。……汝今独得此二字，在闺阁中，固可为良友，然于世道中未免迂阔怪诡，百口嘲谤，万目睚眦。”① 关于这个问题，我们将在本书结尾时进一步论述。

3. 男性的爱情和女性的爱情

俗语说：“男贪女爱。”② 爱情不分男女，然而，对男女来说，爱情的表现形式是不同的，这也是因为在两性交往中男女的角色是截然不同的：男性主要是由于受到女性美貌的吸引而产生爱情，女性则主要是受到男性的风度、慷慨、文化修养以及与其相关的社会地位的吸引而产生爱情。③ 在《聊斋志异》中，我们可以看

---

① 见《红楼梦》5：58。

② “男贪女爱”（见《二刻拍案惊奇》14：293、32：669、29：616、3：71；《拍案惊奇》2：30）。

③ 比如音乐的作用：“琴心”一词就表明了卓文君对辞赋作家司马相如的爱情，这种爱情是从听抚琴开始的。从而产生了其他一些类似的表达方法，如“琴中之意”的说法，就表现出了音乐的诱惑力（见《欢喜冤家》10：172—173 和《贪欢报》10：4—5）。在《聊斋志异》的《莲香》（2：221）一文中，女主人公对所爱男子说：“慕君高雅，幸能垂盼。”然而，在同一部书的另一篇名为《颜氏》（6：766—769）的故事中，女主人公颜氏对待丈夫的态度则截然相反，因为她的丈夫文墨不通，科举榜上无名。

到，青梅被所爱男子的翩翩风度所吸引；鸦头因喜欢情人的严肃认真，悖逆母亲的意愿，而随其出走；聂小倩则被男主人公的善良和真诚所打动，从一个精怪变成一个贤惠的妻子。① 女人对男人的肉体吸引一般被认为是邪恶的，如潘金莲及其他嫉妒的泼妇和狐狸精等，她们唯一的目的是满足性欲，吸干男人的精血。

当女人坠入情网时，爱情一般显得更加不可抗拒。按照多数人的认识，这一点符合男女角色不同的理论：如果没有社会义务的因素，或者社会义务的因素少一点，女人就有了更加放纵感情的可能，一般来说，从官能上讲这种放纵是受男性控制的；如果爱情少受一些担忧（来自于社会责任的）的影响，那么它便会取代那些填满男人心灵的其他感情的地位（如社会关系和传宗接代等），便会成为女人生活的主要目的，成为女人努力投入到其中的一种使命。②

社会地位低的妇女比社会地位高的妇女好像享有更多的自由。《红楼梦》中，丫鬟司棋与表兄的秘密爱情关系被发现后，她没有任何不知所措或羞愧的感觉，这表明，她并不认为爱情是见不得人的丑事。但是，宝玉把贴身侍女袭人误认为黛玉，向她表露爱情，对她说，就是在睡梦中也忘不了她，贾府上下便因此

---

① 请分别参见《聊斋志异》的《青梅》(4：444—453)、《鸦头》(5：600—606)和《聂小倩》(2：160—168)。尽管蒲松龄笔下的狐狸精一般来说都是无拘无束的正面形象，但也有一些反面形象，如《董生》(2：133—136)中的狐狸精。

② 《情史》中有一篇作品，讲述了妻子化作风令长期不归的丈夫返家的故事。冯梦龙在评论这段故事的时候说：“妇人无外事，其性专一，故立志往往著奇。”在情感方面，男女之间的感受是不同的，这不仅仅是因为他们之间的社会角色不同，也是因为女子接受的是不同的“女子文化”教育。

惊恐万状。人们并不害怕主子与丫鬟之间发生两性关系，在当时，这种关系是很正常的：袭人曾与宝玉做爱，她知道，这不是什么越轨的行为；贾琏与鲍二的老婆私通，也未引起家人的紧张；然而，宝玉对贴身侍女亲密得无话不谈，表现出深厚的感情，① 却引起大家的担忧和不快。

明末出现了新的社会环境，对妇女的形象也有了新的评价，因而，文学作品中产生了许多动人的妇女形象，如《牡丹亭》中的女主人公杜丽娘、《喻世明言》第 1 卷中的王巧儿、第 27 卷中的金玉奴和《警世通言》第 29 卷中的莺莺等，她们与男主人公柳梦梅、蒋兴哥、莫稽和张浩共同为我们讲述了一篇篇感人的爱情故事。

如果将《喻世明言》中的《蒋兴哥重会珍珠衫》与《金玉奴棒打薄情郎》两篇作品加以对比，我们便可以进一步观察到多种多样的暧昧的感情变化。两篇作品讲的都是传统式的情人分离又团聚的故事，也都具有皆大欢喜的结尾；但分离却都不是由外部原因造成的，而是由于感情和爱情发生了变异。这表明伦理道德观念已经发生了变化，人们表现感情的方式也与以往不同。

《蒋兴哥重会珍珠衫》描绘了当时商人阶层的社会与家庭生活，讲述了年轻妇女王巧儿复杂曲折的爱情经历：丈夫不在之时，王巧儿经受不住商人陈大郎的诱惑；被丈夫休弃后，她又嫁给了一位官员，最后又回到第一个丈夫的身边。故事一开始就展示了蒋兴哥与王巧儿的恩爱场面，他们相亲相爱，“比别个夫妻更胜十分”。一天，蒋兴哥为生意要远离家门，虽不情愿，也不得不将爱妻孤独地留在家中。书中描写了王巧儿背叛丈夫与人通奸的极其复杂的过程，其中包括：迫切地等待丈夫，以为丈夫很

① 请分别参见《红楼梦》64：961、32：387、6：89、44：538。

快就要归来，寂寞难耐的日子，参加节庆活动，丈夫迟迟不归，误传的消息和薛婆的引诱之言，等等。按照传统道德观念，通奸被视为不道德的行为，应受到谴责，然而作者却尽情地描绘了王巧儿和陈大郎之间的爱情，好像同情他们，认为他们的感情是真挚的，对他们的通奸却只作了一般性的评论。最后，陈大郎不得不离开。当两人惜别之时，王巧儿将家中传世之宝珍珠衫赠送给他。陈大郎至死珍藏此衫。正是这件珍珠衫使蒋兴哥发现了妻子的不忠。被丈夫休弃后，王巧儿欲悬梁自尽。母亲劝她把享受生活放在第一位，放在忠诚于丈夫、为贞洁宁可牺牲生命的传统道德之上，使她放弃了死的念头：“你好短见！二十多岁的人，一朵花还没有开足，怎做这没下梢的事？莫说你丈夫还有回心转意的日子，便真个休了，恁般容貌，怕没人要你？”① 两人尽管分了手，但夫妻情分未尽，经过一番周折，最后又重新结合在一起。陈大郎则因引诱他人之妻，受到双倍惩罚，命运极其可悲：远离家乡，心疼而死；其妻子也转嫁给了蒋兴哥。因为，在他的身上爱情和道德无法得到协调。

《金玉奴棒打薄情郎》讲的是有关年轻书生莫稽与乞丐“团头”之女金玉奴之间的婚姻故事。金“团头”在丐户中有权有势，是数得着的富户，但社会地位低下；为了改善家庭的社会地位，他把女儿嫁给一位书生。而书生莫稽则依赖这桩婚事完成了学业，成为一名官吏。但是，后来莫稽耻于妻子家的卑贱地位，鄙视妻子，甚至为了摆脱她，将她推入淮河水中。莫稽想开始新的生活，数月后便通过媒妁之言又与淮西转运使的女儿结为夫妻。其实，这位千金小姐恰恰就是金玉奴，她被转运使神奇地从水中解救出来，并收为义女。令人难以想象的场面发生在结婚之时：金玉奴令人棒打新郎，然后才让其了解自己真实的身份；莫

① 见《古今小说》1：25—26。

稽无地自容，后悔莫及，请求玉奴原谅。

很明显，作品谴责了人们追求社会地位的野心和虚荣；我们可以用一句话概括其道德观念，即“患难之交不可忘，糟糠之妻不可弃”①。但是，作品并没有摆脱传统的道德观念，它赞扬了妇女的忠贞和一生只能侍奉一夫的伦理原则。② 尽管金玉奴在莫稽那里领受的只是伤害和痛苦，甚至险些丧失了生命，最后她仍然接受了他的忏悔，与其和好如初。故事的结局好像与中国的成语“反水不收”相矛盾③：莫稽如此残酷，如此自私，破镜重圆几乎是不可能的，然而，玉奴的爱和宽宏大度却使不可能变成了可能。令人困惑的是，玉奴是否真的能够忘记丈夫对她的谋害？是否真的愿意与谋害自己的人重新结为夫妻？是否真的可以与其重建爱情关系？无论是捐弃前嫌的会面，还是对莫稽的惩罚，都不足以抹平玉奴曾经受到的伤害；我们只能认为，玉奴吸收了儒家的伦理道德观念，把绝对献身于丈夫视为做妻子的责任；在许多方面，玉奴比那位忠诚于患麻风病的未婚夫的多福姑娘（《醒世恒言》第9卷）更加勇敢。书中，玉奴曾这样对搭救了她并劝她再婚的转运使夫人说：“奴家虽出寒门，颇知礼数。既与莫郎结发，从一而终。虽然莫郎嫌贫弃贱，忍心害理，奴家各尽其道，岂肯改嫁，以伤妇节?”

如果妇女犯错误，情况则截然不同。在《蒋兴哥重会珍珠衫》中，王巧儿曾经有过三个男人：第一个丈夫、情人陈大郎

---

① 见《醒世姻缘传》。

② 中国的一句著名成语说：“烈女不嫁二夫。”

③ 我们可以把莫稽的故事与该故事（《古今小说》27：404—406）引言中的朱买臣的经历对比一下：朱买臣一贫如洗，被妻子抛弃，后被拜为太守，羞辱前妻。在道德文章中，“反水”经常指做过坏事后无法反悔。李渔则曾经在一篇小说中用这一比喻表示了相反的意思，他指出，反悔可以使最恶劣的人得到救赎。

及第二个丈夫；她是一位积极对待生活的妇女，能够挽回似乎无可挽回的事情，她与男人几乎站在了同等地位。① 作品中非常重视女人的感情和心灵的感受，人物超越了一般社会角色的界限：王巧儿从一位深爱丈夫的新娘沦为一位不守妇道的女子，再从一位狂热的情妇变成一位小妾，然后又返回到几乎与最初相同的人妻地位。当然，这里道德因素并不是微不足道的，我们不仅可以在故事的发展过程中看到女主人公的悔恨和对她所造成的恶果的补救，也可以在引言和开头与结尾的诗句中看到对道德的强调；前言中，作者劝导人们远离酒、色、财、气四大罪恶，并强调了其中以“色”字最为厉害。冯梦龙的兴趣远远地超越了对道德问题的担忧，他展示了一位品行端庄的女人是如何受到外人诱惑又是如何被不正当却又无法抑制的爱情所俘虏的。一切都很偶然：与陈大郎初次相遇时，王巧儿站在窗口张望，错认为他是自己的丈夫；后来，由于媒婆的精心安排，她的思想才一步一步地发生了变化。

《警世通言》第22卷中，艄公的女儿宜春嫁给了穷书生宋金为妻，她的爱虽然默默无闻，却坚定，永恒。宋金没有谋生之技，最初在船上记账收款；当一岁的幼女夭折后，他便一病不起，任何事也不能做了。艄公决定摆脱他，背着宜春将他抛弃在一个荒凉的孤岛上。宜春内心无法安宁，曾试图自尽；她到处寻找丈夫，后来以为丈夫已死，便穿上丧服，决心为其守节。结尾自然也是皆大欢喜的：宋金成为一个富贾，毫无怨恨地回到妻子

① 如果把《古今小说》中关于王巧儿的故事（见《蒋兴哥重会珍珠衫》）与《情史》中关于王巧儿的故事（见《珍珠衫》16：474—477）相对比，就会发现，女主人公始终是商人的妻子，无论是通奸还是二次婚配，她都起到了积极的作用。她挽救了第一个丈夫的生命，从而也挽救了自己，因此，所得到的报应也特别的轻，最后，只是从妻的地位降到了妾的地位。

和岳父岳母身边。该作品突出之处在于强调了女主人公反对父母不人道的做法，在感情方面具有独立自主性："爹妈养得奴的身，养不得奴的心！"另外，还需要注意的是，宜春所挽救的不是越轨之爱，而是夫妻之爱。

《警世通言》第29卷《宿香亭张浩遇莺莺》（以"莺莺"命名女主人公）中，[①] 出身高贵的莺莺小姐在爱情方面也表现出了同样的积极和坚定。书生张浩在自家花园中遇见邻居家小姐莺莺，一见钟情，坠入爱河。莺莺自我介绍后表明来意："闻君家牡丹盛开……"但唯恐其意表达不清，又补充说："妾之此来，本欲见君。"张浩将自己的腰带作为信物赠与莺莺，并赋上一首情诗；如果张浩之友不用儒家道德思想提醒他们，两人几乎当场成就好事。后来，莺莺主动与张浩秘密约会，两位情人相聚于宿香亭下。后来莺莺随父亲离家两年，张浩迫于家庭的压力，违心地与孙家小姐订亲。莺莺返回后，毫不犹豫地向父母坦白了与张浩之间的关系，并以死相要挟。在获得父母的同意后，她告上法庭，使人们承认了两人私定的婚约，最终与张浩结为夫妻。在这篇小说中，莺莺和张浩对待爱情的态度截然不同，张浩胆小怕事，消极被动；莺莺则坚定不移，积极主动，甚至有能力解除张浩与另一女子的合法婚约。作品似乎要表明，虽然女人应遵守忠贞的道德原则，但是，由于她们处于社会的边缘地位，在感情的世界中，她们比男人更自由，因为，男人要顾及社会赋予他们的责任和权利。

如果我们把上面的两篇作品与《警世通言》第24卷《王娇

① 前面我们已经讲过，13世纪，王实甫改编了元稹（779—831）的作品《莺莺传》，创作了戏剧作品《西厢记》。"莺莺的故事"可能是中国最成功的爱情故事，关于它的作品不计其数。冯梦龙所改编的"莺莺的故事"，有大胆的创新。

鸾百年长恨》相对比，就会更清楚地看到女人的慷慨大度和男人的社会约束之间的明显反差。这篇故事中的爱情之花也开放在两家邻居之间：在姨娘的纵容下，娇鸾和当地司教之子周廷章在花园中秘密约会。回到家乡后，廷章忘记了与娇鸾秘密订立的婚约，与父母为其选定的有权有势的富家小姐结为夫妻。娇鸾托人带去一封封书信和诗歌，表示她的绝望之情，但均无回音。最后，周廷章将定情的手帕和秘密婚约捎回，表示彻底断绝两人的关系。此时的娇鸾只能悬梁自尽了，但是，她死前把一切有关她与周廷章爱情经过的证据交给了一名官吏。这名官吏以引诱官宦人家小姐、抛弃妻子、造成娇鸾自杀身亡为由，将背信弃义的周廷章杖毙。

总的来说，冯梦龙和蒲松龄都强调了勇敢、智慧、高尚的女人和危险的女人之间的矛盾，[①] 也强调了赞扬恋爱自由（尽管爱情应贴有婚姻的标签，然而，子女却经常违背父母之意，实现自己的爱情理想[②]）和谴责越轨行为（爱情无法结成幸福的婚姻，从而造成悲剧）之间的矛盾。《醒世恒言》第13卷讲述的关于韩玉翘受庙官欺骗的故事就极具典型性：宫中的韩玉翘夫人得不到皇帝的宠幸，身染疾病，被送出宫来休养；她去道庙求神，爱上了英俊的二郎神泥像，并许下心愿，希望能够嫁给与二郎神相似的郎君；庙官装神弄鬼，假扮二郎神君，夜晚来到她的身边，满足她的要求；两人每夜在夫人的卧室里秘密相会；最后，骗子的嘴脸暴露无遗，被判处死刑。韩玉翘也被撵出宫门，嫁给了一

① 见史华罗的《中国之“罪孽”：14世纪中叶至19世纪中叶新儒学之利弊》（*Il “peccato” in Cina. Bene e male nel neoconfucianesimo dalla metà del XIV alla metà del XIX secolo*, Bari, 1991, pp. 213—239）。

② 见《醒世恒言》第8、13、28卷，《聊斋志异》2：160—168、256—264（2：54—59、92—97）。

位商人，过上了她期待已久的正常人的幸福生活。在作品的第一部分中，作者对相爱的情人们表现出极大的同情；在第二部分中，越轨者（假扮成二郎神的庙官）的罪过受到了应得的惩罚；在最后一部分中，韩玉翘得到了安慰和奖励，与京城的一位商人结为了夫妻。夏志清先生在《中国古典小说导论》① 中非常强调这种大起大落的处理方法，他说："最初，我们在作品的引导下，同情女主人公的处境：她投入神的怀抱，得到最终的性欲满足，人们认为，这种情况反映了爱情至高无上、如同神灵的观点。……然而，我们现在又处在另一条道路上，我们要识破那个肆无忌惮的无赖，他竟然无耻到化装成神灵淫乱皇帝女人的地步；此时，我们的感情站到了社会道德的一面。……韩夫人完全被放置在一边无人理睬了：当被揭露的伪神灵不再顾及她的死活和被抛弃后的感受时，我们却无法知道她的感情……"冯梦龙是一位感情专家，有时他认为爱情具有超越性，不受任何范畴和道德观念的约束；有时他又谴责那些给社会和个人都带来损害的越轨行为和过度的爱情。②

女主人公就这样处于一种矛盾的状态之中，她虽然是一位宫女，却被描写成越来越追求现实生活的女性，这一点反映了

① 见夏志清（C. T. Hsia）先生的《中国古典小说导论》（*The Classical Chinese Novel: A Critical Introduction*, New York and London, 1968, p. 301）。一些学者把这篇小说及其他一些小说与《十日谈》中的故事进行了对比，因为它们都以宗教环境下的"性爱"为主题，都批评了流行的道德堕落。

② 关于第一种情况，请见《情史》卷20《情鬼》（20—694）："人情鬼情，相投而入，如狂如梦，不识不知……"这句话可以理解为具有因果报应的含义，和丽娘复苏后所说的话一样。关于第二种情况，请见《情史》16：467、557、631，24：815。

中国文化的差异。[1] 一般来说，是可以把男人的感情和爱与女人的感情和爱区分开的。尽管并不存在明确的区分方法，但是，由于两性的社会分工非常严格，我们便可以推断出，两性对情感的体验、表现和反应是不同的。男主外，承担着社会和政治责任，女主内，负责管理家务，承担着家务责任。[2] 按照儒家男女有别的道德要求，在两性关系上，男人处于主动地位，女人处于被动地位，这是天经地义的。只需粗略地分析一下文学作品中的人物，便会清楚地看到，爱情是把女人整个人格和生命都卷入在内的强烈情感，然而，对男人来说，它却仅仅是许多种激情中的一种。依赖爱情，把爱情视为生命和生活的目的，这一点好像在女性人物身上表现得更加明显。当男人全身心地坠入爱河之中时，人们会认为这是一种过分的爱情；而对女人，情况却不同：只要有关的伦理道德规范不受到破坏，女人的爱便不被认为是过分的。

正是由于存在着不同的社会地位，女人对待爱情的态度一般都显得更具体和更实际。最近，人们研究了一些明清时期女作家的评论文章，其结果表明，人们曾努力维护《牡丹亭》女主人

---

① 关于男女颠倒角色的情况，请见《古今小说》第 28 卷的引言（28：416—419），《镜花缘》7：26—28，《古今小说》第 24、27 卷，《二刻拍案惊奇》第 12、32 卷，《西湖佳话》6，《醉醒石》5：35—43。李汝珍（1763—1830）的《镜花缘》讲述了发生在 7 世纪女皇武则天掌权时期的故事，充满了隐喻。书中关于女儿国的章节尤其有意思：在女儿国中，两性传统的社会角色被颠倒了，女人胜于男人，担任主要的社会职务，起到了积极的社会作用。然而，应该注意到的是，女主人公们仍具有中国传统骑士小说中女子的特点，她们不浪漫，感情也不丰富。关于明末江南名妓的社会角色和地位，请见冒襄（1611—1693）在《影梅庵忆语》中所描写的董小宛的爱情和徐霖（1462—1538）对妓女的赞颂。

② 想了解此种现实，请见《醒世恒言》11：226。

公的爱情合法性，也曾非常强调该作品符合社会实际的圆满婚配结局。① 当然，像潘金莲那样的女人是一种毫不顾及道德约束、在同性中极具竞争能力和野心、对待男人又极其精明的人物，她们超越了“中国美女魅力”的传统定式。

在李渔的作品中，女性人物的性格显得更加坚定，有时她们比男人更精明。《无声戏》第七篇故事中，一位妓女欺骗了一个穷理发师，假称要嫁给他，取得了他的信任；然后盗走他的全部积蓄，戏弄了他。这篇作品中的女主人公与那位嫁给卖油郎的著名妓女截然不同，她似乎颠覆了浪漫、忠诚的妓女形象。《比目鱼》中的女主人公更具有典型性：谭生是一个情种，他疯狂地爱上了艺妓比目鱼；艺妓虽然也爱他，仰慕他，却非常实际，她的坚定不移的目标就是要与谭生结为夫妻。比目鱼的妈妈更是不顾及任何道德规范，她想把女儿培养成一位既有女性魅力又懂得勾引男人技巧的艺妓，② 使其获得生活中的最大成功；她传授给女儿秘诀时说：

---

① 高彦颐（D. Ko）曾经在她所做的极具启发性的关于17世纪中国知识女性的研究中就有过此类阐述。

② 与欧洲一样，在中国，也曾经有过性引诱艺术的理论家和“爱情艺术教材”，以及关于性征服、自动屈从、爱情语言游戏和对女性献媚的论文。在性引诱的教材中（见明代著作《素女妙论》等），能够见到关于女子试探男人态度和吸引他们注意力时所应采取的动作、言语以及所应开的玩笑的论述。关于西方的性引诱，请见卢曼（N. Luhmann）的《情爱》（*Love as passion*，1966）第64—85页、卡罗泰努托（A. Carotenuto）的《爱与哀婉》（*Eros e pathos*，1987）和《诱惑的礼仪与神话》（*Riti e miti della seduzione*，1994）、阿尔贝罗尼（F. Alberini）的《色情》（*L'erotismo*，1988）第39—55页、博德里亚（J. Baudrillard）的《诱惑之谋略》（*Le strategie fatali*，1984）。关于中国明清时期男性诱惑的问题，请见史华罗1991年著作集第223页。

……许看不许吃，许名不许实，许谋不许得。

……但凡男子相与妇人，那种真情实意，不在粘皮靠肉之后，却在眉来眼去之时，就像馋人遇着酒肉，只可使他闻香，不可使他到口。若一到口，他的心事就完了。那有这种垂涎咽唾的光景，来得热闹！①

女子对待婚姻的态度与男人不同，恐惧感和不信任感比我们表面上见到的还要普遍：特别是那些不能依赖财富和美色的女子，她们不仅不信任男人，也不信任婚姻体制，认为婚姻体制非但不能保护她们，而且还敌视她们；她们的这些想法并不是没有一定道理。正像我们前面所说过的那样，与以往相比较，中国最后两个王朝统治时期，女人与娘家的关系越来越少，与未婚夫和丈夫家的关系则越来越紧密。在前面所提及的长篇小说《醒世姻缘传》中，丫鬟青梅决心终身不嫁，选择了皈依道门之路：

我每日照镜子，自己的模样也不十分标致，做不得公子王孙的娇妻艳妾。总然便做了贵人的妾媵，那主人公的心性，宠与不宠，大老婆的心肠，贤与不贤，这个真如孙行者压在太行山底一般，那里再得观音菩萨走来替我揭了封皮，放我出去？② 纵然放出来了，那金箍儿还被他拘束了一生，

① 见《李渔全集》。这里，推迟结合的目的是提高与性快乐有关的利益和身价，并不是要保守贞节，以达到结婚的目的，因为婚姻需要父母之命、媒妁之言和门当户对等一系列的社会条件，而不是青年男女的自由愿望。

② 此处指的是关于孙悟空的民间传说。大闹天宫之后，孙悟空受到如来佛的惩罚，被锁押在五行山下，后来观音菩萨解救了他，命他保护唐三藏去西天取经（见《西游记》或《西游补》）。

这做妾的念头是不消提起了。

其次还是那娼妓，倒也着实该做，穿了极华丽的衣裳，打扮得娇滴滴的，在那公子王孙面前撒娇卖俏，日日新鲜。中意的，多相处几时；不中意的，“头巾吊在水里，就开了交”，倒也有趣。只是里边也有不好处的：接不着客，老鸨子又要打；接着了客，拿不住他，老鸨子又要打；到了人家，低三下四叫得奶奶长，奶奶短，磕头像捣蒜一般，还不喜欢，恰像似进得进门，就把他汉子哄诱去了一般。所以这娼妓也还不好。

除了这两行人，只是嫁与人做仆，或嫁与觅汉做庄家，他管得你牢牢住住的，门也不许走出一步。总然看中两个汉子，也只“赖象磕瓜子”罢了。且是生活重大，只怕连自己的老公也还不得搂了睡个整觉哩！寻思一遭转来，怎如得做姑子快活？就如那盐鳖户一般，见了麒麟①，说我是飞鸟；见了凤凰，说我是走兽。岂不就如那六科给事中一般，没得人管束。②

这里，我们应该看到，与上层社会的妇女相比，普通百姓家庭的女子被描写得更加生动、自然、不落俗套。在尊重社会习俗和儒家带有强制性的道德规范时，如果作品中的人物社会地位不同，那么作者所感受到的自由程度似乎也就不同。冯梦龙《三言》中的五十多篇以爱情为主题的故事里，至少有一半以上是

① “麒麟”是人们想象中的一种动物，形似独角兽，被看作百兽之王。蝙蝠有双重身份，既可被称做飞禽，又可被称做走兽。民间有这样一个传说：麒麟寿诞时，百兽齐至，唯蝙蝠未来祝寿，因为它是飞禽；然而凤凰寿诞时，百鸟齐至，它也未到，因为它是走兽。

② 见《醒世姻缘传》8：114—115。

以出身卑贱的妇女为主人公的，在这些作品中，作者一般对道德问题显得并不十分严肃。①

4. 关于同性恋和厌女癖的几个问题

从《情史》开始，明朝中期流行起以厌女癖和同性恋为内容的作品。按照这些作品的观点，女人的主要作用是繁衍后代，性快乐只是男人的专利；冯梦龙把这一观点发展到了极点，他荒谬地认为：假如男人能够生儿育女，女人就将毫无用处。② “女以生子，男以取乐。天下之色，皆男胜女。羽族自凤皇、孔雀以及鸡雉之属，文采并属于雄。犬马之毛泽亦然。男若生育，女自可废。”《断袖篇》中也有类似的观点，认为人们应该祈求上天，使人能从“后庭”生出子女，③ 从而不再需要女人。李渔在他的一篇小说中也认为，女人的美貌是矫饰的、虚假的，因为她们要不断地使用化妆品，要依靠缠足及项链和耳环装扮自己；女人的乳房还不如“悬挂的南瓜”有魅力，她们的月经是肮脏的；女人剥夺了男人的自由，缠住了男人的腿脚，这便是同性恋者所描绘的毫无吸引力的女人形象。④《儒林外史》中，杜慎卿的一句话也表示了同样的观点：“难道人情只有男女么？朋友之情，更胜于男女。”⑤ 接着，他引用了明朝开国之君洪武皇帝的一句话：“我若不是妇人生，天下妇人都杀尽！妇人哪有一个好的？小弟

---

① 《三言》中，人物的社会地位不同（文人或普通百姓），冯梦龙的伦理道德标准也随之不同。

② 见《情史》22：777。

③ 见《断袖篇》，第 71 页。

④ 见《李渔全集》之《无声戏》6、13：5389—5390。

⑤ 见《儒林外史》30：296。该书描写并讽刺了当时的社会，特别是文人阶层的各种弱点和毛病，作者的名字叫吴敬梓（1701—1754）。

性情，是和妇人隔着三间屋就闻见他的臭气。”①

男人之间的同性恋不仅在戏剧中而且在其他文学作品中非常普遍，明末清初的许多小说都可以证明这一点，有些作品还对其进行赞扬。② 总之，鸡奸并不受到谴责，其害处只是使男人无谓地浪费了精子；基督教认为鸡奸是违反自然的罪孽，现代心理学认为鸡奸是性反常或性偏差，然而，在中国的古代文学作品中并不存在此类观念。在《情史》关于同性恋的一卷中，冯梦龙对 15 种变态性爱一一进行了解析，赞扬在变态性爱中人们所表现出来的纯洁无瑕、献身精神、英雄主义、真挚的感情和始终如一的忠诚。③ 李渔对真挚和永恒不变的同性恋也表示同情，他承认，有些人生来就厌恶女性，有些人则因为环境所迫才变成同性恋者。但

① 见《儒林外史》30：295。可以与嗅觉对唐璜的影响相对比：女人的气味可以使他忘掉一切。

② 见《断袖篇》［在台北非法重新印刷，最近由乔万尼·维蒂耶罗（Giovanni Vitiello）翻译成意大利文］，第 41—83 页以及《石点头》第 14 回（除 1985 年版本外，几乎所有当代版本都有删减，并受到一定的出版控制）和李渔的一些其他小说。“情”字也被理解为同性恋一类的“爱情”。然而，李渔认为，男女关系自然而成，肌体相合，并有繁衍后代的功能，他不主张同性恋，这不仅是因为卫生的原因，也是因为从生理的角度上看男人之间不能互补，也不能共享性交的快乐（见《李渔全集》之《无声戏》6，13：5382—5384）；关于同性恋的流行，请参见《无声戏》9：3705、《儒林外史》30：294—303、《红楼梦》第 47 回和《金瓶梅》第 35、36、49、55、93 回（特别是《金瓶梅》的 35：449—469、55：715、29、93：1317—1327），也可参见《万历野获编》24：622 和《万历野获编补遗》3：902—903、《古今小说》第 1 卷、《欢喜冤家》第 1、3、4、7、9、21 回、《石点头》第 14 回，以及关于“连理枝”的传说；赞颂女性同性恋的情况比较少。

③ 该卷又分为以下几个部分：1. 贞洁；2. 不正当和非法之爱；3. 情爱；4. 一见钟情和情痴；5. 感动之情；6. 情变；7. 不幸的结合；8. 不忠诚之爱；9. 情恨；10. 不稳定之爱；11. 因果报应；12. 爱之蜕变；13. 危险之爱；14. 邪恶之幽灵；15. 神奇之幽灵（见《情史》22：756—777）。

是，他认为同性恋不符合建立在阴阳相合基础之上的自然规律：

南风一事（同性恋），不知起于何时，创自何人。沿流至今，竟与天造地设的男女一道，争锋比胜起来，岂不怪异？怎见男女一道是天造地设的？但看男子身上，凸出一块，女子身上，凹进一块，这副形骸，岂是造作出来的？男女体天地赋形之意，以其有余，补其不足，补到恰好处，不觉快活起来，这种机趣，岂是矫强得来的？及至交媾以后，男精女血，结而成胎，十月满足，生男育女，这段功效，岂是侥幸得来的？只为顺阴阳①交感之情，法乾坤覆载之义，象造化陶铸之功，自然而然，不假穿凿。所以亵狎而不碍于礼，玩耍而有益于正。至于南风一事，论形则无有余不足之分，论情则无交欢公乐之趣，论事又无生男育女之功。不知何所取义，创出这桩事来，有苦于人，无益于己，做他何用。亏那中古之时，两个男子，好好的立在一处，为什么这一个忽然就想起这桩事，那一个又欣然肯做起这桩事来，真好一段幻想。（古人曰，这忽然欣然处，正所谓不知其然而然，所以勉强之后，渐进自然。）况且那尾间一窍，是因五脏之内，污物无所泄，秽气不能通，万不得已，生来出污秽的。造物赋形之初，也怕男女交媾之际，误入此中，所以不生在前而生在后，即于分门别户之中，已示云泥霄壤之隔。奈何盘山过岭，特地寻到那幽僻之处，去掏摸起来。（谑中三味。）或者年长鳏夫，家贫不能婚娶，借此一泄欲火；或者年幼姣童，家贫不能糊口，借此以觅衣食，也还情有可原。如今世上，偏是有妻妾的男子，酷好此道；偏是丰衣足

① “阴”与“阳”相反相成，是构成宇宙的基本要素之一，请注意，不要将其与前面所见到过的“淫”字相混淆。

食的子弟，喜做此道，所以更不可解。①

明末有一篇幽默小故事，讽刺的是福建的一个陋习，在那里，人们常把缺点说成是优点：

> 闽人笃于男色者，见一美姬，姿态绝伦，乃叹曰："可惜是妇人耳。"又有与眇姬相处者，宠恋异常，或诘之曰："此少一目，何足恋？"其人低回叹曰："公不知趣，我看了此姬，天下妇人都似多了一只眼。"②

在蒲松龄的作品里对同性恋的态度是暧昧的。《聊斋志异》中的一些故事明显地谴责了同性恋关系，其主人公的结局都很悲惨，如：黄九郎、侠女、念秧等。在《黄九郎》（3：316—323）一文中，作者不仅视同性恋者为反面人物，警告他们不要滥用性爱，而且在结尾的评论中更加严厉地建议阉割同性恋者；但是，同一位主人公在后来的故事发展中却"得到了自救"，"诱惑者"不但没有受到任何惩罚，反而获得了荣耀。然而，在另一些故事中，当蒲松龄描写男人或女人的同性吸引时，却表现得非常轻松和投入。

在《封三娘》一文中，狐女封三娘与范小姐之间暧昧的感情已经超出了女人之间的友谊之情，两位女主人公比姊妹更亲密，没有封三娘的陪伴，范小姐便会思念成疾。在《人妖》一文中，同性恋的关系是由一个通奸的故事而引发的：一位已婚男子爱上了邻居家的女子，为了成全他，妻子装病，请求该女子陪伴过夜；与该女子同床共枕时，她偷偷地请丈夫睡在她的位置

---

① 见《李渔全集》中的《无声戏》6、13：582—585。由乔治·卡萨基亚（Giorgio Casacchia）翻译成意大利文，1995年出版。

② 《明清通俗笑话集》，上海人民出版社1996年版，第317页。

上；这时才发现，该女子实际上是男扮女装。后来，这位邻居被阉割，作为小妾成为家中的一员；他不仅扮演着中国传统中一家之长的第二夫人的角色，而且帮助妇女们做最繁重的家务劳动，使全家皆大欢喜。①

上述故事提出了一个在当时相当重要的关于雌雄同体人的问题。“邻居女子”可能是一个假的两性人（文学上称其为“变性人”或“雌雄同体人”），这种人经常以年轻姑娘的身份出现，接近其他女人，以达到诱奸的目的。按照《晋书》的说法，两性人是在浊气下诞生的，应被视为魔鬼。他们分为以下三类：1. 与女人在一起时是男人、与男人在一起时是女人的两性人；2. 前半个月是男人、后半个月是女人的两性人；3. 只能作为妻子不能作为丈夫的两性人。这三类两性人都不可能生儿育女。无论是真两性人还是假两性人，都受到人们的另眼看待，被视为怪现象和反常现象，甚至有时还被认为是最大的罪孽。“娈”字可以组成“娈童”一词，通常被用来表示女子气的男青年和变性人，需要他们陪伴的不仅仅是同性恋者。明代有一位作家，在他的作品中列举了一个有生育能力的两性人的例子：故事发生在宋朝。一位年轻女子怀了孕，指责是教她刺绣的尼姑所为，并揭露尼姑是雌雄两性人，与男人在一起时是女人，与女人在一起时是男人；尼姑否认诱奸罪，初次验身时，她是女子；然而，当仔细复查时，她的第二性别则原形毕露了。②

凌濛初也曾讲述过这一类故事：一个邪恶的游僧，装成尼姑，

---

① 分别见《聊斋志异》中的《封三娘》（5：610—617）和《人妖》（12：1711—1713）。

② 见高罗佩（Van Gulik）《秘戏图考——明代春宫图，附论汉代到清代（公元前206—1644）中国的性生活》（*Erotic Colour Print of the Ming Period, with an Essay on Chinese Sex Life from the Han to the Ch'ing Dynasty, B. C. 206 - A. D. 1644*），东京，1951，第160页。

诱奸来寺院过夜的女子。事实上，凌濛初描写的可能是一种两性人的现象：这种人具有典型的女人外部特征，患有隐睾症，外表看不到睾丸，阴囊分裂成两半，与女人的外阴道极其相似。在明代作家谢肇淛和陆粲（1494—1551）的作品中，以及在袁枚的《子不语》中，[①] 都有此类描述。谢肇淛和陆粲的一篇作品展示了一个山西手工业者的形象：主人公从小就失去了父母，成为孤儿。他像女孩儿一样缠足，学习纺织，后来成为女红教师。人们都以为他是女子，把女儿送到他那里学习女红。然而，他却利用人们的信任，不择手段，甚至使用巫术，做出了各种不道德的事情。他走南闯北，从事这类勾当多年，直至被揭露。官府验身后，才发现他是一个在人前男扮女装、在人后玩弄少女的男人。这位女红教师并不是独一无二的男扮女装的人物，而只是中国文学中此类人物的一个突出的代表，蒲松龄的作品中也有类似的描写。

中国的东南地区，不仅在监狱、寺院、兵营中，而且在知识分子中，[②] 男性同性恋尤为流行。甚至可以说，是同性恋使人们摆脱了维护家庭、保证传宗接代的社会义务，为“浪漫”的爱情提供了空间。清朝的统治者把同性恋和太监弄权与明朝的衰败联系在一起，订立了严格的法律，惩治同性恋，并对强奸罪施以重刑。[③]

关于女子同性恋的记载比较少。曾有一些描写女子集体自

---

① 分别见《拍案惊奇》34：596—619、《五杂俎》5：3739—3740和《子不语》中的《假女》。

② 关于男性同性恋问题，请见谢肇淛的《五杂俎》8：3744—3745、3780—3781和李渔的《无声戏》6、13：5383。

③ 关于“反自然罪”的概念，请看1980年在芝加哥出版的鲍斯韦尔（J. Boswell）的作品《基督教世界，社会的宽容与同性恋》。如果想分析威尼斯文艺复兴时期“正常或不正常”、“合法或非法”、“正当或不正当”性行为的具体案例，请看1988年在威尼斯发表的鲁杰罗（G. Ruggiero）的重要论文《性爱的界限：威尼斯文艺复兴时期的性爱与性爱罪过》。

杀的作品，此外，小说集《香饮楼宾谈》中还讲述了这样一个有趣的故事：一位美丽的女乘客从船上跌入河中，曾经接受过她的鲜花的另一位少女跳入河中相救；第二天，当人们将她们打捞上来时，两位少女都已奄奄一息，然而却紧紧地拥抱在一起。①

与同性恋相反同时又并列而存的是厌女症和禁欲主义的生活态度，持这种生活态度的人主张男子的童贞，反对男女性交，认为通过炼丹术可以达到阴阳相合，从而保护元气。关于这一点，陈士斌写在《西游记》第54回结尾处的评论是很有意义的。根据他的观点，夫妻之间的性关系是完全合法的，但是，与女人的性接触会阻止男人达到智慧的最高峰，即达到道教“成仙”或佛教“成佛”的境界。只有伪导师才会通过诱惑引导人们犯错误，搅乱终极真理，毁坏人的生命。这便是“女儿国”的故事给予我们的启示。② 尽管这里见不到将性关系（包括合法婚姻关系）视为肮脏和淫秽行为的极端态度，但是，反对性关系的立

① 见《香饮楼宾谈》卷2。

② 见《西游记》第54回。女儿国中，无论老幼贵贱都笑迎唐僧师徒，将他们视为人种。她们见到男人就高兴，一味地迎合男人们的愿望，目的是能够生出男儿。从前她们总是去喝迎阳驿附近的照胎泉水，受孕后也只能生下女婴。女儿国女王诏令全国，准备她与唐三藏的婚礼，这将使她能够在女儿国的历史上首次生下男性王位继承人。只有孙悟空的计谋和法术才能把唐三藏从危难中解救出来：唐僧假装同意女王的请求，表示愿意与其举行婚礼，从而顺利地获得了通关文牒，婚礼之前，师徒四人离开女儿国。“允婚之计”说明苦行者可以通过崇高的智慧避免女性的引诱。女人见到男人而高兴，是因为在男女结合中女人受益；而对男人来说却恰恰相反，美女只是涂上胭脂的骷髅，在她们那里，男人得不到任何好处。男人要提高警惕，因为他们有丧失元气损害身体的危险。应劝导男人们修身养性，铲除性欲。真正的美并不是女性之美。

场是显而易见的。①

还有另一种清教主义的思想，它与佛教的禁欲主义理想有所不同，主要流行于某些习武的男性团体之中。武德建立在侠义的基础之上，任何可能危害侠义的因素都会被抛弃在一边。一般来说，这些习武之人都生活在相互敌视的环境之中，不遵守法律，他们需要加强帮派内部的联系，强调哥们儿义气，绝不允许帮派内部滋生离心倾向。因此，在军人和武林帮派成员中迅速滋长着各种信仰和迷信，他们把无论在民间还是在官方都早已存在的"厌女思想"发展到极端的地步，坚信女人是"祸水"，会给人带来不幸：女人的诱惑不仅能削弱人的斗志，使人放弃斗争，而且还能在战友中造成嫉妒和分裂。这种认识形成了一种道德观念，并反映在许多武侠小说之中；好汉和豪侠们致力于匡扶正义、劫富济贫的事业，他们把荣誉放在首位；即使女人和爱情还没有完全被忘记，也只能屈居于从属的地位。中国所谓的骑士传奇类文学作品（即武侠小说）非常感人，但描写爱情和异性相吸引的篇幅并没有像西方传统骑士传奇文学中那么多：不论是理想化的对天使般女子的爱情，还是展示性欲的爱情，似乎都很少。尤其是长篇小说《水浒传》，主要人物都是一些血气方刚的好汉，如：武松、李逵等，他们不仅丝毫不近女色，而且还惩罚通奸的罪人。下面一段文字描写了杨雄和石秀是以何等暴虐的手段来对待与和尚勾搭成奸的杨雄之妻潘巧云的：

① 见史华罗（Paolo Santangelo）1991 年著作第 213—239 页。蒲松龄的小说《乐仲》（见《聊斋志异》11：1540—1547）讲述了这样一个故事：乐仲的母亲是虔诚的佛教徒，不吃酒肉；乐仲却不以为然，好吃好喝。然而，在性生活方面他却是一个地地道道的清教徒，结婚三天后便抛弃了妻子，因为他认为"男女居室，天下之至秽"。

> 杨雄道：“兄弟，你与我拔了这贱人的头面，剥了衣裳，我亲自伏侍他。”石秀便把那妇人头面首饰衣服都剥了。杨雄割两条裙带来，亲自用手把妇人绑在树上。……杨雄向前，把刀先斡出舌头，一刀便割了，且教那妇人叫不的。杨雄却指着骂道：“你这贼贱人，我一时间误听不明，险些被你瞒过了！一者坏了我兄弟情分，二乃久后必然被你害了性命，不如我今日先下手为强。我想你这婆娘，心肝五脏怎地生着？我且看一看！”一刀从心窝里直割到小肚子上，取出心肝五脏，挂在松树上。杨雄又将这妇人七事件分开了，却将头面衣服都拴在包裹里了。①

这里，占统治地位的道德规范建立在兄弟情分和侠义的基础上，其中还渗透着相当程度的对妇女的厌恶；生活中，这些英雄好汉只接受饭桌上的酒肉之乐。正像夏志清先生所强调的那样，“武松和鲁智深（《水浒传》中重要的英雄好汉）遇到与年轻女子有不轨行为的道士和僧人时，总是要大打出手。李逵（另一位好汉）厌恶美貌的少女，一次，他与宋江在酒店里饮酒，一位不知趣的卖唱女子要为他们演唱，他暴跳如雷，将女子推倒在地，失去知觉。这些小说中的感情冲突，无论怎么强烈，一般都很简单，都只局限于宣扬正义的道德范畴，因而，小说中有时会展现暴虐和残忍的两性关系的场面；情感的满足，只通过对‘喝酒和吃菜’过程的描写得到展示”②。

---

① 见《水浒传》46：548—549。

② 见夏志清（C. T. Hsia）《中国古典小说导论》，第88页。

5.“相思病”

在最传统的文学形式诗歌走向衰败的时候，小说却得到了飞速的发展；白话文小说在小说创作中占主导地位，并对文言小说有很大影响。特别是许多白话文长短篇小说中还带有一些诗句，这样便将描写与叙事、故事情节与内心世界、抒情与精彩的内容巧妙地结合在一起。散文与诗歌、民众语言的叙事与高雅诗歌的抒情经常是相互补充的：在通俗的叙事过程中，加入一些深奥的成分，构成悬念，给读者思考的空间，这便形成了一种抒情与现实描写相对应的新的文学创作的辩证法。比如，在叙事中加入下面一首表现相思病①的《夜游宫》，陷入爱情之中的人物的精神

① “相思病”是一个常用的词，在其他作家的作品中也能见到（在《拍案惊奇》25：439 中，这种感情也被比作“神经疾病”或“心病”）。需要说明的是，本书中它被解释为“爱情”（相思），是因为事实上它确实有“渴望”和“期望”的意思，它表示了对某人或某事的怀念之情，即表示了恋爱的精神状态。小说集《清平山堂话本》第九篇故事叫做《风月相思》，看了这个题目，就更容易理解“相思病”的含义了。在中世纪的拉丁语中，反省（cogitatio）一词也经常被理解为与“爱情病”有关的幻想和胡言乱语。在《玫瑰传奇》中，爱情被称做“思想之病”，即幻想之病。“思念某人”的主题在“乐府”中已经很常见（“有所思”一词在汉代古诗中就被使用过），然而，两位情人相互思念的人物形象在元曲中才开始出现，并在明代得到了充分的发展。“相思之情”经常与“思乡之情”或看到残垣断壁时“追忆幸福往事之情”混淆在一起。以此类情感为中心的诗歌传统至少可以追溯到汉代，在《古今图书集成》中的诗集中，我们可以见到一些对秋天表示哀叹的例子，如张衡（78—139）的《定情歌》和西晋张翰 的《思乌江歌》，在这些作品中，伤感和痛苦之情是与思念人或故乡联系在一起的。

状况就会被展现得更加鲜明①：

> 四百四病人皆有，只有相思难受，不疼不痛在心头，魆魆地教人瘦。　　忧愁逢花前月下，最怕黄昏时候。心头一阵痒将来，一两声咳嗽、咳嗽。②

这些诗句属于相思病范畴，在这一点上，世界各国文明中都有相似之处。由于远离心上人无法相见，或者由于被心上人抛弃，爱情得不到回报，相思者经常是耗尽心血，思念而亡。③

一些桃色故事也给我们留下了相思致死或为情自杀的见证，

---

① 使用“罗曼蒂克”一词时，人们应该极其谨慎；在英语中，该词具有超出原意的非常广泛的含义，这种广泛的含义也被用在介绍中国传统文化之中了。

② 见《古今小说》33：491，《清平山堂话本》几乎未加改动地收入了这篇作品（16：319）。孙康宜（Chang Kang-i Sun）先生最近发表了一篇关于陈子龙（1608—1647）与女诗人柳如是（1618—1664）诗作的论文，也强调和赞颂了爱情（*The Late-Ming Poet Ch' en Tzu-Lung. Crises Logalism*, New Haven and London, Yale UP, 1990）。陈子龙以文雅和忠诚而闻名，作为写作爱情诗的诗人，几乎无人知道他的名字。

③ 在欧洲，古希腊的悲剧作家和哲学家接受了医药之父希波克拉底关于情绪的医学理论，创造出极其丰富的文学，从那时开始，“相思病”就成为一个非常重要的常见的题材；后来又经过阿拉伯、波斯和中世纪的神秘主义文学和宫廷诗歌及“温柔的新体诗”，得到了进一步的丰富，最后，在浪漫派时期达到了顶点。在中国，既有把“情”作为病态加以铲除的情况，也有对其进行文学升华的情况；对“情”进行文学升华时，尽管受到许多限制，但是，我们仍然能够在一些人物的身上看到典型的“情”的表现，如：《西厢记》和其他关于“莺莺”的文学作品中的张生、《红楼梦》中的黛玉，等等。从医学的角度看，忧郁则被完全理解为身体与精神的疾病，关于这一点，请看李时珍的《本草纲目》（12：93—94）中有关人参性能的章节。

如豪门少爷与妓女之间的爱情故事，等等。张圣清与妓女杨小姐之间的爱情，刘芳与顾横波之间的爱情，其结局都很悲惨；后面介绍妓女及其文化地位的时候，还要谈到他们，① 这里我们就不赘述了。太恨生的传记为我们提供了另一个至死不渝的爱情典范。太恨生的原配夫人一心向佛，因而劝丈夫娶儿子的奶妈为妾；太公子爱上了奶妈，后来又失去了她，因此精神受到沉重的打击，患上了重病：有时整日呆坐，对一切都毫无反应，有时又整夜悲伤地唱歌。最后，相思而死。② 还有一个例子，讲的是一位女子主动求爱的故事：顿子真决意要嫁一位才华横溢的书生，后来她遇到了邹生，并愿陪送巨额嫁妆，与其结为夫妻。婚后，邹生不断地背叛妻子，与其他女人相好，使妻子痛苦万分，伤心致病，最后死去。③

以上这些例子并不能代表全部情况，因为每一个时代都有自己不同的精彩的爱情故事；它们只属于一个特定的历史环境，在这个历史环境中，人们真正地崇拜感情，文学和戏剧也起到了决定性的作用。正如上面已经说过的那样，小说和戏剧不但把一系列的感情信息直接地传递给我们，而且把它们限定在作品的故事情节所展现在我们眼前的社会背景和文化环境之中；通过各类文学典型，我们可以具体而清楚地体验到作者以及和作者同时代的读者所设想的环境与所要表达的感情。④

从公元4世纪开始，就已经能够见到“婚姻之爱和夫妻忠诚”的爱情观念，其典范应该是忠贞不渝、白头偕老的爱情，它能够

---

① 见《杨幽妍别传》和《初月楼续闻见录》。

② 见张潮的《虞初新志》14：4—7。

③ 见吴从先的《顿子真小传》。

④ 本书作者知道对同一部文学作品是可以有多种解释的，而且每一种解释都有犯错误的危险，尤其是向饱受西方文化影响、阅读时具有创造精神的西方读者解释中国的文学作品，就更有可能犯错误。

战胜厄运乃至死亡。在小说集《搜神记》中，我们首次见到了韩凭与夫人何氏之间悲惨的爱情故事。宋王（战国时期）迷恋何氏的美貌，欲强行霸占，便发配韩凭去服苦役。最后，韩凭自杀，其妻也随之殉情，并要求葬在夫君身旁。宋王大怒，将何氏葬在韩凭坟墓的对面，偏要把夫妻二人分开。一天夜里，两座坟墓上神奇地长出两棵梓木，十几天后，两树根枝纠结；两只鸳鸯栖身于树冠之上，悲鸣抱怨之声非常感人。这鸟儿正是韩凭夫妇灵魂的化身。宋国居民称该树为“相思树”，“相思”① 一词便由此而来。这种永恒的、不幸的爱情观念，可能始于更古远的时期，因为该故事发生在《搜神记》成书之前，可以追溯到公元前 3 世纪。这篇故事非常强调（夫妻之间的）伦理道德，从而更加突出了中国文化的特点，但却丝毫没有减弱对感情的表现。在《太平广记》中，这种通过不幸相爱者的变形对读者进行心灵慰藉的作品，又增添了新的内容，即丈夫为亡妻殉情（尽管此类情况并不多见）。正像我们所指出的那样，在这类爱情中，婚姻关系是首要因素，因为，人们所赞颂的正是不畏强暴的夫妻之间的忠诚。这里，道德与感情又一次巧合在一起了。但是，在描写同性之恋时也采用神奇的变形手法，则体现出了截然不同的价值观念。② 当然，在同性恋的故事中，人们赞颂的是爱的感情，而面对的却是一种正统道德观念所不能接受的性关系。上面所举的例子表明，在明末人们开始崇拜感情之前，中国存在着一个赞颂至死不渝之爱的英雄主义爱情观念。当时，只是在某些情况下，感情才不需要寡妇守节和维护婚姻关系等道德观念的支持。

---

① 见《搜神记》11：4、《太平广记》388：37（《相思木》）和《太平御览》559：4。我们可以看到，“相思”一词的原意只是指对心爱人的思念。

② 见《太平广记》389：40（《陆东美》）、389：40（《潘章》）。

然而，只有到了明清时代，人们才对作品中的人物真实的心理状况进行比较认真的描写。小说集《清平山堂话本》在讲述一个坠入情网之人的故事时，有这样一段话：

> 自此，想那小姐的容貌，一时难舍。……心中十分惨切，无由再见，追忆不已。……因是相思日久，渐觉四肢羸瘦，以致废寝忘餐。忽经两月有余，恹恹成病。①

书中有许多此类叙述，这只是其中一段；无论是心理描写还是语言运用都十分精彩。它通过对回忆和想象的描述，展现了爱情形成的过程：相思、想念、追忆，随之而来的便是郁郁寡欢、废寝忘餐、懒散无力，最后整个身体状况恶化，浑身衰弱、恹恹成病。

6. 真正的永恒之爱

中国不像欧洲那样，把爱情分为不同的等级，并对其一一解析（见斯丹达尔的《论爱情》），在那里，“真正和完美”的爱情不仅极其少见，而且也很难实现②：“才子佳人”类文学作品中两位主人公克服重重困难所表现出的理想化爱情便是这种少见

---

① 见《清平山堂话本》20：249。

② 在欧洲，关于“世俗”之爱，吟游诗人就已经开始赞颂“纯粹的爱情”。西方的“纯粹之爱”的观念与中国的爱情观念是不同的，西方的爱情分为两种，一种是超越肉体之美寻求永恒之美的柏拉图主义之爱，另一种是仅限于寻求肉体快乐的性爱，所谓的“纯粹之爱”，来源于对上述两种爱的区分。中世纪的“纯粹之爱”是对上帝的爱，它既不同于肉体之爱，也不同于那种折磨人的肉体与灵魂的情爱。但是，人们却模仿对上帝的爱，创造出各种不同的爱情模式。西方对爱情心理状态的观察具有悠久的历史传统，其文学作品和有关爱情的论文都把爱情的感情色彩放在关注的中心。

的爱情之一。两个相爱者内心和外表的美是理想爱情的首要条件，但是，除此之外，还需要主人公的个人努力。

此类文学作品展现的理想爱情，最终总要使纯洁的相爱者实现一夫一妻制的婚姻。这种理想符合明末所出现的建立女性新形象的思想感情。当时，人们具有乐观主义的道德观念，因而，文学作品也具有乐观的创作目的：克服生活中的种种困难，最后实现幸福的婚姻，建立兴盛的家庭。由于对欲望的克制和对“阴”“阳”平衡的追求，在男女之间的关系中，等级观念减弱了：女人也具有了美德和文学智慧，以前她们被排斥在社会生活和文化领域之外，现在她们也成为其中的积极因素。文学作品中，女人被抬举到她们所处的实际社会地位之上，甚至有能力帮助她们所爱的男子克服几乎无法克服的困难。另一个重要的新内容是年轻女子自选配偶，然而，她们并不像在其他文学作品中那样被描写成脾气古怪、嫉妒成性、咄咄逼人的反面人物。事实上，女性形象并不是通过与男性形象的竞争脱颖而出的，而是靠自己的美德和能力争得了地位。作品中的男主人公经常表现得缺少阳刚之气，他们作为反衬突出了占统治地位的女主人公的人格魅力。这一切都使此类小说中所展现的爱情丧失了性爱的特点，而酷似友谊；这种爱情建立在两性平等、相互选择的基础之上，其表现方式不是对性爱关系的展示，而是交换诗歌和高雅的交谈。然而，这种爱情并没有丝毫革命之处，它仍需得到男女双方父母的同意，仍保留着文人家庭之间相互联姻的传统；此外，它还突出了它所赖以存在的爱情的纯真性和自控性。

还有一种“才子佳人”类的作品，它的不同之处是对性爱关系进行描写，在这类作品中，男人是主要角色，女人是男人的配角。与《金瓶梅》等明末的性爱小说不同，这些作品中所表现的性欲始终是受到控制的，是不能摆脱社会道德束缚的。作品一般以结成一夫多妻制婚姻（纳妾）为结局，使先前放纵性欲的行为得到圆满的结果，避免像许多其他作品那样出现悲惨的结局。这样，理想化的爱情便以乐观主义的结尾得到实现，这种结尾有时并不考虑女主人公是否处在从属的小妾地位和是否会由于嫉妒而采取暴力行为，有时则改变女主人公的地位和因嫉妒而采取暴力行为的可能性。

前面我们谈到了“情种”一词，它用来比喻充满情欲的男人；然而，即使是“情种”，爱情也无法使他摆脱社会义务。在明末的小说中，男人坠入情网的情况似乎越来越多：他们是白面小生，耽于声色，充满了爱的热情和梦想，对爱情既害羞又穷追不舍，冯梦龙的著名小说《卖油郎独占花魁》中的秦重就是一个例子。① 在明末清初的小说中，这类人物不但没有受到指责，而且还作为一类新型的英雄受到歌颂：这种英雄既不是英勇的武士，也不是摆脱了世俗的圣人，而只是一些普通之人（不一定就是文人）；他们的欲望受到压抑，但这并不能阻碍他们具体地实现自己的理想，也不能阻碍他们确确实实地表现自己的爱情，相反却促使他们构思出理想化的心爱女人。②

冯梦龙和蒲松龄都真正地理解了“知己”和“知我”（即“真正地了解对方的自我”）二词的含义：这是一种相互间的感情，它建立在欣赏所爱之人品格并理解其实际要求的基础之上；人们

① 见《醒世恒言》3：35—77。主人公的名字“秦重”与“情种”一词的发音非常相似，与“钟情”（见《聊斋志异》8：1044）一词两字颠倒后的发音也相似。在《拍案惊奇》第25卷中也可见到类似的词汇。

② 人们经常用“帮衬”一词比喻这种态度。在其他时期（以前或以后）的文学作品中，“帮衬”的意思是帮助，而在明末的小说中，它却有“温情”和“令人喜欢”之意，既可以指男人，也可以指女人（见《醒世恒言》3：16和《二刻拍案惊奇》4）。值得注意的是，明末清初时期，无论诗歌还是小说，都具有以普通人为作品主要人物的倾向。

清楚，知己者是真正理解自己之人，是可信赖之人。[①] 以卖油郎秦重为雏形，蒲松龄也创造出一系列类似的男性人物，他们对所爱女子表现出的忠诚已超越了传统的界限，已不再有“男人之爱情”和“女人之爱情”的差别，他们已经把爱情作为人生最重要的感情。[②] 至于女主人公，她们不仅美丽出众，具有很好的教养和艺术天才，而且都坚定不移地忠实于自己的爱情。李渔的喜剧和小说也展示了一些不顾社会习俗的真正的理想主义爱情人物，如《慎鸾交》中，情人相互长期等待，忠贞不渝，不受诱惑。另一个表示真挚而长久爱情的中文词汇是“同心”，意思为“意愿统一”或“心同意和”，它在中国文学中具有悠久的历史。

中国爱情的一个基本特点是它的持久性。至今在人们所研究过的文献中，虽然也能见到感情滑坡和爱情随着时间的流逝而衰竭等现象，但是，与欧洲文学相比，中国文学中以短暂而脆弱的爱情为主题的作品相对较少。17 世纪的法国作家似乎比同时代的中国作家更加玩世不恭，当法国作家把爱情的脆弱和短暂归结为爱情的本质和人的天性时，中国作家却把爱情的这些不足和弱点归罪于爱情发展过程之外的客观因素，如：命运、不佳的组合或情欲方面的原因，等等。中国的小说家并不宣扬在西方的爱情中占统治地位的暴烈情欲和征服力量，而强调“真挚”感情的经久不变性；因此，雅克·宾帕诺（Jacques Pimpaneau）认为，

---

① 见《聊斋志异》3：363（《连城》）和 10：1388（《瑞云》）、《红楼梦》32：385、《镜花缘》25：115。关于友情，请看《古今小说》7：114 和 8：123。尽管“知己”的概念有所不同，但它却与现代哲学家们所说的“信任某人”和“真正了解某人”的意思相符。关于植物与人之间的情感联系请看《红楼梦》77：999。关于“知音”一词，请看《警世通言》10：125。

② 见《连城》中的男主人公乔生、《瑞云》中的男主人公贺生和《婴宁》中的男主人公王子服。

中国的爱情故事开始之时，恰恰是我们的爱情故事结束之际。[①]持久的爱情被中国人比作严冬后仍然保持常青的松柏，它代表真挚的感情，体现了真挚感情不同寻常的特性。然而，在展示性欲的小说中，爱情的表现形式则完全不同，人物的感情色彩总是被最大限度地减弱。

首先，我要强调的是，这种思想的特点与爱情的持久性和感情的不变性是一致的，它是冯梦龙等作家所认为的最高的价值观念。如果把杜十娘的故事（《警世通言》第32卷）与坚持嫁给麻风病人（多福的未婚夫）的少女多福的故事（《醒世恒言》第9卷）相对比，我们就会发现，这是两篇思想内容相对立的小说；前一篇被认为是具有创新和革命精神的作品，后一篇则被认为是仍然与儒家传统思想保持着紧密联系的作品；然而，这两篇作品对待感情持久性问题的态度却是相同的。在另一些作品（如《警世通言》第8卷和《古今小说》第24卷等）中，鬼魂和精灵成为经久不变爱情的化身，爱情甚至可以抵抗死亡的力量。还有一些作品，讲述了忠诚于感情的夫妻或情人分离多年后又重新相聚的故事（如《古今小说》第23卷和《警世通言》第12卷等）。[②]

---

① 爱情小说《许玄之赚出重囚牢》的女主人公蓉娘说："但得情长，不在取色。"（见《欢喜冤家》10：181）该小说中还引用了一句谚语，来说明过度用情的害处："爽口味多终作疾，快心事多必为殃。"这种小心翼翼是要提醒人们注意"过度"的恶果。关于"情"的消释，请看《醒世恒言》1：8。参见1989年在巴黎出版的班文干（Jacques Pimpaneau）的《中国文学史》（*Histoire de la litterature chinoise*）。

② 见1986年出版的Ōki Yasushi（大木康）"Fū Furyū 'sangen' no hensan ito nitsuite – *shinjō* yori mita ichisokumen"（馮夢龍三言の編纂意图について—真情より見一側面），*Itō Sōhei kyōju taikan kinen Chūgokugaku ronshū*（伊藤漱平教授退官記念中国学論集），1986，第627—647页。

其次，我还想强调一下与感情理想化不可分的现实的一面：无论小说还是戏剧，其情节的最高潮都是爱情的具体实现。对《欢喜冤家》的作者无名氏来说，“真爱”不是“淫”，然而，没有情欲的满足（“去色”），“真爱”也是无法存在的。①

宫廷式爱情的崇拜者非常重视“情”，认为它是一种纯洁无瑕的理想，其实质是无序的和无法控制的：因此，只有使它悬停于欲望的阶段，才能保证它的永存。然而，对于崇尚感情的中国文人来说，“情”是可以复得的，因此，应发挥它最重要的功能，将其用于保护物种的目的。统一了个人的欲望和社会需求之后，“情”便可以被驯服；“情”的持久性解决了它与社会道德要求之间的潜在矛盾，从而“真爱”得到了认证。

这并不意味着不存在另一种爱的形式，即高不可攀的理想——“完美之爱”，在为得不到幸福爱情而哀戚的长篇小说《红楼梦》中我们便可以找到最有说服力的例子。②《红楼梦》主要是一部爱情小说，充满了爱情与社会习俗和人的软弱性之间的矛盾（人的软弱性阻止了真正、和谐的爱情的发展③）。书中一系列悲惨的与爱情相关的事件，最终将本来命中注定的一对相爱的青年男女荒谬地分开，使他们的爱情无法实现。

蒲松龄关于爱情的观点与众不同且非常复杂。尽管他也很重

---

① 见《欢喜冤家》10：181和《贪欢报》10：13。

② 此书中不便把西方与中国关于爱情的神话故事加以对比，然而，这种对比对了解两种文化对待爱情的不同态度是非常有益的（如：古希腊关于那喀索斯的传说和中国关于牛郎织女的传说；爱情难以实现论题的对比尤其有益）。

③ 见W. Yang, P. Li, N. Mao著的《中国古典小说：赏析指南》（*Classical Chinese Fiction: A Guide to Its Study and Appreciation*, Boston, 1978），第98页。

视感情的持久性，然而，却似乎要摆脱冯梦龙等作家的爱情理想化和刚才我们所谈及的《红楼梦》中爱情悲惨化的模式。蒲松龄更喜欢清醒的现实主义爱情观，他认为，爱情虽然产生于自己所创造出的神奇而超自然的气氛之中，却是自然现象：一旦主人公对所爱女子的兴趣和热情开始减弱，这种气氛也就像梦幻一样随之消逝；同时，爱情所创造出的一切，也会像它们出现时那样，神奇地不知不觉地消逝了。《翩翩》一文中，衣服的变化隐喻了爱情已不复存在和随之而来的现实变化，珍贵的丝绸棉袄又变成了干芭蕉叶和云朵：仙女翩翩治愈了主人公罗生在以前不洁净生活中所感染的性病，罗生爱上了仙女，并和她一起生活在山洞之中。仙女用芭蕉叶为他做成珍贵的锦缎衣衫，悉心照料他，并为他生下一个儿子。然而，过了一段时间，因思念家乡，罗生坚持要离去；最后，仙女不得不放他与儿子和儿媳一同回到了家乡。但是，“入门，各视所衣，悉蕉叶；破之，絮蒸蒸腾去。乃并易之，后生思翩翩，偕儿往探之，则黄叶满径，洞口路迷，零涕而返”。①

7. 幸福之爱

尽管在《石点头》、《情史》和《聊斋志异》等许多小说中，对爱情所带来的快乐也进行过描写，② 但在中国的叙事文学

① 见《聊斋志异》3：435—436（《翩翩》）。

② 《石点头》12：180 中有这样一句话：“占尽天下风流，抹倒人间夫妇。”凌濛初的《二刻拍案惊奇》17：364 中有对“曲尽人间之乐”的情侣的描写，《醒世恒言》第 28 卷中也有所谓的“佳境”之说，此外，在《贪欢报》10：12—13、《欢喜冤家》10：181 和《情史》17：536—537 中还有许多其他类似的表述方法，如：“魄荡魂迷”、“情浓欢娱无限”等。在蒲松龄的作品中，此类例子更是不胜枚举，如牡丹仙子的故事，她竟然一夜恩爱忘记了天明（见《聊斋志异》11：1550）。

中，却很少见到和谐的牧歌似的爱情；前文我们已经说过，在“才子佳人”类的民间传统叙事文学中，爱情的理想化与神话般的爱情的圆满结局巧妙地结合为一体，然而，即使在这一类文学作品中牧歌似的和谐爱情也不多见。《西厢记》和《牡丹亭》等作品中，对爱情所带来的快乐都有一些令人难忘的具有隐喻性质的描述。

《西厢记》的主人公张生与莺莺相亲相爱地度过了幸福的一夜后，唱道：

> 我这里软玉温香抱满怀。呀，阮肇到天台。① 春至人间花弄色，将柳腰款摆，花心轻拆，露滴牡丹开。……鱼水得和谐，嫩蕊娇香蝶恣采。……忘餐废寝舒心害……成就了今宵欢爱，魂飞在九霄云外。投至得见你多情小奶奶，憔悴形骸，瘦似麻秸。今夜和谐，犹自疑猜。露滴香埃，风静闲阶，月射书斋，云锁阳台，审问明白，只疑是昨夜梦中来，愁无奈。②

与西方文学一样，中国文学也常常将花园视为表现爱情欲望的场所，鲜花是女性诱惑的化身。在《牡丹亭》一剧中，花神所起到的作用便是很好的例子：切切不可忘记的是，杜丽娘的春梦和春梦中的一见钟情，都发生在花园散步之后。在《花神》和明代小说集《一见赏心篇》等许多作品中，花神经常被用来

① 阮肇迷失于天台山中，受到美丽仙女的款待。返回家中，才惊讶地发现，时已过六世，然而，他却认为仅仅过去六个月。

② 见王实甫的《西厢记》4、1：137—138。汤显祖在作品中也经常描写爱情的自然性和欣赏自然对爱情的促进。当人们指责花神用花的美丽激起了少女的爱情时，他的回答具有深刻的隐喻意义，他认为，花的美丽是上天所赐。

隐喻女性的美丽和爱情。明朝晚期有一部题为《梦林玄解》的书，专门解梦，书中论述了花园春梦的特点，其中的故事也与《牡丹亭》中两位主人公的爱情故事相似。①

《牡丹亭》的第十出中，我们可以见到一种先于所爱对象而存在的欲望：年轻的女主人公丽娘心灵中的情欲不断地膨胀，读完一首爱情诗歌之后，先是被无端的愁闷而搅扰，② 后来又意识到自己非常美丽，但是，青春是短暂的，它与阳光明媚的春天和美丽的花朵一样，稍纵即逝：

> 可知我常一生儿爱好是天然。恰三春好处无人见。不提防沉鱼落雁鸟惊喧，则怕的羞花闭月花愁颤。③

少女被孤独之感所缠绕，抱怨没有一个情投意合的男子陪伴她：

> 春呵，得和你两留连，春去如何遣？……常观诗词乐府，古之女子，因春感情，遇秋成恨，诚不谬矣。吾今年已二八，未逢折桂之夫……④

---

① 见《梦林玄解》3：41。

② 女主人公叹息着表白了自己的思想情感，她处于一种无法解释也无法克服的忧郁和厌烦的状态之中。见《汤显祖集》中的《牡丹亭》3、10：1845。

③ 见《汤显祖集》中的《牡丹亭》3、10：1845。在许多文学作品中，都可以见到对男性在女性美貌面前不知所措的惊愕状态的描写，尽管描写的情况都各自有所不同。

④ 见《汤显祖集》中的《牡丹亭》3、10：1846。此文令人想起《诗经》中的某些内容。

丽娘慢慢地睡去，梦中遇见了书生柳梦梅。两人相亲相爱时，花神提醒说：他们之间存在着命中注定的姻缘，总有一天会结为夫妻。① 丽娘死后，爱情的奇迹又出现了，然而，这一次却是在柳梦梅的梦中。

8. 不幸之爱

爱情最终得到实现时给人带来愉悦，当无法实现或没有回应时，便被描写为失落和痛苦的源泉；在李渔的作品中就有很多各式各样的幸福的爱情和不幸的爱情。爱情被视为造成痛苦、嫉妒和绝望的根源，在中国文学作品中，这一点是最常见的。只要想象一下《红楼梦》中贾瑞对王熙凤的相思和爱是多么的不幸，《醒世恒言》第三个故事②中卖油郎秦重受到了所爱女子何等的侮辱，③ 我们便能更好地理解这一点。冯梦龙在他的一

① 见《汤显祖集》中的《牡丹亭》3、10：1849。柳梦梅嘱托丽娘千万不要忘记他们是怎样温柔而热烈地拥抱在一起成为一体的。

② 这是一个情节细腻的作品，讲述了一个卑微的卖油郎对一位美貌妓女紧追不舍的爱情故事。卑微的卖油郎走街串巷，对一名妓一见钟情；他被妓女的美丽深深地吸引，想道：“人生一世，草木一秋，若能这等美人搂抱了睡一夜，死也甘心。”一年以后，卖油郎终于攒足了与那位妓女过一夜的钱，但却要等一个月才能轮到他。好不容易盼到了相会之时，女子又酩酊大醉，连一眼都不看他，甚至还呕吐起来；卖油郎照料女子，用自己特意新买的衣服为她擦脸，并为她倒茶。女子被卖油郎的善良所感动，最后与他结合在一起。

③ 《红楼梦》中也有一个人物叫秦钟，这个名字影射了晋朝著名文学家王戎“情之所钟，正在我辈”的名言，《金瓶梅词话》一书的开始处引用了此话。很明显，此处“情”字的使用背景是不同的，它指的主要是爱情而不是痛苦。也请参考“钟情”一词的含义。

篇小说中有这样两句诗，“欢娱嫌夜短，寂寞恨更长”，[①] 这是对相思者心理状况的极好的概括。瞿佑赞颂深奥的爱情，将其视为超自然的、永恒的激情（超越转世肉体的契约），同时，他还把爱情描写为不能预料的灾难和无法平息的痛惜。[②]《金瓶梅》在一定程度上是一座“姻缘错配”的画廊，[③] 蒲松龄的笔下也描述了许多处于危机的婚姻。爱情在董说的《西游补》中同样也是消极的情感，它表现为：苦难、思念、怨恨、伤心、悲痛，等等。[④]

我们不妨通过《金瓶梅》中对潘金莲沮丧心情的一段描写，来体验一下当时许许多多妻妾所忍受的空虚、孤独以及被抛弃的绝望之情。当潘金莲感觉到自己被西门庆所忽视时，陷入到孤独、痛苦和嫉妒之中：

> 不说西门庆在夏提刑家饮酒，单表潘金莲见西门庆许多时不进他房里来，每日翡翠衾寒，芙蓉帐冷。那一日把角门开着，在房内银灯高点，靠定帏屏，弹弄琵琶，等到二三更，使春梅连瞧数次，不见动静。正是：银筝夜久殷勤弄，寂寞空房不忍弹。取过琵琶，横在膝上，低低弹了个《二犯江儿水》……猛听得房檐上铁马儿声响，只道是西门庆敲的门环儿响……潘金莲在那边屋里冷清清，独自一个人坐在床上，怀抱着琵琶，桌上灯昏烛暗。待要睡了，又恐怕

---

① 见《醒世恒言》13：257。

② 见《剪灯新话》4：106。瞿佑（1341—1427）和李昌祺（1376—1452）分别是《剪灯新话》和《剪灯余话》的作者。这两部小说集用文言文写成，主要以幽灵、鬼魂、传奇故事为主题，但也不乏揭露文武官员腐败和豪强滥用职权的内容。

③ 见《金瓶梅》1：21 中的诗句（《金瓶梅词话》1：11）。

④ 见《西游补》第 5 回。

> 西门庆一时来；待要不睡，又是那盹困，又是寒冷。不免除去冠儿，乱挽乌云，把帐儿放下半边来，拥衾而坐。又唱道：“懊恨薄情轻弃，离愁闲自恼。”又唤春梅过来，“你去外边，再瞧瞧你爹来了没有？快来回我话。”那春梅走去，良久回来，说道：“娘还认爹没来哩，爹来家不耐烦了，在六娘房里吃酒的不是？”这妇人不听罢了，听了如同心上戳上几把刀子一般，骂了几句负心贼，由不得扑簌簌眼中流下泪来。一径把琵琶儿放得高高的，口中又唱道：“心痒痛难搔，愁怀闷自焦。让了甜桃，去寻酸枣。奴将你这定盘星儿错认了。想起来，心儿里焦，误了我青春年少。你撇的人有上稍来没下稍。”①

在大部分情况下，小说所描写的是爱情关系的恶化；爱情往往以幸福开始，以悲伤结束。在《情史》的一篇评述中，冯梦龙把不幸的爱情分为三类：第一类，相爱者无法实现他们的愿望，因此，最好他们从未相遇过；第二类，经过一段相爱的经历后，男女之间失去了和谐，这说明，从一开始，他们的爱情就注定要失败，在这种情况下，最好相爱者从未缠绵在一起，因为他们的爱情如同镜中花和水中月，属于虚幻的世界；第三类，爱情完美无缺，两人相亲相爱，毫无矛盾，然而，青春和美貌瞬间即逝，或者一人过早去世，留下的人忍受痛苦和孤独，备受煎熬。②

妓女中，也有不同的从良方式：即妓女放弃“春院”生活，成为小妾，正式进入一个家庭。在《卖油郎独占花魁》中，作者列举了八种从良方式，其中，四种是积极的，四种是消极的，

① 见《金瓶梅》38：498—500和《金瓶梅词话》38：475—477。

② 见《情史》13：381。

从理想的婚姻到不幸的或强制性的从良，① 应有尽有；然而，与风流才子相结合的理想婚姻往往是难以实现的。《花灯轿莲女成佛记》的作者把爱情的痛苦分为两类：第一类，男女尽管“情色相牵”，却无法相遇，它体现为一种古典式的相思痛苦，即所谓的“相思病”；第二类是单相思，由于爱情得不到回报，所以寝食不安，身体日渐衰弱。②

在明清交替之际，面对失去平衡的政治形势（明朝灭亡，满人入侵），孔尚任（1648—1718）和洪昇（1646？—1704）两位戏曲作家对上述问题持不同的观点。他们似乎出自同一创作动机，写出了两部代表作，推动了顾炎武（1613—1682）、黄宗羲（1610—1695）和王夫之（1619—1692）等文人以现实为基础对历史、哲学和伦理道德进行反思。孔、洪两位作家活跃在戏剧创作的舞台上，他们不仅寻找造成汉文化衰落和外族统治的原因，而且更重视从心理学的角度上进行探索，

① 在大多数情况下，此种结合是以妓女为了爱情或利益自愿从良为前提的，所谓的“苦从良”和“没奈何的从良”除外。从良分为以下几类：“真从良”，指的是美丽聪慧的妓女与才子幸福的理想结合；“假从良”，指的是妓女完全为了经济利益与毫不相爱的男人结婚；“苦从良”，指的是妓女因为害怕不情愿地嫁给男人做妾，在家庭生活中她的地位与丫鬟相似；“乐从良”，指的是为了爱情而从良，夫家条件优越并善待小妾，如果大太太没有儿子，小妾为家庭生儿育女，并可与大太太共理家务；“趁好的从良”，指的是妓女趁年轻时花容月貌，及早回头，选择一位如意郎君；“没奈何的从良”，指的是妓女在强权的压力下，或迫于威胁，或为了还债，无可奈何地嫁人为妾；“了从良”，指的是妓女青春已过，遇一年长情人，决心与其共度余生；“不了的从良”，指的是开始时妓女与人情深意笃，但好景不长，她要面对公婆的敌视或大太太的嫉妒，或者，丈夫不幸跌入灾难之中，最后，她不得不被迫重操妓女旧业。

② 见《清平山堂话本》（16：319）。

并提出了一系列问题，如：在全面危机时刻，个人激情能够起到何等作用?个人私生活和历史事件之间存在着何等关系？等等。

公元1699年，明王朝灭亡55年后，孔尚任创作了《桃花扇》，他以个人的情感对待历史演变的悲剧：这是一段发生在南京春院区的爱情故事，与明王朝的灾难相比，剧中的爱情显得微不足道；戏文对话中，面对生活和个人的欲望，男女主人公都表现出了禁欲主义的思想感情。在发生严重的历史大动荡之时，对公众和个人都不再存在自由的空间，主观世界和客观现实之间的矛盾发展到了极点；尽管愤慨和忠诚能够激发起伟大的激情，但必定会造成失败的后果。

洪昇的戏剧作品《长生殿》，以唐王朝由盛转衰时期的玄宗皇帝和杨贵妃的著名爱情故事为内容，在充满了社会大危机的背景下展示了他们的爱情。作者歌颂真正的永恒之爱，① 认为这种爱是极其难得的，尽管会存在种种困难，但是，一旦获得，它将注定是永恒的。该剧的第一部分描写了玄宗皇帝与杨贵妃的爱情，以在叛军的压力下杨贵妃被迫悬梁自尽为结局，其中，爱情的场面与政治事件交织在一起；第二部分表现了爱情的“拯救”：失去贵妃后，绝望的玄宗皇帝悔恨自己造成了国家的破灭，后来在嫦娥和织女②等爱神的帮助下，他的灵魂与杨贵妃的灵魂又团聚在一起。在序幕中，洪昇写道：“古今情场，问谁个真心到底？但果有精诚不散，终成连理。万里何愁南共北，两心

---

① 见《旧唐书》51：2178—2181。在《资治通鉴》中，司马光（1019—1086）对杨贵妃持有批评意见，谴责她违反了男女有别的原则。

② 关于这两个仙女，请看安妮·比勒尔（Anne Birrell）1993年发表的《中国神话入门》（*Chinese Mythology: An Introduction*），第165—167、176、206—207页。

那论生和死。……感金石，回天地。昭白日，垂青史。看臣忠子孝，总由情至。”① 一方面，作者谴责过分的爱情，赞成“为自己的情欲而忏悔”（情悔）；另一方面，他又认为，可以通过忏悔“拯救”感情，并使相爱者在天上团聚。痛苦和忏悔，不管有多么矫揉造作，它们都是帮助作者“拯救”爱情的灵丹妙药，作者可以利用它们升华特殊的爱情和过分的爱情，并通过相爱者像仙人一样神秘地升天，使爱情永恒。

9. 利益之爱：从爱到恨

爱情是一种典型的综合性感情，它具有模棱两可的属性，并且可以和其他感情、利益或欲望混淆在一起，如：对社会地位或经济利益的野心等。② 爱情包含着其他欲望和利益，或者被其他欲望和利益所驱使，因而，它的发展也必然受其影响；所包含的欲望和利益越多，受到的影响也就越大。在介绍《王娇鸾百年长恨》（《警世通言》第34卷）时，我们已经看到，男主人公周廷章很快便忘记了娇鸾的爱情，遵从父命，与一位富有的官宦家庭的小姐结为夫妻。在中国文学中，没有像斯丹达尔作品中所展示出的“欲望”与“虚荣”之间的浪漫对比，③ 却存在着“忘恩负义”、“用情不专”或“薄情寡义”等内容，而且经常被描写得极其生动和真实，如《金玉奴棒打薄情郎》和《杜十娘怒

① 见洪昇的《长生殿》1：1。

② 冯梦龙和李渔作品中的一些女性形象就是很好的例子，如《古今小说》第27卷中的金玉奴。正像我们所看到的那样，在中国的爱情中，实际利益的因素是最根本的因素。

③ 在中国很难找到与斯丹达尔的“爱情四分法”（爱与情、爱与嗜好、肉体之爱、爱与虚荣）相应的东西。

沉百宝箱》① 中的主人公莫稽和李甲的故事就是极具代表性的例子。在前一篇故事中，婚后，莫稽的生活条件得到了改善，并有机会提高学业，科举及第，前程似锦；此时，他开始对妻子卑贱的出身感到耻辱，试图摆脱她，因此将其推入江中。在后一篇故事中，北京名妓杜十娘爱上了年轻书生李甲，并自付一半赎身费，决心从良后与李甲结为夫妻；然而，李甲始终犹豫不定，害怕父母不接受杜十娘。乘船回家途中，书生李甲被富商孙富说服，同意把杜十娘卖给他；杜十娘将一个装有无价之宝的匣子抛入江中，自己也投江自尽。我们可以看到，爱情中，经常是男人扮演那些思想狭隘的小人角色。在唐代的一部名为《冯燕传》的传奇故事中，就已经可以见到这类“薄情寡义”的爱情故事的雏形，书中的主人公是一位武士，他假借道德的名义，以极其卑劣的手段对待所爱女子：首先，他引诱张婴之妻，当受引诱的女子爱上他并请求他杀死自己的丈夫时，他却惩罚了女子，将其杀死；张婴被误认为是杀人凶手，判处死刑，行刑之际，冯武士出现在法官面前，“慷慨”认罪。作品中受到谴责的不是武士，而是那位与他通奸的、具有“淫惑之心”的女子。②

蒲松龄将爱情分为纯正之爱和利益之爱两种，他说：“勾栏中原无情好，所绸缪者，钱耳。”③ 在叙事文学中，有许多“不完整”的爱情的例子，或是因为双方不相适宜，或是因为找不到理想的配偶，爱情无法完美地实现。这些“不完整”的爱情，

---

① 请分别参看《古今小说》27：404—415 和《警世通言》32：485—500。请将此种观念与我们将要分析的“情报”观念相对比。

② 见倪豪士（W. Nienhauser）的《浅评唐代叙事文学中的女性性爱与双重标准》（*Female Sexuality and the Double Standard in Tang Narratives: A Preliminary Survey*，1994，香港中文大学出版社）。

③ 见《聊斋志异》5：604（7：374）。“绸缪”一词经常隐喻“爱”和“做爱”。

包括的范围极其广泛，从得不到回报的爱到身体状况或容貌不相适宜所引起的性生活的不和谐，应有尽有，种类甚多。① 《一片情》中有这样一篇故事：两位兄弟，一俊一丑，争着要得到一位年轻女子的爱；年轻女子喜欢英俊的男子做自己的情人，但是，只有和丑兄弟在一起时才能获得性欲的满足；最后的解决方法是与兄弟二人共同做爱，俊兄弟得到了女子的脸和胸，丑兄弟得到了女子的腹和脚。②

冯梦龙将阻碍爱情自由实现的爱情之敌分为以下 7 类③：1. 父母的反对；2. 不忠诚；3. 女人的嫉妒；4. 诽谤；5. 欺骗；6. 蛮横；7. 贪婪和吝啬。其中，一部分是第三者插足所造成的行为，另一部分则是追求利益之人的行为；这些行为可以成为绊脚石，阻碍爱情的自由实现，或者葬送已经产生的爱情。

另外，还有一种特殊之“情”，它是由多种情感综合而形成的，其中也包括相对抗的情感；或者说，它是由一种激情向与之相反的另一种激情转变后而形成的，如：爱与恨、希望与担忧、喜悦与痛苦，等等。④ 当然，这里我们与陀思妥耶夫斯基的白热

① 关于得不到回报的爱情，请看《警世通言》35：534。然而，冯梦龙认为，真诚的爱总是可以感动对方的（见《醒世恒言》第 3 卷）。在爱情小说集《一片情》中可以看到一些不和谐的“古典式”男女结合，如：不满意自己丈夫的美丽妻子、嫁给瞎子的年轻女人、妻子冷漠而岳母却性欲强烈、一个女人两个情夫（其中一个外表诱人而不能满足性欲的要求，另一个外表丑陋却天生能使女人快乐），等等。

② 见《一片情》第 5 回。

③ 见《情史》第 14 卷中对爱情的 7 种划分和第 18 卷结束时的评语。

④ 这些也是诗歌中常用的主题，值得对其进行专门的研究，比如，范成大（1126—1191）在遇到多年不见的老朋友时所感受到的悲喜交加之情（见《宋诗抄》和《宋诗抄补》）。社会规范的作用也是使相对立的情感交织在一起的原因之一，在一定的环境中，人们所感受到的与人们所应该感受或所应该表达的情感发生了冲突。

化感情对抗以及欧洲表现爱与恨模糊不清关系的许多小说之间仍存在着一定的距离，陀氏的白热化感情对抗理论认为，没有恨便没有爱，没有嫉妒便没有友谊，没有厌恶便没有吸引。在《卖油郎独占花魁》中，秦重坠入情网时，各种感情相互交织，逐渐加深；冯梦龙对感情变化的各个阶段描写得十分精彩，令人难忘。在作者的笔下，秦重见到心爱的女子时，心中总是充满了覆盖上一层忧伤的喜悦；每次与其会面之前，他的头脑中都会展开自由的联想；作者以非常生动的笔触将主人公一步步增强的欲望、思想变化和焦虑的心情描绘得惟妙惟肖。[1] 在许多情况下，各种类型的享乐和利益同时又构成了焦虑不安和痛苦的源泉，因此，冯梦龙称其为“苦趣”。[2]

《红楼梦》中，对黛玉思想状况变化的刻画非常细微，书中有这样一段话：“林黛玉见了这个景儿，连忙把身子一藏，手握着嘴不敢笑出来，招手儿叫湘云。”[3] 黛玉看到宝玉睡在床上，宝钗坐在他的身边，先是一愣；这时，她唯一的反应是将身子藏起来，不被别人看见，以便继续观看；但是，她又马上意识到，

---

① 见《醒世恒言》3：51—52。也可参看洪楩的《清平山堂话本》16：318—321。关于“恐惧”一词与“羞愧”一词的结合使用，请参见《情史》第9卷中的《吴兴娘》一文。冯梦龙是一位描写欲望产生和增长的大师，他在《卖油郎独占花魁》中写道：“一出钱塘门，先到王九妈家里，以卖油为名，去看花魁娘子。有一日会见，也有一日不会见。不见时费了一场思想，便见时也只添了一层思想。”关于这一点，还可参看下文中对男主人公进入“春院”时矛盾心理的描写。在其他作品中，冯梦龙的描写和隐喻也是惟妙惟肖的，如女子的美丽容貌、苗条的身材、细微的感情等，对韩玉翘的描写就是精彩的例子［见《醒世恒言》13：251、253、255—256、258，由卡萨基亚（Giorgio Casacchia）翻译成意语，1986年出版］；此外，冯梦龙还善于将语言与感情、自然与欲望巧妙地联系在一起。

② 见《情史》13：381。

③ 见《红楼梦》36：434。

这个场面并不能表明宝玉和宝钗过于亲密，她的嫉妒立刻烟消云散，随后，便要讥讽他们。然而，她很快止住笑，以免惊动宝钗；她招手儿叫湘云，想与湘云一起取笑两人，使宝钗更加尴尬。《红楼梦》第十回中，也有一段描写人物感情变化的精彩文字："金氏听了这一番话，把方才在她嫂子家的那一团要与秦氏理论的盛气，早吓的丢在爪洼国去了。"①

还有一类小说集，所收集的作品完全是反映爱与恨相互作用的故事，如我们前面所提到的《欢喜冤家》一书。②"欢喜"一词的意思为"高兴"和"爱的幸福"；"冤家"一词的意思为"对头"和"敌人"，可以用它来表示与"爱"相反的感情——"恨"。爱转变为恨或恨转变为爱，是著名的阴阳理论在感情世界中的运用。转变可以取决于命运，也可以用因果报应的观点进行解释；尽管这一解释通常越不出伦理道德的范围，然而，这种转变仍然被视为爱情的一个组成部分。③《欢喜冤家》共包括 24 篇故事，故事的共同主题是爱与恨之间的关系。在书的前言中，作者表明了展示爱情演变过程的创作目的，他认为：开始时，情欲爆发，爱情表现为性吸引；接着便是双方渴望的结合和相互间所给予的快乐，从而达到性欲的高峰；最后，性欲开始减弱，导致双方关系的滑坡，随之便开始产生怀疑、仇恨和暴力，长此以往，所积压的不满便像山洪暴发一样，泛滥成灾；爱也就变成了恨。④ 作者写作这些故事的主要目的不是对处于爱情之中的人物进行心理研究，而是要通过描写不正当的爱情和色情场面，引起

---

① 见《红楼梦》10：119。

② 见《欢喜冤家》7：133 和《贪欢报》7：11。在《欢喜冤家》的序中有这样一句话："非欢喜不成冤家，非冤家不成欢喜。"

③ 见《清平山堂话本》14：269，书中因果报应与"恩成怨"有着密切的关系。

④ 见《欢喜冤家》序和《贪欢报》序。

读者对淫秽生活的好奇之心，并向读者提供从道义的角度上展示因果报应原则的例子。① 总而言之，书中展示了一系列各式各样相对立的感情的演变过程。似乎该书并没有确立“情”是爱与恨统一的观点，也并不认为由于“情”的绝对性，爱与恨便处于紧密的相互依存的关系之中。② 《情史》中有一章节，也叫《欢喜冤家》，在论述中也非常强调爱与恨和恨与爱之间的相互因果关系。③

《醒世姻缘传》对夫妻冲突的情况和原因以及女子的心理与人为的因素都进行了广泛细致的研究。尽管这部小说有许多因循守旧的内容，却也不乏某些直观的人物心理展示，如夫妻坠入恶性循环关系时的表现：先是丈夫说谎，然后，妻子对丈夫越来越不信任，并进行攻击和挑衅，两人便进入了一种破坏性越来越大的“虐待狂和受虐狂”的关系之中。书中，人们仍然主要以道德和因果报应的思想来理解爱向恨的转变。在作品的第二部分中，妻子对丈夫的怨恨主要源于两人前世的表现；婚前年轻的新娘所做的梦很好地说明了这一点：一个鬼魂把新娘的心从她的胸中掏出，然后换上了另一颗心；换心之前，新

---

① 《欢喜冤家》序中还说：“使慧者读之，可资谈柄；愚者读之，可涤腐肠。稚者读之，可知世情；壮者读之，可知变态。”还有许多其他类似的小说集，如《贪欢报》、《艳镜》（收小说20篇，1980）等。有些小说还收编在《古今传奇》中。

② 把仇恨与爱情结合在一起的做法，可以与欧洲17世纪所产生的“爱与恨”的观念相对比。欧洲人逐步了解了爱情过程中的爱与恨之间既有联系又有矛盾的关系，尤其是17世纪以后，对这种关系了解得更加清楚。然而，在古拉丁文学中就已经可以见到爱与恨、恐惧与希望、痛苦与幸福之间矛盾的迹象。

③ 见《情史》14：454。《欢喜冤家》第7回的评论也有同样的观点，它强调了“恩情”和“仇怨”之间相反相成的互补关系。

娘新郎相亲相爱，换心之后，新娘便开始对新郎恨之入骨。在作品的第一部分中，作者以讥讽的笔调比较生动地向读者展示了古典式的感情变化：

> 这些故友不得上门，这还是贵易交的常情，又寻思富易妻起来。那个计氏，其父虽然是个不曾进学的生员，却是旧家子弟。那计氏虽身体不甚长大，却也不甚矮小；虽然相貌不甚轩昂，却也不甚寝陋；颜色不甚莹白，却也不甚枯黧；下面虽然不是三寸金莲，却也不是半朝銮驾。那一时，别人看了计氏倒也是寻常，晁大舍看那计氏却是天香国色。计氏恃宠作娇，晁大舍倒有七八分惧怕。如今计氏还是向来计氏，晁大舍的眼睛却不是向来的眼睛了。……内里有六七分的厌心，外边也去了二三分的畏敬。①

《断袖篇》中有一段故事，强调了与感情相关的另一种情况，即人从好的状况向坏的状况转变时能够诱导我们的判断和估价出现明显的倾向性，因为判断和估价都会或多或少地不自觉地受到我们对一个人所持有的态度的影响：

> 祢子名瑕，卫之嬖大夫也，祢子有宠于卫灵公，卫国法，窃驾君车，罪刖。祢子之母病，其人有夜告祢子，祢子矫驾君车以出。灵公闻而贤之曰："孝哉！为母之故，犯刖罪。"异日，与灵公游于果园，食桃而甘，以其余献灵公，灵公曰："爱我忘其口，啖寡人。"及祢子色衰而爱弛，得罪于君，君曰："是尝矫驾吾车，又

① 见《醒世姻缘传》1：7。

尝食我以余桃者。”

随着环境的变化，人们也会以不同的方式理解同一种感情。蒲松龄在他的作品中曾经讲述过这样一个故事：一对夫妻，笃爱情深，妻子死后仍每夜回家与丈夫相会。然而，亡妻的执著成为阻挡丈夫新婚的障碍，使其无法获得子嗣。这里，我们可以看到，一种感情是怎样“客观”地发生了变化，从爱过渡到了女性的嫉妒。①

10. 女性不同的表现

明清时期，在中国的某些文化圈中，对感情的评价与对女性形象的评价和女性在文学中的角色的变化紧密相关。有一位生活在16世纪后半叶和17世纪前半叶的鲁连居士，他赞颂女子“本色天真”和具有“真情”。② 下文中我们还将看到，在一些作家的思想中，阴阳两极的传统关系发生了彻底的转变，尤其是在明末清初的一些重要作品中，男女人物变换了在社会和家庭生活中所扮演的角色。

最能代表新思想倾向的是我们上文已经谈到过的、下文还将继续谈的“才子佳人”类文学作品。女子无才便是德，这是因为女子的任务在于理家，她们必须学会服从和禁欲；然而，“才子佳人”类的作品却反对这种观点，它们所反映出的思想在一定程度上具有革新意义。作品中的女主人公博学多才，文思敏捷，精明强干，意志坚强，天资聪慧，往往不达目的誓不罢休，经常胜过与其相配的男主人公；她们受过教育，果断坚定，敢作敢为，不

① 见《聊斋志异》15：786。

② 见 Richard Wang 1994 年的论文，第22—23页。

顾父母的意愿，甚至抗拒父母的决定，自己选择夫君；在她们身上，女子的独立地位得到了确认。一夫一妻和平等夫妻的家庭观念占了上风。但是，思想解放和婚姻自由是与占统治地位的传统道德进行妥协的结果，因为，人们必须遵守当时官方大力宣扬的女子守节的思想，自由婚姻的代价便是这一思想的进一步确认。“才子佳人”类作品中的女主人公与明代爱情故事中的女主人公截然不同，她们没有任何性行为，书中也很少展示她们的性欲望。另外，尽管女主人公经常比男主人公有更大的雄心壮志，但也只是停留在婚姻的范围之内：她们的文采和在考场或战场上的非凡表现都是为了实现她们的爱情计划。作品总是以皆大欢喜为结局：年轻书生科举及第，女主人公的父母同意两人的婚姻，等等。①

然而，我们还不能认为女子的形象就这样获得了彻底的更新，因为在作品中，我们不仅能看到新内容，也能看到许多传统的老内容。如果我们说，在叙事作品中，女子已经脱颖而出，成为中心的、积极的人物，那么我们还应该看到，除了那些我们已经分析过的女性特点之外，她们的一系列相互矛盾的特点也展现在我们的眼前。关于这一点，吕坤（1536—1618）的态度与冯梦龙在《情史》第6卷的评论中所表现的态度相同，他分析了各类历史中的例子之后，得出的结论是：应该承担责任的是男人而不是女人，因为男人是榜样，女人只是模仿他们。李汝珍在他的小说的结尾处，描写了“色的天堂与地狱”；他认为爱情是极其危险的，同时，他又问自己：“天下岂有美人而能害人之理?”阳衍的不幸结局好像印证了一句格言，即“一笑倾城倾国”，或

① 见已提到过的马克梦（McMahon）的文章（1994，第227—252页）。

者叫做"女色倾城倾国"。①

文学作品中，具有较大自由的女性人物有两种，她们是女鬼魂和妓女；由于社会与家庭条件的关系，按照传统观念，她们受儒家道德规范的约束比较小。

过去的叙事文学几乎是男人的专利，女子的形象经常通过男作家的想象被改造得面目全非，作品中，她们表现得或是可爱，或是可怕，或是诱人，或是令人感到威胁。因此，人类学的研究认为，在民众文化中，鬼魂既可以是女子的化身，也可以是男子的化身，而在文学中，则一般是年轻的女子扮演恋爱的鬼魂角色；作者还可以利用这些鬼魂形象更加轻松地冲破女子守节的清规戒律。在我们的传统文化中，超自然的女性形象是邪恶的鬼魂，如浪漫派和后浪漫派的女吸血鬼，而蒲松龄作品中的狐女一般都是正面人物，这一点是很具挑战性的。② 尽管狐女也代表了女子的性诱惑及其所掩盖的危险，然而，她却将女性世界与超自

① 关于吕坤，请看吕坤的作品《闺范图说》1：13b—14b。关于李汝珍，请看《镜花缘》98：449。在冯梦龙的小说中，也有许多关于女性诱惑危险的著名例子，如《古今小说》3：62—63、6：105。在《新桥市韩五卖风情》的头一页，作者就列举了五种倾国之爱：周幽王与宠妃褒姒、陈灵公与夏姬、陈后主与张丽华、隋炀帝与萧妃、唐明皇与杨贵妃。关于其他反面女性的形象，请看《警世通言》第33、38卷。林语堂指出，中国的传统史学以敌视的目光看待女皇武则天和宠妃西施等掌握一定政治权力或靠近国家最高权力的女人。这些观点对女人抱有鄙视态度，正因如此，它们也才为爱情增添了浓重的色彩，关于这一点，请看赵象对情人非烟所说的话（见《警世通言》第38卷）。

② 见莱维（J. Levi）的《中国古代的狐仙、死亡和妓女》（Le renard, la mort et la courisane dans la Chine classique，见1984年的《蒙古学》，第111—139页）和史华罗1991年著作第226—239页。见蒲松龄的作品《聂小倩》（《聊斋志异》2：161—162）中妖女夜晚对一位正直书生的引诱。

然等同起来，升华并丰富了女性的形象。

除了女鬼魂和狐女之外，姘头或妓女也可以成为理想之爱和性欲之爱的化身；在现实生活中，她们被认为是唯一能够表现性欲的女人。爱情自主的程度取决于社会环境的特殊程度和脱离日常社会关系的程度。表现出新的创作思想的作家们也以不同的方式接受了"妖女"的传统概念。①

冯梦龙在《警世通言》第24、31、32卷中所展示的妓女形象非常典型,她们的爱情纯洁、真挚;三篇作品在某种程度上相互补充,表明了女子在全面奉献了自己以后,可能会出现两种截然不同的结果:一种是积极的,另一种则是悲惨的。第24卷中的女主人公叫玉堂春,是一位花容月貌的名妓,爱上了年轻书生王景隆,其情始终不渝;当书生用尽钱财被妓院老鸨轰出门外时,是玉堂春帮助他转变了厄运,恢复了学业。后来王景隆当了大官,娶了门当户对的妻子,然而,他并没有忘记玉堂春;最后,王景隆平反了玉堂春的冤假错案,把她从死刑中解救出来,并纳其为二房夫人。第31卷的女主人公叫赵春儿,是一位心胸宽阔、有志气的妓女;浪荡公子曹可成为其赎身,并纳其为妾;后来曹公子将父亲的遗产挥霍一空,坠入贫困之中;赵春儿救助了他,并用自己的积蓄为其捐了官职,使曹家再度兴旺。第32卷是《杜十娘怒沉百宝箱》,上文我们已经介绍过;书中,当女主人公知道自己所爱的男子是一个不愿带

① 关于"妖女"迷惑人，除《聊斋志异》外，还可以参见《情史》20：632—694（《情鬼类》）。在中国文学中，"妖女"具有悠久的传统，她用诱惑耗尽情人的生命，使其丧失责任感，毁灭其家庭。她产生于公元3世纪至6世纪之间的"志怪小说"，这是一种非常受欢迎的介于历史与幻想、教育与娱乐之间的文学形式。唐代的"传奇"及历代文学作品，直至蒲松龄和后来的其他作家，都继承了"妖女"的传统。毫无疑问，唐代沈既济（740—800）的"传奇"作品《任氏传》中的女主人公便是"善良妖女"的雏形，尽管她还只是谴责当时某些妇女行为的工具。

她回家的胆小怕事的小人时，便愤然投江自尽了。

《古今小说》第3卷《新桥市韩五卖春情》的女主人公也是一位妓女，她工于心计，善于巧妙、自主地经营自己的生计，却没有前面所介绍的三位妓女那么高尚。故事中讲述的所谓爱情只不过是唯利是图的“买卖”，然而，也不能完全排除真情的存在，特别是男主人公吴山的感情：年轻的店铺老板吴山毫无顾忌地爱上了妓女韩五，为此甚至不惜自己的生命。

明清两朝的末期，其他一些作家对待爱情也采取了焕然一新的态度，如汤显祖（1550—1616）、沈复（？—1803）和李汝珍（1763—1830）等人，在他们的作品中，许多女性的形象超出了男性；在凌濛初的笔下，来自社会各个阶层的从智力、道德乃至身体方面都超出男人的妇女，更是不胜枚举。①

同时，还存在着相当数量的另一类型的文学家和艺术家，他们真正地崇拜女性和女性高贵的美，在许多方面都使我们能够联想起欧洲的宫廷诗歌和意大利的“温柔的新体诗派”。事实上，对女性的赞美和对“爱情痛苦”的表现，可以追溯到元代的戏剧创作。在保留下来的许多文学作品中，女主人公，无论是处女、已婚女子还是妓女，都表现出很高的觉悟和坚强的意志，她

---

① 关于女子的智力、实践能力、品德、武功及体力，请分别参看《拍案惊奇》13、25、33、35，《二刻拍案惊奇》13、26，《拍案惊奇》4、19、27，《二刻拍案惊奇》1、11，《拍案惊奇》3、4、19，《二刻拍案惊奇》17。在冯梦龙和洪楩的小说中也有卓越的妇女形象，她们经常超越男人的形象。这里我只想列举几个例子，如：《杜十娘怒沉百宝箱》（《警世通言》第32卷）中的妓女杜十娘、《蒋兴哥重会珍珠衫》（《古今小说》第1卷）中与人通奸的妻子王巧儿、《崔待诏生死冤家》（《警世通言》第8卷）中咄咄逼人的秀秀、《小夫人金钱赠年少》（《警世通言》第16卷）中胆量过人的张胜的女主人、《沈小霞相会出师表》（《古今小说》第40卷）中聪明的闻淑女、《花灯轿莲女成佛记》（《清平山堂话本》16：303—328）中莫测高深的莲女。此外，我们还可以对比一下《情史》卷4《情侠类》第一节、《醒世恒言》第25、27、28、36卷和《石点头》第2、10、12回。

们冲破父母或妓院老鸨设置的重重障碍，为实现爱情理想而努力奋斗；她们主动地选择自己的爱人，其坚定的决心与传统的道德规范格格不入。中国文学中经常可以见到女性高于男性的思想，这种情况恰恰反映了作者对现实生活中女性所处的低下社会地位的不满。然而，它却有利于提高爱情的价值，使女主人公冲破家庭障碍和经济条件的限制。①

如果我们分析一下男性的状况，便会看到，女性的理想化和爱情的纯洁化是可以找到各种文化依托的。在许多作品中，女性的美貌和文化素养就像首饰和花朵一样，成为人们欣赏和羡慕的目标，这些作品依赖中国传统中已经存在的文化因素迅速地发展。人们认为，对花朵的崇拜就是把女性美的纯洁化与欣赏自然以及摆脱腐败世界的理想结合在一起。李渔的一些论文理所当然是此类观点的典范。尽管李渔也和同代人一样，认为女子处于从属地位，然而，他承认女性有追求幸福的权利，他赞颂女性的美貌、才华和天生的善良。把鲜花和女子两个词结合为一个概念，无论在中国的叙事文学中还是在抒情诗歌中，都是屡见不鲜的主题。②

栽种花草，侍弄花园或盆景，在中国具有悠久的历史。但是，恰恰是在明末，“爱花”成为更加广泛的大众行为，当时，不仅文人墨客“爱花”，普通百姓也都纷纷效仿。除了纯粹的种养植物的意义之外，从“爱花”行为的发展中，我们可以看到，一方面，人们在欣赏美丽的花卉时，观察花瓣和叶子的色彩以及树枝和树干的形状，领受它的芳香，从中获得快感；③ 另一方

---

① 见1990年8月18日出版的《中外文学》第131—150页冯瑞龙的文章《元代爱情悲剧主题分析》。

② 见《聊斋志异》11：1548—1555、10：1436—1444、11：1446—1452中关于花的变形和花情人的内容。

③ 见《红楼梦》80：1035。亦可参看1997年秋出版的翻译本第92—95、153—154页中关于兰花的四段描写。

面，"爱花"行为体现了知识分子的细腻的联想，它具有象征和隐喻意义：花不仅能够表现感情，而且可以隐喻道义，它象征着纯洁无瑕的生活，也象征着人们不愿同流合污、拒绝随波逐流、宁可选择孤独生活的高贵品德。①

---

① 张岱（1597—1684）在《陶庵梦忆》中描写了一位酷爱鲜花的人物，他养了许多鲜花，精心侍弄它们，并与毁坏鲜花的寄生虫进行不懈的斗争（见《陶庵梦忆》1：4—5）。张大復（1555—1630）描写了一位酷爱菊花的高级官员：他种植了无数种菊花。一天，一位朋友来访，见到花园中有一种叫做"白剪"的菊花，话也不说便闯入花坛。他笑着对这位朋友说：你爱花，丝毫不比我逊色，我就送你一朵"白剪"菊好了（见《梅花草堂笔谈》）。在这段故事中，我们可以看出张大復非常欣赏正统的儒家文人和高官们酷爱鲜花的行为。陈继儒（1558—1639）把这种对花的喜爱称为"花癖"，把种花视为最高尚的活动之一。清初还有一位文人（吴庄）对花更是爱护，他有许多笔名，其中有几个便与花有密切的联系，如"兰痴"、"菊侣"、"莲友"等，他对自己培育菊花、兰花、牡丹等花卉的本领十分得意。高启（1336—1374）一方面向往隐居和提倡内心修养，另一方面喜爱美貌女子，他也描写过月光下的梅花。如果说出污泥而不染的莲花对佛教徒来讲象征着纯洁的话，那么，从宋朝开始梅花便代表了忠诚与正直。对梅花的崇拜也具有一定的宗教意义，人们希望死后安卧在梅花之下，因而愿意在自己的坟上种植梅花。花园总是被认为是远离尘世的安定的绿洲。我们还应该注意到，明朝末期，各种不同的情趣、爱好、癖好和收藏癖，都被看作是情感崇拜的组成部分。我们所了解到的癖好至少有书癖、画癖、碑文癖、书法癖、石癖、花癖、乐器癖、茶癖等，甚至还有酒癖。关于中国用花比喻爱情和对花的崇拜问题，请看1993年剑桥大学出版社的古迪（J. Goody）的作品《花文化》（*The Culture of Flowers*），第335—372、232—253页。至少宋朝以后，在中国的各大城市花街柳巷的名妓中选美的时候，常用与花有关的词汇，如"花魁"、"花按"、"花榜"、"花评"、"品花"等，选美以科举考试为模式，以参加者的容貌、性格和气质为评选内容。在李渔的作品《慎鸾交》的第四出中（见《李渔全集》11：4821—1429和12：5029）就可以看到对这种选美的描写。

对花和其他稀罕之物的崇拜与新出现且继续增长的对女人和爱情的敏感并非毫不相干。一般来说，收藏怪石，喜欢各种讲究的茶、食品和饮料，积攒工料精细的奇特家具，沉迷于大小癖好和奇思怪想，都是一种新的敏感产生和发展的迹象。人们意识到，“情趣”已经成为一种真正的超越伦理道德的审美“价值”，它对庸俗的民众和新生的暴发户，乃至执政者，都是一个辨别是非的标准。某些商品已经不再是实物，而是“内心之物”，① 它是表现身份和高贵的工具，是反射灵魂状况的镜子。这种生活方式，是对流行甚广的商业化的挑战，也是对官方垄断艺术欣赏的挑战，它标志着“私人”领域的扩张；同一时代在西方世界也发生了类似的情况。蒲松龄的小说典型地反映了这种生活态度，在他的作品中，一些物品，由于人们的崇敬和热爱，变成了主人公的真正的对话者，它们是有人的感情的幽灵，一般都以极其美丽的少女形象展现在书中。

一种对女人的爱慕之情正在广泛传播，它不是爱的激情，而是具有美学意义的柔情；温柔和对美的欣赏是这种感情的主要表现形式，因而，可以用含义模糊不清的词组“怜香惜玉”来概括其内容。这种理智的爱情在许多作品中都可以见到，在《玉娇梨》中表现得更是清晰明确。《玉娇梨》是一部长篇小说，共20回，成书于17世纪，19世纪就以《两个表姊妹》② 为题目闻名于欧洲。作品中，“色”、“才”、“情”被视为理想女性所应

① 关于赋予“物品”价值和象征性语言问题，请看1991年剑桥大学出版的克雷格·克鲁纳斯（Craig Clunas）的作品《近代中国早期物品过剩、物质文化和社会状况》（*Superfluous Things, Material Culture and Social Status in Early Modern China*）。

② 见让·皮尔（Jean Pierre）翻译的《玉娇梨》或《两个表姊妹》（1926，巴黎）。

具备的必要条件。[①] 17 世纪的一部分文人对女性所采取的新态度才使上述理想有可能实现，他们认为，美貌女子不再被视为或者说不再只被视为人人躲避的“灾星”。这些变化自然只是一些知识分子（一般是男性知识分子）头脑中的想象，并不预示也不表示社会现实的重大转变。

明代，女子也参与了非常普遍的对感情和爱情的高雅的崇拜。钟惺（1574—1627）编撰了一部著名的女性诗集，他赞颂女诗人的纯真和直觉能力。[②] 毫无疑问，知识女性和妓女对“爱情崇拜”的发展也作出了贡献；上层女性与女演员、女歌手以及妓女之间的距离拉近了，这一点有利于女性对“爱情崇拜”的推动。女作家将她们自己所设计的女性形象强行地展示在男女读者的面前。

上等妓女所享有的较大的自由和所具备的高雅的文学和音乐素养，与“爱情崇拜”的发展，构成了在理性和感情方面促进文人与妓女之间产生默契的主要因素。中国社会上，“良民”与包括妓女在内的“贱民”之间存在着明显的区别，然而，到了明末，在生机勃勃的江南地区，却逐渐形成了一种感情、语言和文学的新潮流，它在一定程度上超越了“良民”与“贱民”之间的区分。事实上，在传统的社会中，妻子与妓女各自扮演着不同的、但又相互补充的角色：妻子承担着生儿育女和管理家庭的任务，而妓女则向人们提供文化和性方面的社会服务，有时这种服务还具有政治和经济方面的意义。妓女的社会地位是非常模糊

---

① 见郭英德的《痴情与幻梦》（生活·读书·新知三联书店 1992 年版），第 144 页。

② 高彦颐（Dorothy Ko），“Thinking about Copulating: An Early-Qing Confucian Thinker's Problem with Emotion and Words”，载 G. Hershatter, E. Honig, J. Ko Dorothy, *Teachers of the Inner Chambers. Women and Culture in Seventeenth-Century China*, Stanford, 1994，第 61—64 页。

的，因为，一方面，她们打破了男女有别、内外有序的儒家道德规范；另一方面，她们又是女性理想和高雅艺术的代表。①

“花柳”世界已经成为中国文化和艺术生活中永恒不变的事实。比如，妓女与歌妓就对抒情词的发展作出了重大贡献。千百年来，妓女的文化作用越来越大，它影响了士大夫与文人墨客的公共生活和私人生活。明末，最聪明、最有文化素养的妓女被视为才华横溢的女艺术家，经常被邀请到显贵人家。当时的一些爱情故事中的主人公便是著名的文人和妓女，如：钱谦益与柳如是，侯方域与李香君，冒辟疆与董小宛等。陈继儒（1558—1639）是妓女杨幽妍与张圣清之间爱情的见证人：两位青年一见钟情，海誓山盟，要永远相互忠诚；后来，张圣清赴南京赶考，一去便杳无音信。杨思念成疾，身体与精神都难以支撑。张圣清在得知杨的身体状况后，非常感动，将其收为二房；但是，杨的病势并未减轻，为挽救她的生命所做的一切努力也都无济于事。杨病逝，张圣清为其举办葬礼，悲痛欲绝。最后，张圣清请求陈继儒为杨写一部传记；然而，书尚未成，他也悲伤地死去。结尾时，作者表示：只有听了这个故事之后他才相信，为丧失亲爱之人痛苦而死并不是无稽的传言。② 据吴德旋所说，明清过渡时期，刘芳与一位名叫顾横波的名妓来往甚密，两人曾相约要结为夫妻；后来，顾却嫁给了另外一个人，刘因此痛苦而死。③

无论何等社会地位的妇女，只要受过教育，都有一个共同的特点，即培养诗乐雅性；杜丽娘等女性人物不仅代表了美色的脆

① 关于晚明时期妓女的形象，请见高彦颐（Dorothy Ko）的作品（1994）第433—434页。

② 见《杨幽妍别传》，《晚香堂小品》卷18。

③ 见吴德旋《初月楼续闻见录》［引自合山究（Gōyama Kiwamu）作品集第435—436页，1986］。

弱和青春的短暂，也体现出了感情的巨大力量和对自由的向往，对这样的女性人物的高度欣赏，表明了感情的理想化和艺术敏感性的提高。人们对汤显祖的作品《牡丹亭》非常崇拜，就连妇女们也组成了研究小组，对该剧进行分析和评论；社会上甚至还出现了一种以《牡丹亭》中的诗句为基础的游戏，这些都充分地表明了女主人公杜丽娘的群众性和广泛的影响。

17 世纪，随着理想爱情的发展，妓女的形象也被彻底地改变了。《情史》以情感和道德为基础，冲破了僵化的社会地位的界限，认为：“妾而抱妇之志焉，妇之可也。娼而行妾之事焉，妾之可也。”然而，《情史》是一部非常微妙的作品，它仍然在更广泛的基础上确认了建立在社会角色差别基础上的道德价值观念。《情史》关于“情侠”的第 6 卷中，讲述了一个关于严蕊的故事，该故事把一位妓女的才智和情感与理学之父朱熹(1130—1200)① 的学究气和“道德经”进行对比后，认为妓女更加聪明。戏曲作家孟称舜（1600？—1649）也认为，评定爱情不应该以与性有关的伦理规范为基础，而应该以爱情本身内在的美德为基础，即以恋爱者相互间的忠诚和爱情关系的持久性为基础。

许多妓女是诗人、书法家、画家、歌唱家和音乐家，她们经常被接纳为文学社团的成员，是文人家中的常客。事实上，有些妓女还成为“复社”等政治社团的成员，她们参加政治活动，把爱情与政治义务、个人感情与公众利益结合在一起。在这一时期，文人和妓女之间的爱情关系十分密切，不仅在小说和戏剧舞台上，而且在实际生活中，我们都可以找到许多此类范例。有些妓女还成为新型“才女”的典范，与男性的才子处于同等地位。这说明，与唐代相比，她们的形象也有所改善；

① 见《情史》1：31 和 4：111—112。

在许多情况下，她们已经具备了男性知识分子的文学素养，并与他们享有同等的威望。孙康宜（Chang Kang-i Sun）曾经说过："妓女经常成为文人的妾，她们的作用和地位与今天妻子所起到的作用和地位相似，就像柳如是与陈子龙分手数年之后又和钱谦益结成传奇婚姻的情况一样。如果我们考虑到，第一个妻子都是包办婚姻的产物，一般她无法参与丈夫的感情和理智生活，因此，很难出现浪漫的夫妻关系，那么我们就会明白，这种转变是可能的。"①

冯梦龙和凌濛初作品中的妓女形象一般是纯洁和正直的；她们的理想建立在传统价值观念的基础之上，即与一位才子相亲相爱并结为夫妻，从而改变自己的生活。在小说集《警世通言》第10卷《钱舍人题诗燕子楼》中，冯梦龙讲述了妓女关盼盼的故事：武宁军节度使张建封爱恋妓女关盼盼，并为其建一楼阁，起名"燕子楼"；建封病故后，盼盼决心永远忠于他，因而闭户独居，誓不再嫁。许多文人墨客与盼盼通信往来，其中包括著名诗人白居易（772—846）；他赞赏盼盼的清新诗句，却表示无法理解盼盼的忠诚，因为张建封病故之时盼盼并未殉节自尽。这种耻辱令盼盼终身痛苦不已，她自觉没能很好地捍卫自己的名誉，也没能充分地证明自己的忠诚。大约二百年之后，宋朝时期，中书舍人钱希白（？—1026）外任武宁军节度使，并在梦中游历"燕子楼"。他想到白居易不公正的指责，并受到关盼盼悲惨形象的启示，挥笔写就一篇长诗，赞扬这位绝色妓女的美德。钱希白刚刚读完长诗，一位浑身散发出异香的艳丽佳人出现在他的眼前；佳人自称是守园老吏之女，来园中听希白诵诗；并认为希白的长诗足以消释九泉之下盼盼的衔

---

① Chang Kang-i Sun, *The Late-Ming Poet Ch'en Tzu-lung. Crises of Love and Loyalism*, New Haven and London, 1991.

恨之心。希白见女子容颜秀丽，又是一位高雅的知音，精神境界也与自己相仿，便变惊愕为喜悦。女子从袖中取出一幅彩笺，赠与希白，笺上诗曰：

> 人去楼空事已深，至今惆怅乐天吟。非君诗法高题起，谁慰黄泉一片心？

看了上述诗句，钱希白以为面前的女子便是绝色的关盼盼，因而春心荡漾，向前拽其衣襟；但恰恰此时，被敲窗之声惊醒；佳人消逝，美梦结束。① 然而，此梦意义深刻，它证明了文人与妓女、高雅情趣和艺术敏感与性爱之间所存在的和谐关系。

在明代叙事文学所展示的妓女中，《赵司户千里遗音，苏小娟一诗正果》中嫁给赵不器的苏小娟是一个成功的形象：赵不器之兄赵司户与苏小娟之姊苏盼奴相爱，但至死无钱为其赎身，也无法实现将其从妓女籍中除名的夙愿；然而，苏小娟却实现了他们的愿望。在赵不器与苏小娟的新婚之夜，已离开人世的盼奴出现在小娟的梦中，祝福他们的美满姻缘，并请求小娟将其尸骨与未婚夫君合葬在一起。

妓女与男人之间主要是金钱关系，一般情况下他们是不可能摆脱这种关系的，《古今小说》第3卷中的金奴与那位商家子弟的故事就说明了这一点。② 为妓女赎身，从道德和社会的角度来看，也经常是一种无法实现的幻想，杜十娘的故事就是一个典型的例子：李甲惧怕父母的责怪，贪图钱财，把杜十娘转让给一位回家路上遇见的盐商；面对李甲的背叛，杜十娘不愿苟且偷生，

---

① 见《警世通言》第10卷。

② 见《拍案惊奇》第25卷和《古今小说》第3卷。

最后，携百宝箱投江自尽。①

这些人物是一种与处于从属地位的、消极的传统女性形象截然不同的新型妇女，她们的能力和自主性不仅超过了一般女性，而且比男性也略胜一筹；就像小说《白圭志》中的一位女性人物所说的那样："我虽妇人之身，见识却胜于男子。"至少她们与自己的夫君处于同等地位，她们的婚姻是爱情婚姻，她们的夫妻关系（多半是一夫一妻式的）建立在友谊和共同的文学情趣之上。

伴随着新型妇女的诞生，出现了男性人物也进一步文雅化的现象：强烈的爱情不仅左右女性人物，而且也经常同样控制着男主人公。② 在弹词作品《再生缘》中，女作家陈端生（1751—1796）描述了女主人公孟丽君的遭遇，以锋利的笔触讽刺了男女社会角色的差异：孟丽君女扮男装，通过层层科举考试，最后成为丞相。继续留在追名逐利的男子社会之中，还是结成婚姻，恢复正常的女性生活呢？此时的孟丽君犹豫不定，难下决心。③

---

① 见《警世通言》第32卷。故事的内容是：名妓杜十娘与书生李甲相爱，并说服他不要犹豫，为其赎身，娶其为妻。杜十娘自己付清了赎身钱后，与李甲上路回家；途中，李甲受一富商诱惑，害怕父母的责怪，后悔带杜十娘回家，并将杜十娘转卖给富商。面对李甲的背叛行为，杜十娘不愿苟且偷生，怀抱价值连城的百宝箱纵身跳入江水之中。

② 除了冯梦龙的著名小说《卖油郎独占花魁》中的卖油郎之外，《红楼梦》中的贾宝玉和蒲松龄作品中的一些人物也表现出了男人对爱情的忠诚，如《连城》中的乔生，他模仿孝道的榜样，在自己胸脯上割下一块肉作药，挽救生病的连城（见《聊斋志异》3：362—363）。

③ 见 ch' en Youshida 的《儒家社会中的妇女：对唐朝叙事文学的研究》（*Women in Confucian Society*: *A study of Three T' an-tz' u Narratives*, 1974，纽约，哥伦比亚大学博士论文）和 Marina Sung 的《〈再生缘〉的叙事艺术：儒家传统社会中的女权主义观点》（*The Narrative Art of "Tsai-sheng-yuan": A Feminist Vision in Traditional Confucian Society*, 1988，麦迪逊，威斯康星大学博士论文）。

除了上面我们所介绍过的女主人公的形象之外，在 17 世纪和 18 世纪的中国文学作品中，还经常可以见到另一种完全不同的女性形象。这些女人专制、可怕、暴躁，已经男性化了；与胆小怕事的丈夫相比，她们是“脾气古怪、专横跋扈”的妻子，同时也是淫荡、纵欲的女人，她们颠倒了社会角色，威胁着社会与家庭的理想秩序。尽管这些“反面”妇女形象的努力总是以失败告终，她们对面又总是树立着在感情和事业方面都取得成功的“正面”人物的形象，她们还是要确立自己的地位，还是不满意无能的丈夫；她们的出现与家庭角色的变化有着紧密的关系，① 同时也证明了，在实际的家庭生活中，妻子“三从”（从父、从夫、从子）的形象已经发生了转变。在西方文学中，尤其是在 17 世纪的殷勤献媚式的爱情中，相爱者之间存在着不平等的关系也是一个重要的特点；男性屈从于至高无上的女性，就像臣子服从君主一样：这种不平等表现为女性的极端的反抗，她们残酷地拒绝求爱者的建议，求爱者的每一反应，都被扣上“蔑视爱情君主罪”② 的帽子。然而，女性至高无上的地位不仅不被视为具有负面意义的现象，反而被视为构成爱情戏剧的要素。

作为社会变化的一种反映，违反社会常规、威胁社会秩序的女性形象曾多次出现在文学创作之中，这是一个不争的事实。然而，在那些对待女性和爱情问题具有新思想的作家笔下，仍然可以继续见到厌恶女性的传统。冯梦龙和蒲松龄的一些作品都反映

---

① 见吴燕娜（Wu Yenna）1986 年和 1988 年作品第 363—382 页。也可以参看马克梦（Keith McMahon）1995 年的新作，遗憾的是，当我读到他的著作时，本书已经完成。

② 见让-米歇尔·佩洛斯（Jean-Michel Pelous）的著作第 45 页。

出了“女人—祸水”的思想。[①] 如果女性的基本形象没有改变，就无法确认文学中厌恶女性的现象彻底地消失了；因此，我们只能说，理解女性形象的方式和思想发生了变化。在某种意义上，厌恶女性的态度只是符合了各阶层男人现实生活中的实际情况而已：一些反面的女性人物，专横，嫉妒成性，有时还要加上无法控制的性欲，她们是女人和妻子的反面典型。有时，这些人物以魔女、鬼魂、狐狸精等形象跃然纸上，显得更加生动和具有独立性；她们充满了人的感情，极其真实和具有说服力。有时，尽管她们是反面人物，淫乱，嫉妒，不忠诚，但无论从社会还是从身体的角度看，她们都是处于病态之人，如潘金莲。然而，复杂的感情世界使她们的形象变得特别生动和充满了人情味儿。

有人将这类作品视为讽刺和揭露文学，也有人将其仅仅视为消遣文学。一方面，这类作品继承了中国文学中厌恶女性的传统；[②] 另一方面，也证实了一个事实，即男性面对社会角色的混乱和女性加强了在家庭生活中的地位而感到不满。厌恶女性的传统一直发展到20世纪，在长篇历史小说《孽海花》（1907）的女主人公身上似乎就有所体现：故事发生在八国联军进入中国和义和团运动时期。彩云是一个变化多端的反面人物，称得上是中国的马塔·哈里，无论在私人生活还是公共事务之中，她都表现

---

① 见冯梦龙的《警世通言》38：573、28、14、19、30、33、38，《古今小说》4，《醒世恒言》15和蒲松龄的《画皮》、《成仙》（见《聊斋志异》1：119—124、1：87—94）。《成仙》严厉地抨击通奸行为，这一点与《水浒传》中某些章节的描写相似（如46：548—549）。

② 在《对〈醒世姻缘传〉的文学研究》（*Marriage Destinies to Awaken the World*：*A Literary Study of Xingshi yinyuan zhuan*，1986，哈佛大学论文）中，吴燕娜（Wu Yenna）分析了《醒世姻缘传》中女性人物所起到的破坏作用，而艾梅兰（Maram Epstein）在1992年发表的文集中则分析了《红楼梦》、《镜花缘》和《儿女英雄传》等书中的男女两性的错位。在汤显祖的《邯郸记》所描述的卢生的婚姻中，男女似乎也发生了错位。

出很高的世俗热情，性生活也极其自由放荡。

11. 妻与妾

对妾的激情不同于对妻子的符合“伦理原则”的爱，关于这一点，李渔有过描述：

> 娶妻如买田庄，非五谷不殖，非桑麻不树，稍涉游观之物，即拔而去之，以其为衣食所出，地力有限，不能旁及其他也。买姬妾如治园圃，结子之花亦种，不结子之花亦种；成荫之树亦栽，不成荫之树亦栽，以其原为娱情而设，所重在耳目，则口腹有时而轻，不能顾名兼顾实也。①

一般来讲，婚姻是家庭包办的（特别是在上层社会），它符合社会的要求，而选择妾则不受限制（除了要适宜家庭情况和受经济因素影响之外），这是众所周知的。尽管妾也具有家庭的体面，但是，由于她的社会出身不同，将她引入家庭生活的法律契约也不同，因此，妾与妻子在家庭中的地位就出现了差别。②

---

① 见李渔的《闲情偶寄》5：2288。

② 表示正式婚姻时用“娶”字，而表示纳妾时则用“买妾”二字。冯梦龙认为，妾与妻的区别在于她不是通过下聘礼明媒正娶入门的，妾与夫的关系是建立在“情”的基础之上的。见《情史》1：31。在《中国社会畸形婚姻模式》（“Deviant Marriang Patterns in Chinese Society”，载 A. Kleinman and T. Y. Lin, eds., *Normal and Abnormal Behaviour in Chinese Culture*, Dordrecht: Reidel, 1980, pp. 169—201）一文中，詹姆斯·麦克高（James McGough）强调了婚姻观念上的文化差异：他没有重复西方社会科学界普遍接受的观念，认为婚姻主要是个人的性爱要求，而指出，在传统的中国，婚姻是家庭引入传宗接代人员的手段，是“阴”、“阳”协调的表现。在这种情况下，“订婚”比“结婚”具有更大的法律作用，引入传宗接代人员的目的是通过一系列社会交易而实现的，其中，只有少数行为真正与婚姻有关。

在戏剧作品《慎鸾交》中，主人公体现了李渔将风流放荡的人物形象与僵化的道学先生的形象结合为一体的理想：对父母的责任感促使主人公承担起家庭责任，把与心爱人的结合整整推迟了十年；为了遵守相互许下的诺言，他们都克服了重重困难，最后，主人公终于纳心爱女子为妾。① 李渔承认婚姻的作用，但是，他的爱情观念建立在适度的享乐主义基础之上；他认为性带给人的快感与美带给人的快感是相通的，它是快乐和生命力的体现。李渔对迷人的女性魅力的陶醉，充分地体现在他的作品之中，他把令人如醉如痴的女子媚态描写得惟妙惟肖。他写道："是知'媚态'二字，必不可少。媚态之在人身，犹火之焰，灯之光，珠贝金银之有宝色，是无形之物，非有形之物也。惟其是物而非物，无形似有形，是以名为'尤物'。尤物者，怪物也，不可解说之事也。凡女子，一见即令人思，思而不能自已，遂至舍命以图，与生为难者，皆怪物也，皆不可解说之事也。"② 浓郁的爱情气氛可

① 见《李渔全集》中的《笠翁传奇》10、11：4791、12：5029。在该剧的序（11：4793）和第二出（11：4811—4812）中，李渔描写了这种介于"风流"和"道学"之间的立场。

② 见《李渔全集》5：2217《闲情偶寄》。此种态度可以使我们想起西方文学中菲伦佐拉（Firenzuola）等人文主义者对肉体与灵魂之爱、性爱与宗教之美的赞颂，按照他们的观点，追求女色的无穷无尽的欲望预示了天国的快乐："如果生活在地上的人不知道用双目凝视美丽女子可爱的容貌、欣赏她的优雅姿态、领略她使人心旷神怡的举止是一种令人无法理解的快乐和难以言喻的享受并给人一种甜蜜蜜的感觉（这是一种刚一结束便又要开始的甜蜜，一种自己忘记自己、自己放纵自己的快乐），那么，他又怎么可能在他的想象中领悟作为我们最大幸福的瞻仰万能的上帝、享受他的光辉是一种永远不会令人厌倦的永恒的快乐呢？"［见《关于女性美的论述》（*Idiscorsi della bellezza delle donne*），引自阿尔贝托·泰嫩蒂（Alberto Tenenti）的《文艺复兴中死与热爱生活的意义》（*Il senso della morte e l' amore della vita nel Rinascimento*），第 42 页，1957，都灵］。

以产生于一个媚眼，也可以产生于另一种迷人的环境之下。在谈到一位王姓艺妓时，他写道：与她闲谈，下棋，品茶，焚香，其媚态营造出一种少有的气氛。① 一盘棋确实可以创造出极其神奇的环境，“纤指拈棋，踌躇不下，静观此态，尽勾消魂”②。

然而，夸张婚姻与我们现在所理解的爱情之间的对立关系也是不对的。在家庭生活中，原配之妻经常占有极其重要的地位，造成此种情况的原因是多种多样的，如：城市中妇女越来越多地参加生产劳动，她们受教育的水平也不断提高。③ 恰恰是在明清时期，以儒家相敬如宾美德为特点的夫妻关系发生了一定的演变，有些文章中出现了一种新的婚姻准则，赋予了婚姻满足个人要求和欲望的新功能。我们还应该指出的是，寡妇守节思想的再度兴起，也不仅仅是因为要恢复“一女不事二夫，一臣不事二主”的儒家原则：人们似乎经常把上述儒家传统思想与新出现的对夫妻之爱的崇拜结合在一起，来解释寡妇守节问题。当时出现了一些极具典型意义的故事，它们虽然受到儒家正统思想的谴责，却感动了读者；具有新思想的作家则利用这些故事引起人们的争论。

这里，我们也可以看到，新旧两种因素是如何融合在一起的：一方面，人们采取了一种与以往不同的态度，强调夫妻双方的人格，在社会和道德原则的基础上又增加了新的爱情含义，他们崇拜感情，到了明末，这种崇拜发展到了登峰造极的地步；另一方面，新态度不仅仍然含有妇女守节的父权社会的旧价值观念，而

---

①　见李渔《闲情偶寄》3：2321。这里，李渔用“温柔乡异趣”来表现与美女的接触。龚自珍与蒲松龄都曾用过类似的词语。

②　见《李渔全集》5：2300《闲情偶寄》。

③　见汉德林（J. Handlin）的《吕坤的新追随者：知识女性对16世纪思想的影响》（Lü K'un's New Audience: The Influence of Women's Literacy on Sixteenth-Century Thought, in M. Wolf, R. Witke, *Women in Chinese Society*, 1975，斯坦福）。

且与官方所推行的理化民众运动的精神相符合，这些都在最近所取得的对贞节牌坊和贞节庙的研究成果中有所记载。①

另外，和谐的夫妻关系也早已进入文学作品之中，它们以古代著名的恩爱夫妻为样板，如诗人司马相如（公元前175—前117）与卓文君，金石学家赵明诚（1081—1129）与女诗人李清照（1084—1155）②等。《和鸣集》、《同心集》、《伴读吟稿》、《谐歌集》、《随宦吟草》、《唱和集》等女诗人的诗集名称反映了谚语"夫唱妇随"的含义，尽管它们掩饰了妻子对丈夫的忠诚与爱这一主要的思想内容，却也证明了夫妻之间存在着相亲相爱的关系。③

幸福的爱情是命中注定的，虽然很少见，但还是可以找到一些典范；沈复在《浮生六记》④ 中就向我们展示了夫妇之间长期保持的情深意笃之情。在性生活方面，尽管我们无法知道夫妻关

---

① 见凯瑟琳·卡利茨（Katherine Carlitz）的"Shrines, Governing-Class Identity, and the Cult of Widow Fidelity in Mid-Ming Jiangnan"［1997年《亚洲研究》（*The Journal of Asian Studies*），56，3，第612—640页］。作者指出，赞颂贞节女子的倾向至少可以追溯到元代。

② 关于司马相如与卓文君的故事，请看吴德明（Y. Hervouet）的《传统中国的自传》（*L' autobiographie dans la Chine traditionelle*，1976），关于赵明诚和李清照的故事，请看秦家懿（Julia Ching）关于宋代女诗人的传记《宋代传记》（*Sung Biographies*，1976，第530—539页）。

③ 见 Ho Clara Wing-chung，"Conventionality Versus Dissent：Designation of the Titles of Women's Collected Works in Qing China"，《明清研究》1994/1995年，第61—64页。

④ 见兰乔蒂（L. Lanciotti）的意语译文。在描写夫妇关系时，凌濛初使用"齐眉结发"来隐喻他们之间的和谐。这一隐喻来自《后汉书》（83：2768）的一篇传记，书中说：每次丈夫回家，妻子为其准备午饭时，不敢抬头看丈夫，因此将托盘举到眉毛的高度，所以称做"举案齐眉"。请看《拍案惊奇》（34：596）第34卷开始处。关于婚姻生活的不和谐，请看蒲松龄的一些作品和长篇小说《金瓶梅》。《无声戏》第1回中的引子诗（见《李渔全集》12：5075《无声戏》1回）说："十对夫妻九配差。"

系在何等程度上可以作为人们的典范；然而，一个不争的事实是，至少理论上，人们认为他们的爱情是完整的，他们的性生活是和谐的，是建立在互爱互敬基础之上的。通过研究医学方面的论文我们可以推论出，在做爱的过程中，丈夫非常重视妻子是否能够表现出性兴奋的五种迹象；尽管这种对性伙伴快感的关注可以用希望妻子怀孕的目的来解释，但它仍然是很能说明问题的。明代有一部作品叫《素女妙论》，列举了人们所应尊重的女性身体特征，并说：

> 阴阳调和，情丝缠绵。

从前，人们在黄帝与素女之间的对话中得出一个结论，即性吸引与夫妻相爱是联系在一起的：

> 帝问曰：“夫妻亲睦相敬爱者，人伦之常也。而敬爱之情，因何乎生焉？”
>
> 素女答曰：“既济者，顺也；未济者，逆也。八庚相合，少壮应时者，顺也；八字不协，老幼不遇者，逆也。才貌两全，意气相合者，顺也；蠢丑相背，狠戾反目者，逆也。但恩受契合则生敬恭，敬恭则富贵长命而子孙蕃育。”
>
> ……
>
> 素女答曰：“赋形不同，大小长短异形者，外观也；取交接快美者，内情也。先以爱敬系之，以真情按之，何论大小长短哉！”①

---

①《黄帝内经》，见高罗佩（Van Gulik）1951 年出版的著作集第137、142—121 页。

蒲松龄通过狐女恒娘的口向朱氏提出了极其有趣的保持魅力、追求快乐的建议，给她上了一堂名副其实的心理学课，教她如何机敏地诱惑丈夫，如何秋波送娇，又如何媚然一笑露出两行葫芦子似的牙齿，嘱咐她枕席之间随机应变，投其所好，并让她在丈夫求爱的要求面前装成无动于衷的样子；最后，恒娘说：这便是将妻子变为情人之法（原文为“易妻为妾之法”）：

> 子不闻乎：人情厌故而喜新，重难而轻易？丈夫之爱妾，非必其美也，甘其所乍获，而幸其所难遘也。……则彼故而我新，彼易而我难，此即子易妻为妾之法也。①

妾和狐女与结发之妻互换角色的错位情况并非偶然，在其他小说中也可以见到。然而，引人注意的是，在这篇小说中并不存在错位的情形。蒲松龄明白这一点，他在作品的结尾处加了评语，做了自我批判，指责了丈夫不能破“惑”，并用买珠者不重视珠子只重视装珠子的木匣子买椟还珠作为比喻，把妾的魅力与宫廷中太监的行为放在同一位置上进行比较。② 很清楚，这里的要点并不在于区分对妻子的爱和对小妾的爱（或称性欲之爱），而在于说明欲望的专制性。社会所接受的折中办法是创造出不同的女性性爱的形象：结发妻子，一个或多个妾，最后是不同等级的妓女；当时，人们对这一点并没有什么疑问。小说中所提出的解决办法令作者本身也颇感担忧：这是社会角色的错乱，如若错乱积重难返，便会形成更大的危险，危及社会秩序。如果欲望和诱惑具有了更大的重要性，社会角色便要失掉一定的意义，整个

① 见《聊斋志异》10：1433—1434。

② 见《聊斋志异》10：1435。关于狐仙与妓女之间的关系，请看该书《鸦头》（5：600—607）一篇。

社会体制，无论是它的等级制度，还是它的组织结构，都将面临垮台的危险。这种思想与冯梦龙和孟称舜的道德观念还有很大的距离，他们认为，“情真”不但能够弥补任何悖逆现象，而且能够把爱情提高到高于合法婚姻关系的地位。这便说明了为什么以狐女及其他女仙和女鬼为代表的欲望解放是一种不能令人无动于衷的、对传统制度具有颠覆意义的新鲜事物，为什么蒲松龄等作家把这些狐女、女仙和女鬼描写成具有积极意义的人物。在中国社会最活跃的环境之中发展起新的激昂的爱情思想，然而，这些思想并未沿着西方彬彬有礼的宫廷式爱情或浪漫派的“爱情婚姻”的反潮流观念所遵循的方向发展。《红楼梦》第5回中，贾宝玉做了一个梦，梦里，初试云雨后，他有一种可怕至极的负罪之感，这并不是因为他感受到了道德上的谴责，而是因为与他发生性关系的是仙女兼美，她是一位融情、爱、色于一身的女子，同时具有宝钗的十全十美的品德和黛玉的令人如醉如痴的媚态。

12. 崇尚爱情的思想基础：对“阴”的崇拜

著名作家陈继儒把项羽和刘邦等古代伟大人物的英雄主义与爱情相结合，① 袁宏道则把女子的魅力与最真实、最高雅的激情联系在一起，② 晚明学者周铨也谴责“女子—祸水”的厌恶女子的思想，认为所有的伟大人物都具有伟大的激情，

---

① 见郭英德1992年发表的著作第87页。在评论范牧之时，陈继儒写道：“天下有心人，尽解相思死。”他还认为，爱情是一种真正的英雄才具有的感情。请注意意大利语中的语言游戏：人们开玩笑时，常说eroe（英雄）一词来自eros（爱神、性爱）。

② 朱剑心编：《晚明小品选注》，台北，1984，第39页。

他指出：

> 故天下一情所聚也。情之所在，一往辄深；移以事君，事君忠；以交友，交友信；以处事，处事深。故《国风》许人好色，《易》称归妹见天地之心。凡所谓情，政非一节之称也，通于人道之大，发端儿女之间。古未有不深于情能大其英雄之气者。

明末，就是在这种气氛中，人们又重新发现和评价了诗人谢希孟回答他的老师——著名的理学思想家陆象山的一段话：

> 而天地英灵之气，不钟于男子而钟于妇人。

这是一种具有亵渎神圣和颠倒是非意义的断言，它论述的是理学的宇宙观，然而却颠倒了理学的宇宙秩序。这里，我们可以看到，根据万物所具有的气的纯洁程度划分了等级。按照这种道德与社会的等级划分，动物高于植物和矿物，人高于其他一切生物；人本身又分为文人和农民，等等，女人在任何情况下都被视为低于男人，因此，她所具有的气也必然比男人的气浑浊。朱熹认为女人的美德是有限的，并把女人的这一弱点与下层男人易怒的弱点相提并论，① 然而，他的观点只是记录了当时流行的认为女人在智慧和道德方面都低于男人的看法。朱熹在他编撰的早期理学大师文集《近思录》中说：

---

① 当一位学生问朱熹，女子面对各种情况时总是表现出过分的惶恐，这是否是因为其心偏而不正，朱熹回答说：妇人之仁完全来自于爱的感情。朱熹还把女子无法控制的爱情与下层男人易怒（下层男人之勇的特点）的特点相提并论。见《朱子语类》4：57和45：1164—1165。

> 男女有尊卑之序，夫妇有倡随之理，此常理也。若殉情肆欲，唯说是动，男牵欲而失其刚，妇狃说而忘其顺，则凶而无所利矣。①

这种社会地位等级的划分反映了“原则高于欲望、情欲具有破坏潜在力”的道德观念。

谢希孟那句具有“悖逆”意义的回答，见于一篇教诲人的小说：主人公谢希孟与一名妓女交往，多次受到老师陆象山的批评；然而，他不但没有改过，反而要赠送给妓女一座名为“鸳鸯阁”的别墅，表示自己的爱情，并题诗一首。陆象山老师有严格的道德观念，而且对文学作品也保持着很高的兴趣；在他问及此事时，谢便以前面所引用的那句话作为回答，显然，此句便是为“鸳鸯阁”所题之诗的核心内容。闻听此言，老师极其愤怒，沉默不语。最后，学生豁然感悟，离弃妓女。

冯梦龙在《情史》中记载了这段故事，他非常敬佩谢希孟，赞扬他放荡而自由洒脱的行为。谢希孟被归于“狂”者一类人物之中，他的行为毫无目的：可以建起一座楼阁，将其赠予妓女，并为其题诗；也可以感悟到人世的虚无，在享受快乐生活之时坦然地抛弃一切。② 冯梦龙和其他作家在作品中曾多次引用谢希孟的名言，虽然每次引用时词句都有微小的变化，但思想内容是一致的；明末，随着反严格礼教和反正统的新思想倾向的兴

① “阴”与“阳”之间的差别也可被理解为美德的光辉与欲望的龌龊之间的矛盾。

② 见《情史》4：132（《情侠》），5：154、161（《情豪》）。《五杂俎》（16：4529—4530）中也有类似的记述，但篇幅较短。

起，人们重新发现了这句名言的重要意义；到了清代，它已成为人们喜爱的格言。15 世纪前后，人们赋予谢希孟的故事不同的思想内容：他不再是感悟的榜样，而成为追求潇洒怪僻、风流狂妄生活方式的典型。①

在许多方面与谢希孟相似的还有清代的两位最重要的作家：曹雪芹和蒲松龄。前者曾多次将女孩儿的纯洁比作水，用以反衬男性的浊臭；② 后者的特点是赋予作品中许多女主人公超自然的力量，使其超凡脱俗。我们不能简单地认为，文学作品中出现自然神灵、狐仙、花仙和女鬼等形象，是因为作者喜欢神奇古怪的故事内容，而应该看到，当时出现了一股崇尚女性和爱情理想化的文学潮流，尤其是到了明末，这股潮流得到了更加迅速的发展，创造狐仙、花仙、女鬼等形象的作家是该潮流的积极参与者。

除了上面所说过的，我们还要加上一点，即谢希孟虽然采取了非正统的表现形式，但他仍然代表了理学思想的一个侧面。如果在官方思想中，等级观念和道德说教占统治地位的话，一般不会产生厌恶女人的现象；当时的许多思想家主张建立和谐的婚姻关系，在家庭的范围内给予妇女更广泛的权利，并且从伦理道德和文化方面更好地培植这种关系。

13. 寻求一种新语言

随着新的爱情观念的诞生，人们也试图重新培育自己的语

① 见《醒世恒言》11：226。

② 在第 2 回中至少有两次，在第 20、49、78 和 101 回中都有此类描述。

图三　汤显祖《牡丹亭》

图四　《西厢记》

言，以便更好地表达新的思想。过去“痴”和“狂”① 一般被视为贬义词（只有少数具有道家思想的作家不这样看），明朝晚期和清朝，它们则越来越多地被用来表示清高和在强烈激情推动下执著追求的与众不同的理想；汤显祖和冯梦龙，以及后来的蒲松龄和曹雪芹都曾如此使用过这两个字。

在王阳明学派对理学正统思想批判的影响下，一些作家攻击迎合统治者思想的行为，赞扬“狂”的精神。汤显祖认为，人无法避开“狂”，袁宏道也认为，人无法摆脱“狂”，亦无法治愈狂魔之症。② 在《花姑子》一文中，蒲松龄颠倒了智慧与愚蠢之间的传统关系，说道：“乃知憨者慧之极，恝者情之至也。”由此可见，“狂”是一种不随波逐流的行为，它不虚伪，不追求眼前的利益，不自私自利。这种“狂”表现为对现实生活毫无经验（如《书痴》），也表现为对女人及她们的心理一无所知（如《阿宝》）。特别是在小说《阿宝》中，爱情已不再具有一般的意义，这种变异在《红楼梦》中也可以见到。爱情甚至可以达到疯狂和可笑的地步，当然，对这种极端爱情的赞颂，并不像在欧洲文化［从朗斯洛到昂拉特（UNRAT）教授］中那样引

---

① 在《说文解字》中，“痴”字被解释为“愚笨”、“傻”、“狂妄”、“不明智”、“愚蠢”、“傻子”等意思，总之，它基本上是一个贬义词；此外，它还含有生病、失衡、过分、对微不足道的事物过分关心等意思。

② 见 Yagi Akiyoshi（八木章好），“*Ryōsai shii* no chi ni tsuite”（聊斎誌異の癡について），in *Geibun kenkyū*（艺文研究）48，1986 和 Imanishi Yoshio（今西凱夫），“Sangen kenkyū（1）”［三言研究（一）］，in *Nihon Daigaku jinbun kagaku kenkyū kiyō*（日本大学人文科学研究紀要）25，1981。第二篇文章特别分析了《古今小说》第 11、12 卷，《警世通言》第 26 卷，《醒世恒言》第 4、29 卷，指出“狂”字是用来形容那些完全摆脱世俗、喜爱高雅生活、不向豪强妥协的人。“痴”甚至已经成为某些人的称号（见八木章好作品第 94 页）。

起了巨大的反响。然而，在唐代的中国文学中就早已有了这种主题，《李娃传》是一篇具有代表性的小说，它赞扬了为所爱女子作出巨大牺牲的英雄主义精神：男主人公荥阳公子疯狂地爱上了出身低贱的妓女李娃，为其荡空家产，被家庭和朋友以及所有的人抛弃，不但失掉了个人的尊严，而且几次险些丢失了性命；最后，他应试成功，金榜题名，与所有的人和好如初，并娶李娃为妻。①

在蒲松龄的小说《婴宁》中，女主人公是一位年轻的狐女，动辄傻笑，大家都认为她愚笨，然而，最后她表现出具有美好的人性、高尚的品德和敏锐的智慧。在《香玉》一文的评论中，蒲松龄认为：最诚挚的爱情，可以通达鬼神。花变成仙女，陪伴着人；人死后仍然爱着花和花鬼，与其结成很深的爱情。一个死去，另一个便为他殉葬；这不是坚守贞操，而是为爱情献身。

展示"情狂"或"情魔"的小说不胜枚举：为了爱情男人举止反常，最后，女人被男人的狂热情感所打动，投入男人的怀抱；或者，男人若痴若呆地迷恋鲜花、奇石和书籍等物品，然后，一种神奇的力量又使其摆脱恋物情感。李渔曾经阐明过他对信仰力量的看法，即对来自于"情"的"宗教"力量的看法，他说：

> 可见精神所聚之处，泥土草木皆能效灵。从来拜神拜佛都是自拜其心，不是真有神仙、真有菩萨也。②

---

① 见杜德桥（Glen Dudbridge）的《李娃的传说：对9世纪中国的一篇故事的研究和批评》（*The Tale of Li Wa, Study and Critical Edition of a Chinese Story from the Ninth Century*，1983，伦敦）。

② 见《李渔全集》中的《十二楼》之《夏宜楼》。

有人为心爱的女人宁愿割下自己身上的一块肉，还有人为得到心爱之物甘心饮鸩或减寿。患有此类“疾病”的人并不是一些纯粹的小丑，也不是那些逗人发笑的喜剧人物，他们在中国小说中是英雄，真诚至极，甚至心灵已经纯洁到了荒谬的地步。

最典型的例子就是《阿宝》中的孙子楚，他的伙伴和他所爱的女子都取笑他的天真。女子与他开玩笑说，只要他能切断一指，就愿意嫁给他；他便立即信以为真，并付诸实践。在小说结尾处的评语中蒲松龄解释道：“性痴则其志凝。”蒲松龄把人分成三类：一类是正常人，他们没有一点奇特之处，所谓的特点便是平庸；还有一类人，他们具有不可抑制的激情，因此，无论是从善还是作恶，都不可能随波逐流；他们中的一些人，或坠入疯狂的淫欲和赌瘾之中，或野心勃勃、贪得无厌，最后走向毁灭；另一类人则是真正的智者，疯狂会刺激他们，推动他们去实现伟大的事业。在《红楼梦》中，这种划分已经形成了理论，作者用“气”（宇宙之能量）的影响来解释人（特别是主人公贾宝玉）的不同性格。

在《红楼梦》中，对新语言的追求尤其明显；作品确立了一种与官方对立的价值体系，提供了一个评价人的新观念。在这部“情感教育”著作发表之前，中国并不存在与该书作者思想相符的稳固的爱情术语，因此，该书作者无从得到启示。前面我们已经提到过，在西方的文学传统中，早已存在一系列来自于人的内省和基督教理想的术语和概念，中世纪晚期和浪漫派时期的文学都从中吸吮了营养，当然，人们仍然保持了丰富的古典修辞手段（一方面是奥维德给予人们的启示，另一方面则是神秘主义文学对人们的影响）。然而，在《红楼梦》的作者面前，除了理学的伦理思想外，只有那句短短的颠倒了理学宇宙及社会伦理秩序、认为女人高于男人、比男人更纯洁的名言（人们认为该名言出自于谢希孟)。《红楼梦》的作者充分地利用了这句名言，并进一步发展了它。贾宝玉把女孩儿的身体比作水，把男人的身体比作泥；书的作者则借用植物隐喻女子的形象，这些都不是偶然的。年轻女子比神灵更加纯洁，因为，最纯洁的宇宙之气集中于她们的身上；这里，价值观被颠倒了，人们认为，纯洁的女人被混浊的男人所污染，而不是男人受到了女人的污染；人们对根深蒂固的婚姻机制提出了疑问，尽管这种疑问还只停留在先女权主义的意义之上。① 婚姻像迷雾一样遮盖了爱情的光辉，污染了爱情的纯洁，它是与家庭组织紧密联系在一起的功利主义的父权制社会的象征，是成年人的阴谋诡计。人们梦中的理想世界和“大观园”中的世外桃源，随时都处于受到污染的危险之中。②

上述情况是显而易见的，我们已经多次说过，这是因为中国并不存在新柏拉图主义的传统。我们可以想象一下，关于阿波罗和达佛涅之间爱情的神话故事对欧洲文学产生了多么巨大的影响，这不仅是因为它含有深刻的隐喻意义（仙女达佛涅变成了月桂树），也是因为它具有变化难测的故事内容：阿波罗被一支金箭射中，狂热地爱上了达佛涅；然而，达佛涅却被一支铅箭射中，对爱情的召唤无动于衷。一方面，这篇神话故事使无法获得幸福和彻底实现爱情的悲哀成为文学的永恒主题（奥维德说：我们总是努力去获得被禁止之物，我们总是渴望实现不能实现的

① 见《红楼梦》77：996。

② 在现实中，理想世界的概然性表明，污染的危险不只来自外部，而且理想世界生来就潜伏着被污染的危险。《红楼梦》第66回中，柳湘莲说，“你们东府里除了那两个石头狮子干净罢了”，其他都是肮脏的。第5回中，贾宝玉在“太虚幻界”的“金陵十二钗正册”中看到了一首诗，该诗表明了人们对纯洁的渴望，但它与现实中的污浊之间存在着尖锐的矛盾；第23回中，林黛玉关于难以维持水的纯洁的话也具有很深的意义。

愿望)；另一方面，说明了愿望通过升华可以实现完美的转变。① 很显然，在把女子比作植物的中国式隐喻中，缺少将肉体与灵魂一分为二的新柏拉图主义的传统。《红楼梦》中所展示的少女纯洁，表示了人们反对占统治地位的价值观念和伦理道德，追求更崇高的爱情和完美的理想；小说一开始，就通过空空道人之口，介绍了追求感情和狂热之爱的脱俗的少女形象。作品中人物以及人物的感情是非性欲化的，如果说这一点与把爱情升华、使其精神化的西方传统相一致的话，那么，两者之间又有着明显的区别：中国在寻求永恒之爱情的时候，并没有像西方那样，使爱情脱离物质。

另外，才子佳人类的作品也不宣扬相爱者的欲望和性的要求，而只赞颂女子，使女子理想化；《红楼梦》继承了这一传统，使用了一种禁欲式的语言，避免了明确涉及性爱问题。为了成功地表现爱情的升华，《红楼梦》的作者在一定程度上赞扬了非性欲化的感情，改变了真实的女子形象，这是中国传统文学中独一无二的尝试：女子变成了精神的、来自于上天的形象，她的“拟花化”具有新的含义，“真正”的爱情越来越非肉体化了。这里，我们可以看到，占主流的清教主义是如何变成了展示崇高爱情思想的借口和工具的：

> 世人都把那淫欲之事当作“情”字，所以作出伤风败化的事来，还自谓风月多情，无关紧要。不知“情”之一字，喜怒哀乐未发之时，便是个性，喜怒哀乐已发，便是情了。至于你我这个情，正是未发之情，就如那花的含苞一

① 见伊夫·吉罗（Yves Giraud）的《达佛涅的童话：论17世纪末以前文学和艺术创作中人物形象变化成植物的典范》（*Essai sur un type de metamorphose vegetale dans la literature et dans le artes jusquʒà la fin du XVIIe siècle*, 1969，日内瓦）。

样，欲待发泄出来，这情就不为真情了。①

有一个词是极难翻译的，那便是“意淫”二字，我们可以把它理解为“意欲淫乱”、“思想淫乱”或“过分的情欲”，下文中我们还将继续谈论这一问题；② 另外，“爱红的毛病”一词也是很形象的。尽管这些语言反映了一定程度的清教主义态度，但是，我们从中还是可以看出，人们已经开始毕恭毕敬地承认（尽管是以极其微妙的形式）并夸张“力比多”（性欲）的无穷力量。

脱离性欲蕴涵的爱情修辞手段在西方早已根深蒂固，由于中国缺少类似的修辞手段，《红楼梦》的作者在创造文学语言之时，必须借助一系列的权宜之计、新创词汇以及宝玉和黛玉之间矛盾重重的沟通方式（他们时而一起作诗，时而又争吵不休）。当然，这种经常是无言的或者是转弯抹角的沟通方式，很不方便，它不断地引起相互间的误解和嫉妒，使二

---

① 见《红楼梦》111：1402。关于女性的贞节，理想化和升华的过程并不排除新的宗教化的清教主义成分（见1937年上海出版的陈东原的《中国妇女生活史》）。然而，当许多作家都随波逐流消极地接受至少可以追溯到董仲舒（公元前约179—前104）的正统思想原则的时候，《红楼梦》则创造性地把正统思想作为了自己所利用的工具。

② 在医学著作《黄帝内经素问》（12：924）中有这样一句话，叫做“意淫于外”，这里，“淫”字是作为谓语使用的。林语堂把“意淫”一词解释为“精神淫乱”，因为，该词确实主要表示爱情导致淫乱的意思。史恺悌（Catherine Swatek）在《牡丹亭》中发现了另一个叫做“污”的词汇，它一般作为贬义词使用，表示弄脏、污染、腐败、侵犯的意思，但却经常具有褒义词的含义，因为，对丽娘失掉贞节和受孕的暗示是与爱情创造生命的力量结合在一起的（*Feng Menglong's Romantic Dream: Strategies of Containment in His Revision of the Peony Pavilion*，哥伦比亚大学博士论文，1990）。

人为鸡毛蒜皮的小事而争吵。对宝玉和黛玉最后一次会面的描写，典型地展示了小说中两位主人公之间所存在的令人痛苦的关系。宝玉以为自己将与黛玉婚配，而黛玉却已经知道宝玉和宝钗很快就要结为夫妻；两人都沉默不语，直至分别；这是最后的分别，然而，他们相互间只说了两句极其简短的寓意深刻但又令人莫名其妙的话；他们的感情是通过目光和傻笑表现出来的：

> 黛玉却也不理会，自己走进房来。看见宝玉在那里坐着，也不起来让坐，只瞅着嘻嘻的傻笑。黛玉自己坐下，却也瞅着宝玉笑。两个人也不问好，也不说话，也不推让，只管对着脸傻笑起来。……忽然听着黛玉说道：“宝玉，你为什么病了？”宝玉笑道：“我为林姑娘病了。”①

这样，所谓的“灵气”的概念又有了新的解释，② 正是这股“灵气”使宝玉不同于《红楼梦》中的所有其他人物。为了歌颂对爱情的崇拜，必须创造出与其相适应的语言；“温柔的新体诗派”在赞赏“高贵心灵”的时候，使用过这种语言，卢梭在展

---

① 见《红楼梦》96：1241和第19、28、29回。要展示“完美无缺”的爱情，就必须有一种能够表现纯粹激情的文学语言。因为“超凡脱俗”应该建立在社会的欣赏和崇拜（哪怕是隐藏的）的基础之上，从这种欣赏和崇拜中产生出评定价值的标准，所以，作者就不可避免地要在自己的内心中吸收理学清教主义道德观念，升华性的欲望。试图为人们认为不符合理学思想的“情”进行辩护并将其引入社会接受的轨道上来，便成为社会心理学研究的对象。《红楼梦》重视情感描写的写作模式，在晚清的《评花宝镜》等表现同性恋的小说中也得到了继承。

② “灵气”一词意思为聪明、有天才、有异常能力，在小说中还有“不同寻常地多情”的意思（见《红楼梦》1：2、81：1056、84：1093）。

示“敏感之灵魂”的时候，也使用过这种语言；这种语言超凡脱俗，能够使人真正理解爱情；贾宝玉天生所具有的高贵之气恰恰符合了创造这种语言的要求。

因而，爱的激情成为了一种超验的情感，它可以颠倒自然规律，也可以战胜死亡。这些特点表明，17 世纪和 18 世纪之间，对情感的崇拜已经达到了前所未有的高峰。

14. 爱情的宗教性质：A)婚姻与命运,即天与地

众所周知，西方的爱情理想化，主要与宗教的变化有着密切的联系。彬彬有礼的宫廷式精神之爱的观念以及它所具有的神秘色彩就是明显的例子，从中我们可以寻觅到圣奥古斯丁情感理论的迹象。尽管圣奥古斯丁崇尚柏拉图的理想主义，完全反对色情，但他仍然赞颂对神的爱，并将其视为唯一的无限之爱，从而不自觉地创造了一种新的高级的、绝对的情感模式；到了浪漫派和后浪漫派时期，这种模式则变成了在痛苦中追求爱情的升华。另外，信仰对神的无限的爱和崇拜受难的基督与圣母，构成了西方的爱情理想化的文化遗产；随着吟游诗人的出现，这一文化遗产世俗化了，它为奇妙的爱情提供了丰富的营养：“从此以后，基督徒们不仅可以把上帝视为爱，而且也可以把爱视为上帝了。”①

在某种意义上，中国也有类似的情况。我们可以通过审视明末一篇小说中的一段短诗进入这一论题。这段诗是小说集《石点头》中的一篇故事的引子，诗文是这样的：

① 见辛格（I. Singer）的《爱的属性》（*The Nature of Love*）。关于 12 世纪的爱情，请看杜比（G. Duby）的《中世纪妇女的罪过》（1997，巴里）。

> 花色艳，月色艳，花月常妍人未圆，芳华几度看。生自怜，死自怜，生死因情天也怜，红丝再世牵。①

诗的最后一句是关于爱情天定的老生常谈，爱情是聚和、分离、来世再聚和的沧桑变幻。红是爱情和婚姻的象征，然而，诗的主题却反映在前几句中，它歌颂了美和爱情的短暂。引用这段诗，也是因为，通过诗中所使用的几个关键词汇（死、生、红丝、再世等），我们可以发现一些爱情的不变因素：首先我们看到的是婚姻，它是决定性的；所出现的婚姻障碍造成了相爱者的痛苦和分离以及爱情的短暂；最后我们看到的是主宰一切的命运。

在所有的不变因素中，有两个因素对理解中国的爱情观念十分重要，这就是婚姻和命运；婚姻典型地代表了社会和尘世的要求，命运则具有超尘世和超自然的特点。

在大多数情况下，婚姻是合法爱情或真正爱情的表现形式，它的实际特点在中国是众所周知的：② 爱情故事一般都以婚配为结局，如男女双方社会地位相当，其结果是明媒正娶，如不相当，女方也将成为男方的偏房；与女仆和妓女的爱情以及其他不

---

① 见《石点头》9：135。还有许多其他爱情战胜死亡的例子，如汤显祖的作品《牡丹亭》中丽娘与梦梅和蒲松龄的作品《连城》第3卷中连城与乔生之间的爱情。

② 最近 Godwin Chu（“The Changing Concept of Self in Contemporary China”, *Culture and Self: Asian and Western Perspectives*，纽约，1985）对当代中国求爱方式的研究和克莱德（Clyde）与苏珊·亨德里克（Susan Hendrick）对亚洲血统的美国学生的爱情问题的研究，似乎都证明了，即使在当代，人的感情也仍然受到更实际的社会因素的左右。毫无疑问，在当代的各类爱情中，考虑家庭利益的实用主义爱情似乎更接近于中国的爱情模式。

能形成正常婚姻的性爱（如乱伦的性关系等）例外。17 世纪以来，欧洲兴起了一种强调权利与自发感情之间矛盾的文学，它把爱情的自由化与法律确认的婚姻对立起来。① 在中国文学中很难找到这类矛盾，即使存在着对“放荡之爱”的兴趣和好奇之心，其性质也截然不同；“放荡之爱”只出现在中国的色情小说之中，而且基本上没有感情色彩。

在《牡丹亭》中，社会常规与感情取得了和解。汤显祖的这部作品强调了感情与社会常规之间的矛盾，从艺术创作的角度上看，通常被视为颂扬感情力量的赞歌，毫无疑问，这是正确的；然而，事实上，女主人公杜丽娘复活后和男主人公柳梦梅金榜题名后，都似乎已经意识到了他们的社会地位的变化，这时，无论是他们的行为还是他们的感情，都符合了社会规范：他们好像毫无遗憾地超越了贾宝玉始终无法超越的荒谬的界限，即青年人与成年人之间、理想世界与现实世界之间的界限。这部剧作的前半部分符合作者的“革命”要求，肯定并赞颂了真实的感情；然而，杜丽娘的“使命”并未停止于她的美梦之中，因为，她的目标是在现实的人生中使自己的感情结出具体的果实。就这样，汤显祖

① 布朗热（Boulanger）说：“……只要爱情是义务，它就不再是爱情。”（见 1669 年在巴黎出版的布朗热著作第 2 卷，第 79 页。）布尔索（Boursault）也说：“我不知道还有什么东西比义务更与爱情风马牛不相及了。”［见《布尔索新信札》（*Letteres nouvelles de M. Boursault*），第 428 页，1698，巴黎。］［要想进一步了解婚姻问题请看贝内斯·德·康特纳克（Benech de Cantenac）的著作，第 7 页（1661，巴黎）。按照克里斯特娃（J. Kristeva）的说法（见《爱情故事》（*Histoire d'amour*），1983，巴黎］，爱情是一时的个人激情，婚姻则是法律所保护的长期行为；莎士比亚笔下情人的悲惨结局，典型地反映了爱情与婚姻之间不可调和的思想。事实上，这种思想来源于赞颂婚外恋情、把爱情与婚姻对立起来的宫廷骑士文学的爱情价值观念。

巧妙地从感情世界过渡到了社会道德的世界。因此，杜丽娘首先要确认柳梦梅确实是一位未婚的书生。[①] 第36出以后，作品所面对的主要不再是个人问题，而是社会问题，即社会是否承认男女主人公爱情关系的问题。女主人公努力抗争，为的是使自己的婚姻符合所有需要符合的社会要求，特别是得到父母的同意。当然，这不是一件容易的事情；虽然杜丽娘的母亲很快便接受了女儿的选择，然而，她的父亲却恪守道学的礼教，在自由表现出来的人的感情面前麻木不仁。只有当一道皇帝的圣旨认可了杜丽娘的行为、批准了她与柳梦梅的婚姻时，才化解了无法克服的困难。最终与社会的和解，并不意味着女主人公的妥协或屈服，而只表明她的态度有所转变：从感情化过渡到规范化。[②] 杜丽娘是一位典型的人物形象，是一位梦幻者，也是一位生活在梦幻之外的真实的人，她的身上似乎具有一种不可调和的精神。

与欧洲文学相比，在中国文学中，尽管超自然的主题也使用得极其有限，但它仍然是爱情理想观念的另一个关键的因素。上文中我们已经说过，汤显祖认为，在爱情所造成的痛苦之中，必定有某些神的意识。[③] 他用“天之风月、地之花鸟、人之歌舞”，即爱情之力量，来解释宇宙的三大要素：天、地、人。由于存在着一系列的障碍，爱情才受到人们的赞颂；爱情的障碍代表了情感的消极一面，它阻碍了爱情关系的实现，是造成分离痛苦的原因。为了铲除障碍，经常需要利用一种深奥的办法，作为权宜之计，来解决一些特定形势下的困难，从而实现主人公的爱情梦想。希腊神话中关于爱神厄洛斯与普绪喀的故事开创了爱情障碍

---

① 见《汤显祖集·牡丹亭》3、32：1957。

② 见郑培凯（Cheng Pei-kai）的《现实与想象》（*Reality and Imagination*，耶鲁大学博士论文，1980）。

③ 见《汤显祖集》1：655。

的先河，使其成为构成爱情的基本要素。在任何一种文化中，爱情障碍都是使爱情故事更加戏剧性的不可缺少的成分，它通过阻止或推迟爱情的实现，使人的欲望膨胀，从而更加期待爱情。这一类故事，在中国也是很常见的，如古老的牛郎织女的传说和以“相思树”、“鸳鸯鸟”为主题的其他故事等；在牛郎织女的传说中，两位天上的情人，因为过分相爱而玩忽职守，所以被分离，不得相见。在中国明朝的叙事文学中，相爱者被分离并不是什么新的主题，它至少起源于六朝时代的文学，并在唐代得到了继承和发展。①

爱情不可战胜的思想和宗教式的对爱情的虔诚，总是与命运的观念结合在一起。②《情史》中的一段评论认为，每一段爱情关系，从夜晚的相会到夫妻生活，都必定建立在命运的基础之上。因此，人们似乎认为，爱情超出了人的控制能力，因为“缘定于天，情亦阴受其转而不知矣”。③ 正如刚才所说的那样，爱情不可战胜的思想经常与命运的观念联系在一起。“才子佳人”类的戏剧作品，有时便借助“命里注定”的婚姻思想，为婚前之爱的越轨行为进行辩护。16 世纪的戏剧《玉簪记》中，尼姑庵的师太，在为放弃常规伦理道德思想的女主人公辩护时，

---

① 见高辛勇（Karl Kao）的论文《中国叙事文学中故事根源问题》（“Aspects of Derivation in Chinese Narrative”, *CLEAR*, 1985）。

② 见吴燕娜（Wu Yenna）1986 年作品。在《古今小说》中也有许多此类的例子和评论，如第 27 卷中就有“姻缘前定枉劳争”之说。亦可参见冯梦龙所写的民歌（见《明清民歌时调集》，第 133、158 页）。

③ 见《情史》2：66 和 11：320，书中把“情”比作“风”。亦可参看《金瓶梅》第 57 回：西门庆在回答妻子的时候，使用了亵渎神灵的语言，他认为，钱可以买通一切，甚至可以买通神灵，他今生今世与许多女人非法的通奸关系是前生就已经注定了的。

就主张遵从天命①（尽管使用了讥讽的现实主义的腔调）。天命的超凡性使其具有一种特殊的功能，它与西方超然的宫廷式爱情所起到的作用相似：每一个越轨的行为或每一个错误，都可以找到合适的理由，因为一种不可抗拒的更大的力量远远超出了个人责任感所具有的力量。

这并不意味着新的爱情理想不讲究任何伦理道德，它就像欧洲中世纪彬彬有礼的宫廷式爱情一样，也是要遵循一定的伦理规范的。中国新爱情观念的发展过程，与西方宫廷式爱情在基督教环境下的发展过程非常相似，② 它的道德思想建立在“忠诚”的基础之上，它从儒家那里借用了“正直”的观念，赞颂了英雄主义的牺牲精神。这种道德观念，以及通过痛苦和疾病所展示出的爱情精神，使爱情变得更加高贵。“忠诚”把爱情提升到了英雄主义美德的水准之上，为了心爱的人牺牲自己的感人的妓女形象便是最典型的例子。③

---

① 见余卓豪（Yee Edmond）的博士论文《与正统理学相对抗的爱情：对明代戏剧家高濂的〈玉簪记〉的进一步研究与批评》（*Love versus Neo-Confucian Orthodoxy: An Evolutionary and Critical Study of Yu-tsan chi by the Ming Dramatist Kao Lien*, 1977）。

② 我们可以联想一下西方游吟抒情诗中对灵魂的高贵与慷慨和对情爱升华的赞颂。事实上，尽管最新的研究成果排除了基督教道德和神秘思想对彬彬有礼的宫廷爱情观念的直接影响（因为宫廷式爱情宣扬性爱观念，反对婚姻），但是，我们仍不能否认宗教思想的重要性（也不排除伊斯兰教的神秘主义的重要性），它表现为对神的狂热的爱和对妇女的崇拜，它同样也具有爱情语言。到了浪漫派时期，爱情则成为了一种宗教。

③ 事实上，此类忠诚是非常模糊不清的，因为它可以被说成是臣属对君主的忠诚：儒家的君臣关系是可以用婚姻和爱情进行隐喻的。另外，也正是在明代，家庭变成了主要的文学题材，它已不再仅仅是爱情生活的背景，而成为反映社会和帝国情况的直接被展示的文学作品内容。然而，需要注意的是，儒家思想此时已经被作为一种使爱情变得更加高贵的手段，因此，它也属于宣扬情感生活的新文学倾向的范畴。

有时，所谓的爱情命运还包括西方作家称之为“非理的”和“主观的”爱情内容；《情史》中说，有“缘分”（即天命注定的爱情）时，美、丑、善、恶均不重要：在情人眼中，砖瓦可成金玉。① 西方的文章强调爱情的主观性和非理性，而中国的文章则又重新把主观性和非理性引回到了人之间的“客观”的关系之中。② 建立在佛教理论之上的天命说，不仅认为天命之力大于人的个体之力，而且还强调环境的重要性。因此，我们可以看到，在中国，天命是文学作品圆满结局的前提，而在西方，它经常是一股失控的力量，给人带来灾难，这是因为它与古希腊文化中的天命观念有着紧密的联系。

破镜重圆式的爱情也总是与天命有着密切的关系，这种爱情是文学和戏剧艺术最常见的题材之一。相爱者不仅在今生今世中可以破镜重圆，而且也能够以各种方式，通过转世或变形（如变成植物，甚至变成矿石等），实现其他形式的破镜重圆。《聊斋志异》的评论家但明伦说：“散而可使复聚，情之所以不死也。”③ 离别后仍可再聚，爱情不灭。表现死后团聚的作品继承

---

① 见《情史》2：66。中国有使用“春药”和“媚药”的传统，从中也可以看到缘分与爱情之间的关系。在西方，神奇的性药有着更重要的作用，如在特里斯丹和绮瑟的故事中，它减轻了人们的道德方面的责任。在中世纪的小说中，使用性药表明，相爱者已经失掉了自我控制能力，他们被一种神奇的力量捆绑在一起，从而摆脱了社会规范、教会和个人责任感的束缚。丧失责任感和理性被归罪于性药，即使面对强大的压力，相爱者也可不必断绝关系。被教会所谴责的阿威罗伊派哲学思想对西方人使用春药有很大影响，按照这种哲学思想，爱情是一种自然力量，它比人的意志更加强大。

② 在西方，情的力量也可以与天数和命运联系在一起，但这经常是因为人们意识到了爱情关系的荒谬性和非理性。

③ 见《聊斋志异》11：1551。亦可参见冯梦龙在《情史》第11卷《情化》（见《情史》11：320）中的评论。

和发展了以前的文学主题：相爱男女来世重新相会，或者人鬼相会，因为一方仍活在人世，另一方则已成为鬼魂。① 中国有许多关于爱情的神话，讲述了不同的故事内容，如永恒不变的爱情（来世重逢、鸳鸯鸟、连理枝等）、年轻书生与痴情小姐经过百般周折最终结为夫妻，等等，这类故事具有悠久的文学传统，与西方关于特里斯丹的神话故事有很大的差别；特里斯丹的故事发展了凯尔特族的远古神话传说，但是形成文学作品的时间却比较晚。

天命和死后姻缘构成了爱情文学中“超自然”的主要因素。天命是一个极其重要的思想观念，它把爱情提升到上天的玄奥原则的水准之上；而死后姻缘则使我们能够夸张爱情的力量，令其超越人生的短暂界限。天命和死后姻缘可以为相爱者辩护，可以减轻社会规范的约束，② 因为转世是人们现世生活摇摆不定的幻象。这种天命思想与西方宫廷式爱情中的天命思想之间存在着差异：在西方的天命思想中，相亲相爱的两个灵魂重新聚合，融为一体，最后升入玄奥的世界；而在以佛教为文化背景的天命思想中，相爱者只是在来生来世中重新团聚在一起，在虚幻而又是感官的“红尘”世界中重新生活，这个世界与柏拉图的理想而美丽纯洁的完美世界毫不相干。

在中国文学史中，我们可以找到许许多多“离魂”（灵魂与

---

① 见高辛勇（Karl Kao）1985年论文第20—23页。

② 公元1000年之后，在中国，女子婚前保持贞洁是非常重要的，如果新婚女子已经不是处女，这不仅是娘家的丑闻，而且很有可能被休弃，送回娘家。女子与心爱之人离家出走，组成家庭，其社会地位也仍然不比妾高；只有举行正式的婚礼，得到双方父母的同意后，他们才算正式夫妻。另外，未婚女子应从父，已婚女子应从夫；在某种意义上，未婚女子离家出走与已婚女子离家出走有同等的严重性，都是对家庭的犯罪，只是前者违反父命，而后者违反夫命。因此，五四运动最重要的一个内容便是爱情与婚姻问题。

肉体分离）的例子，冯梦龙笔下的张倩娘（《情史》中一篇故事的女主人公①）就是其中一例。此类题材在六朝时期的“志怪”小说和唐朝的“传奇”小说中也能见到。唐代陈玄佑的作品《离魂记》讲述了这样一个故事：由于爱情无法实现，女主人公的灵魂脱离了她的躯体，去与心上人结合。这类故事借助了爱情的玄奥思想：因为远离心爱的人，无法与其相会，灵魂便脱离躯体，“自成一体”；这样，人的局限和空间与物质障碍便都神奇地被超越了，同时，无法得到满足的欲望也得到了满足。然而，我们不应该被“鬼魂”与“幽灵”的存在所迷惑，因为，使其产生的因素是自然因素。

爱情的神秘化打破了时空界限。小说《独孤生归途闹梦》中，主人公独孤遐叔科举落第，把年轻的妻子白氏遗弃家中，远离故乡，去向一位做高官的朋友求助。途中，他来到巫山女神庙，请求能够在梦中与人交流的女神托梦给妻子，告诉她自己一切安好。我们在这里介绍这篇以梦为中心主题的小说，是因为梦对赞颂爱情具有双重作用：它来自于激动的情感，同时又能够使男女双方神奇地相互沟通。妻子盼夫三年有余，朝思暮想；一天夜里，由于担心和焦虑，梦中她离家寻夫。路上遇到歹徒，被胁迫来到龙华寺内，歹徒们强迫她演唱情歌，恰被独孤生看见。独孤妒火燃胸，向歹徒们投掷瓦片，将其惊跑。回到家后，他见到妻子刚刚梦醒，并得知妻子的梦恰恰与自己先前所见相同，因而才恍然大悟，原来自己也只是做了一个梦。对这种神奇的现象，

① 见《情史》9：238。唐代传奇《离魂记》中也记述了同样的故事。亦请看《情史》中的《吴兴娘》（9：242—245），该故事在瞿佑的《金凤钗记》和《拍案惊奇》（23：403—415）中也有记述：一位富家女子孩童时便许配给崔兴哥为妻，后来崔家搬走，少女生病，死去；少女借小妹的身体还魂，出现在崔兴哥面前，并与其生活了一年；最后她促成了崔兴哥与小妹的婚姻。

冯梦龙为我们作了心理学解释：爱情和思念的力量使相隔遥远的夫妻互相感应；梦中，妻子的灵魂取得人形，随夫而去，而丈夫的灵魂则进入妻子的梦幻之中。

> 大凡梦者，想也，因也，有因便有想，有想便有梦。那白氏行思坐想，一心记挂着丈夫，所以梦中真灵飞越，有形有像，俱为实境。那遐叔亦因想念浑家，幽思已极，故此虽在醒时，这点神魂，便入了浑家梦中。此乃两下精神相贯，魂魄感通，浅而易见之事……①

在明末崇尚感情的环境中，爱情所具有的另一个与宗教相关的特点是“礼”。与“礼”有密切联系的是对某些物品的狂热，如：遗物、画像、一首诗歌、一方手帕，等等。下面我们就以小说《乐和》中展示疯狂爱情的一段为例。年轻的乐和是一位破落贵族家庭的子弟，与同窗女友顺娘相爱，并海誓山盟，永不变心。学业结束，两人分手，之后再无缘相见；时过三年，两人却在西湖上游玩时巧遇。由于两家的社会地位悬殊，乐和的父母害怕遭到拒绝，不敢提亲，两位青年的团聚遇到了困难。乐和只能求助于上天，他来到潮王庙，并获神谕，得知他与顺娘的婚姻是天命所定。三年后，乐和又在海边见到了顺娘和她的家人，两位相爱者只能偷偷地眉目传情。此时，潮神从中干预，才使事情得到圆满的解决：一股巨浪卷走了顺娘，乐和奋不顾身，跳入水中，拼死相救，很快两人都消失在波涛之中；当他们被打捞上来时，已经奄奄一息，然而他们却紧紧地相拥在一起，难以分开。只有当两家许诺将两人结为夫妻时，他们才奇迹般地起死回生。作者评论说：“一对多情，若非潮神撮

① 见《独孤生归途闹梦》。

合，且为情死矣！”

宗教成分不仅局限于表现神灵和借助于神灵的力量，小说还极其准确地讲述了另一种宗教行为：无法说服家人为其求婚，“和大失望，乃纸书牌位供亲妻喜顺娘。昼则对食，夜置枕旁，三唤而后寝”。① 另外，在这不久之前，汤显祖也曾说过：“何之为死情，悲伤必有神。”②

乐和以供奉祖先之礼用一个牌位供奉心爱的女子；还有一位书生，为心爱女子作了一幅画像，以水中月的方式，把她当做观音菩萨供奉起来，每天为其烧香。女子也有类似的表现，17 世纪有一位诗人，他的第三房夫人在自己的花园中修建了一座祭台，供奉《牡丹亭》中两位具有浪漫色彩的主人公杜丽娘和柳梦梅。③

在所有的文化中，都有宗教式的爱情表现形式；毫无疑问，我们上面所介绍的便是中国传统中最认真的宗教式爱情表现形式。④ 在中国文化中，“礼”远远超出了简单仪式和外部活动的意义。比如，崇拜牌位或画像等举动，准确地展示了一种感情的投入，通过夸张而虔诚的表现形式，这种感情的投入又体现出了某种思想，如爱情永恒的思想或青春和美貌短暂的思想，

① 见《情史》7：187—188。这里我们可以看到，对爱情的渲染从来不会与家庭和社会生活发生对抗，也可以看到神仙如何荒谬地成为了联结婚姻的红娘。

② 见《汤显祖集》1：655。

③ 关于乐和的故事，请看《情史》7：187—188。

④ 巴尔斯（Barthes）说：“不管属于哪一种文化的恋爱者，在他们的生活中，都永远不会缺少神奇的成分、小的秘密仪式和向上天的许愿。”[见《关于爱情的点滴看法》（*Fragments d' un discours amoreux*），第 132 页，1997，巴黎、汉城]。

等等。①

正如我们所看到的那样，尽管爱情似乎是永恒的，爱情的例子也是不胜枚举的，然而，在明清之际，却无法找到某些迹象和观念，透过它们我们便可以看到一种新的爱情观。在《情史》中，冯梦龙展示了一系列关于“情”（主要被理解为爱情）的基本观念：①“情”是衡量一切的尺度；②它是超然的，既可以衡量人，也可以衡量鬼神及一切事物；③“情”具有创造与破坏的双重能力，由于它，宇宙万物才得以不断地繁衍，这是一个无可争议的事实，然而，它也是造成巨大灾难的原因；④应将“情”与纯粹的性欲区分开；⑤应分辨出什么是“真正”的爱情，“真正”的爱情如同一条连接宇宙万物的红线，在许多方面，它兼备了儒家道德标准和佛教的慈悲思想；⑥“情”是道德的基础，是赋予古典教育生命力的精髓。

崇拜“情”已经成为社会生活的一种信仰。事实上，从古代的伟大先哲开始，“情”就像植物的萌芽一样，构成了每一个人和每一个宇宙生命的“生命力”。② 冯梦龙明显地感觉到了人的“情”与动物及其他物质的“情”性质不同，从而抓住了文化因素对人有重大影响这一关键。一方面，文化因素改造并丰富“情”的冲击力量，另一方面，它向子孙后代传递了爱的情感准则。动物的“情”随着季节的变化而变化，这是它们的本能；人则不同，人的感情被记入诗歌与音乐之中，世代相传，永世不灭。冯梦龙说：

---

① 见蔡九迪（Judith Zeitlin）论文“Shared Dreams: The Story of the Three Wives' Commentary on *The Peony Pavilion*”，载 *Harvard Journal of Asiatic Studies*, 54, 1, 1994, pp. 127—179。

② 见《情史》卷15《情芽》（15：467）。

> 鸟之鸣春，虫之鸣秋，情也。迫于时而不自已，时往而情亦遁矣。人则不然，韵之为诗，协之为词，一日之讴吟叹咏，垂之千百世而不废；其事之关情者，则又传为美谈，笔之小牍。后世诵其诗，歌其词，述其事，而想见其情……①

"情"也是"爱之情感的相互回应"，关于各类因果报应的观念，② 前文中我们已经见到过了。在许多作品中，开始时，相爱的男女都被迫分离，后来，才华横溢的男主人公取得功名，两人又重新团聚；这类作品的主题当然不是偶然的。

15. 爱情的宗教性质：B)爱情战胜死亡

戏剧《画中人》里的一个和尚说：爱情真，世人离者可重聚，亡者可再生。③ 凌濛初认为，真正的爱情可以使人病倒和死亡，它能够超越今生今世的界限，他曾说道："见得人生只有这个情字至死不泯的。"④ 在《情史》中，冯梦龙也认为，海枯石烂仇难消，地老天荒情不泯。他说：

> 人，生死于情者也；情，不生死于人者也。人生，而情

---

① 见《情史》卷24《情迹》（24：815）。博马舍（Beaumarchais）有一句名言："不渴而饮，不分季节而爱，是区别人与动物的分界线。"请将这句名言与本书中所引用的这段话相对比。

② 见《古今小说》1：33和《情史》卷16《情报》（16：468—498）。

③ 见Cristina Yao《"才子佳人"：元、明、清时期的爱情戏剧》，斯坦福大学博士论文，1982年，第47页。

④ 见《拍案惊奇》23：403。

> 能死之；人死，而情又能生之。即令形不复生，而情终不死，乃举生前欲遂之愿，毕之死后；前生未了之缘，偿之来生。情之为灵，亦甚著乎！①

在前面提到过的小说《赵司户千里遗音，苏小娟一诗正果》中，男主人公爱上了一位妓女，得到该妓女的热情接待，并在准备科举考试的时候受其慷慨资助；后来他科举及第，被任命为一个遥远地区的司户。当时他不可能与心爱女子成婚，带其上任，因而独自一人出发，并希望两人早日团聚。时光飞逝，相思之苦越来越剧：两人均患上了忧郁症，坠入恍恍惚惚的状态之中，最后郁闷而死。赵曾感叹道：“我与盼奴，不比寻常，真是生死交情。今日我为彼而死，死后也还不忘的。”盼奴很快便也随他而去。当为了爱情处于弥留之际时，她表示想要见到自己的心上人，并对极力劝慰她的妹妹说：“不是疯话，相会只在瞬间了。”②

对一些民间传说的分析可以帮助我们理解中国具有普遍性的思维方法，从而避免纠缠于官方的正统思想和某些文人孤立的离经叛道的思想之间。中国有一些关于树木缠绕而长、鸟儿成双而飞的传说，通过这些传说，人们赞扬了常青不老的“真正爱情”，我们对此进行简短的介绍无疑是有益的。所谓的“相思树”便是情意缠绵的植物的一个典型。《搜神记》是一部小说集，最早成书于公元4世纪，现在人们看到的是明代版本；③在该书中的韩凭的故事（前面已提到过）里，就有“相思树”的内容。下面我们把这个传说的主要内容综述一下：

（1）韩凭是战国时期宋康王的大臣，娶美貌无比的何氏

---

① 见《情史》卷10《情灵》（10：297）。

② 见《拍案惊奇》25：439—441。

③ 见《搜神记》11。

为妻。

（2）宋康王觊觎何氏的美色，派人抢走何氏，并下令逮捕了韩凭。

（3）何氏试图用一封暗语信秘密地与丈夫取得联系，结果被宋康王发现。

（4）韩凭因而自尽。

（5）得知丈夫身亡的消息后，何氏用计，得以从高塔上跳下，也自尽身亡。在何氏的身上搜出一封请求宋康王将她葬在丈夫身旁的信。

（6）然而，宋康王为何氏自尽而恼羞成怒，下令将何氏的坟与韩凭的坟分离开。

（7）不久，"便有大梓木生于二冢之端"，枝叶相交。

（8）一对鸳鸯恒栖树上，"交颈悲鸣，音声感人"。①

（9）最后有一段评论，称该树为"相思树"，"相思"一词便由此而来。

故事中具有很明显的安慰人的内容：爱情是不幸的，然而也是坚定不移的，神奇的"相思树"体现了它的精神；它使被强行拆散的男女（暴君的蛮横使韩凭和何氏过早地死亡）重新组合在一起，恩爱夫妻双双变成了结伴而栖的鸟儿，爱情得到了永恒。《韩朋赋》② 和宋代《太平广记》③ 与《太平御览》④

---

① 见《古今图书集成》中关于连理枝与鸳鸯鸟的章节。

② 《韩朋赋》发现于敦煌。韩朋的故事中又增加了新的成分，如韩朋远离逾期不归（这一点成为爱情文学中的一个重要成分，比如，它是构成《古今小说》第1卷中男女通奸的因素之一）、两具尸体神奇地结合在一起、坟上的两块白石、宋王的劣行与宋国灭亡的因果报应，等等；坟上长出的不再是梓树，而一棵是桂树，另一棵是梧桐树。

③ 见《太平广记》第2卷，第281—282页和《古今图书集成》。

④ 见《太平御览》389。

中的《韩朋》两篇作品，虽然故事内容与《搜神记》中的《韩凭夫妇》有所不同，但主题却是相似的。然而，用植物代表永恒的爱情和夫妻间的忠诚，肯定始于公元4世纪之前，比如，在著名的汉代乐府叙事诗《孔雀东南飞》中就有类似的隐喻。这篇诗作歌颂了夫妻之间的爱情，恩爱夫妻死后合葬一处，化为一对鸳鸯鸟，在坟旁的松柏和梧桐的连理枝上共栖。① 元代作品《娇红记》中讲述了娇娘与表兄申纯之间不幸的爱情故事，其中也有鸳鸯鸟的形象；这篇作品的主题后来被许多小说和戏剧所采用。前面我们已经介绍过，该作品将"爱"与"死"两个主题结合在一起：男主人公是一位年轻书生，女主人公娇娘是他的表妹，两人相亲相爱，秘密约会。娇娘的父亲想把女儿许配给豪门帅家，因此反对他们的婚姻。两位有情人无法成为眷属，双双死去，被合葬在同一个墓穴中，后来，他们的灵魂化作一对鸳鸯，出现在坟上。戏剧作家孟称舜改编了这篇作品，使"真正的爱情"带上了宗教的光环。除了人们常用的"鸳鸯鸟"和"连理枝"的题材外，他还强调了结成婚姻的最终结果和永恒的爱情，赞颂了相爱者之间的忠诚和不朽的英雄主义，然而，作品中有时过分地宣扬了感情的冲动。孟称舜还在《易经》中提取了"同心"的概念，并发展了"相爱者同心"的思想。

此类作品很值得我们重视，因为它展示了爱情的典范，其中

---

① 见 Sawada Mizuho（泽田瑞穗）"Ren ri ju"（連理樹），《中国文学研究》，n. 6，1980，第8页。亦可参见梁山伯与祝英台双双变成蝴蝶的故事。Ōtake Isaku［大竹伊策，"Tō shi sen ni okeru 'renaishi' wo megutte"（唐詩選における戀愛詩をめぐつて），*Kangaku kenkyū*（漢学研究），9，1972］指出：由于儒家和道家思想以及传统家庭观念的影响，唐代的爱情诗歌中只表现了夫妻间的爱情，几乎一点都没有表现未婚男女之间的爱情。事实上，正像张兢（Zhang Jing）所说的那样，夫妻之爱和情人之爱是没有很大差别的，只是其中的一种爱更充满激情，使"情"摆脱了纯粹的社会道德关系。

还有许多故事早已脍炙人口，以至于同样的题材又重新出现在明代小说家的作品之中；《太平广记》中就有三个典型的例子，表现了人们对真正爱情永恒不灭的普遍希望。在关于陆东美的故事中，除了“连理枝”和“鸳鸯鸟”等老生常谈的内容外，还增加了与众不同的新成分：因为“相爱”，不仅妻子会牺牲一切，而且丈夫也宁愿抛弃生命。陆东美与妻子情深意笃，一时一刻也无法分离，然而，忽然一日妻子亡故；东美绝望至极，废食而死，死后，恩爱夫妻被合葬一处。①

明代作家冯梦龙将韩凭的故事和陆东美的故事均收集在他的作品《情史》中。② 由于人类的阴险奸诈，恩爱夫妻被活生生地分开，死后，他们的坟上长出枝叶编织在一起的两棵树。具有这种“连理枝”浪漫色彩的作品不胜枚举，《情史》中所收集的《连理树》一文也是其中一例：③ 粹是一位年轻的书生，他克服重重困难，终于娶蓬莱为妻；然而，结婚三年后，一伙土匪杀害了粹，匪首留下年轻蓬莱的性命，欲霸占她为妾。蓬莱施计，让人将她带到丈夫的尸体旁边，自杀身亡。匪首恼羞成怒，令人将两人相距二十步分别埋葬。后来，官府派人调查此案，并为两人

---

① 见《太平广记》389：40。

② 见《情史》卷11《连枝梓双鸳鸯》和《双梓双鸿》。亦可见《情史》23：790—792《梨》、《竹》、《相思草》、《有情树》。两棵植物交织在一起的形象经常可以在对花园的描写中见到，如《金瓶梅》第19回中对西门庆新园子中的玫瑰和牡丹的描写。关于明清文学中的“为情而死”，请见合山究（Gōyama Kiwamu）1986年作品第417—449页。这位日本学者认为，“情死”一词最早是由汤显祖使用的。关于“情死”，亦可见我们前面已经提到过的《乐和》一文中的简短评论（见《情史》7：188）。

③ 见《情史》卷11《连理树》。亦可参见“并蒂莲”的说法。在《桃花扇》的作者孔尚任的一首诗中也有连理树和鸳鸯鸟的内容。关于其他“情化”的内容，请看《情史》卷11《情化》。

举办葬礼。人们惊奇地发现，两堆坟头上各长出一棵树木，两树相向而生，枝叶相交，以至于无法将其分开。①

还有一类“相思树”题材的作品，如潘章的故事，它描写的是同性之恋：潘章与楚国王仲先相爱，死后，两人被合葬在一起，坟上长出一棵枝叶交错的双干树，人称“共枕树”。② 在李渔的《无声戏》中也有关于“同性恋树”的描述：③

> 此风各处俱尚，尤莫盛于闽中，由建宁、邵武而上，一府甚似一府，一县甚似一县。不但人好此道，连草木是无知之物，因为习气所染，也好此道起来。（奇煞。）深山之中，有一种榕树，别名叫做南风树。凡有小树在榕树之前，那榕树毕竟要斜着身子，去勾搭小树，久而久之，勾搭着了，把枝柯紧紧缠在小树身上，小树也渐渐倒在榕树怀里来。两树结为一树，任你刀锯斧凿，拆他不开，所以叫做南风树。近日有一才士，听见人说，只是不信，及至亲到闽中，看见此树，方才晓得六合以内，怪事尽多，俗口所传，野史所载的，不必尽是荒唐之说。因题一绝云：
>
> 并蒂芙蓉连理枝，谁云草木让情痴。
> 人间果有南风树，不到闽天那得知。
>
> 看官，你说这个道理，解得出，解不出？草木尚且如此，那人的癖好，一发不足怪了。④

---

① 见《剪灯余话》（台北，1978，2：26—27）和《剪灯新话》（上海古籍出版社1981年版，2：163—169）。

② 见《太平广记》389：40。

③ 按照字意可译为“南风树”。“南”字的意思是南方，但在汉语中的发音与“男”字相同，因此，同性恋被称做“南风”。

④ 见《李渔全集》之《无声戏》6、13：5384—5386。请看乔治·卡萨基亚（Giorgio Casacchia）等人的翻译。

第三类“相思树”题材的作品描写的内容是：妻子盼夫归，焦虑而亡，死后坟墓上长出一棵树木；该树的枝叶并不与其他树木相交织，而是绝望地向着夫君所在的方向探去，表现出一种完全的、永恒的献身精神。① 这是一个展示女子献身精神最常见的题材，“相思树”把一种似乎是超自然的尊严赋予了这种精神。

爱情是许多作品中真正的主人公，有时它像一种疾病，使作品中的人物痛苦而亡；有时它又如此的强烈，可以感天地，泣鬼神，使死者还阳。在《崔待诏生死冤家》一文中，趁火灾之机，养娘秀秀与崔待诏逃离王府，结为夫妻。数年后，两人被发现，秀秀死去，然而，她的幽灵却帮助丈夫复仇；最后，崔待诏自杀身亡，重新回到妻子身边。② 在《石点头》的第九篇小说中，一位书生，为追求功名，准备参加科举考试，因而抛弃了情人；被抛弃的女子则为爱情自杀身亡。后来，书生被女子真挚的爱所感动，后悔不已，责备自己不该对她那样冷漠无情；他以一系列隆重的祭奠之礼悼念亡故的女子，忏悔自己的罪过，其心之诚，感化了地狱的主宰——阎王，从而该女子得以还阳。③ 小说以一首名为“长相思”的词为引子，赞扬了可以延伸到来生来世的爱情红线；它使我们联想起俄耳甫斯和欧律狄刻的故事，与具有悲剧色彩的西方神话相比，中国的坚贞不渝的感情表现出了更多伦理道德的意义。在蒲松龄的小说《鲁公女》中，张生对一位已故少女一见钟情，疯狂地爱上了她，并两次使其复苏，自己也再次获得了青春。④

---

① 见《太平广记》287：37。亦可见408：25《相思草》。

② 见《警世通言》第8卷。也可参看凌濛初的《二刻拍案惊奇》卷6。

③ 见《石点头》9：135—156，特别是153—154。

④ 见《聊斋志异》中的《鲁公女》（3：294—298）。

在《红楼梦》中，爱情从“善”和“恶”两个方面都达到了玄奥的程度：从古至今，爱情无时无刻不在，“古今之情”、“风月之债”是无法熄灭和偿还的，因此，即使死后，爱的灵魂（情鬼）也到处飘荡，不得安宁。①

前文中我们已经看到，在赞颂爱情的时候，人们引入了超自然的力量，爱情超越了死亡；然而，即使在这种情况下，人们也没有把爱情作为超越一切的“绝对”的感情，毫无条件地接受它。比如，在前面我们所介绍过的《乐和》的故事中，戏剧性的爱情从来也没有与家庭和社会生活发生冲突，潮神反而扮演了促成婚姻的红娘。在西方，曾经不止一次地出现过爱情至上的时代，爱情超越了其他一切“高贵”的情感，如：宗教信仰、勇士的义愤、骑士的忠诚，等等；② 然而，在中国却截然不同，人们几乎从来没有忽视过社会和社会关系的作用：爱情从来没有被视为具有独立的价值，只有相爱者命中注定要成为夫妻时，即结成社会所接受的爱情关系时，爱情才具有合法的地位。爱情故事发展到最后，不仅相爱者与各自父母之间的冲突降到最低程度，而且社会秩序也总是取得最终的胜利，爱情得到家庭的认可，有情人才终成眷属。③ 另外，在中国文学中，我们见不到那种西方常用的对个人内心世界及周围环境的描绘方法，也不存在超自然之爱（对上帝的爱）与充满痛苦（爱情得不到回报和所爱女子

① 见《红楼梦》5：55、66：857—858。

② 关于中世纪的爱情观念，请看布罗基耶里（Mariateresa Fumagalli Beonio Brocchieri）的《阿伯拉尔和埃洛伊萨》[*Abelardo e Eloisa*，1982，米兰蒙达多丽（Mondatori）出版社]、《伊索塔的谎言》[*Le bugie di Isotta*，1986年，罗马-巴里，拉特察（Laterza）出版社]、《爱情——绝对情感》[*L' amore passione assoluta*，收集在芬齐（Silvia Vegetti Finzi）主编的《情史》中，1995，罗马-巴里，拉特察（Laterza）出版社]。

③ 见 Christina Yao 1982 年博士论文第 1—76 页。

的冷酷态度造成的痛苦）的世俗之爱之间的冲突。① 可能恰恰是与灵魂对话的、观察人们内心的、嫉妒的上帝本人，教会了欧洲人去追求绝对的、排斥一切的爱情。

16. 神话与幻想的作用②

早在浪漫派文学和斯丹达尔的爱情模式出现之前，人们就已

① 正如鲁热蒙（Denis de Rougemont）所说的那样："激发西方人情感的不是感官的愉快，也不是具有创造力的男女的和谐共处；与其说它是爱的满足还不如说它是爱的激情。激情意味着痛苦。这就是基本事实。我们通过小说或用小说改编的电影所展示的激情，人们在我们的文化中、教育中以及围绕着生活的各类形象中所臆造的性爱，摆脱令人厌烦的机械式的生活，这一切都使'情'变得光彩夺目，致使我们在它的身上看到了更美好的生活前景，看到了一种使生活焕然一新的力量，看到了某种超越幸福和痛苦的东西，即强烈的至福。"（见鲁热蒙 1977 年作品第 59—60 页）鲁热蒙还发现了令这种爱情神话通俗化的过程，使对爱情的崇拜失掉了美学意义和精神悲剧的价值。另外，在基督教的传统中，基督受难（在西方语言中，"受难"与"情"是同一个词——译者注）以来，"情"不仅仅被视为崇拜的偶像，而且表现出神秘的宗教情感与神秘的爱情之间相互的替换性；这种相互的替换性使爱情成为超越社会规范的绝对情感。

② 朗吉努斯（Longinus）［213—273 年，希腊新柏拉图主义哲学家，被认为是《论崇高》（*Il Sublime*）的作者，但却生活于该作品诞生前两个世纪］所说的幻想与浪漫派作家所理解的具有典型意义和创造意义的幻想不能等同，它主要指的是头脑中的形象和艺术模仿的对象，但是，它仍然给予 18 世纪的诗人们灵感，仍然使浪漫派作家们产生误解，这并不是什么奇怪的事情（请特别注意该书的第 15 章，第 43—46 页，在这一章中，"幻想"的概念被与"激情"和"情"的概念联系在一起了）。亦请参见斯塔罗宾斯基的《活的眼睛》（*L' occhio vivente*，1975，都灵，第 277—294 页）。中世纪的作者可能受到了希腊文化的影响，他们对"幻想"的认识具有主观主义的倾向，认为只要给幻想插上自由的翅膀，由于它具有"无限的想象力"，它可以改变事物的形象（亦可参考"温柔的新体诗派"赋予记忆和想象何等重要的作用），把欲望变成神话。浪漫派作家的观点更加清楚，他们把"情"置于想象之中。关于爱情，请看卢梭在《爱弥尔》（*L' Emile*，1762）第 5 卷中对想象的巨大作用和威胁以及对寻求完美的激情的论述；亦请参看斯丹达尔在《论爱情》（*De l' amour*，1822）中对幻想作用的论述。

经非常重视爱情的幻想和思考。在18世纪的中国和在欧洲一样，人们清楚地意识到了叙事文学的“危险”，它传播“爱情的法则”，燃起人们对爱情的关注，引导人们去追求性爱的诱惑。当时的叙事文学和戏剧，创造出许多人物形象和典范，并通过读者和观众的模仿，使重新评价人的感情的要求得到进一步的发展。然而，当欧洲对待叙事文学的态度越来越积极的时候，在清王朝统治下的中国，对叙事文学却进行了全面的谴责。另外，东西方爱情的准则也是不同的。即使我们上溯到12世纪，看一下当时抒情诗中的典范作品——法兰西玛丽的诗歌《莱》，也会发现东西方之间的根本差别。《莱》的新颖之处在于：宗教价值不再是最重要的价值，而相对于社会价值特别是个人价值（即爱情的价值）而言，① 它已成为实用价值；对感情的宣扬体现为对所爱女子的赞颂，在她面前，国王也自称是奴仆，为了她，骑士们相互争斗，甚至不惜献身；一方面，通过痛苦和献身，另一方面，通过魔法或启示，性爱被神圣化了，以至于违反社会道德和宗教规范的通奸经常成为实现“真爱”的条件，而不是障碍。此种情况不可能出现在中国文化之中，因为，中国文化中不存在宗教价值与世俗价值、基督教道德与古典道德之间的对立。

如果我们分析一下12世纪的爱情诗歌，就会明显地看到，在西方，形象、欲望和爱情之间的联系是如何深深地影响艺术虚构的。西方的艺术虚构中，自古以来就有关于那喀索斯和皮格马利翁的神话，就储备着关于想象的极其丰富的哲学思想。到了中世纪，人们发展了这两个古老的神话故事，用其隐喻爱情，展示爱情的非现实性和虚幻性；它们是《玫瑰传奇》中幻影的典范，也是其艺术形象的标志；人们所崇拜的偶像经常是

① 在元代作品《西厢记》中，作者已经使主人公的爱情与社会要求之间达成了妥协，并借助神话传说不断地隐喻这种妥协，赋予其尊严。

“贵夫人的美丽幻影”或印在坠入情网的男子心中的女子形象。关于中世纪人物的心理状况，阿甘本（G. Agamben）曾说过下面一段话：“具有感觉能力的客体，在感觉中铭刻上它们形象的印记；这种感觉得到的印记，或者叫做影像，或者叫做幻影（按照亚里士多德的理论，中世纪的哲学家们喜欢如此称呼这种印记），人们的幻想，或者称人们的想象力，接受了它，并在产生印记的客体不在的情况下，将其保存下来。可能恰恰就像雅各布·达·莲蒂诺（Jacopo da Lentino）所讲的那样，这种幻影是‘如同画在墙上一样’地画在人心中的影像……它在人恋爱过程中是突起的（‘人心是孕育形象之所在，它喜欢那种性的欲望’）。”①

不可否认，中国也曾有过关于在爱情过程中“幻想”起何等作用的思考。在《情史》中（关于“情仇”的章节），就有所谓的“情之所钟”一类的意味深长的词语；另外，人们还使用“想”和“思”二字，来描述大脑的紧张状态和充满恋爱者之心的怀念之情，这种怀念将我们带入夏普兰所说的那种无法抑制的思考之中。事实上，在东西方两种文化中，都有一系列类似的因素，为丰富和提高爱情思想作出了贡献。然而，将这些类似的因素完全等同起来却是错误的，因为，我们只要认真地分析一下，就会发现，它们在内容和含义上都有许多不同之处。上文中我们已经看到，宗教成分、魔幻成分和救赎成分是怎样出现在爆发于明代的爱情崇拜之中的，也看到了，通过心理物理能量理论，人们是怎样经常把感情问题提升到上天水准并将其变为宇宙生命论核心的；当时，在中国，“情”被认为是宇宙变化和创造

---

① 见 G. Agamben 1993 年在都灵发表的《西方文化中的语汇与幻觉》（*La parola e il fantasma nella cultura occidentale*）。雅各布·达·莲蒂诺是意大利西西里诗派（13 世纪）最重要的成员之一。

行为的表现；同样，12 世纪和 13 世纪的一些意大利诗人也认为，幻想是一种宇宙之力的表现，它可以超越个体、有形之体、无形之体、欲望及其客体的范围。

然而，很明显，这些观念之间存在着很大差别，因为中国的宇宙生命主义与柏拉图的上天爱情的理论是截然不同的两回事；比如，“阴阳”二元论与新柏拉图主义和诺斯替教关于肉体与灵魂、物质与精神的理论是格格不入的：12 世纪西方所产生的新的爱情思想，建立在新柏拉图主义的“幻想精神”的基础之上，最初它只反映在诗歌创作之中，但是，它的出现恰恰是为了超越二元论；事实上，这种新的爱情思想，既包括了柏拉图主义的冥想（即内心的幻想），也包括了欲望的力量（即幻想的根源和客体）。①

只有在欧洲的环境中，才会出现对爱情语言的“亵渎”，即“亵渎”公元后最初几百年中清教主义所实行的爱情和爱情文学的理想化。在东西方两种文化中，都存在着关于镜子和睡梦的隐喻，它们具有正面和反面两重意义，可以被用来隐喻爱情和美德，也可以被用来隐喻恶习；明末，人们广泛地采用了这类隐喻来赞颂爱情，从而强调了爱情的超凡性，丰富了欲望和幻想世界；然而，当欧洲的这类隐喻在欲望的主体与客体之间努力建立起神奇的、宗教似的联系的时候，中国的这类隐喻却表现了一种辩证的关系，它们主要以讥讽的格调，启示人们要以谨慎的态度追求享乐主义。简言之，当欧洲宣扬幻想并将其视为爱情的最高表现形式时，中国也在强调幻想的力量，但它重视的却是爱情和欲望的虚幻、短暂和不现实的一面。

关于感情问题，中国承认神化的形象并具有一些我们西方文

---

① 见阿甘本（G. Agamben）1993 年作品第 105—145 页。

化中不曾见过的隐喻，比如他们用“前世姻缘”一词或与其意思相近的“因果报应”一词所表示的爱情题材，就是很好的例子。“离别和重逢”的文学模式，除了可以使爱情故事更具有戏剧性变化之外，还与“命运”和“报应”有着紧密的联系。在中国的文学作品中，“花仙”、“狐仙”以及关于莺莺和牛郎织女的传说，取代了普绪喀、那喀索斯和皮格马利翁等西方古典神话人物的位子。同时，中国的爱情故事还强调了“真爱”的首要品德，即忠贞不贰。有两个传说中的人物，他们是这种美德的典范：一个名叫尾生的人，为了遵守爱情诺言，去桥下赴约，他紧紧抱住一根桥柱，最后被洪水卷走；另一个是一位女性，叫刘兰芝，她宁死也要忠于丈夫。① 在这两篇作品中，对爱情的义务和忠贞已经超越了传统的智德，接近于疯狂。事实上，在爱情中永恒重于浓烈；枝根交织在一处的相思树和永不分离的鸳鸯鸟，都象征了爱的永恒。西方宫廷诗歌“遥远之爱”（恋爱者相互远离）的观念则具有不同的性质，它通过欲望的延长、分离后的思念和由于等待所增强了的重逢的喜悦，使爱情更加生动；思念可以避免日常生活的乏味和无聊。分离只是对感情是否真挚的考验，这一点无论对浪漫之爱还是色情之爱都是一样的。尽管这两种爱有许多不同之处，但均可被称为征服之爱，它们与中国所强调的坚定不移的爱情理想是不相干的。

西方文化并不承认那一系列进一步使感情问题复杂化的演绎推理和充满矛盾的理论，比如：形色和感官表象与“空”之间的关系；在这种关系中，一个对立面并不一定要排除另一个对立面，因此，也并不意味着人们总是更加喜欢禁欲主义和男女授受

---

① 第一个故事取材于道家和儒家早期经典著作及历史著作《战国策》和《汉书》，刘兰芝则是汉乐府《孔雀东南飞》中的女主人公。

不亲之礼，而忽视情感与欲望。① 然而，西方的浪漫派，则通过自我毁灭的那喀索斯式的幻想游戏，把激情化解和抽空。这一点与“色”和“空”之间的辩证关系丝毫没有联系。“色”和“空”之间的关系，通过理性的分析，上升为佛教的虚无主义和道教的超凡脱俗，影响着思想状态的矛盾变化，如：忠贞不贰与变化无常、结合与分离、自我空虚与欲望的无限冲击、过渡性的瞬间与神秘莫测的永恒，等等。

我们可以以《牡丹亭》这部在中国曾经对情感和爱情崇拜的发展作出巨大贡献的作品为例，进一步加以说明。这部作品的伟大成就，证明了中国的男女读者（当然也包括男女观众）已经对爱情问题采取了一种新的态度，因此，通过一系列的评论和眉批，作品几乎成为文人们集体创作的成果。人们对剧中的女主人公杜丽娘大肆宣扬，并围绕着这种宣扬出现了一系列的传说。譬如，有这样一个悲惨且短命的年轻女子，她为人做妾，迷恋戏剧《牡丹亭》，由于大太太的嫉妒，被赶出丈夫的家门；她痛苦万分，死前极力效仿杜丽娘，自画肖像，自我献祭。她死后，不仅她的坟墓成为人们朝拜之地，而且还出现了无数种她的传记；她的形象被理想化，也成为人们崇拜的偶像。② 她本来是杜丽娘的忠实崇拜者，现在却成为展现杜丽娘形象的媒介。作为一部以皆大欢喜为结局的戏剧作品中的主人公，杜丽娘具有自己的独立特征，展现了自己的真实形象，因此也就具有了理想化典型的魅力。在杜丽娘的神话之后，那位小妾自觉或不自觉地围绕着自己

---

① 请看《刎颈鸳鸯会》（《清平山堂话本》第14篇故事）、《陈巡检梅岭失妻记》（《清平山堂话本》第12篇故事）和《红楼梦》第1回。在《西游记》中也可见到类似的观念。

② 见高彦颐（Ko Yin-yee）1989年作品第126—141页、高彦颐（Dorothy Ko）1994年作品第68—112页、郭英德1992年作品第90页。

又创造了另一个神话。这个新的神话的结局是悲惨的，它使人们期待着一个尚未实现的未来的解救，它创造了另一个自我，几乎成为杜丽娘神话的补充；在这个自我中，痛苦占有主要地位；痛苦的根源是缺少公正，是女主人公的爱情和忠贞。反复不断地出现以《牡丹亭》的女读者、女评论家和女演员之死为内容的文学作品充分表明，在吸引读者的文学题材中，不仅有“爱情的奇迹”，而且还有爱情在高贵的灵魂中所能够激发起的“英雄主义精神”，以及人们在作品的深处才能够看到的主人公由于青春与美貌转瞬即逝所表现出来的深深的自我怜悯。这种通过评论与诗歌来展示和传播爱情精神的方式表明，关于感情问题的辩论已经引起文学评论家和儒学经典著作专家的注意，成为他们研究和注释的重要内容之一。

在西方，埃洛伊萨与阿伯拉尔的爱情神话具有一系列不同的文化根源，如：法兰西布列塔尼诗歌和小说所颂扬的关于特里斯丹和绮瑟的爱情传说，新柏拉图主义的哲学传统，以及“师承”模式，等等。由于维庸、拉马丁和卢梭等伟大诗人的赞颂，这种对爱情的崇拜才广为人知。同样，杜丽娘和那位悲惨地死去的小妾的双重爱情神话，也是通过受其启示而创作出来的一系列文学作品得以发展的，这表明，在那个时代，中国也存在着类似的文化条件，特别是存在着类似的理想。人们可以简单地把《牡丹亭》视为一部普通的、怪诞的梦幻戏剧作品，也可以像不理会少年维特的自杀并将其视为一种意志消沉者的不健康的行为那样，把那些为梦中所产生的欲望或为戏剧所造成的忧郁而亡者看做是为疯狂而丧生的幻觉病人。然而，无论你如何看待汤显祖的这部作品，事实却是，它一面世便在舞台上和读者中取得了辉煌的成就。汤显祖的成功不是因为运气，也不是因为他迎合了文人社团的时尚，而是因为《牡丹亭》深受男女青年的喜爱，在他们的灵魂中打下了深刻的烙印，同时对社会风俗也产生了极大的影响，从而为创造出一种新的情感作出了贡献；青年们在作品中寻找自己的影子，对号入座，并积极地模仿作品中的人物。就这样，一个怪诞的行为，一个病态的幻想被改造成了对爱情的崇拜，爱情变得无比崇高，因此，为爱情而死是值得讴歌的。

另外，对待此种爱情，还存在着一个陈旧的诠释体系，它含糊其词地玩弄隐喻的游戏，并通过隐喻，把被爱情所折磨的痛苦女子（被抛弃或为爱情而死的女子）与受迫害的忠臣和清官联系在一起。这种含糊其词的写作方法来源于具有政治含义的传统的隐喻爱情诗。妻和妾被抛弃或者远离夫君的题材，最初出现在诗歌之中，后来又出现在叙事文学之中；展示这种题材的作品经常是矫揉造作的，作家利用它们，以有悖于人的尊严的抒情表现方式随意地宣泄自己的感情。通过这种类似于“自我寄托”和“自况”的修辞方法，作者可以随心所欲地描述自己的失落之情，可以利用作品中的人物间接地表露自己的思想状况，从而，作者的痛苦具有了超越个人范畴的价值。①

在这些先前就已经存在的文化因素的基础之上，发展起一种文学；一方面，这种文学迎合了一些女性知识团体（尽管人数非常有限）的情趣和愿望，使其在作品中的人物身上能够寻找到自己的失落和希望的参照点，另一方面，它也反映了当时许多文人思想中主要的精神危机，这些文人，把他们的失望、不满和志向理想化，并升华成文学作品。另外，出现了汤显祖

① 见 Martin Huang 的很有创意的著作《文人与自我展示：中国 18 世纪小说中的自传性质》（*Literati and Self-Re/Presentation. Autogiographical Sensibility in the Eighteenth-Century Chinese Novel*，斯坦福大学出版社 1995 年版）。作者认为，明代作品中的自传手法是有局限性的，到了清代，人物的自传性质有了创造性的发展，这是一种具有战略意义的转变。自传手法在中国的传统抒情诗人那里早已形成了定式，如屈原和用弹曲女子的悲惨生活隐喻自己坎坷仕途的白居易。

这样的伟大艺术家，自然也是产生此种文学的一个不可争议的决定因素。

与欧洲相比，中国产生情感革命的方式是不同的，其进程也是不同的。在欧洲，尽管确立了理性为先的原则，某些情感（爱情、美感、神秘主义情感等）还是一步一步地得到了人们的赞颂，最后成为绝对的价值（即经常超越理性或与理性形成对立）；然而，在中国，克制和社会价值则永远不可逾越。因此，中国的情感卫士们总是努力地把情感与社会价值统一起来，他们从不让情感与社会道德规范形成对立，而是经常成为驯服情感的鼓吹者。所以，他们只能借助于幻想或梦幻世界，为某些超越道德的激情辩护，或者通过作品中主人公的自我控制和圆满婚姻的结局，将情感拘禁起来，使其合法化。“变形”（人变成其他动植物或东西）是一种把情感提升至魔幻层面的方法之一，在这一方面，中国具有极其丰富的传统（如：花仙、狐女等）。在蒲松龄的作品中，“变形”具有双重作用，它限制了欲望的危险膨胀，同时也阻止了完全的满足所带来的激情衰退。

前面在论述女性爱情的时候，我们已经介绍过《宿香亭张浩遇莺莺》（《警世通言》卷29）的故事，与中国传统的克制和妥协的思想相比较，这篇作品应该是个例外：莺莺和张浩相爱，在莺莺的主动邀请下，两人秘密约会。然而，尽管两人海誓山盟，张浩还是在莺莺不在之时被迫与他人订婚。莺莺将张浩的情诗递交公堂，以证明两人早有婚约，并已相配；由于判案的官员视真挚的感情高于法律和社会规范，莺莺才得以与书生张浩结为夫妻。[1] 在这篇作品中，年轻的女主人公仅凭两人私下的婚姻诺言为自己的爱情进行了殊死抗争，这一点是极具重要意义的，但是，它的与众不同之处并不在于此，而在于正式签订

① 见《警世通言》29：449—457。

的婚约（尽管违反张浩的意愿）被取消，情感与社会规范之间的关系被颠倒。

对“英雄主义”爱情的赞颂依托了儒家的道德观念，如忠、孝等思想。在中国文化中，似乎有一个词与西方宫廷抒情诗和浪漫派文学的“爱之痛苦”以及人文主义诗人的伤感所表示的含义相符，这个词便是“痴”，它具有“癫狂”和“盲目之爱”的意思。在东西方两种文化中，我们都可以见到对女性的“尊敬”，但是，表现形式却是不同的；在西方，有时女性几乎被视为偶像（如在宫廷抒情诗和关于皮格马利翁的神话故事中），而在中国的文学作品中，对女性的“尊敬”有时却具有颠倒等级关系和男女地位的作用。我们在此书中所展示的中国文学作品的创新之处（或者说革命之处），就在于对某些感情的重新评价，与其说这种重新评价是对超越社会价值的爱情价值毫无保留的宣扬，还不如说它颠倒了男女的社会地位。在这里我们重申一下感情评价的不同的革新程度是有益而无害的。在中国文学中，很难找到为了女人而欺君抗上的例子，也很难找到为了爱情而牺牲家庭或民族利益的例子，然而，在欧洲文学中，无论是宫廷抒情诗还是浪漫派的作品，都充满了这类内容。①

在某些情况下，一些中国的爱情小说，可以利用各种手段实现女性贞洁和男性欲望之间的相互妥协：它们通过男主人公的自控能力，把感情克制在社会能够接受的范围之内，缓解爱的激情；它们承认贞洁女子的崇高地位，或者以一种幸福的婚姻结局，使所爱女子成为妻或妾，把爱情合法化，从而超

---

① 请看拉卡尔普雷奈德（La Calprenède）、托马斯·克尔内尔（Thomas Corneill）和基诺（Quinault）等人的作品中对爱情高于家庭与社会责任的描述，以及17世纪爱情文学中对求爱男子甘愿做女子奴仆的描述。

越更加困难的处境。这样，作者便不必像在“才子佳人”类作品中那样，采取主人公非性欲化的手段，也不必像《金瓶梅》一书所描写的那样，借助于“因果报应”之说来惩罚淫乱和不轨行为。

17.《情史》与《三卷爱情论》

在这一章里，我们综述一下在中华帝国统治的最后几百年历史中人们对情感问题，特别是对爱情问题的主要看法。为此，我们应该再回顾一下曾多次提到过的冯梦龙的作品《情史》，因为，这是许多作家、出版家和思想家极力推崇的所谓的爱情崇拜运动的代表作。《情史》不是一部理论著作，而是一部小说集，所收作品的篇幅都非常简短，其中一部分作品被后来的一些小说集收编，还有一部分作品被后人重新创作和改造，内容焕然一新。然而，《情史》却构成了爱情问题的一部重要“文献”，它从各个层面综合地展示了文学创作界对爱情正反两方面的态度和表现方式。另外，《情史》还是一部具有百科全书式结构的作品，它不仅向读者提供了一个爱情的分类模式，从而展现了一个关于“情”字的语义学的图表，而且，通过作者在每一章内部和结尾处所做的评论，阐明了感情崇拜运动的思想。

当然，欧洲中世纪晚期的社会状况与中国晚明时期的社会状况是不同的，虽然在此文中，我们无法过多地论述社会因素，但是我们却不可忽视它的作用。此文中，我们讨论的焦点是东西方两种文化长期以来所形成的各自的思想方法问题，并重点强调关于爱情方面的文化差异。

如果我们将《情史》与欧洲文化史中的基石之作——安德烈·勒·夏普兰（André Le Chapelain，1150—1220）所著的

《三卷爱情论》（或称《怎样施行崇高之爱而摒弃不光荣之爱》）相对比，除了会确认我们前面所表明的看法之外，还会从中发现，晚期中华帝国文化与11世纪之后欧洲文化之间存在着根本的差别。夏普兰借助古典和中世纪的各种文学与修辞形式，写作了既涉及理论又涉及实践的爱情论著，书中可以见到作为崇高精神表现形式的彬彬有礼的理想式爱情，也可以见到作为沟通和引诱工具的花言巧语，还可以见到卫道士们小心翼翼的谴责。然而，《情史》的作者，却在大部分章节结尾处的评论中，意味深长地将自己说成是“情史学家”。这样，他就把自己看成是司马迁和其他传记史学家的继承人了，从而把客观叙事（按照故事的内容将其分成种类）与文章结尾处的“史学家”主观的直接评论截然区分开。① 用此种方法，冯梦龙不仅跻身于在中国的传统文化中极受尊敬的史学家的行列之中，而且将叙事文学与简短评论结合在一起，重新在叙事与评论之间确立了某种平衡。

这两部作品有一个共同的特点，它们都把爱情视为自然的表现，对其都采取了积极的态度：夏普兰认为（在其著作的前两卷中），爱情本身是具有道德的，因为它与各种美德相符合，特别是与真诚和灵魂的高贵是一致的；② 冯梦龙认为，爱情是与生俱来的品德，它对人、社会乃至整个宇宙都是首要的美德，这一点我们在前文中已经见过。但是，他们两人的思想中

---

① 见崔瑞德（Denis Twitchett）的博士论文《中国的传记问题》（“Problems of Chinese Biography”, in *Confucian Personalities*, 1962，斯坦福）和 M. Kau Hom 的《传统的继续：对蒲松龄〈聊斋志异〉的研究》[*The Continuation of Tradition: A Study of Liaozhai zhiyi by Pu Songling (1640—1715)*, 1970，华盛顿大学]。冯梦龙有时也以“情主人”自居。

② 见安德烈·勒·夏普兰（Andre le Chapelain）1992年作品第16—17、22—23页。

又都在不同的层面上具有矛盾：夏普兰著作的第三卷论述了中世纪的爱情问题，它以基督教的理论和西方传统的厌女癖为伦理基础，谴责了爱情；冯梦龙的评论中也充满了训诫，他提醒人们要警觉爱情可能带来的潜在危险，有时他还把爱情视为生活中的焦虑不安和一时的“痴”狂，视为造成个人和他人灾难的原因。[①] 然而，他们两人的相似之处到此为止。夏普兰从爱情的准确定义开始论述，并在作品的第一和第二卷中，用大量篇幅从理论上展示了爱情的演化过程和表现形式；而在《情史》中，叙事占据着主导地位，作品主要由短篇小说组成，理论部分只局限于前言和篇幅有限的评论。冯梦龙认为，“真情”[②] 应该是有节制的、真诚的、无畏的、永恒的爱情，它不该与假道学混淆在一起，也不该与“淫”[③] 和过分的情欲[④]混为一谈，事实上，“淫”并不是爱。对夏普兰来说，爱情也不止局限于纯粹的性快乐，然而，爱情的目的不是遏制人本能所具有的激情，而是升华它，把性欲提升到文雅的性行为的水准上，但是，只有少数特殊的人才能够达到这个水准。[⑤] 夏普兰建议人们至少从四个方面规范爱情的准则：爱情的工具，即教

① 见《情史》5：161和7：194—195。关于“痴”的各种不同含义，请看《红楼梦》和蒲松龄的作品。

② 见《情史》1：31。请看在冯梦龙的作品中有多少处谈到过“真爱”和长久之爱的价值。

③ 见《情史》7：187。

④ 见《情史》6：181。在短篇小说集《智囊》（1628）等其他作品中，冯梦龙也认为，人的感情是一种财富，然而，无论是文人还是普通人，都需要用智慧引导感情。

⑤ 见夏普兰著作1992年版，第17—18、116—122页。特别要注意的是，夏普兰在谈到农民的爱情时，清楚地将其分为“畜生类的爱情”和“文明化的爱情”两种。

授人们引诱异性的修辞艺术；社会因素，即遵守“彬彬有礼”的原则（谨慎的原则），这些原则来自于女性的要求；超验的玄妙因素，即表明爱情的专制性，它可以超越社会地位的差异和各类原则，但同时也是脆弱的，转瞬即逝的；宗教因素，即展示爱情的道德堕落，从而谴责爱情和女人（第3卷）。冯梦龙则只局限于具体地展示爱情的种类、力量、复杂性和它所具有的创造和破坏的双重价值；在他的作品中，除了我们已经论述过的将爱情置于社会关系和宇宙生命基础之上的宇宙论的内容之外，唯一超验的玄妙内容是建立在因果报应原则基础上的命运。他与夏普兰最大的分歧点集中在感情与社会、原则以及个人的实际利益之间的问题上：夏普兰承认爱情的独立性和真诚性，并将其与社会的差异、财富乃至婚姻对立起来（他甚至否认，人们能够在社会原则约束的范围内相爱），他认为，爱情本身便含有嫉妒成分和非法性。[①] 冯梦龙则相反，对他来说，通过因果报应和天定姻缘，真正的爱情与社会、原则、个人利益、道德等实现了协调一致；尽管爱情仍然被视为相爱者个人的感情要求，然而，它却与社会要求形成了和谐的关系。

18. 继承与革新

在各式各样的爱情之中，人们也曾描写过一些“离经叛道”的爱情形式，如：男性同性恋、女性同性恋、性虐待、淫猥等，然而，在中国的文学作品中，描写上述行为时，人们并

① 见夏普兰著作1992年版，第77—83、91、116—119、143、157—158页。这种传统一直延续到浪漫派时期，见斯丹达尔的《爱情之宫廷》（*Les cours d' amour*）。

不觉得离奇古怪。在《石点头》的一篇故事中，作者甚至把同性恋与“偷夫”的通奸行为相对比，认为前者有悖于天理，后者则大大有损于阴德。① 另外，很明显，男女之间的社会地位不同，各自理解和实践爱情的方式也不同；男人的爱情比较有节制，而女人的爱情则是全面的、习惯性的。但是，要注意的是，明末出现了在爱情方面男女差别缩小的趋势，“帮衬”②、“识趣的人”和“情种”等词汇的出现，便说明了这一点；新式男主人公的特点是彬彬有礼，情操高尚，这是比传统意义上的“风流”更富有内涵的品德：新式男主人公能够引起异性的兴趣，因为他热情、亲切，关注女性问题，对女性体贴入微；其性格与面貌都突出了女性化的“媚人”特点。③ 这种高雅气质并不只局限于文人和名门大户的贵族公子哥的身上，而是不分出身和职业，在每一个人的身上都有所体现。在商人、手工业者和妓女中，我们也能够找到“识趣”和“热情”的恋爱者。但是，和尚、道士、尼姑、道姑的爱情一般都被看做是消极、放荡和不健康的，很明显，人们并不承认他们具有感情生活和性生活的合法权利。④

文学作品起到了引导人们理解“热烈之爱”一词的作用，这种爱被人们所接受，但同时也引起人们的疑虑，特别是因为它

① 见《石点头》14：303，1985。

② 见《警世通言》32：486。

③ 尽管把男性的美女性化的传统可追溯到中世纪时期，清代的贾宝玉却是将其提升到登峰造极高度的角色。这种新的价值观念甚至影响到了游侠的传统美德，影响到了“义”的含义：《情史》卷4便介绍了一些“情侠”的故事。在清代的一些小说中，男主人公的形象减弱了，成为配角，男女的角色发生了转变。

④ 见《拍案惊奇》第26卷。

对青年人产生了很大的影响。[①] 就像《红楼梦》和《牡丹亭》中所说的那样，青年人非常了解爱情小说和诗歌的含义。比如，读完《西厢记》之后，宝玉对黛玉说了这样一句话：“……真真这是好书！你要看了，连饭也不想吃呢。”在读《诗经》[②] 中的一首爱情诗的时候，杜丽娘也有不寻常的反应。很明显，在中国，与正统的思想相对比，文学的地位是微不足道的；由于传宗接代的家庭观念和理学思想在情感领域中的影响，两性之间的关系很难建立在感情的基础之上，更不用说建立在爱情的基础之上了。这一点不仅在道德和哲学文章中，而且在许多小说和戏剧作品中都有体现，小说和戏剧的内容往往是复杂和牵强的，结局往往是圆满的。[③] 尽管文学最真实地展现了民众的生活，反映了人们普遍所具有的精神状态和超越道德规范的倾向，但是，在这个领域中，伦理道德思想的控制也十分严厉，这一点是不言而喻的。

明末人们所见到的对待爱情问题的态度和价值趋向，似乎并不只是那个时代的产物：表现男女相互间永恒之爱的关于“相思树”的传说在中国文学中始终存在，这表明，从公元初期起，东西方“真爱”的模式就存在着差异。本文中我们可以看到，在中国的爱情中社会价值起着何等重要的作用，以及它是如何凌驾于纯粹的个人欲望之上的，也可以看到宣扬爱情与使爱情“道德化”之间的界限是多么模糊不清。除了永恒的感情之外，毫无疑问，实现圆满的姻缘和组成家庭构成了真挚爱情的基本因

---

① 见汉德林（Handlin）著作1975年版，第28页。

② 朱熹曾作出很大的努力，对《诗经》进行评注。

③ 见 Yee Edmond（余卓豪）的著作 *Love versus Neo-Confucian Orthodoxy: An Evolutionary and Critical Study of Yü-tsan chi by the Ming Dramatist Kao Lien*，第184、193页。

素。因此，夫妻之间的忠诚不仅表现在妻子作出种种牺牲的故事之中，而且也表现在丈夫以献身示爱的故事之中（尽管此类故事的数量极少）。①

需要阐明的是，中国古代读者，并不像我们今天所认为的那样，能够很好地理解虚构的纯粹的感情与社会规范之间的冲突。因此，即使是爱情或婚姻受到人们的赞颂，我们也不能不尊重时代的特点而提出问题，我们只能如实地记录以下情况：在中国历史的不同阶段中，尽管对社会道德规范的担忧占据着统治地位，但是在文学创作中，“爱情”问题并不一定必须与社会道德规范联系在一起。在展现同性恋关系的文学作品中也出现了表示永恒之爱的“相思树”的题材，便说明了这一点，因为同性恋关系虽然被容忍，但肯定不被正统思想所承认。

在中国的“色情”作品中，有对性快乐和混乱的男女关系细腻的描写，然而，这种关系越来越被认为是不正当的和危险的。应该补充的是，在一些与所谓“色情”作品相对立的小说中，相爱者之间的关系已经“非性欲化”了，这标志着出现了一种更加严厉的伦理道德倾向。在《红楼梦》令人压抑的内容中，我们便可以看到这一18世纪的思想倾向。张生的传奇式情人莺莺的形象所发生的演变也具有很重要的意义。② 尽管人们赞颂爱情，事实上，从9世纪到20世纪，没有任何一个版本，不加解释或道德评论地把莺莺描写为追求个人幸福的形象；她与欧洲的许多骑士文学作品和宫廷爱情诗歌中的“无情的美丽贵妇”

---

① 关于女人所作出的牺牲，请看《相思草》和《相思木》（见《太平广记》389：37、408：25和《情史》23：791—792）。关于男人的忠诚，请看《太平广记》389：40和《情史》19：313—314。

② 见Lorraine Dong的论文《崔莺莺的多种形象》（“The Many Faces of Cui Yingying”, in *Women in China*: *Current Directions in Historical Scholarship*, New York, 1981）。

一样，体现了女主人公的“名誉”与“怜悯之情”之间的冲突；对她的美貌的描写，仍无法摆脱固定的格式，即女子的诱惑具有摧毁一切的力量。

在9世纪的最初版本中，虽然莺莺很谨慎，深知自己所面对的危险，但并不顾忌社会规范，全身心地投入到爱情之中，坚定不移地对待爱情。而张生听说莺莺是一位水性杨花的女子，无法控制自己的欲望，因而认为女性之美是危险的（又回到对女性的传统看法），并将其抛弃。莺莺却采取了我们难以想象的做法：她另行嫁人，躲避在忧伤和萎靡不振之中，心中仍然保留着对往日爱情的痛苦记忆。数年之后，早已另娶他人的张生前来拜访莺莺，遭到拒绝。

只是到了清代，莺莺的形象才进一步“道德化”，被改造成“贞洁女子”，感情与道德才协调地集中在她一人身上。尽管元代文学中也存在着宣扬道德思想和追求圆满结局的矫揉造作的内容，但是，占统治地位的仍是充满激情的人物形象；然而，到了清代，取而代之的却是更加严格遵守社会道德规范的人物形象。莺莺这样一位理想的美貌女子，不受环境的影响，作出“不道德”的行为，已经变得令人无法理解。因此，她便成为贞洁的、端庄的女子，关于她的故事也按照伦理道德的要求被加以修改。金圣叹（1610？—1661）以批改《水浒传》和《西厢记》而著名，他所评点的《西厢记》重新规范了不符合贞洁少女形象的情和欲：为了使最终的爱情场面符合道德规范的要求，为了“挽救”少女莺莺的形象，金圣叹把所有的责任都推卸到她的母亲和丫鬟的身上，在与情人相会时，莺莺总是羞羞答答，一言不发。事实上，金圣叹的立场是很复杂的，从他的评论中可以清楚地看出，他要努力颂扬《西厢记》这部作品，并且要把它抬到与《诗经》同等的高度，他坚决反对把《西厢记》视为色情作品，并认为，文人们视其为文学作品，只有邪恶之人才视其为邪恶之作。[①] 17世纪末，还有一位作家，在他的作品《西厢印》中，把莺莺描写成为一个保持处女贞洁的形象：她与张生的幽会发生在梦中，在真正的爱情场面中，则由丫鬟代替了莺莺。

总而言之，我们不能低估出现在明朝后半叶并在清朝的严厉思想控制下得以延续的新文化气氛所具有的活力。在16世纪和17世纪中国最富裕的地区，一系列社会的、政治的和经济的因素，为创造出一种生机勃勃的社会气氛准备了必要条件。冯梦龙和汤显祖便是这个时期新的思想和社会风俗倾向的两位最重要的代表人物。“才子佳人”类文学作品的推广（以美女和爱情为内容的民众题材与声张正义和追求功名的题材交织在一起）反映了中国社会正在对爱情问题进行重新评价。在某些文化团体中，人们建立起了对感情的崇拜，特别是建立起了各种意义的对爱情的崇拜；爱情通过各种表现形式实现了升华和理想化，一些展现两性关系的人物角色发生了危机，在审视“良知”之时，人们更加强调美的感受，这些都是明清两代在西方文化影响进入中国之前中国爱情思想演变的迹象。在文学中，人们有可能超越伦理道德的哲学思想，寻找到一种新的面对爱情的方式。《牡丹亭》中杜丽娘式的新人物，以他们的美德和个性吸引了读者的注意力，文学作品中早已存在的人物又重新被发掘出来，并被赋予了新的思想内容，如《娇红记》中的娇娘和申纯。《娇红记》是一

① 见陈竹的《明清言情剧作学史稿》（华中师范大学出版社1991年版）。关于金圣叹具有革新性和说教性的评论，请看戴不凡的《论崔莺莺——〈西厢记〉人物论》（上海，1963）。其他一些妇女形象的性格也证实了这种倾向，在某种意义上，她们被认为是莺莺形象的继承人，如：杜丽娘（见《牡丹亭》）和林黛玉（见《红楼梦》）；莺莺婚前把自己完全奉献给了情人，这与现实生活没有很大区别，丽娘却在梦中实现了她的爱情，而黛玉则拒绝宝玉的胆大妄为，他们之间的爱情只局限于间接的文学暗示之中。

篇元代的小说，明代和清代初期出现了多种版本和改写本。当然，我们还不能够说，上述人物所反映的现象与伊恩·瓦特（Ian Watt）在谈到欧洲当代文化时所强调的现象雷同；伊恩·瓦特认为，现代个人主义的某些偶像来自于对早已存在的偶像所进行的具有浪漫色彩的新的解释，如对浮士德、堂吉诃德、唐璜等人的解释：通过人们对高尚品德和傲慢的新的认识，这些人物从由于具有文艺复兴世俗理想而受到惩罚的罪恶者形象变为新的英雄。[①] 然而，我们至少可以说，《牡丹亭》和《娇红记》等作品所取得的巨大成功和人们对它们的崇拜，表明了一种与先前不同的文化氛围获得了发展。

毫无疑问，在中国文学中，存在着一个爱情理想化以及感情和欲望表达合法化的过程，这一过程与哲学领域中类似思想的发展是一致的。我们已经看到，在《情史》中，冯梦龙赋予爱情一种神秘的价值，汤显祖的爱情领域超越了生与死的界限，进入了一个超然的、自我陶醉的新境界，袁宏道则承认“欲”和“情”与人的自然本性相符，二者高于道德原则。还有一些作家沿袭了汤显祖的创作道路，如吴炳等人。在《画中人》中，吴炳（？—1646）奇迹般地使画变成人，使主人公所爱的女子复活。[②] 在这一方面，金圣叹也表现出了一种极其复杂的态度，这说明，当时的文人们都难以确定自己对待爱情问题的态度：与明末清初的其他许多文人一样，金圣叹反对模仿古典样板，赞成作家表现自己的感情和个性，提倡和重视受到官方评论鄙视并被视

---

① 见伊恩·瓦特的《现代个人主义的神话：浮士德、堂吉诃德、唐璜、鲁滨逊》（*Miti dell' individualismo moderno. Faust*, *don Chisciotte*, *don Giovanni*, *Robinson Crusoe*, 1998，罗马）。

② 见郭英德1992年作品第137—139页。关于神奇的画中形象，请看《情史》卷9《情化》（9：254—256、266）和《聊斋志异》1：14—17。

为伤风败俗作品的白话戏剧和小说。正是由于非常重视这类作品，金圣叹才努力工作，试图淡化感情色彩，减少道德与爱情、社会责任与情感之间的冲突，从而使这些作品符合儒家的正统思想。诗人和戏剧作家孟称舜的“妥协”表现得更加明显。孟称舜的作品《娇红记》是根据元代一篇民间故事改编而成，讲述了一位年轻书生与表妹娇娘之间悲惨的爱情经历，在前文中我们已经介绍过：由于娇娘父亲的反对，男女主人公无法成为夫妻，双双死去，死后却结合在一起。汤显祖把感情与道德原则对立起来，极力宣扬至高无上的爱情；孟称舜则与其不同，他把感情与人的自然本性等同起来，认为文学作品应该展示强烈的情感，因为情感总是正确的（情正）。男女之间的爱情是一种强烈的情感，尽管开始时好像有些“淫荡”，但却是永恒不变的，它将夫妻一生一世地结合在一起，成为忠诚的丈夫和贞洁的妻子。爱情和道德便如此地合为一体了。①

洪昇在其代表作《长生殿》中，发展了理想化爱情：完美的爱情与忠孝美德相同，它不仅可以为女性的嫉妒辩白，使其最终获得解救，也可以调和公与私之间的关系：相爱者成仙，升天，标志着爱情的神化。与《长生殿》具有同样感伤主义特点的另一部戏剧作品是蒋士铨（1725—1784）② 所著的《香祖楼》。在这部作品中，我们也能看到感情与道德之间的关系，书中指出：“五常”均源于“情”，有“情”，臣忠，子孝，人仁，

---

① 见陈竹《明清言情剧作学史稿》，第 126—127 页。

② 晚明时期的爱情叙事文学被社会认为是危险的，它威胁到了父亲的权威；清代出现了另一种叙事文学，它把选择婚姻伴侣作为主题。这种叙事文学使元曲中早已存在的内容（如：男女双方的误会、冒名顶替、令人惊喜的相认，等等）更加活跃，它把爱情视为相爱者努力表现文雅的手段：为了获得少女的心，娶其为妻，男子要表现出他的才能和文雅。

男义。无情，臣不忠，子不孝，人不仁，男不义。①

文康（费莫铁仙，1800？—1876？）在其作品《儿女英雄传》② 中似乎也重申了类似的思想。在引言中，他驳斥了英雄虎胆与儿女情长相对立的观点，认为儿女情长只能来自于英雄完美无缺的自然本性，英雄壮举也只能产生于儿女真情。随后，他一一阐述了青年的纯洁灵魂的表现形式，又根据从孟子到顾炎武③的历代正统儒家思想，列举了忠孝（忠于君主，孝敬父母）榜样，并将忠孝思想进一步发展为儒家的“五常”思想。④ 这种对“情”的解释，与冯梦龙对“情”的多种形式的展示有很大区别，也不同于《红楼梦》中所表现出的情欲的破坏性与爱情的自然性之间的矛盾。这些关于“情”的思想是极其简单同时也

---

① 见郭英德 1992 年著作第 95—96 页。亦可参看《情史》1：30—31、5：161、15：455、456。关于在社会不稳定和快速变化时期妻子地位提高的问题，请看曼素恩（Susan Mann）的论文“Grooming a Daughter for Marriage: Brides and Wives in Mid-Ch'ing Period”（Watson and Ebrey eds., *Marriage and Inequality in Chinese Society*, Berkeley-Los Angeles-Oxford, 1991, pp. 204—230）。

② 最近一版的《儿女英雄传》除引言外共有 40 回。该书讲述了侠女十三妹的故事。十三妹是一位武艺高强的侠女，敢于与强盗们抗争，并赢得他们的尊敬；最后，书中的女主人公与一位被她解救的文弱书生结为夫妻，彻底改变了她的生活，在丈夫和亲属面前她成为一个典型的传统式的贤妻，丈夫也走上了仕途。艾梅兰（Epstein）在分析该书的论文中强调：作者是在试图回答几个《红楼梦》留给我们的未解之题，如：宝玉为何选择离家出走，为何以如此的态度对待女性世界，等等。

③ 见史华罗 1992 年作品第 22—24、51—52、114 页。

④ 见《儿女英雄传》引言第 3 页和该书开始处的歌谣。这里我们可以看到，为了避免误会，“情”字又一次与“上天的原则”（就像第 1 回的题目所表示的那样）、“礼”、“人的自然本性”统一在一起了（9：96、34：457、35：472）。似乎是因为人们有来自于道德方面的担忧，所以才维护夫妻之爱的原则（37：518）。

是极其模糊不清的，我们可以用下面两种不同的方式理解它们：承认“情”已经超越了其他一切价值，或者确认“情已经道德化了”。

正是由于这种新思想具有创新性和反正统性，所以它必须在伦理道德方面寻找到立足的依据，必须向占主导地位的儒家道德思想作出某些让步，才能被人们所接受。那些极力将爱情与具有完全不同意义的“仁”以及王阳明（1472—1528）的“良知”结合在一起的作家，把“情”视为一种积极的以多种形式表现各种兴奋之态的情感：正像我们前面已经说过的那样，这种情感也表现在对他人的同情和怜悯之中；它似乎还包括了孝道①和尊敬上司等儒家的道德思想，但又不只局限于此；它是那根将零散硬币穿成整吊铜钱的绳子，是将每一个个体与宇宙中所有生灵和物体结合在一起的具有广泛而深刻意义的人性；它是生命之气，是推动宇宙无止境地生产和再生产的动力，这一点在某种程度上使我们想起赫拉克利特和恩培多克勒的爱情思想；尽管它是一种个人的情感，却能够超越死亡，它比恶习和美德都更加强大。就这样，爱情取得了符合于上天原则的尊严，社会等级变成了人们相互间的感情关系。中国新爱情思想的特点是道德与美和情感之间的隐秘的妥协，我们在冯梦龙的著作《情史》的引言和一些篇章结尾处的评论以及其他作家的小说中都已经看到了这一点；② 正是由于这种隐秘的妥协，新的爱情思想不但没有与中国的正统文化相抵触，反而被视为正统文化的继承者，并影响其发展。

---

① 就像汤显祖的戏剧作品中所表现的那样，亲情是与孝道联系在一起的。

② 见《情史》中的《吴人龙子犹序》卷20第694页中的评论。在同一时期的其他一些作品中也有类似的情况，如《牡丹亭》和《拍案惊奇》第25卷。

第二部分
女性的魅力与传统道德

人性寂而情萌。情者，怒生不可必遏之物，如何其可私也！

夫使止于情爱，亦匹夫之日用饮食，令生命不逢夭折。①

1. 从爱情到淫荡

中国和欧洲一样，爱情的概念无论多么复杂和多样，都有别于具有消极意义的对性的快感无限制的追求。区别爱情与淫荡的价值尺度是不同的，它取决于社会的要求，也随着时代的变化而变化。为了更好地弄懂明清两代中国的爱情观念，我们需要了解一下那个时代中国关于两性关系的积极的和消极的价值观念，摒弃当代人的社会偏见和局限，理解当时的社会价值。比如，现代工业社会的所谓“爱情”，就与传统中国所流行的爱情观念不相符，至少是在一定程度上不被儒家道德观念所承认，或者受到儒

① 见《情史》3：98、6：181。

图五　《金瓶梅》

家道德观念的谴责。同样，衡量合法婚姻的尺度和社会赋予合法婚姻的含义也是不同的；我们可以看到，如果漠视社会环境，把衡量合法婚姻的尺度和人们所赋予合法婚姻的含义局限于自己所处的环境之中，或者将其置于只对我们来说具有一定意义的背景之中，那么，它们就似乎是荒谬的，无法被理解的。在传统的中国，我们不可能像在欧洲的宫廷抒情诗歌中那样，找到开始相爱和爱情圆满实现之间所存在的明显的冲突。儒学弟子和理学弟子把“性”与“爱”视为在家庭范围中进行传宗接代的功能，因而才赞颂它。西方那种区分“纯洁之爱与肮脏之爱”、“严肃之爱与轻佻之爱”、“淫欲之爱与仁慈之爱”① 的做法，在中国的文学作品中是少见的，这也是由于，在中国的道德和哲学文章中，此类问题几乎被忽略，因为人们视其为个人隐私和无法登大雅之堂的粗俗之事。

在中国文学中，我们隐约可以看到一对模糊不清的矛盾，矛盾的一方是处于婚姻范围内的合法爱情，另一方则是一时任性引起的婚外之恋。对情欲的抑制主要是针对富人的，他们更易受到家庭以及个人情感的左右。在此基础上，一方面，我们应该正确地理解成为清代女子内心准则的严厉的伦理道德和极端的禁欲主义，另一方面，我们也应该正确地理解人们对独身主义的谴责，因为人们要宣扬婚姻的传宗接代的作用，要批判佛教的遁世思想。

在冯梦龙的下面两篇小说中，我们可以看到对严厉的伦理道德所进行的隐晦的批判；作品中，占支配地位的感情不是爱情，而分别是孤独和复仇。《警世通言》中的《况太守断死孩儿》

---

① 关于现代欧洲出版物中的此类区分，请参看卢曼（Luhmann）1987 年作品集第 108、118—119、136 页。亦可参看梅（R. May）1969 年在伦敦出版的《爱情与意志》（*Love and Will*），第 33 页。

（第 35 卷）是一篇侦探小说，讲述了一位年轻寡妇是如何反抗亲属们的强压拒绝改嫁的故事。后来，女主人公被引诱失去了贞洁，使其失去贞洁的是被一个欲敲诈她的恶徒所挑唆的年轻仆人；最后，女主人公杀死情人和与他生下的孩子，自己也自尽身亡。作品一方面表明，无情的因果报应原则惩罚了女主人公的越轨行为，另一方面也表明，禁止再婚的严厉的道德规范是造成女主人公生活不幸的罪魁祸首，是诱发她不遵守妇道、最后导致悲剧的间接原因。

另一篇小说叫《蔡瑞虹忍辱报仇》，收集在《醒世恒言》中（第 36 卷）。为了铲除杀死她全家的匪徒，女主人公蔡瑞虹极力扼制自己的全部感情，不顾尊严，也不顾爱情，一心要达到自己唯一的复仇目的：无论是谁，只要许诺为她复仇，她就情愿以身相许，与其生活在一起。经过百般周折，她终于找到了能够为自己复仇的理想之人——秀士朱源，并成为他的二房夫人。朱源进士及第，出任知县，将全部罪恶之徒绳之以法。蔡瑞虹刎颈自尽，她在留给丈夫的一封充满感激之情的遗书中写道："男德在义，女德在节……"在关于妓女金奴的故事（《古今小说》第 3 卷）中，朴实年轻的丝绵商人吴山与金奴邂逅，一见钟情；后来，一个胖大和尚反复出现在他的梦中，向他提出警告，才使他幡然悔悟，摆脱了这一危害身体的两性关系。玉兰是一位大臣之女，也无意中成为一名青年男子死亡的原因（《古今小说》第 4 卷）。巨贾之子阮华试图参加科举，步入仕途；玉兰年方二八，尚未找到如意郎君，她对阮华一见钟情，主动示爱，并以戒指相赠，约其幽会。经过痛苦的相思（为此阮华疾病缠身）和巧妙的安排，两位青年终于得以相见，但是，阮华却在尽情取乐之时，乐极生悲：他阳气丧尽，周身僵硬，魂归阴府。阮华死去，玉兰怀孕，两家认可二人的婚姻。这种调整两家关系的圆满结局和孩子的出生，虽然不可能完全抹掉不轨之爱所带来的痛苦，但至少也减轻了痛苦的程度。冯梦龙的另一篇作品（《警世通言》第38卷）中的女主人公叫蒋淑真，是一位尚未出嫁的二十多岁的女子。她引诱未成年的邻居之子阿巧，使其受惊吓而死；后来她嫁给一个年迈的鳏夫，并间接地造成了他的死亡；最后，她公然与人私通，她的第二个丈夫发现后将其杀死。

在另一些小说中，因果报应也很明显，它表明，违禁之爱是造成死亡的原因，甚至在前生前世就有预示。在上面我们讲过的玉兰与阮华的爱情故事中，两人之间存在着命中早已注定的姻缘关系，因为阮华前生与扬州一位名妓（即今生的玉兰）相爱，曾许诺娶其为妻，但后来却抛弃了她。[①] 当然，对作品中与人通奸或犯有其他违禁之爱罪过的人物来说，今生今世的因果报应更是常见。我们刚才已经看到了，诱惑男人的女子蒋淑真付出了死的代价（《警世通言》第38卷）。还有一个女子与人通奸的故事，被背叛的丈夫叫任圭，经过百般周折，最后他看清了妻子的面目，不仅杀死了她和她的情人，还杀死了她的全家，成为复仇的英雄（《古今小说》第38卷）。春香的故事也是一个很好的例子：青年女子春香成为商人乔彦杰的小妾，她背叛丈夫，引诱丈夫年少的仆人，并与其通奸，最后造成全家的毁灭（《警世通言》第33卷）。《金瓶梅》中的西门庆和潘金莲自然也是一对著名的此类人物，前者被淫欲所杀，后者被其前夫的兄弟武松所杀。男性淫乱也要受到惩罚，其典型的例子便是那位觊觎守寡之妇邵氏的美貌并挑唆童仆诱奸女主人的支助（《警世通言》第35卷）。“违禁之爱”的另一个鲜明的例子是蒲松龄的小说《画皮》：一位姓王的人，与一个不相识的女子发生了爱情关系，女子原本是个青面獠牙的魔鬼，她精心地描画自己的面皮，将自己装扮成极具诱惑力的少女。王生发现了真相试图逃跑，被女鬼追

① 见《古今小说》4：93。

上后，将其心吞食。

理学道德观念的内涵，其深度不亚于西方关于“罪孽”的思想的内涵，特别是在中华帝国最后几百年里，它变得更加深刻。尽管通过理学所形成的玄学思想和“社会超验”思想并不是建立在一种超自然的宗教观念之上，然而，它们却似乎是无懈可击的：违反社会道德规范是不可能获得人格化了的上天主宰者谅解的，因此，与以个人和上天之间的关系为基础的道德体系相对比，这里在一定意义上个人所承担的责任就更重大，因为人直接感觉到了对社会所承担的责任。

如果毫不考虑性快乐与道家追求长生不老之间的联系，只把它与保持家庭关系和谐的重要性相对比，那么，它只是次要的，或者是无用的。《野叟曝言》中的主人公文素臣面对的所有病态性爱场面，都能够找到道德依据；他拒绝人们向他献妾，不是因为要显示骑士风度，也不是因为有什么性功能方面的问题，而只是为了表示他对此毫无兴趣。明清小说经常有“蓄精”之说，目的是提醒人们，耗费精气可能会造成危险：应尽最大的努力节省灯油，以免油尽灯熄。这种道德说教，似乎是古老的道家养生之道留下来的唯一的影响；按此说法，性被视为储备精神与体力的工具，甚至被视为炼金术士实现长生不老的手段。这种观念的一个要素是通过一种精心研究的技术（房术）增强夫妻性生活的快乐。所谓的房术，可以推迟男人和女人的性高潮：性行为如同一场战斗，每一个人都想获得同伴的精华；应注意的是，女子的“阴”是取之不尽的，而男子的“阳”却不能如此。

蒲松龄的小说《伏狐》，是少数仍然保持道家性爱思想的作品之一，它以另一种形式展示了道家思想：“魔”象征着盲目的爱情力量，它可以造成混乱和死亡。起死回生的灵丹妙药是特制的春药或秘密的房事技术，二者都不仅是防御的武器，而且具有攻击性。此时，性战斗不再像是参与者均可从中获得益处的健身房中的体育比赛，而更像是一场殊死的搏斗。

太史某，为狐所魅，病瘠。符禳既穷，乃乞假归，冀可逃避。太史行，而狐从之。大惧，无所为谋。一日，止于涿。门外有铃医，自言能伏狐。太史延之入。投以药，则房中术也。促令服讫，人与狐交，锐不可当。狐辟易，哀而求罢；不听，进益勇。狐展转营脱，苦不得去。移时无声，视之，现狐形而毙矣。①

婚外之爱不被看作是感情，总之，道德所关心的是社会秩序可能会被打乱。程颐的著名论断仍具有重要的价值，他把两性之间的关系归纳在总的等级秩序之中，毫不客气地谴责来自于情欲和性诱惑的骚扰，认为男女违规虽然后果不同，但均有损于“刚”或者“柔”：

男女有尊卑之序，夫妇有倡随之理，此常理也。若殉情肆欲，唯说是动，男牵欲而失其刚，妇狃说而忘其顺，则凶而无所利矣。②

这一论断对一般性的道德准则具有意义，然而，它无法具体区分正当之爱与淫乱，也没有考虑到一个事实，即：尽管爱情是一种文化现象，却间接地体现了人类繁衍生息的基本本能和对幸福的渴望。因此，虽然有儒家、道家、佛教和理学思想的严格限制与制约，事实上，爱情仍然可以被人们所容忍，被人们所接受，并以秘密的形式得到表现，日常生活中也仍然存在着一系列五彩缤

---

① 见《聊斋志异》3：308。
② 见《近思录》12：308。

纷的爱情。中国的小说向我们展示的爱情中，既有《诗经》和"乐府"中就已经有所表现的夫妻之爱和以莺莺的故事为雏形的婚前之爱，也有主仆之爱、通奸和同性恋。

如果我们把无限制地追求"昙花一现"①式的短暂的肉体快活视为淫乱，那么这种淫乱与基督徒们所熟知的人类七大罪过中的肉欲是相同的，它在中国历史中始终受到人们的谴责：淫乱是过分的放荡，按照儒家的解释，它也是一类君主的化身，即末代暴君的化身。末代暴君是遗臭万年的可悲形象，可以警示所有的执政者和他们的臣属，②使之感到惧怕。在文学中，还有其他一些违背感情和社会道德、疯狂诱惑异性的例子。总之，无论男女，淫乱者一般都是反面人物，都是勾引他人的大恶人。

在冯梦龙最刺痛人心的小说中，有一篇叫做《闹樊楼多情周胜仙》（《醒世恒言》第14卷）的故事，其内容特别悲惨和令人伤心，周胜仙的不幸经历值得引起人们的关注，她由于爱情竟然死过两次。范二郎与周胜仙在茶楼邂逅，二人一见钟情。由于父亲反对她与二郎成婚，胜仙病到，后来亡故。死后，胜仙与她的丰厚嫁妆一起被埋葬。一个恶徒知道后，掘开坟墓，欲盗取财宝，奸污其尸：

> ……把刀挑开命钉，把那盖天板丢在一壁，叫："小娘子莫怪，暂借你些个富贵，却与你做功德。"道罢，去女孩儿头上便除头面，有许多金珠首饰，尽皆取下了。只有女孩

---

① 见《拍案惊奇》32：575。

② 据《左传》记载，公元前7世纪末，卫国一位君主与父亲的妃子乱伦，生下一个儿子；后来他又迷恋上了儿媳，杀死了自己的儿子。司马迁在《史记》中向我们展示了商朝末代君王的例子，他每日沉溺于酒色，昼夜欢宴不断。17个世纪之后，又出现了一位同样荒淫无度的君主，那就是臭名昭著的隋炀帝。

> 儿身上衣服，却难脱。那厮好会，去腰间解下手巾，去那女孩儿脖项上阁起，一头系在自脖项上，将那女孩儿衣服脱得赤条条地，小衣也不着。那厮可霎叵耐处，见那女孩儿白净身体，那厮淫心顿起，按捺不住，奸了女孩儿。你道好怪！只见女孩儿睁开眼，双手把朱真抱住。怎地出豁？正是：曾观前定录，往事不由人。
>
> 原来那女儿一心牵挂着范二郎，见爷的骂娘，斗别气死了。死不多日，今番得了阳和之气，一灵儿又醒将转来。①

女孩儿苏醒后，被绑架数月，后来她终于逃脱，跑到所爱之人范二郎那里；但是，范二郎却以为她是鬼魂，又将其杀死。这是一个判案故事，判案人是众所周知的包青天；女主人公的复苏，在现实生活中，其实就是植物人的苏醒。这种玩世不恭的爱情观念，与《牡丹亭》式爱情的哲学基础是完全不同的，故事中的“白马王子”是一个可耻的盗墓贼，爱情行为竟被降低为对女人的强暴。女主人公的结局十分悲惨，即使将盗墓贼绳之以法，也无法平息人们心中的愤怒；但是，在结尾处谴责滥用爱情的诗句中似乎可以看到悲剧发生的必然原因：

> 情郎情女等情痴，只为情奇事亦奇，若把无情有情比，无情翻似得便宜。

有些文学作品中所展示的女人非常粗暴和蛮横，她们欺侮丈

① 意文是由卡萨基亚（Giorgio Casacchia）翻译的［见《中世纪时期的中国小说》（*Novelle cinesi del Medioevo*），1986，罗马］。《情史》中也有一篇类似的故事，名字叫《草市吴女》。

夫和公婆，其“阳刚”之气颠倒了自然秩序。清代有一位叫乐钧的作家，在他的一篇小说中曾经这样描写女主人公：貌似其父，而性善淫；他甚至继承“媚人女子”的传统，把另一位女主人公比作妖魔和狐狸精：那妖精，淫媚而来。① 这些立场反映了白居易下面这首著名诗歌的思想内容：

> 古冢狐，妖且老，化为妇人颜色好。……见者十人八九迷。假色迷人犹若是，真色迷人应过此。彼真此假俱迷人，人心恶假贵重真。狐假女妖害犹浅，一朝一夕迷人眼。女为狐媚害既深，日长月长溺人心。……②

但是，如果我们要超越传说和文学作品中的泛泛的评价，去深刻地理解爱情的含义，就必须考虑到东西方文化之间的差异。我们首先会看到，在西方文化中，存在着“神圣之爱”与“世俗之爱”、“精神之爱”与“肉欲之爱”之间的矛盾，这些矛盾不但冲击了，而且丰富了西方的伦理道德思想、文学和艺术；然而，在中国似乎并不存在此类矛盾。验证东西方在这一方面的差异，是理解中国在爱情领域中所谓“非法”和“越轨”概念的前提。尽管在欧洲存在着上述矛盾，从中世纪晚期开始，即从夏普兰（1150—1220）关于爱情的论文开始，到16世纪《女性之镜》的问世，宣扬禁欲和肉体之爱被视为一对相互联系的矛盾，它们微妙地起到了引诱异性和培植性欲的作用。而在中国文学中，“德行”与“罪恶”往往被严格地区分开，它们或者分别出现在不同的作品之中，或者分别出现在小说的叙事和开始或结尾

① 见《耳食录》3：4106、1：4018。

② 见《白居易集》1：87—88。

处的道德评论之中。①

中国的基本问题在于因为过分地追求一个方面而失去平衡，即失去自己心理—物理机制的平衡，失去已经形成的社会关系之间的平衡。每一种人的感情，无论它是积极的还是消极的，只要过分，就会带来危害。沈复的自传小说《浮生六记》中有一位非常生动的人物，叫做芸，死前，她和丈夫一起回忆了过去的美好生活。她认为，他们是一对极其幸福的夫妻，他们应该有如此的幸福。在寻求幸福的过程中，他们抗拒了自己的命运，强迫自己改变了自然本性。他们受到了“爱情魔鬼”的纵容，是丈夫过分的爱，加速了妻子迈向死亡的步伐，使其过早夭亡。表明了此种观点之后，作者写下了下面的话：

> 奉劝世间夫妇，固不可彼此相仇，亦不可过于情笃。语云：“恩爱夫妻不到头……”②

这种对待爱情的态度，使我们想起了唐代作家元稹（779—831）的小说《莺莺传》中的男主人公张生，他抛弃了心爱女子崔莺莺，其原因就是怕爱情将他们二人紧紧地拴在一起。有意思的是，张生认为，自己的德行还不足以战胜诱惑，因此，他必须节制爱情。③ 在上面这段话中，我们可以解读中国人对待爱情的态

---

① 见梁其姿（Angela Leung Kiche）的《中国之爱：十三、十四世纪社会关系和社会状况》（“L' amour en Chine. Relations et pratiques sociales au XIII et XIVe siecles”, *Archives des sciences sociales des religions*, 1983）和伊懋可（Mark Elvin）的《中国女子的“德”和社会地位》（“Female Virtue and the State in China”, *Past and Present*, 1984）。

② 见沈复的《浮生六记》3：61—62。亦可见《儿女英雄传》、《醒世姻缘传》和《镜花缘》。

③ 见《唐人传奇小说集》卷2，第139页。

度，很明显，他们惧怕爱情后面所隐藏的危险。张生躲避莺莺，不是因为他是一个自私自利之人，也不是因为他对莺莺用心不专，另有所爱，而恰恰是因为他爱莺莺。他惧怕强烈的爱情，似乎爱情会超出他的控制能力。《红楼梦》中的一首叫做《好事终》的诗中，爱情被比作“宿孽”，即：败家的根本。①

对性虐待、恋尸癖（上面我们所引用的冯梦龙小说中的一段文字是少数例子之一）以及其他时而出现的性反常现象的描写，在中国文学中似乎并不多见。然而，李渔却有时会展示一些性器官异常的现象，如在《无声戏》第九篇故事等作品中就有过此类描述。在一篇小说中，李渔讲述了一个富商的故事：主人公一心向佛，但年至六旬，尚无后嗣；后来终得一婴，却不知男女；只有他完全实现对佛所许之愿的时候，两性之子才变为性别明确的男孩儿。《十卺楼》是短篇小说集《十二楼》中的第八篇，书中，新婚之夜，发现新娘没有阴道；然而，新娘八次改嫁后，又被第一个丈夫娶为第十房姨太，此时，她已是身体完整的女人。

2. 女性魅力的诱惑

在中国的传统中，比较接近于“女性诱惑”含义的是“淫”和“色”二字。确实，中国人经常用“色”字表示“淫荡”，“色”具有“性享乐”和“肉体快乐”的意思，它的词义比传统的“性爱”之意广泛得多。一些人认为，“色”字与意思为“美好”和“可爱”的“媚”字从根源上是联系在一起的，在古文中，它还经常与另一个表示“食品”或“吃”的字合用，

① 见《红楼梦》5：63。

因而，还具有人的基本功能或对人的基本刺激的含义。① 根据古代词源词典《说文解字》的解释，“色”字意思为面部之表情，即“颜气”：它也有女性魅力、② 性欲和男女交媾之意。③ 一般情况下，它是“颜色”的意思，但还具有许多重要的引申意义，如面色、外貌、女子美色、性吸引及淫荡等；因此，根据上下文，我们完全有理由将其理解为“力比多”，或者将其理解为世上一切迷人的东西，还可以把它理解为佛学中具有消极意义的

---

① 西方也有类似思想，我们可以参看福柯（M. Foucault）的《快感的享用》（*L' usage des plaisirs*, 1984，巴黎），第41—43页。13世纪的佛罗伦萨学者波诺·詹博尼（Bono Giamboni）认为，纵欲恶习“不允许人们用理性来遏制肉体欲望。人们通过许多渠道犯下此种罪孽……如一般的男女私通、乱伦、通奸、强奸，等等，这是一种反自然的罪孽”。在中国，好像一件美丽的物品与一位美貌女子有同样的吸引力。关于对人的感官的基本刺激，请看《孟子》和《庄子集释》。

② 关于中国古代女性美，请看《诗经》、《毛诗》10/37和12/57、《淮南子》19：1299、《战国策》16：540、《司马相如》等作品。在中国的古典作品中经常有对女性肉体美的赞赏，关于这一点，我们也可以参看《左传》、《淮南子》、《诗经》、《毛诗》等作品。关于对女子美的欣赏，《淮南子》中有“佳人不同体，美人不同面，而皆悦于目”之说，它赞颂了少女的美丽，指出了她们的身体和容貌都各不相同。冯梦龙在《古今小说》中描写主人公一见钟情之爱的时候写道：“四目相睃，面面有情。”在西方的文化传统中，从亚里士多德的《尼各马科伦理学》到雅克·费朗（Jacqes Ferrand）的《性爱的伤感》（*Malinconia erotica*），都突出了眼睛在产生情感之初的作用。关于爱情与目光相遇之间的关系，亦可参看当代作家鲁宾（Rubin Z.）在其作品《浪漫爱情的尺度》（*Measurement of Romantic Love*, 1970）中所进行的心理分析。

③ 见《论语》9、17、1、7及《诗经》（《周南》）。一些学者认为，“色”字的形状来自于两个重叠在一起的人的形象，即来自于男女性交活动，另一些学者则认为，“色”字表示性欲，或表示女子是引起性欲的客体。

“空”。“色”字所组成的最常用的词是“好色”，意思为“男子受到女子魅力的诱惑”，我们最早可以在孔子的《论语》中见到这一词。尽管在《史记》中司马迁区分了“色”与“淫”的含义（下文中我们还要谈及这一点），但儒家弟子仍将其视为贬义词；后来，理学派以伦理原则与欲望相对立的理论为依据，更是彻底地谴责了“色”。文人墨客和达官贵人都极力避免被人看作是好色之徒，然而，“色”的秘密崇拜者却不计其数，寻花问柳者有之，妻妾成群者有之，隐名藏姓颂扬某一妓女之美貌者也有之。袁枚（1716—1798）说：“隐于酒者多，隐于色者少。”①这可能是由于，“嗜酒”被社会所容忍，而“好色”却被视为一种“罪过”，因而最好将其隐藏起来。

到了明末，非正统的思想潮流得到发展，社会道德规范的限制减弱，城市化和社会与人员的流动加剧，“好色”倾向也随之在某些社会阶层中成为时尚；② 一些文人和艺术家开始具有此种违规行为，他们不以为耻，反以为荣。画家陈洪绶（1599—1652）曾言，没有年轻女子的陪伴，他便无法饮酒，也无法入睡；除此之外，他还只为供他享用美酒和女子的人作画；作家宋懋澄（1612 年举人）是佛教徒，然而，他承认，面对女子的美和爱，他不能无动于衷。③ 哲学家王畿（1498—1583）厌恶谈论

---

① 见《小仓山房诗集》中的《和葑亭舍人司马相如诗》22：6。李汝珍把“好色”与维护民众利益对立起来，认为统治者应该“以民命为重”（见《镜花缘》35：167）。

② 袁宏道在一首诗中承认了这一点（见《别石篑》，《袁中郎全集·袁中郎诗集》，第 7 页）。《松窗梦语》的作者也描写了他所生活的时代的民众过分的情爱。关于有关的哲学思想，请看李贽的《焚书》、《书答》和《答邓名府》，以及史华罗 1992 年作品第 91—98 页。

③ 可以把这种情况与《红楼梦》第 2 回中的一句话加以对比：“必得两个女儿伴着我读书，我方能认得字，心里明白；不然我自己心里糊涂。”

“好色”问题，当一位学生坦白地说由于女性的诱惑无法学习和修身时，他挖苦学生说：“穷秀才抱着家中黄脸婆子，辄云好色，不羞死耶？”① 这可能是一段老生常谈的故事，至少在王阳明的学生中流传甚广，袁宏道也曾经讲过一个关于罗汝芳（1515—1588）的类似的故事：

> 罗近溪（罗汝芳）有一门人，与诸友言：我有好色之病，请诸公一言之下，除我此病。时诸友有言好色从心不从境者；有言此不净物无可好者，如此种种解譬，但不能破除。最后问近溪。厉声曰：穷秀才家，只有个丑婆娘，有什么色可好。其友羞惭无地，自云除矣。②

金圣叹从另一个角度探讨了上述问题。他在对《西厢记》的评论中，认为“情”是使两性相亲的感情，其表现形式便是容貌和形体的吸引，即“色”，但应该将其与“淫”区别开；他还认为，“情”对世上所有智慧之人都是一样的，从《诗经》开始，它就受到伟大文学作品的颂扬：人们如何评论以性爱内容为主题的文学作品，取决于写作者或阅读者是将注意力集中在性爱

---

① 见《情史》卷6《情爱》。

② 见袁宏道的《袁中郎全集·袁中郎随笔》第32页。一个世纪之后，在法国也发生了一个类似的故事：莱迪吉耶尔公爵喜欢模仿唐璜，然而却成为人们的笑柄；普里米·维斯孔蒂（Primi Visconti）发现真正的法国与人们在意大利所了解的法国不同，他在《对路易十四宫廷的回忆》（*Memoires sur la cour de Louis XIV*，1909）中写道：“说真的，莱迪吉耶尔公爵是一位追逐女子的大英雄，他能够打动所有女人的心……他让穿灰色制服的人给他送信，尽一切力量使人们认为他是一位伟大的追求风流艳事的人；一天，在圣热尔曼教堂中，我偶然地看到他正在认真地阅读一封书信，我发现，那只是一封他夫人写的信……”

内容还是文学创作之上。①

尽管进入清朝后情况有所转变，但是，在一些文人墨客之间，这种对待爱情的态度仍然继续发展，许多事实都证明了这一点。最有趣的证明当然是下面一段袁枚所写的小故事，它以极其尖刻的讽刺，把为捍卫明朝英勇献身的行为与荒淫无耻的世风结合在了一起：

人　虾

国初，有前明逸老某，欲殉难，而不肯死于刀绳水火。念乐死莫如信陵君②以醇酒妇人自戕，仿而为之。多娶姬妾，终日荒淫。如是数年，卒不得死。但督脉断矣，头弯背驼，佝偻如熟虾，匍匐而行。人戏呼之曰“人虾”。如是者二十余年，八十四岁方死。王子坚先生言幼时犹见此翁。③

“白猿”系列的文学作品，讲述了一只白猿的故事，他神通广大，以抢夺他人女子而闻名于世。起初，这类作品在某种程度

① 见陈竹《明清言情剧作学史稿》第216—220页。关于对金圣叹新思想的具有“说教意义”的解释，请看戴不凡1963年的作品第154—183页。其他一些女子形象也确认了这一点；在一定意义上，这些女子被认为是莺莺的继承人，如杜丽娘（《牡丹亭》）和林黛玉（《红楼梦》）。莺莺与现实生活更接近，她婚前就把自己献给了情人，丽娘则只有在梦中才实现了自己的爱情，而黛玉却拒绝宝玉的任何爱的表示，在他们之间虽然存在着爱情，但爱情只局限于间接的文学暗示之中。

② 战国时期四公子之一，曾多次率魏军打败秦国军队。晚年他退出政治舞台，追求享乐。

③ 见袁枚的《子不语》6：135。这是一部短篇故事集，题目影射了儒家经典著作《论语》中的一句话：“子不语怪、力、乱、神。”《论语》中列举了孔子声明不愿意谈及的话题，如不寻常的、超自然的话题等，然而，这些恰恰是《子不语》的主题。

上接受猴精与女子相交的行为，后来则演变成谴责这种行为，视其为不道德之举。冯梦龙有一篇小说，受到“白猿”系列文学作品的启示，讲述了一只猴精掠走一位陈姓官员的年轻妻子的故事，最后，猴精受到了道士的惩罚。在这篇故事中，猴精被视为应该受到严厉谴责的妖魔，英勇忠贞的妻子与淫荡的恶魔形成了鲜明的对比。冯梦龙笔下的猴精也是一个前所未有的复杂形象，他经常前往红莲寺，听讲佛法，探讨佛教问题。一天，长老劝其皈依佛门，他却对长老坦白地说：“小圣无能断除爱欲，只为色心迷恋本性，谁能虎项解金铃?”长老答曰：“尊圣要解虎项金铃，可解色心本性。色即是空，空即是色。一尘不染，万法皆明……”①

18 世纪中叶，陈宏谋曾经抱怨：僧尼皈依佛门，为的是净其“六根”，烧香，涤罪，过一种纯净且简单的生活；然而，江南僧侣却极其富有，吃喝嫖赌，毫不掩饰；更有甚者，他们剥削民众，聚敛财富和土地，绞尽脑汁，欺骗他人，收少妇、姑娘于房中；总而言之，他们无恶不作。② 这当然是一种老生常谈，凌濛初也曾抱怨女子“变化无常”，③ 这种老生常谈似乎肯定了 17、18 世纪道学家们的观点。与冯梦龙的小说一样，凌濛初的作品也多以通奸之爱为主题，因为它比合法之爱更具有诱惑力；他所描写的一些女性，追求爱的快乐，或者说追求“人道之乐”。④ 诱惑之术在大城市中已经生根，下面一段描述便是证明：

---

① 见《古今小说》20：293（《陈从善梅岭失浑家》)。亦可参见洪楩《清平山堂话本》12：222（《陈巡检梅岭失妻记》。

② 见《苏州府志》3：34。

③ 凌濛初在表示女子具有易变性格的时候，称她们“妇人水性”。

④ 见凌濛初的《拍案惊奇》32：573—578 和《二刻拍案惊奇》13：203、37：762—765。亦可参看冯梦龙的《醒世恒言》第 15 卷《赫大卿遗恨鸳鸯绦》。关于通奸，请看凌濛初的《拍案惊奇》6：117 和冯梦龙的《古今小说》第 1 卷。

> 雅容卖俏，鲜服夸豪。远觑近观，只在双眸传递；捱肩擦背，全凭健足跟随。我既有意，自当送情；他肯留心，必然答笑。点头须会，咳嗽便知。紧处不可放迟，闲中偏宜着闹。讪语时，口要紧；刮涎处，脸须皮。冷面撇清，还察其中真假；回头揽事，定知就理应承。说不尽百计讨探，凑成来十分机巧。假饶心似铁，弄得意如糖。①

凌濛初认为，女子的魅力构成了人生最重要的因素，它可以使铁石般的心肠变软，可以迷惑最英勇的好汉；随后，他又补充说：见到“油头粉面”的美貌女子，历史中的英雄豪杰“仍旧做出许多缠绵景状出来”，何况今日的普通之人。再看一下那些有情有义欲火攻心的年轻人，爱情已经拨动他们内心最深处的琴弦，穿入他们的骨髓！② 蒲松龄认为，建立在男女之间关系基础之上的性欲是人的自然本性；特别是，当有超自然力介入时，他就更加赞誉肉体快乐，并将其视为发展更深刻、更完美的爱情的先决条件：在传统的文学题材中，人们宣扬“贞洁”，完全尊重婚姻形式；而蒲松龄的作品却不同，在他的小说中经常出现婚前的两性关系，甚至还经常把爱情与情欲混为一谈；性生活的兴趣

---

① 见《古今小说》23：358。亦请见《卖油郎独占花魁》中列举的赢得名妓之心所必需的品德（见《醒世恒言》3：35）及《蒋淑真刎颈鸳鸯会》（见《清平山堂话本》14：261—262和《警世通言》38：577—578）中列举的引诱人所需的“十要之术”。还可参看《拍案惊奇》第32卷（32：565—567）中书生唐卿对船家之女的引诱。关于女性诱惑，请看《金瓶梅》中的潘金莲（33：237和72：574）。

② 见《拍案惊奇》32：565。书中最后一句话“奉劝世人，莫爱风流”与前面的“风流少年，有情有趣的，牵着个‘色’字，怎能不荡了三魂，走了七魄？”相互呼应，使其更具有表现力和说服力。

降低，爱情便变质或消亡。

如果“色”字指的是淫荡的客观表现或引发原因，那么，“淫”字则代表了淫荡的主观意念；“淫”字为“水”字旁，在极具象征意义的汉语中，其偏旁和发音既使人感受到阴暗和女性的含义，也使人感受到混浊和过度的含义。① 正是这种在情感和欲望方面的混浊和过度的隐晦含义，使“淫”字具有了贬义。结论是，由于中国爱情观念的基础是一元化之爱，是物质之爱（肉体之爱），所以，所谓的违规行为并不产生于肉体与灵魂之间的矛盾冲突之中，它所涉及的是节制欲望的原则和社会道德规范的要求。

3. 中国崇尚美的独特性

需要补充的是，中国的物质之爱的观念，似乎并不伴随着已经在西方扎了根的崇尚人体美的传统。在中国文化中，人们是否深信，爱情主要是物质现象，因而不需要“高级艺术”的关注？在中国的形象艺术中，人们很少注意裸体，因而看不见人体形象。而这种现象的产生是否是因为西方文明过于强调展示人体，而中国文化中无此要求？这些都是亟待确认的问题。然而，有一点是清楚的，在中国传统的人物画像中，确实找不到在西方艺术中我们所见到的丰富而壮丽的人体形象。海·约翰（John Hay）② 认为，中国人对人体的展示，主要散落在具体的细节之

① 《书经》（*The Chinese Classics*，1893，牛津）中，“淫”字的水字旁与过度的含义有联系，特别是性过度。亦可对照《淮南子》中“淫水”（6：1232）的含义。

② 见海·约翰的文章《中国的艺术中看不见人体形象吗?》（“The Body Invisible in Chinese Art?” in *Body*, *Subjeet and Power in China*, eds., Angela Zito and Tani Barlow, Chicago-London, University of chicago Press, 1994, pp. 42 –77.）。

中，或者这种展示是通过对自然世界隐喻的形象表现而实现的；总而言之，通过对衣服的描写，他们对人体的展示充满了丰富的文化内涵。很明显，中国人的性吸引遵循的是自己的一系列发展渠道和规则，它们与我们所熟知的渠道与规则在某种程度上是不同的；[①] 因而，要理解它们，寻求它们的文学根源是极其重要的。

阅读最重要的中国小说时会发现，性吸引的秘诀是多样的。小说中自然不会缺少对某些身体特征和爱情细节的描写，中国的爱情是极具代表性的，它善于展现色情的特点；对性爱描写的多少，取决于作者的兴趣和作品的种类；然而，这些描写往往伴随着一些与身体诱惑没有紧密联系的内容，如服饰以及一系列的形容和隐喻等，但是，这些内容却起到了补充和增强描写的作用。比如，人们经常描写意味深长的女人的小脚和鞋，它们的象征意义有时能够超越拜物主义的界限。“中国少年学校”（Scuola de'giovanetti Cinesi）（1714 年建于北京）和“中国学院”（Collegio de' Cinesi）（1732 年建于那不勒斯，是那不勒斯东方大学的前身）的创始人马国贤（Matteo Ripa），在介绍当时中国人的生活时，曾经写过这样一段话：“中国女子的至美在于有一双极小极小的脚……”接着，他又写道：“他们在这个细节上的想象力真是令人惊讶。我认识一位郎中，他有一个女人，他曾多次说，他并不与她做其他之事，只是看她，摸她的脚。他们的姘居生活

① 有时男女之别似乎不是指的性爱生活中的男女差别，而具有社会意义；与其他所有文化一样，在中国文化中，男女之别的含义既覆盖了私人生活也覆盖了公众生活的两个层面。在《颜氏》一文中（见《聊斋志异》6：766—769），颜氏得到丈夫的允许后，女扮男装，参加科举考试，并轻而易举地金榜题名。相反，有些男演员，演戏时扮演坤角，生活中也扮演起女性的角色。

就仅仅局限于此。”①

尽管在《金瓶梅》中，对肉体美的描写占据很重要的地位，如洁白的皮肤、闪亮的眼睛、弯弯的眉毛、秀丽的面容、黑黑的头发、尖尖的十指、和谐的身段、纤细的腰身、娇滴滴的声音、诱人的小脚，等等，但也不缺少对服饰的描写：香水、衣服、腰带与鞋子、项链与耳坠儿、香粉以及口红与胭脂，等等。这些细微的描写并不是一种过分的矫饰，也不仅仅是一种表面的暗示，它们就像对潘金莲的身体和人格的描写一样，给我们留下了深刻的印象：

> 但见他：黑鬒鬒赛鸦翎的鬓儿，翠弯弯的新月的眉儿，清冷冷杏子眼儿，香喷喷樱桃口儿，直隆隆琼瑶鼻儿，粉浓浓红艳腮儿，娇滴滴银盆脸儿，轻袅袅花朵身儿，玉纤纤葱枝手儿，一捻捻杨柳腰儿，软浓浓粉白肚儿，窄星星尖翘脚儿，肉奶奶胸儿，白生生腿儿，更有一件紧揪揪、白鲜鲜、黑茵茵、正不知是什么东西。……

> 头上戴着黑油油头发䯼髻，一径里垫出香云，周围小簪儿齐插。斜戴一朵并头花，排草梳儿后押。难描画柳叶眉，衬着两朵桃花。玲珑坠儿最堪夸，露出酥玉胸无价。毛青布

① 马国贤的《日记》（1705—1724）第2卷。关于中华帝国对女子小脚的崇拜，请看18世纪一个笔名叫做方绚的作家所写的《香莲品藻》和《金园杂纂》；文章中，作者列举了58种小脚，并对其质量、缺点、风格和等级划分品头论足（两篇文章均收编在《香艳丛书》中）。关于把女子的小鞋作为酒杯饮酒取乐，也请看方绚的文章（见《香艳丛书》8、1：16—30）；另外，发型也是女性“矫揉造作之美”的一个组成部分。几乎在所有描写女性美的文章中，作者除了介绍女子的美貌之外，都要展示女子的小脚与发型。

大袖衫儿，又短衬湘裙碾绢绫纱。①

对女性还有第三个层次的描写，其中诱人和隐喻的成分更加突出：“轻移莲步，有蕊珠仙子之风流；款蹙湘裙，似水月观音之态度。”作者描写了何千户之妻的美貌之后，又吟诵了两句诗：“比花花解语，比玉玉生香。”②

《红楼梦》也采用了这三个层次的描写方法，但是它们各自所占的比例却与《金瓶梅》不同。在《红楼梦》中，女性具有纯洁的美，因此，尽管对女性身体美的描写仍然存在，但人们经常超越它，通过间接的影射、传统的俗套、神话中的人物形象和隐喻等手段，达到对女性描写更加精细的目的，从而也使描写更抽象，更具有诗意。在展现凤姐、宝钗及天仙等年轻女性人物的美貌时，作者不仅对她们的容貌和眼睛进行了描写，而且借助花隐喻她们。宝玉在梦中遇到了仙子，首先映入我们眼帘的是她的影子，之后便是袖子的晃动和衣服的摇摆，然后我们才见到她微笑的脸上的酒窝、头发、嘴唇、牙齿、眉毛、腰身、端庄的步子和三寸金莲的小脚以及首饰等；除此之外，我们还闻到了仙子的诱人香气，

---

① 见《金瓶梅》2：35—36。

② 《金瓶梅》78：1132。尽管我的选择可能有些武断，但我还是选择了《金瓶梅》和《红楼梦》分别作为性爱小说和情爱小说的典型。在《金瓶梅》中，占主要地位的是对人体形象的关注，其中不乏对性器官的描述（尽管此种描述比较少）。请参看《金瓶梅》中的以下章节：2：36、7：88、37：481、59：776、68：932、77：1103、78：1132。书中，有时也对女性胸部和大腿进行描写（如西门庆第一次见到潘金莲时［2：35—36］和西门庆在阳光下透过透明的衣裙隐约看到瓶儿大腿时［27：350］），也表现女性在男性性冲动阴茎勃起时的反应。但这并不意味着忽视对服饰等抽象的具有隐喻意义的描写；变了形的小脚本身就非常重要，它能唤起人们的性欲，因此，在《金瓶梅》和其他许多同时代的作品中，反复出现对它的描写。

听到了叮叮当当的玉镯和玉珮欢快的碰撞之声。在展示尤三姐的形象时,对衣着和服饰的描写似乎也重于容貌,它一方面加强了尤三姐的诱惑力,另一方面也有助于表现人物的内心世界。①

正像伊懋可（Mark Elvin）所指出的那样，女子的理想美，集中地体现在以下几个方面：对外表的呵护（香水、化妆、发型），过分的矫饰（弯弯的眉毛、裹脚），身体的极端处（手指、脚），代表社会地位并在一定程度上表现道德水准的服饰等;②同时，这些又都是引起性欲的因素。

4. 欲望的力量

总之，身体之美，特别是女性的身体之美，在许多小说中都是诱发主人公爱情的主要因素。蒲松龄就曾在他的作品中描写过少女的美貌在男主人公身上所引起的反应，美貌能够“勾其魂魄，迷其心窍”。欲望经常可以很快地转变成求爱者与美人儿的相会和媾和，在实现爱情的道路上所遇到的重重困难，有时会对主人公的身体和生活造成重大的影响，如：为了能与所爱女子阿

① 分别见《红楼梦》68：875、97：1256、5：54。第65回中，作者在我们眼前展示了尤三姐的生动形象：葱绿色的抹胸，一痕雪脯，两个打秋千一般的坠子，她时而坐下，时而站起，时而高兴，时而愤怒，表现了少女激动的心情。第91回中，作者又生动地展示了宝蟾半自然半做作的仪态，她试图引诱一位少年（小叔子），清晨起来，便穿着艳丽的衣服，有意不梳洗打扮，来到少年的眼前。

② 见伊懋可的《中国人最近一百五十年的身心状况》(Tales of *Shen and Xin*: Body-Person and Heart-Mind in China during the Last 150 Years, in Feher Michel, ed., *Fragments for a History of the Human Body*, Part II, New York, 1989—1990, pp. 266—349)，对了解近当代中国人的人体观念及其与心灵观念之间的关系有极其重要的意义。

宝厮守在一起，孙子楚情愿变成一只鹦鹉；王子服身染重病，直至再次找到那位只在路上瞥见过一次的奇怪少女婴宁。①

洪楩的《清平山堂话本》和冯梦龙的《警世通言》中都曾收集过同一篇小说，该小说清清楚楚地肯定了“情”与“色”（身体之美及其对异性的吸引）之间不可分离的关系：“此二字，乃一体一用也。故色绚于目，情感于心，情色相生，心目相视。虽亘古迄今，仁人君子，弗能忘之。”我们上文中已经提及过戏曲作家孟称舜，他认为，人的道德本性与爱的情感恰恰深深地结合在男女之间的爱情之中。② Richard Wang（1994）也曾经用丰富的例子表明，在中国的明朝时期，人们崇拜爱情，在爱情中，身体与精神是相辅相成的。只有在以鬼魂为主人公的小说中，或者在《牡丹亭》一类表现欲望升华为暂时脱离肉体的灵魂的文学作品中，我们才能看到肉体与灵魂表面上的分离。即使在此类作品中，“灵魂与物质也不是相对立的”，它构成了一种生命之“气”，从而成为浓缩了的物质欲望。人们认为这种浓缩的欲望是“被禁止的情欲”，它使我们联想起西方那些借助各种魔怪的

---

① 表现爱情起到重要作用的小说有上百篇。《聊斋志异》中的《阿宝》（2：233—239）和《婴宁》（2：147—159）就是两个典型的例子。

② 见洪楩的《清平山堂话本》14：247—248和冯梦龙的《警世通言》38：572。亦可参看《金瓶梅词话》第1回。我们可以将其与西方吟游诗人诗中的爱情过程加以对比，吟游诗人认为，爱情是通过感官，特别是通过视觉和听觉而产生的，然而，爱情的结果，如果与中国作家的想象不背道而驰的话，也至少是不同的。另外，在《斐德罗》中，柏拉图把爱情比作一种“眼疾”，普罗提诺也认为“性爱”一词的词源与视觉有紧密的联系，因为它是一种欲望的表现，这种欲望来自于对原始美的欣赏。还要补充的是，菲奇诺（1433—1499，对16、17世纪的欧洲文学有巨大影响）等文艺复兴时期的新柏拉图主义者认为，视觉和听觉是高贵的感觉，因为它们可以启迪崇高的爱，即启迪对上天的爱，这就意味着对美的爱是上帝光辉的启示。

化身所展现出的人的欲望，在浪漫派和后浪漫派富于想象力的文学作品中，这一类的文学形象不胜枚举。①

另一个典型的例子就是那种一位少女先后许配给两位年轻男子的故事。为了与所爱男子（第一位未婚夫）相聚，同时又不直接与父命发生冲突，女子便一分为二，灵魂变成人形，与所爱之人逃走，身体则病卧在家中。张倩娘的故事就是一个很好的例子。张倩娘是《情史》中一篇作品的女主人公，她先被父亲张镒许配给表兄王宙，后来又被许配给另一位年轻男子。第一次婚约反映了倩娘与王宙之间的爱情，按照礼教，它应该是唯一有效的合法婚约。然而，父亲后来又把倩娘许配给他的一位幕僚，听到消息后，王宙不知所措，离家出走，倩娘也病倒在床。在出走的路上，王宙神奇地遇见了未婚妻倩娘，并得知为了追赶他，与他相聚，倩娘也离家出走。这一对相爱男女，在一起生活了五年，并生育了两个孩子；最后他们决定回到父母身旁，请求他们的原谅；然而，此时却出现了戏剧性的场面：

> 既至，宙独身先至镒家，首谢其事。镒大惊曰："倩娘疾在闺中数年，何其诡说也?"宙曰："见在舟中。"镒大惊，遂促使人验之，果见倩娘在船中，颜色怡畅，迅使者曰："大人安否?"家人异之，疾走报镒。室中女闻，喜而起，饰妆更衣，笑而不语，出与相迎，翕然而合为一体，其衣裳皆重。②

---

① 关于欲望与创造幻想之间的关系，请看托多罗夫（T. Todorov）的《幻想文学》（*Introduction à la littérature fantastique*，1970，巴黎），第129—160页。

② 见《情史》9：238。

上面的例子比我们在梦中见到的灵魂暂时转移的情况更能显示一种玄奥的爱情观念，然而，这种观念并不否定爱情的物质性实质，因为“鬼魂”和“幽灵”不是别的，恰恰是浓缩了的没有得到满足的欲望。借助奇迹，人们赋予爱情一种力量，它可以跨过时空，超越人类生活的局限，抹擦掉梦与现实、生与死之间的分界线。

5. 中国的唐璜

我们已经看到，性爱也可以仅仅停滞于追求“纯粹的性欲满足”的阶段，不受家庭和社会的限制；比如，《金瓶梅》和《肉蒲团》中所描写的性爱，就是没有感情也没有激情的两性关系，它永远得不到满足，甚至可以致人于死命；它只与人的性欲有关，与人的情感却毫不相干。在这两部小说中，女人和男人们追求的是性快乐，性快乐构成了爱情的唯一目标。此外，《金瓶梅》还经常强调性快乐与金钱和权力之间的关系。一般来说，在这类作品中的人物之间，缺少分析和理解他人心理状态的审美乐趣，也缺少我们在拉克洛的经典之作和欧洲描写放荡生活的叙事文学作品中所能够见到的被称做高级认识与能力的理智的性情趣。另外，女性人物根本不展现任何心理冲突，在《金瓶梅》中，她们从不反抗西门庆的要求，以至于西门庆对她们的“服务”要以质论价。① 人物的感情特点是相对简单的，作者缄口不谈进入人物感情世界的问题；这可能反映了作者的一种自我抑制，通过它，作者似乎要把这一类两性关系与其他爱情区分开。

总而言之，西门庆始终是中国文学中引诱女性的巨匠；与克

---

① 见《金瓶梅》第23、40、52、74回。

尔恺郭尔所描写的性诱惑者一样，他按照自己原始的本能，通过一次又一次地占有自己希望得到的女人，获得即时的性快乐，并不断地、永不满足地寻求新的风流韵事。与唐璜的情况相同，西门庆所追求的女人，应该能够引起他的欲望，从而满足他的疯狂性欲：他不顾一切地迷醉于对异性不知结果的征服之中，想方设法地靠近不相识的女子，并与其约会。然而，《金瓶梅》也有与丹麦哲学家（克尔恺郭尔）所阐述的思想不同的地方；毫无疑问，西门庆的所有性爱关系都是肤浅的，但也是复杂的，因为，每一个关系都是两个不同人物之间的关系，都有自己的独特性与不同的历史、文化和经历。老卡拉马佐夫说："按照我的原则，在魔鬼带给我的每一个女人身上，都能够找到某些极其有趣的东西，找到在其他任何女人身上都找不到的东西；但需要善于寻找，难也就难在这里！需要有特殊的天才……"① 引诱不只是装腔作势，也不只是一种纯粹的两面手法的演练和一种名副其实的心理学和辩证学技巧的展示，更不只是胸有成竹地扮演自己的角色；如果不如此认识问题，引诱便无法被人相信。首先，引诱是理解他人的心理状态，是应变和适应他人心理状态的能力；引诱者所表现出的泰然自若是与对自己独立感情的控制紧密相关的，即便如此，也必须向所要引诱的另一方敞开自己的灵魂；尤其是要深信每一个亲昵的举动（除了具有危险性之外）都会具有重要的价值。西门庆真的对瓶儿之死感到绝望，也真的与潘金莲一起沉沦于对性快乐的追求之中；他也同唐璜一样，被完全地卷进风流韵事之中，陷入之深，令人难以想象，其最后结果，便是奔向死亡。

与西方类似人物相比，西门庆的不同之处是不躲避刚刚开始

① 见陀思妥耶夫斯基的《卡拉马佐夫兄弟》意大利语版（1958，佛罗伦萨），第 212 页。

的性关系；这位中国的“唐璜”没有任何必要躲避它，因为他可以通过合法的安排，或是结婚，或是往返于花街柳巷，把它与以往的爱情关系合并在一起，共同享用。然而，这并不意味着他的行为毫无问题地被人们所接受，他仍需要经常违规，以满足贪得无厌的疯狂欲望：首先，他无法总是按照社会观念的要求规范自己的行为，比如，在与潘金莲的关系中，他就遇到了潘金莲已婚的障碍；另外，在中国文化中存在着一些极其重要的规则，违反它便会使你名誉扫地，但同时也会毫无疑问地使你的风流韵事更具刺激性。西门庆毫无节制的淫乱，过度的纵欲造成了他的死亡；此外，他还经常违反社会关系准则，与人通奸和发生非法的性关系。这种不讲公德的态度，又把他与唐璜置于同一层面，他们都毫无限制地追求性快乐，为了达到目的，对道德规范肆无忌惮；他们亵渎神灵，嘲弄上天。

当然，唐璜是西方的传奇式人物，在中国，即使有类似的传奇人物，也不会与其完全相同，因为中国缺少欧洲文化中所具有的魔鬼与酒神的背景；但是，在中国文化中，我们却可以找到类似的概念，即“轻薄”。如果“轻薄”二字对来世和自然秩序不具有鄙视的含义，那么也至少具有不尊敬的基本含义，这是由于爱情和爱情倾向是无法遏制的缘故。在道德书籍中，“轻薄”一词与“敦厚”、“慎重”和“谦虚”的词义相反，它具有“傲慢”、“鄙视他人”和“令人恶心之行为”的意思，人们把它与谋杀或通奸等重罪相比，将其视为造成此类重罪的主要原因。① 前面我们已经说过，叙事文学中似乎有这样一种所谓的“规则”：当男人远离性爱的时候，便在一定程度上允许

① “轻薄”也表现为“怨天怒地”，《古今小说》第31卷中司马重湘的故事便是一例，他聪明，有学识，但轻薄，狂妄，怨天恨地，诅咒神灵。《警世通言》第3卷中苏东坡的故事也是一例。

他放纵自己的感情；然而，当男人能够控制自己情感的时候，便在一定程度上允许他具有性爱自由。西门庆丝毫不抑制他的欲望和性行为，从而也丝毫不顾及社会关系准则和男人有限的阳刚之气。

在其他作品中，我们也可以见到沉湎于风流韵事之中的人物，但是，通过婚姻关系或对自己的行为进行某种形式的控制，他们都能够在一定程度上使这些风流韵事合法化。比如，《蝴蝶媒》的主人公曾与多位女子相爱，这些女子后来都成为他的妾，然而，他与明媒正娶的夫人婚前却没有任何性关系。《绣屏缘》和《桃花影》中的女子形象形形色色，其中有狱卒和酒店老板之女、妓女、尼姑、丫鬟、寡妇、背叛夫君的小妾，等等，她们都先受到男主人公的引诱，后来才调整了与男主人公之间的关系，成为他们的妾或妻子。在《桃花影》中，还有同性恋的内容，但男性人物都能够抑制自己，因此，也能够避免道德的堕落与肉体的毁灭。①

现在我们可以认定，性爱的“消极性”和“危险性”在于“过度”，② 最有说服力的例子，就是我们上面所讲过的《金瓶梅》中西门庆和潘金莲两位著名的人物，他们的死被认为是命运对他们的惩罚，因为他们违反了规则，向自然极限提出了挑战。③ 惩罚是极其严厉的，以至于在一定意义上形成了“非正规

---

① 见马克梦（K. McMahon）1995 年著作第 131—149 页。

② 浦安迪（Andrew Plaks）写道：“对 15 世纪的中国读者来说，把六个妻子关在寻欢求乐的园子里，寻求婚外男女关系的快乐，这些都构不成对道德法则的绝对背叛。然而，在中国传统文化中，串联小说中所有性违规行为的线索是公然违反另一条不可违反的法则：过度。”

③ 淫情未足（第 72 回），欢喜无尽（第 72、93 回），淫欲无度（第 8、12 回），色胆如天（第 80 回），色欲无穷（第 79 回），欲火烧身（第 73 回），关于这一方面的例子不胜枚举。关于“过度”与所谓的“四恶”之间的差别，请参看史华罗 1991 年作品集第 203—213 页。

潘巧云被杨雄、石秀所杀　　　　（《水浒传》故事）

图六　《水浒传》

爱情 = 罪孽”的公式，人们还把这一公式与异端联系在一起。小说集《贪欢报》（1640）第 11 篇作品结尾处的评论稀奇古怪，极具典型意义，它批驳了白莲教、道教和天主教等具有破坏性的学说。① 在此基础上，我们便可以更好地理解为什么人们要谴责边远地区的“野蛮风俗”，指责这些风俗是造成“不轨性行为”和“性混乱”的原因。在《拍案惊奇》的一篇小说中，凌濛初批评了陕南地区娶美妻后到处张扬的习俗，他在结尾的诗中这样写道：“自非文化，谁不可求！睹色相悦，彼此营勾。宁知捷足，反占先头！”②

6. 享乐主义的爱情

在中国的一些文学作品中，可以看到人们的享乐主义态度，如李渔和袁枚的大部分著作就都反映了这种态度；后文中，我们还将对这两位作家进行进一步的探讨。由于作品的内容，更由于他个人的言行举止，李渔被道学家们说成是好色之徒和教唆人堕落者。与他同时代的袁于令就曾经用极其难听的语言攻击他，说他的著作淫秽不堪，他的生活放荡不羁，他总是被许多漂亮的年轻女子所包围；当有客来访时，他不仅让她们演奏靡靡之音和陪酒助乐，还教唆她们谈论房术，引诱客人，甚至出卖肉体，获取

① 见《贪欢报》11：10b。此类例子很多，请参看凌濛初的《拍案惊奇》卷 26 中的引子诗。

② 见《拍案惊奇》32：579 和 32：569—570。关于清代的习俗，请看赵翼（1727—1814）在《檐曝杂记》（3：51—52）中对苗族等广西边远地区少数民族性自由的批评。关于苗族的性风俗，亦可参看长篇小说《野叟曝言》第 93、94 回。《照世杯》中的第三篇故事是一个特殊的例子，它赞赏了越南的某些风俗，认为越南妇女比中国妇女享有更大的自由。

经济利益。①

通过研究，我们可以得出这样的结论，在中国，至少存在着两种关于爱情观念的暧昧态度：一种是对爱情内在属性的暧昧态度，一种是关于在文学中如何描写爱情的暧昧态度。一般来说，所有的作品都表现出一种说教者的姿态，告诫人们要慎用爱情，然而，却又都避免不了在一定程度上宣扬情感，以至于有些作品津津乐道、非常投入地描写书中人物的性爱经历。因此，我们可以大胆地对作者进行具有普遍意义的剖析。解读作品的方法很多，经过层层的反复分析，我们才得出这样的结论：在同一文章中，所能见到的道德标准，如果说不是相互矛盾的，也至少是多样的。另外，两个或更多的不同观念共存于一篇作品之中，这种现象符合中国人的调和主义态度。对中国人的思维方式来说，从一个价值趋向转向另一个价值趋向，似乎是比较容易的，而对西方人的思维方式来说，这种转变则是不可能的；西方人似乎更倾向于坚定不移的一贯性，这一点是从排他主义的宗教传统中继承而来的。理学思想家周敦颐（1017—1073）有一个著名的论断，他把文学比作载"道"的工具，当然，他所说的"道"，要比儒家说教者的正统思想更加复杂和多样化。

尽管《金瓶梅》的结构相对简单，然而，在解释关于"爱"与"性"的暧昧态度的时候，它仍是最有说服力的例子之一。一方面，作者谴责主人公以及小说中其他一些主要人物的通奸行为和骄奢淫逸；另一方面，他似乎又参与到他们的感情与爱情之中，甚至好像还通过长篇幅的、细微的描写分享了他们性游戏的快乐。正像夏志清先生所说的那样，"在他们交配的全部过程

---

① 见松田静江（Matsuda Shizue）的文章《李渔的生平和他的作品中所反映出来的伦理哲学》（*Li Yu*: *His Life and Moral Philosophy as Reflected in His Fiction*，1978，哥伦比亚大学论文，第67页）。

中，爱床之外的道德要求被遗忘了，他们仅仅被看作是受到性爱搏斗游戏操纵的性爱者而已”。① 在中国的许多展示性爱的小说中，我们都可以见到这种态度，它与传统道德是完全矛盾的，小说中的开始和结尾处或穿插在故事之间的评语，对这种态度也都曾有过论述。② 比如，潘金莲与陈敬济之间的爱情：如果考虑到西门庆与陈敬济之间的关系，那么，这便不仅是一种违禁之爱，而且是一种双重的违禁之爱；然而，第 82 回中的诗歌，却表现出了比小说中其他任何章节都更深刻的爱和更浓厚的感情。此外，韩爱姐对陈敬济的感情应被视为“真爱”还是“淫荡”？她对陈敬济的死不是也表示了绝望吗？

> ……听见敬济已死，爱姐昼夜只是哭泣，茶饭都不吃。……
>
> ……这韩爱姐下了轿子，到坟前点着纸钱，道了万福，叫声：“亲郎我的哥哥！奴实指望和你同偕到老，谁想今日死了！”放声大哭，哭的昏晕倒了，头撞于地下，就死过去了。……当下两个救了半日，这爱姐吐了口粘痰，方才苏省，尚哽咽哭不出声来，说道：“奴与他虽是露水夫妻，他与奴说山盟，言海誓，情深意厚，实指望和他同偕到老。谁知天不从人愿，一旦他先死了，撇得奴四脯着地。他在日，曾与奴一方吴绫帕儿，上有四句情诗。知道宅中有姐姐，奴愿做小……”
>
> “奴既为他，虽刳目断鼻也当守节，誓不再配他人。”

---

① 见夏志清（Hsia）《中国古典小说导论》（*The Classic Chinese Novel: A Critical Introdution*，1968），第 186 页。

② 见马克梦（McMahon），*The Gap in the Wall: Containment and Abandon in Seventeenth-Century Chinese Fiction*，普林斯顿大学博士论文，1984 年。

> 那湖州有富家子弟，见韩爱姐生的聪明标致，都来求亲。韩二再三叫他嫁人，爱姐割发毁目，出家为尼姑，誓不再配他人。后年至三十一岁，以疾而终。①

一般来说，作者似乎在读者面前展现出的是一种双重人格：比如，他在描写潘金莲的时候，以说教者的姿态，谴责了潘金莲的堕落和残忍，但同时也引用民谣，描绘了她的女性娇嫩与美丽。② 正像前面所说过的那样，这种矛盾是把道德尺度置于性爱之上所造成的结果。不过，有时道德尺度与性爱情节之间的关系是非常错综复杂的；一篇作品，它也可以有审美、隐喻、模仿或讽刺的意义。③ 作者对“情”和“欲”到底采取了何等态度？

---

① 见《金瓶梅》99：1403—1405 和 100：1414。

② 按照儒家的道德观念，潘金莲必然被看作是一位反面人物：她野心勃勃、淫荡、嫉妒、暴躁，颠倒了女人所应扮演的角色（女子的美德在于谦卑、服从、贞洁）和“五常”的原则，改变了原则与欲望之间的关系。在小说中，她一开始就是一个妖媚女子的形象（见史华罗 1991 年作品集第 226—239 页），她代表了“淫荡”，按照《水浒传》的性虐待主义和厌女主义的观点，她死于武松之手的悲惨结局，是公正的因果报应的结果（见《金瓶梅》87：1247—1248）。潘金莲从被动的被害者转变成控制西门庆的主人，西门庆则沦为潘金莲的性工具。另外，书中还展示了潘金莲悲惨的人生：她是一个穷裁缝的第六个女儿，一生中被卖三次；9 岁时被母亲卖给他人为奴婢，6 年后，主人死去，又被卖给年迈的张大户。被张大户强奸并被主家婆百般毒打后，又被转嫁给一个贫穷、畸形的沿街叫卖的小贩武大郎。她爱慕小叔打虎者武松，却被其冷落，最后成为西门庆的第五房。她与西门庆之婿陈敬济也有过一段狂热的爱情，其结局也极其悲惨。西门庆死后，她又被卖给武松，武松将其杀死。潘金莲的不幸似乎决定了她的性格和人生，通过各种方式，特别是女主人公的抱怨和歌声，作者表示了自己的同情之心。

③ 小说《金瓶梅》具有隐喻意义，它经常被理解为一部具有建设意义的有益于自身修养的作品。

《红楼梦》中强调了“真爱”无法实现的思想。尽管《金瓶梅》的内容不同，其中却也看到了类似的思想；下面我们引用这部小说中的一句话，它可以概括作品中的寓意，说明人的欲望超出了人满足欲望的能力：“一己精神有限，天下色欲无穷。”① 这种看法本身是很明确的，它告诫人们要摆脱性欲的奴役；但是，西门庆却没有听从这一告诫，他试图沿着所谓的“超人”之路走下去，最后落了个身败名裂的可悲下场。人们曾滑稽可笑地、反复地设计能够获得无限性快乐的幻想世界，西门庆的家就是很好的例子，它被描写成了一个鲜花不败“春常在”的乐园。②

然而，对人的有限能力的嘲讽，并不一定意味着像清教徒那样拒绝人生的快乐，同样，人物缺少深刻的内省，也并不一定是缺少人的感情。面对感情问题，人们只是采取了一种不同的悲观主义态度，只是不仅接受了人的积极的潜在能力，同时也现实地接受了人的不幸。③

性爱也经常受到人们的讥讽，它就像金钱、珠宝和艺术品一样，成为提高社会地位、获得权力的工具。人们不断地重复儒家经典著作《大学》中关于“德行—社会秩序”的论点，然而在这种重复的后面，可能恰恰掩盖了一种深刻的怀疑主义思想，它体现了人们对智慧的最高追求，也反映了人们对爱情的疯狂渴望。在小说创作中，像《一片情》那样，展示有节制的享乐主义，容忍追求生活的享乐和满足短暂的快活，这并不是一件所有

---

① 见《金瓶梅》79：1143（1990）和《金瓶梅词话》79：1203。

② 见《金瓶梅》19：234（1990）。

③ 在描写人物时，既展示他们的人性和优点，也展示他们的弱点，如：疯狂的欲望、野心、轻佻等。关于潘金莲这位充满矛盾的人物（她与其他叛逆式人物一样），作者通过艺术创造，强调了作为一名受压制的妇女和忍受他人强暴的牺牲者，她具有自己的要求，从而使其摆脱了纯粹“肉壶”的形象，成为一个悲剧式人物。

人都能接受的事。《石点头》第12篇故事中，作者赞扬了最终铲除杀夫凶手的女主人公，歌颂了她的大无畏精神和坚定的意志；同时，也被两位真心相爱的情侣深深地打动，赞颂了他们之间的真挚爱情：他们获得了世上的全部爱情，他们的爱超过了人间任何一对夫妻。①

蒲松龄的小说《画壁》，似乎传授了佛教精神，在这种表面上的教育功能与更直接的享乐思想（想入非非，神魂飘荡，纯粹的爱情思想的传递）之间，作者明显地采取了一种模棱两可的态度，他不断地把幻想的诱惑与现实相对比。从根本上来说，对于蒲松龄，“欲”与“情”和道德原则并不是背道而驰的，他的大部分小说都体现了这一点。“情”和“欲”一般与社会秩序和社会价值是和谐的，或者说，在任何情况下，都并不与其发生矛盾，这可能是因为，蒲松龄的世界是一个想象的世界，是一个充满了幻想的世界。

由于利用了幻想，作品中的主人公才能够极其容易地、令人难以置信地满足自己的欲望和不可自拔的情感，才能够化作人形，实现自己强烈的爱情。“变形”是人类头脑所创造出的许许多多的奇迹之一，它在人的幻想世界中代表了人的欲望和兴趣，是人的过分的激情传递到了非灵性物体之上，并给予了它们生命与感情。有时，特殊的感受就像转瞬即逝的幻象，它来得容易，然而，当状况一旦恢复，它也就随之消失了。造成幻象的原因似乎并不重要，尽管有时我们可以把它说成是一种主人公轻率的好奇之心或巧言善辩，有时我们又可以把它归罪于主人公对自己的想象力缺乏信心；只有在某些情况下，我们才能够见到违反“一般规律”的形势逆转；这种逆转似乎主要是由于幻想世界的发展所造成的：

---

① 见《石点头》12：180。女主人公的复仇决定与《醒世恒言》第33卷中刘贵遗孀和《聊斋志异》卷2中顾生情人的态度形成了对比。

幻想的主体失去了控制，欲望骤然消逝，作者也突然意识到了无限制的欲望中潜在着危险，因而，幻想魔法消失了。亦真亦幻的状况，总是使人们对客观事实与主观意识之间的关系提出疑问，梦幻状态又加强了这种疑问；然而，这种主观的表现形式，从来不会造成冲突，就像在许多现代的文学作品中经常能够见到精神错乱的情况一样，它也具有隐喻的思想内容。

在小说《白于玉》① 中，主人公先是非常犹豫地皈依了道教，因为他觉得自己无法摆脱爱情和家庭等人间的欲望和生活准则。然而，他在梦中来到了人间天堂，遇到了一位美貌无比的仙姑，并与她结为夫妻，生下了一个儿子，只有此时，他才决心放弃人世间的一切。很清楚，蒲松龄所具有的并不是禁欲主义的理想，而是世俗欲望的神化，是世俗欲望在传统社会准则的范围之内的膨胀。还有一篇叫《乐仲》② 的小说，作品中，佛教的正规思想被更加荒谬地翻转了：主人公毫无节制地追求世俗生活，胡吃狂饮，并与一位妓女生活在一起，最后却成了佛。

冯梦龙在展示玉郎化装成女子引诱慧娘的时候，对性爱也表现出了极其浓厚的兴趣；而在那篇关于珍珠衫的著名故事中，他又非常投入地描写了一位商人是如何勾引蒋兴哥之妻的。③

16 世纪的作家高濂的戏曲作品《玉簪记》也表现了感情与社会价值的矛盾：一方面，它展示了一位年轻女子的情感选择与传统道德之间的冲突；另一方面，它也表现了女子对爱情始终不渝的英雄主义精神。陈妙常是一位 16 岁的少女，与母亲相依为命；父亲曾把她许配给一位素不相识的男子，她只能等待着未婚

---

① 见《聊斋志异》3：340—347。

② 见《聊斋志异》11：1540—1547。

③ 见《醒世恒言》8：161—185 和 171—172。玉郎建议慧娘与其做“夫妻”之间的游戏，合被而卧。

夫前来迎娶。元军入侵中原，将母女两人冲散。妙常逃到一座尼姑庵中避难，与未婚夫潘必正邂逅，两人之间产生了爱情；然而，他们并不知道他们之间已经确立的关系。后来两人又不幸分离，在此期间，妙常与有钱有势的蛮横之徒进行周旋，摆脱了他们的种种圈套；最后，两位有情人终于团聚，并得知双方父母早已为二人订立了婚约。该剧的圆满结局是对女主人公美德的嘉奖，但是，剧中“违规”的成分也是非常明显的，其中主要包括以下三点：（1）女主人公所要选择的终身伴侣并不是父母为其选定的未婚夫（尽管后来发现是同一个人），因此，他们之间的关系是违背（至少从主观上）家庭意愿的；（2）女主人公的自由选择同时也破坏了尼姑庵的规定；（3）女主人公放纵自己的感情，每晚与情人相会，违反了婚前不得发生两性关系的规定。如果肯定了女子自我选择情感和性自由的权利，作者就必须采取机敏的手段为违反儒家道德的行为进行辩护，因此，命运便成为最好的支点。前面已经说过，两位主人公并不知道他们之间已经订婚：在“无意中”遵循了家庭的意愿。尼姑庵的师太似乎也默认了违反佛教规定的行为：对宿命论的信仰也为爱情作了辩解。① 如果这种表现手法说明了爱情本身不能为自己进行辩解，那么，它也同时反映了作者所要代表的反对理学道德观念的自由思想。

戏曲作家汤显祖的作品也具有一定的两重性，尽管这种两重性主要体现在爱情经历的自身之中，而不是体现在社会道德规范与个人欲望和情理之间的冲突之中。我们反复地思考一下淳于棼（《南柯记》）、卢生（《邯郸记》）和杜丽娘（《牡丹亭》）的突然转变，就会感觉到，必须把每一部戏剧分为感情和道德两部分内容。如果赞颂感情是每一部戏剧中最真实的内容，那么，我们

---

① 见《玉簪记》。

是否应该把他们的转变视为作者为了迎合传统道德所采取的权宜之计呢？事实上，我们可以这样理解这些戏曲作品，它们既赞颂了超越生与死界限的爱情，也肯定了社会价值对个人梦想和潜意识所具有的优势；只有从艺术的角度上观察问题，我们才能够在这些作品中清楚地看到对情感的崇拜。

明末越来越多的小说增加了新的内容，创造出一种相爱者团聚的造作气氛，它们用许许多多的铺垫、暗示、扑朔迷离的情节变化来激起读者的兴趣，加强故事的性爱内涵。[①] 有些作品具有圆满的结局，非法的爱情也经常被合法的婚姻所挽救。[②] 作品结束时，往往总是主人公或他的子孙进京赶考，金榜题名，或者家庭兴旺，子嗣昌盛；这种结局调解了“违规者”与社会的关系。两位未婚青年男女之间的爱情也被视为是非法的，尤其是当父母反对时，他们的行为更无法被人接受，这一点是由中国传统社会的婚姻性质所决定的。

7. 禁欲、欲望和传宗接代的精神

分析了各种道德观念的差异之后，我们曾指出，在某些方面，中国占主导地位的伦理道德思想肯定不是禁欲主义，而是清教主义；因此，一般来说，社会传统道德和理学道德不仅不赞扬独身主义的生活方式，而且还谴责它，将其视为违反道德的行为，因为它会使家庭丧失子嗣。[③]

---

① 性爱的快乐语言难以表达，身体的接触标志着叙事的结束。

② 见《醒世恒言》第 8、28 卷和《古今小说》第 3 卷。

③ 卖淫行为既受儒家礼教的谴责，也受道德书籍的谴责；但法律却允许它普遍地存在，它满足了一些人的性需求，为他们提供了驱逐孤独的陪伴，同时也被视为国家收入来源的重要组成部分。法律只是禁止文武官员出入妓院，但此项禁令并没有真正被执行。

在基督教的西方世界，存在着一些与柏拉图思想体系一脉相承的禁欲主义倾向，它们试图抹杀性爱，以所谓的“精神之爱”取而代之。尽管教会有时把肉体视为魔鬼，有时又主张救赎和圣化肉体，但它所采取的主要解决方法却是妥协，即把婚姻作为性欲的补救之法，同时也作为在俗教徒的一项圣礼。这种做法使爱情观念变得更加玄奥。通过奥古斯丁的“爱情之规定”的矫正，爱情便与美德等同了。① 中世纪晚期，通奸也开始成为爱情文学创作的内容，西方又向前迈出了关键的一步，从理想之爱的智力游戏过渡到肉体之爱（宫廷文学）。尽管这种违规思想仅仅埋藏在人的幻想和欲望之中，它在基督教道德体系中却无法找到任何立足的理由，因而，它比任何违反性道德的罪孽（如婚前性关系等）都更加严重。神圣的婚姻纽带被扯断了，这标志着对伦理道德、宗教和社会秩序提出了巨大的挑战，毫无疑问，它也使爱情超越了一切规范。在中国，我们看不到类似的变化过程，这是因为中国的文化背景不同。然而，在晚明时期，也出现了一些我们前面所提到的情况，其程度却非常有限。当时的许多小说也以通奸为内容，在其中一些作品中，还确认了通奸关系中含蓄的男女相爱之情，从而确认了通奸关系的独立价值。

还应该补充一点，在佛教和道教的一些宗教流派中，存在着超越儒家道德思想的禁欲主义倾向，它们赞赏僧侣们的没有任何性行为污染的纯洁生活。然而，似乎在宗教的禁欲主义中，也无法见到在一定程度上与柏拉图主义爱情相似的爱情，纯洁之爱与淫乱的分界线也不很分明。比如，中国人常使用“神交”一词，它的意思是“神一般的结合”或“精神上的交

① 见博德伊（R. Bodei）的《爱情之规定：人间的冲突和上天的幸福》（*Ordo amoris. Conflitti terreni e felicità celeste*，1991，博洛尼亚）。

往”，尽管它被用来表示同与性欲联系在一起的身体之交相反的概念，却与柏拉图主义的精神之爱仍然有很大差别。在《西游真诠》第54回的评语中陈士斌指出：男女生命之气相和，乃万物生。女子受此气，孕育子嗣，男子受此气，孕育智慧，二者截然不同。女子承受性爱，男子则节制性爱。他的论点是，对男人来说，女人的欲望无法与男人的完美道德相比；尽管成仙成佛的过程，少不得性交繁衍之道，但首先却是“神交”（建立在“气”的基础之上），并不是“性交而顺其所欲”。① 尽管这种对比与西方的肉体之爱和精神之爱之间的对比有某些共同点，事实上，它们却完全不同；正像我们已经看到的那样，上述观点建立在男尊女卑的假设的基础之上：男人具有生产繁衍的种子，通过禁欲，他不仅能够保护自己的身体，而且可以获得崇高的智慧。

在冯梦龙的一些作品中，我们可以见到上述思想的某些迹象：男主人公似乎更加墨守成规，违反自然，他们的男尊女卑思想恰恰表现在对女子无动于衷的态度之上；在作品的整体安排中，女性仅仅起到了次要作用，甚至还起到了搅扰男性的作用。除了那篇关于“白蛇”的著名小说之外，在《赵太祖千里送京娘》中，作者还赞颂了宋朝开国君主对待女性的自控能力，这位皇帝救了一位少女，却毫不理会少女所表示的爱情。在《古今小说》第6卷中，一位将军把自己的爱妾赐予了他的勇士；作者遵照重贤轻色的原则，赞颂了这种慷慨大度的

---

① 见《西游记》（《国学基本丛书》3：548—549）。这种“神交”被解释为一种思想上的相互交往和欣赏，没有身体上的接触。尽管人们非常赞赏女性婚前的贞节和寡妇守节，但并不主张女性出家为尼，延长童贞（《红楼梦》中妙玉的情况就是一个例子）。另外，在中国，并不存在具有宗教意义的“神圣之爱”的概念，也不存在柏拉图式的形而上学之爱的概念，人们并不把爱情作为到达上天瞻仰神圣的工具。

美德。

一般来说，普通的民众意识不接受上面所谈到过的极端的清教主义者的思想。正是为了避免过分的淫乱，明末一位作家（方汝浩）曾与佛教的禁欲主义和一些歧视妇女的现象进行过斗争。他描写的人物，沉稳而慷慨，仇视各种恶习，尤其是厌恶淫荡；这些人物使我们联想起西方的骑士文学传统。尽管作者笔下人物的禁欲主义理想和作者的道德主义创作思想开创了清朝爱情文学主流的先河，作者还是肯定了性欲的积极意义，并提醒人们不要压制性欲①：事实上，他小说中的真正主人公恰恰是男人和女人们的欲望，特别是受到丈夫冷遇的妾和寡妇们的欲望。著名小说《醒世姻缘传》中充满了清教主义精神，这不仅是因为小说中狐狸精代表了邪恶的女性，也因为女性形象本身给人以此种印象；② 书中，清教主义精神表现为厌女症和对女性的恐惧，女性被视为可以引起男人无节制欲望的诱惑者。比如，书中有一段很有意思的描写，主人公的父母在同一天夜里做了同一个具有警示意义的梦，梦中，狐狸精的邪恶与妓女参加狩猎的违规行为有着密切的关系：

> 这一夜晁大尹方才睡去，只见他的父亲走进舱来，说道："源儿近来甚是作孽，凭空领了娼妇打围，把个狐妖射杀，被他两次报仇，都是我救护住了，不致伤生。只怕你父子们的运气退动，终不能脱他的手。你可拘束了他，同到任去，一来远避他乡，二来帝都所在，那妖魂也不敢随去。"晁大尹醒来，却是一梦，唤醒夫人。夫人道："我正与公公

① 见方汝浩的作品《禅真后史》1：3—4。

② 小说突出了狐女形象，但与蒲松龄等其他作家的作品不同，在这部作品中，狐女始终是反面人物，她暴躁，具有兽性和攻击性。

说话，你却将我唤醒。”二人说起梦来，都是一样，也甚是诧异了一番。①

《野叟曝言》是一部与众不同的作品，其作者夏敬渠的思想也与他人不同，然而，这部作品与其他性爱类作品都自称“却色”，同时又都对色情细节非常关注。夏敬渠与同时代的其他作家一样，也反对爱情，认为爱情预示着危险。正如马克梦（Keith McMahon）指出的那样，他的道德义务不仅局限于一般性的“劝诫”，而且体现于文章的本身结构之中，他建议人们像铲除过分的淫荡那样，彻底地铲除佛教的非正统思想，并重申了儒家正统思想对于中华帝国乃至欧洲的有效性。夏敬渠谴责僧侣的独身主义，他认为压制性欲是造成那位患相思病的尼姑重病在身的原因，治愈她的色欲之病的唯一良方便是结婚：

你此病既为色欲而起，须将色欲来医。但此时现在舟中，画饼岂能充饥！枉自送了性命。你须把余相公一事，置之高阁，只如双人已死，浑身肉腐蛆攒，见之可怕。又譬如自己已死，埋在荒郊野墓，不能亲近生人，屏去万缘，扫除杂念，相思一断，诸病皆除！到得身子好些，急急回家，寻一单夫独妻亲事，了你终身。②

确实，作者的立场是复杂的。他的出发点是赞颂建立在相敬相亲的和谐基础上的理想之爱。他把僧侣、尼姑和贪官污吏的无节制的性欲视为淫荡，将其作为理想之爱的反衬，认为它是造成个人死亡和集体毁灭的祸根。但是，在许许多多具有色情内容的

① 见《醒世姻缘传》6：79。

② 见《野叟曝言》11：92。

故事情节中，有时美德与恶习之间的区别并不十分明显，特别是当作者描写李又全的小妾荒诞而具有戏剧性的诱惑时，更是如此：在不是为了传宗接代、没有亲情的两性关系中，欲望的力量得到了充分的表现；只有当主人公控制了自己思想的时候，他才能够产生抵抗诱惑的抗体。

除了通过婚姻实现传宗接代的目的之外，作者不赞成完整的两性关系，他似乎要告诉人们，被人为的抑制所扭曲的欲望可以升华为感情奔放的行为，如充满博学内容的交谈：有这样一个令人难忘的场面，文素臣与年轻女子璇姑同床而卧，却不曾发生性爱关系，他们研讨数学，在赤裸的身体上描画几何图形。[①] 一方面，作者赞同一夫多妻制，试图重申传统的道德观念，另一方面，他又把妇女看作能够与其一起面对精深科学问题的伙伴，赞颂爱情是爱心的最高体现。在试图重建传统的正统道德思想时，《野叟曝言》的作者希望将爱情理性化，因而极力抹杀其感情色彩；但是，同时他又放纵自己去展示一些稀奇古怪的暧昧场面，使性行为变得滑稽可笑，如同漫画一般，或者为不断出现的性行为场面进行辩解。在那些描写苗族社会的章节中也可以见到一些模棱两可的内容，尽管苗族还生活在“野蛮的”社会背景之中，但是，他们在性风俗和婚姻制度方面的自由也是对中国严厉的社会道德规范进行反叛的一个记录。

夏敬渠并不是不了解性爱的特点，他甚至将“春态”说成是文学作品的基本题材之一，把它与“德”、“典”、“史”、“孝”等题材并列，[②] 然而，他视传宗接代为性爱的基本功能，

---

① 见《野叟曝言》8：63。

② 见1881年版《野叟曝言》前言，其中列举了作品以下主题：处世原则、古典思想、孝道、忠诚、武艺、医学、诗歌、数学、激情、道德、性爱、幽默。

将其与性欲和性快活明显地区分开。传宗接代是第一位的，它应在家庭规范的范围内进行，不能超越正规的父母同意的妻妾关系；而性欲和性快活则处于从属地位，它应服从于传宗接代和保重身体的要求：为了保养身体，不允许浪费丝毫男子极其有限的精气，因此，性快乐应限于表面行为，而不应是完整的性交，性爱似乎是为了增强意志和控制欲望。男主人公不断地斗争，抗拒着围绕在他周围的“性吸血鬼”，他内心非凡的纯洁似乎反衬了社会的堕落。就这样，小说与把性行为比作战斗的中国古老的传统联系在一起：这是一场旨在吸收对方精气的战斗，战斗中，爱的激情和对快乐的追求都被斗争的技巧埋没在阴影之中。① 是否能够完成性交行为并不重要，房术的目的是加强和延长性交的效果，是避免过分地“浪费”精气，毁坏身体，从而达到健体强身的目的，因为，精气只能用于传宗接代。

埃伯哈特（Eberhard）完全有理由提出以下问题：在中国文化中，性需求是否真被认为是自然的呢？身体功能，尤其是性行为，是否被看作是不洁净和可耻的（至少宋代以后）呢？② 另外，在宋朝之前，对待女子的性行为人们就已经采取了审视的态度，比如，唐朝的叙事文学就曾谴责女性的肉欲，指责它对社会制度、家庭以及男性的心理平衡具有灾难性的影响，因而，它只能有两个结果：或是女主人公能够抑制自己的肉欲，最终变成忠

① 见《野叟曝言》88：757：“臣闻寡欲多男，故于妻妾间，按其经期，每月只同房一次，此外实无种子之方也。”在《西游记》（55：765、768）和《禅真后史》中，也可以见到这种对抗斗争的观点。在东西方文化中都存在着类似的寻求“爱的艺术”（ars amandi）与“战斗的艺术”（ars bellandi）平衡的观点。

② 见埃伯哈特（W. Eberhard）的作品《传统中国的自责与罪孽》（*Guilt and Sin in Traditional China*，洛杉矶，1967）。

实的妻子；或是爱情成为悲剧。柳宗元（773—819）的作品《李赤传》是一篇极具隐喻意义的小说，主人公对爱情如醉如痴，精神恍惚，最后抛弃了尘世，视尘世如茅厕一般，然而，他又视茅厕如同玉皇的云霄宝殿。①

8. 爱的升华

只有在那些以某种形式促进爱情崇拜发展的作家那里，我们才能够见到升华爱情的企图，正像我们上面所看到的那样，这些作家在寻找表达他们态度的新语言中，发现了爱情高尚的层面。在《情史》中，冯梦龙把道德与只以追求性欲满足为目的的性爱区分开，甚至用疯狂的爱情来展示人类天性的升华；就这样，性爱本身潜在的破坏性几乎被化解了，剩下的只是过分性爱的潜在破坏性。书中有一个关于洛阳贩木商人王某的故事，他为了能够见到所爱女子，竟然阉割了自己。毫无疑问，在中国文学中这也是一个少见的例子，作者以既恐怖又钦佩的心情，描述了这种荒谬的、超越人肉体基础的极端理想化爱情。下面是作品中一段非常有意思的评论：

> 相爱本以为欢也，既净身矣，安用见为？噫！是乃所以为情也。夫情近于淫，而淫实非情。……情之所极，乃至相

① 见倪豪士（William Nienhauser）1994年著作第7页。小说的主要内容是：主人公狂热地爱上了茅厕精，最后无法抑制冲动，跳入肮脏的粪便之中自杀身亡。倪豪士指出，在唐代小说中，女主人公的性生活被人们所忽略（如《游仙窟》、《白猿传》、《任氏传》、《李娃传》等）。《莺莺传》是悲剧的典范，《任氏传》和《李娃传》则是女主人公转变成不追求性欲满足的贤妻形象的典范。女性的诱惑不仅来自于下层妇女（如妓女等），也来自于上层妇女，莺莺便是一个例子。

死而不悔，况净身呼！虽然，谓之情则可，谓之非痴则不可。①

在《红楼梦》中，我们可以找到另一个极为少见的“柏拉图”主义的爱情，那就是黛玉对宝玉的爱。在黛玉身上，关于爱情的严厉的道德规范已经渗透到了骨髓之中，影响了她的爱情观；甚至，她对宝玉的吸引似乎也是由这位男主人公的“女性化特点”所引起的。在她的吸引中，任何性欲成分都已经被有意识地铲除掉了。初看上去，他们之间的关系并不复杂，但事实上却要复杂得多；作者也承认其中存在着性吸引。② 尽管他们的亲密关系经常是非常天真纯洁的，然而他们并没有很好地遵守男女有别的伦理原则。

在同一时期的文学作品《聊斋志异》中，我们也可以找到其他一些重要的例子。小说《乐仲》的主人公因一位女子而皈依佛门，在评论这篇作品的时候，蒲松龄对比了两种不同的对女性的看法：宗教把女人看做是男人修身养性过程中的精神伙伴，享乐主义则把她看做是性伙伴。③ 按照前者的看法，男女关系建立在情的基础之上，而按照后者的看法，男女关系则建立在淫（淫荡—过度）的基础之上。《香玉》是蒲松龄的另一篇小说，其中也可以见到类似上述的对比。④ 黄生遇见了香玉和绛雪两位花仙，与香玉发生了爱情关系，得到了香玉热烈的

---

① 见《情史》卷7《情痴》。

② 一些评论家认为，黛玉和宝玉分别代表了两种类型的爱情，一种是精神之爱，另一种则是性欲之爱。然而这种理解似乎过分简单化了，因为他们没有看到，在黛玉冷漠的形象之后，隐藏着一种微妙的被省略掉的性的欲望。

③ 见《聊斋志异》11：1546。

④ 见《聊斋志异》11：1548。

爱。香玉死后，黄生仍然情义不断，绛雪十分感动，出现在黄生面前，开始与他交往。但是，绛雪与香玉不同，她与黄生保持着一定的距离，拒绝与他发生性关系。她对黄生说："然妾与君交，以情不以淫。若昼夜狎昵，则妾所不能矣。"① 我们可以这样判断，这里绛雪所表示的感情是友谊之情，或者是感激之情，而不是爱情。然而，但明伦在评论《聊斋志异》时认为，这也是一种两性之间的爱情，它升华到了最高点，可能是超越纯肉体欲望和友情之间区别的一种感情极化现象。当绛雪表明她不可能像香玉那样与黄生相爱时，该评论家又插入了一段有趣的话："香玉之热，绛雪之冷，一则情浓，一则情淡；浓者必多欲而易散；散而可使复聚，情之所以不死也。淡者能寡欲而多疏；疏则可以常守，情之所以有节也。"② 这种感情与孔生对妻妹娇娜的感情相似，娇娜的出现比任何性欲满足都更迷人，因此，可以被看做是超越夫妻之爱的情感。③ 这是两种相辅相成的爱，它们之间不存在着西方浪漫派和后浪漫派文学中所体现的爱情矛盾。

9. "两个美人和一个书生"(二美兼收)

才子佳人文学赞颂的是一位聪明博学的书生与一位美貌无比

---

① 见《聊斋志异》11：1551。

② 见《聊斋志异》11：1551。《荷花三娘子》（5：682—686）是蒲松龄最动人的小说之一，其中也可以见到情变的情况；作品中，对幸福与爱情的追求与人生与美貌的短暂形成了鲜明的对比。

③ 见《聊斋志异》卷1中的《娇娜》。狐女娇娜为孔生疗伤治病，孔生爱上了她；然而，因娇娜年纪太小，孔生娶其表姐为妻。后来孔生为救娇娜被雷所劈，昏死过去，娇娜再次为其医伤，将其救活，并与其生活在一起。故事结尾时，蒲松龄评论了娇娜的魅力。

的少女之间的爱情，而上述例子则把我们带入另一个人们经常遇到的理想世界之中。这是一个一位年轻男子与两位少女之间相爱的理想世界，在戏剧作品（见《李渔全集》之《怜香伴》）中，李渔为此类爱情制定了“二美兼收”① 的公式。更早的例子，还有高明（1305—1368）的著名戏剧作品《琵琶记》（尽管讲述的是一位男子先后结两次婚的故事）：主人公进京赶考，将妻子留在家中照顾年迈的父母，考中状元之后，被迫与丞相的女儿成婚（不顾及已有的合法婚姻，明媒正娶，婚后丞相之女成为大太太）。最后，家乡的妻子经过千辛万苦赶到京城，皇帝认可了主人公的双重婚姻，并授予旌表。

在蒲松龄的作品中，我们主要看到的是两位女子之间的暧昧关系，她们或者争夺一位男子，或者分享同一感情生活：有时，她们的嫉妒竟变成了同谋共计，相互控制变成了相互纵容默许，欲望往往使她们产生变态心理，使一个女人经常撮合自己心爱的男人与另一个女人之间的关系。在小说《封三娘》中，女主人公是一个狐狸精，她喜爱范十一娘的美貌，在庙中与其搭讪，二人之间立刻产生了深深的感情，以至于觉得比姐妹还亲，范十一娘每次离开封三娘都要想念成疾。封三娘促成了范十一娘与书生孟安仁之间的婚姻，后来范十一娘又试图使封三娘成为丈夫的情

① 见《李渔全集》中的《怜香伴》。李渔、蒲松龄和其他一些作家经常以这种三角恋爱关系作为作品的主题。如：宗子美与嫦娥和颠当之间的爱情（见《聊斋志异》卷 8 中的《嫦娥》）、温如春与宦娘和良工之间的爱情（见《聊斋志异》卷 7 中的《宦娘》）、桑子明与鬼魂李姑娘和狐女莲香之间的爱情（见《聊斋志异》卷 2 中的《莲香》）、孟安仁与狐女封三娘和少女范十一娘之间的爱情（见《聊斋志异》卷 5 中的《封三娘》）、真毓生与女道士云眠和云栖之间的爱情（见《聊斋志异》卷 11 中的《陈云栖》）。马克梦（McMahon）也曾介绍过一种“才子佳人”类的作品，其中表现的也是一男二女式的爱情关系。

妇，希望以此加强二人相互间的关系；为了避免“魔（情魔）更生”，封三娘的离去便成为不可避免的了。[①]

在另一篇小说中，有一位年轻书生，名叫桑晓，两位美貌女子同时与他交往，一位是李姑娘，一位是莲香；其实，李氏是鬼魂，莲香是狐狸精。由于与李氏纵色过度，桑生病倒；莲香劝其节制，但毫无用处。桑生生死攸关之际，两位女子停止了争斗，同心合力挽救情人的生命。李氏借一少女躯体还魂，莲香劝桑生娶其为妻；李氏则建议丈夫纳转世为人的莲香为妾。[②] 在关于张鸿渐的故事中，主人公同时忠于妻子和挽救他生命的两个女人（两个狐狸精）。

小说《嫦娥》中的宗子美把爱分给了月仙嫦娥和狐女颠当。在作品的前半部分，男主人公在两个女人之间随机应变，她们相互间的嫉妒是造成他巨大痛苦的原因；同时，嫦娥的爱以及模仿和化身古代著名美女的能力也使他得到了充分的满足。宗子美曾经感叹道：“吾得一美人，而千古之美人，皆在床闼矣！”[③] 在作品的第二部分，嫦娥表现得端庄严肃：当宗子美要与她发生亲昵关系时，她让颠当代行其事；颠当又总是主动寻求性爱，甚至试图引诱嫦娥，把她也卷入在内。嫦娥为颠当和宗子美拉好关系后，变得非常能够节制感情，因为她的爱情一旦爆发，将引发一系列的问题。鬼女宦娘撮合了良工与温如春的婚姻，[④] 她同样也是一个抑制欲望的形象。在众多的角色之中，有时女性人物起着

---

① 见《聊斋志异》5：616。

② 见《聊斋志异》卷2中的《莲香》。张鸿渐的故事也出自同一部作品（见《聊斋志异》卷9）。

③ 见《聊斋志异》卷8中的《嫦娥》。嫦娥是月宫中的仙女，象征非分之想。

④ 见《聊斋志异》卷7中的《宦娘》。

典型的男性人物的作用，主动采取违规行为，[①] 有意识地引导爱情的发展。但是，女主人公之间的关系，总是具有增强并调整爱情欲望的作用：通过变形、消逝、返回等手段，女主人公增强、冷化、重燃、转移、引导男主人公以及自己的对手与同谋的感情和欲望，并将爱情带到危险的边缘，然后，在它造成灾难之前，又把它引入正轨。

在上述的同谋关系中，可以看到一种反常的病态现象；然而，在《金瓶梅》里的潘金莲、西门庆、惠莲或潘金莲、春梅、西门庆之间的关系中，却见不到这种现象。潘金莲控制西门庆与惠莲之间的秘密关系，同时也在一定程度上为其提供了方便，但她的退让总是有明确的原因和目的的。《红楼梦》第5回的梦中，仙姑兼美使宝玉尝试了虚幻世界的爱情滋味，预示了宝玉对宝钗和黛玉（两位女孩儿的名字各取了宝玉名字的一半）的爱情，这种爱情虽然处于不同的层次，却也是非常暧昧的：兼美[②]同时展示了宝钗的性感美和黛玉的娇弱媚态。

李渔也提供了一些此类的例子，但其中的暧昧关系和冲突并不那么明显。在戏曲《怜香伴》中，妻子被另一位女人皮肤散发出的香气所吸引，纵容丈夫纳其为妾；很明显，两位年轻女子

---

① 在蒲松龄的作品中可以见到对封三娘（见卷5中的《封三娘》）和颠当（见卷8中的《嫦娥》）越墙的描写。关于“墙”的象征意义，请看马克梦（McMahon）1988年的作品。关于女性颠倒角色主动勾引男性，请看《野叟曝言》、《镜花缘》和《醒世姻缘传》等作品；在《野叟曝言》中，为了吸取主人公的“阳气”，裸体少女施展了各种勾引异性的手段；在《镜花缘》中，女儿国的女王对男人咄咄逼人；在《醒世姻缘传》中，狐狸精对主人公晁大舍百般诱惑。

② 有人将其翻译为“二美合一”，有人却将其翻译为“综合之美德”。

之间存在着同性恋的关系；她们试图像夫妻一样永不分离，生活在同一屋檐下则是她们相聚在一起的唯一方法。后来，不但丈夫接受了这一事实，而且皇帝也批准了这种特殊的关系。《合影楼》是李渔的短篇小说集《十二楼》中的第一篇故事，主人公同时娶表妹和父母之友的义女为妻，婚前，两位女子达成了结为姐妹的协议。

两个女人，经常先是由亲密的友情联系在一起，然后嫁给同一个男人，婚后平等相处，三角关系并不能引起她们之间的嫉妒。清朝的许多作品都讲述了此类内容，如：《玉娇梨》、《定情人》等。《定情人》的男主人公是一个忠厚老实的人，但命运（或者说一次特殊的巧合）却使他娶了两个妻子。[①] 在《玉娇梨》中，男主人公的两个妻子是朋友，她们非常幸福地生活在一起，谁也没有被降为二太太或妾。作者效仿“才子佳人”类作品的表现形式，也设计了一个由一位“赛过十男儿”的年轻女子举办的招亲赛诗会，该女子在众多的参加者中选择了男主人公作为丈夫。另一位女主人公是该女子的表妹，也在寻找如意郎君，她女扮男装，巧遇未来的夫君。

《儿女英雄传》从《红楼梦》中得到启示，展示了另一个“一床三好”的理想爱情，这是一种“命中姻缘”，就像三角支架一样完美牢靠：[②] 男主人公是一位像宝玉那样带有女子气的青年，他的两位妻子都很忠诚，她们和谐地生活在一起，就像宝钗和黛玉一样性格上相互补充。在《金云翘传》中，两位夫人是姐妹，一位是贤妻良母的形象，另一位则是秘密满足性

---

① 见马克梦（McMahon）1995年著作第113—122页。

② 人们将其称之为“鼎足而三的美满姻缘”（见《儿女英雄传》23：271—272）。

生活的情人，后者曾是妓女，结婚后，重新开始过“贞洁”生活；奇怪的是，尽管她与丈夫相亲相爱，却不再有任何性行为。①

阮大铖在其代表作《燕子笺》中，描写了许多灾难、战争和人与人之间的勾心斗角，使自发的爱情遇到重重困难和障碍。尽管男主人公爱上了两位年轻女子，其中一位是高官之女，另一位则是妓女，然而，却不像我们所能够想象的那样，在他身上看不出丝毫美德与诱惑之间的冲突：在上述两种爱情中，爱与美都具有同等尊严;② 这里并不存在《幽谷百合》（巴尔扎克的作品）中阿拉贝尔与昂里埃特对费力斯所采取的矛盾态度，所表现的爱情也与狄德罗作品中的杰尼斯坦亲王对热情而具有诱惑力的利夫丽和智慧的波利克雷斯塔的双重爱不同。③ 当然，在文学中，真挚的爱与纯粹的任性是有区别的，然而，与相爱者双方的社会地位和家庭地位密切相关的合法之爱与非法之爱之间的区别则更加明显。但是，一般来说，道德价值不受性爱与色情成分的影响。

---

① 见马克梦（McMahon）1995 年著作第 284—291 页。

② 除了蒲松龄的作品，元代戏剧《琵琶记》也讲述了一男二女的爱情故事。在现代文学中，人们才开始把精神之爱和肉体之爱对立起来，如张闻天 1925 年写的《旅途》。张爱玲的《红玫瑰与白玫瑰》描写了一个上海生意人的经历，他按照弗洛伊德的分析方法，把女人分为“处女/妓女”两种：那些理想化的、没有欲望的女子（白玫瑰）属于第一种，而那些具有性欲、可以与之发生性关系的女子（红玫瑰）属于第二种。在中国传统文学中也见不到西方的“世俗之爱和上天之爱”的观念，却存在着“忠诚之爱和纵情之爱”的差别。

③ 见狄德罗的《白鸟》。见 1992 年在巴勒莫出版的《蓝色的故事》。

10. 淫的不同层次

既然离开了“欲”[①]（肉欲），“情”就不易被人感知，那么为什么“欲”的出现又经常受到人们的谴责呢？为什么“欲”又总是为两性关系带来负面影响呢？事实上，不仅过分纵“欲”被看做具有消极作用，而且“欲”本身就是一种消极因素，至少也是一种不稳定的因素。在这种情况下，即使爱情被视为人身体本能的需要，但在正统道德观念中，仍无法找到为自身辩解的理由。人们需要使爱情在道德上合法化，道德又是建立在儒家五种基本关系基础之上的，实质上是建立在发挥传宗接代功能基础之上的。如果人们要衡量道德因素与其他因素（肉体与感情）之间的关系，就要依赖于某种价值尺度。阐述这些情况，有利于解释所出现的一些矛盾，也可以澄清为什么我们会经常看到人们把“情”与“淫”区别开。前面我们已经看到了，“情”字并不等于纯粹感情上的亲近，它经常附加有一系列的道德和社会价值。比如，在上文里我们引用过的一段话中，凌濛初尽管没有对“女性魅力”作道德上的判断，却似乎提醒读者要预防“女性魅力”的潜在危险。紧接着，凌濛初就用积“阴德”批驳了风月浪荡之徒的“淫”，谴责他们引诱他人妻女并破坏其节操的行为。[②] 他认为，淫荡者天性骄奢淫逸，想占有天下所有女子，无论美丑，都不放过，其欲望永远无法满足。[③] 认真研究一下凌濛

① 见郑培凯（Cheng Pei-Kai）1980 年博士论文第 273—275 页中对《牡丹亭》的分析。关于“前世姻缘”，特别是关于《醒世姻缘传》，请看吴燕娜（Wu Yenna）的著作。

② 见《拍案惊奇》32：565、570。

③ 见《拍案惊奇》6：100。“既得陇，复望蜀，人之常情”，这是男主人公卜良的一句话，凌濛初利用它表明是天性促使他们做出那些风流之事。

初的小说，便会清楚地看到，淫荡还包括通奸、奸污寡妇和内室淫靡；有时，一个淫秽的建议也会被视为淫荡。未婚青年之间发生两性关系，或者与寡妇发生两性关系，只要双方同意，则被视为无辜。① 尽管存在着最后这一点重要的区别，对凌濛初来说，严重违反社会道德规范和可能引起人们内心骚动的过分行为仍然是造成非法性爱的原因。②

可能高濂（16 世纪）的观点应该算是最有趣的观点之一了：在戏剧作品《玉簪记》中，他虽然仍保持着应有的谨慎，却已肯定了妇女在婚姻和性生活中所应具有的自由，他赞成完整的爱情，但又把它与纯粹的性快乐和短暂的心血来潮相区别，并称其为“出杨花气”。③ 在冯梦龙的《醒世恒言》第 15 卷《赫大卿遗恨鸳鸯绦》的开场白中，我们可以见到另一种态度。为了以一种不同的价值观表现包括“淫荡”在内的各类爱情，书中又展示了“女子一笑可倾国”的文学形象：从“好色”到“好淫”，从“正色”到“旁色”，从“邪色”到“乱色”，作者都一一论述到了。④

在上述各类“淫”与“色”之中，前两者为“好色”和“好淫”，“好色”引导人们忽略社会义务和责任，“好淫”则意味着不分青红皂白地、疯狂地，既无节制也无辨别地寻求性爱快乐。随后，作者又简短地分析了“正色”，即合法的婚姻之爱，这是唯一被认为完全有益的情爱，然而，它仍需要自控：夫妻之

---

① 见《拍案惊奇》6、17、32 和《二刻拍案惊奇》7、14、34。书中可以看到，一名道士试图抚摩两位来庵中观看坛事女子的乳房，后来便得了致命的疾病（见《拍案惊奇》第 17 卷）。

② 见史华罗 1991 年作品第 213—239 页。

③ 女主人公将自己的爱献给了情人，却提醒他说：我已真心将全部的爱托付于你，但只怕你对我的爱“出杨花气”。

④ 见《醒世恒言》第 15 卷《赫大卿遗恨鸳鸯绦》。

间的过分之爱，对文人来说，也是不合时宜的，它也预示了消极的后果。比如，丈夫迷恋妻子的美色，按照传统，这是一种人的弱点，被视为“惑溺”：魏国（220—265）的荀粲娶曹洪之女为妻，并疯狂地爱恋她。他认为，女人身上最有价值的既不是美德，也不是文化，而是身体的吸引力；理学家们则认为，这是他对妻子不洁净之爱的明显标志。最后，在一个严冬里，妻子高烧，卧病在床，荀粲在院子里脱光衣服，直至冻僵自己，用自己冰冻的身体为妻子降温，结果妻子还是悲惨地死去了，之后，他也随之而去。① 只有在17世纪一种新的情感诞生之后，这一夫妻之爱的例子才成为人们争论的焦点。② 出现在《镜花缘》主人公面前的那只“不孝鸟”所具有的隐喻意义也是很典型的：它长着两个人头，每个额头上都写着令人耻辱的字，在身体的左右两侧又分别写着“爱夫”和“爱妻”。③

对妻妾成群的丈夫还有一些其他限制，比如，他不应该只宠爱一个妾，而忽视其他妾，除了对妻子所应有的特殊的爱之外，他应把剩余的爱平均分给每一个妾。清代有一篇小说，讲述了一个一夫六妻妾的故事：男主人公是一位不称职的丈夫，他不仅寻欢作乐，嗜酒如命，而且不会正确地、平衡地、不偏不倚地控制自己的感情，不是偏爱这个就是偏爱那个小妾。他周围的每一个女人，又都按照自己的性格以不同的方式表现她们的爱：有的英勇，有的贤惠，有的温和，有的好胜，还有的无忧无虑。④

① 见《世说新语·惑溺第三十五》。

② 李恭（1659—1733）是一位具有非正统思想的哲学家，在日记中他曾谈到过上文中我们所提及的荀某对待儒家家庭观念所采取的模棱两可的态度。

③ 见《镜花缘》10：41—42。

④ 关于该小说的英文版，请看马克梦（McMahon）1995年作品第205—220页。

另外，我们还可以看到，按照当时的某些观点，给夫妻之爱所留有的余地也是极其有限的；比如，17 世纪有一位叫谢肇淛的著名作家，他写下了下面一段有很强厌女癖倾向的话：

> 愚不肖之畏妇，怵于威也；贤智之畏妇，溺于爱也；贫贱之畏妇，仰余沫以自给也；富贵之畏妇，惮勃（豀）而苟安也；丑妇之见畏，操家秉也；少妇之见畏，惑床笫也；有子而畏，势之所挟也；无子而畏，威之所劫也。八者之外，而能挺然中立者，噫，亦难矣！①

我们再来看一下小说《赫大卿遗恨鸳鸯绦》中的爱情，人们把一些发生在家庭范围之内的爱情关系（如与妾和下人的爱情关系）视为“辅助性”爱情，尽管人们不赞成此类爱情，却接受了它。在风月场和妓院与歌女或妓女之间所建立的短暂关系被视为所谓的“不光彩之爱”，它虽然被人们所容忍，却受到道德的谴责。② 那种违反按照儒家道德规范所确立的五项基本关系的爱情，被看作是最恶劣的爱情关系，即“邪恶之爱”，比如：乱伦和通奸。③ 在《金瓶梅》中我们能够见到一个非常典型的例子，那就是西门庆家中“邪恶的性关系”与被破坏了的社会关系之间的联系，人们完全可以用“乱”字来表示这些关系：通

① 见谢肇淛的《五杂俎》8：3750。

② 魏禧（1624—1681）在一篇文章中记录了自己的一个经历：一天，他听一个朋友讲述了一场梦，并从中得到了启示。他悔恨自己犯了淫乱罪，尤其不能原谅的是他和一个朋友同时与同一个妓女保持着两性关系；他认为，与佛教和道教一样，理学道德观念也谴责“可耻的性爱”行为。

③ 不仅在小说和戏剧中，而且在民歌中都有此类爱情的表现，如冯梦龙的著名民歌集《山歌》中就有许多以此类爱情为主题的作品（见《明清民歌时调集》）。

过"盗用称呼"，西门庆具有了父亲的名分，从而方便了他与养女或与养子的母亲和妻子之间的乱伦关系。① 既然乱伦关系成为许多幽默故事的主题，那么我们就必然会在文学作品中经常见到此类内容。在《笑林广记》的一篇文章中，一位年轻的媳妇受到公公的引诱，当她向婆婆抱怨时，婆婆说：这个脏老头，和他爹完全一样，他们都有同样的弱点！② 《换床》是《笑林广记》中的另一篇作品，讲述的也是一家之长引诱儿媳妇的故事：

> 一翁欲偷媳，媳与姑说明，故云："今夜你躲过，我自有处。"乃往卧媳床，而熄火以待之。夜深翁果至，认为媳妇，云雨极欢。既毕，妪骂曰："老杀才，今夜换得一张床，如何就这等高兴！"③

毫无疑问，违反常规道德可以增加人的快感，点燃人的激情。在中国，尽管还没有像浪漫派文学和颓废派文学那样以明显的方式表现这种思想，然而却一直存在着下面这种著名的说法："妻不

---

① 与其他有权势的人相比，西门庆表现得比较尊重和关心他人，他满足于下属口头和表面上承认他的权威（见《金瓶梅》第 78 回）。关于《金瓶梅》和《红楼梦》中的乱伦问题，请看浦安迪（A. Plaks） "The Problem of Incest in JinPing Mei and Honglou meng", in Eva Hung ed., Paradoxes of Traditional Chinese Literature, Hong Kong: The Chinese University Press, 1994, pp. 122 - 145。实际生活中也不乏此类例子，如 19 世纪初，一位海盗郑一（郑文献）的妻子就下嫁给了自己的养子。在袁枚的作品（一位高官，名义上收养了两个女儿，实际上是他的两个小妾）中和刘鹗（1857—1909）的小说《老残游记》中都有假收养的情况。

② 见《笑林广记》,《明清通俗笑话集》,上海人民出版社 1996 年版,第 331 页。

③ 同上书,第 330 页。

如妾，妾不如婢，婢不如妓，妓不如偷，偷得着不如偷不着。”①

我们已经看到，在中国文学中还存在着一些脱离一般爱情轨道的情况，如同性恋，然而，它们从来没有受到过特别严厉的谴责。这种态度既有别于希腊文化中的道德要求，也不同于基督教文化的道德要求。希腊人把性快乐与合法的传宗接代相区分，性快乐可以从索取报酬的妓女和提供陪伴的姘妇那里获得，而只有妻子才能保障合法的传宗接代。但是，这并不意味着把合法的婚姻关系与具有其他特殊社会功能的性快乐和情感明确地分离开。② 在中国文化中，社会组成部分的各自功能占主导地位；男人可以有许多妻妾，婚外关系也被人们所容忍，以至于不存在明媒正娶的婚姻之外所生子女的合法性问题。人们也谈论夫妻之间的相互义务和忠诚，但贞洁只对女人是不容分辩的原则，因为女人直接从属于丈夫，一心向家，而对男人来说，是否有婚外情，则只是个人道德水平问题。

在“才子佳人”类文学作品中，我们也可以见到一些三角恋爱的情况，但一般都没有剧烈的冲突，这也是因为，作为主人公的理想的女性，不允许被打上“嫉妒”的印记。③

11. 爱情与通奸

通奸是最严重的违规行为之一，从广义上讲，它既包括勾引他人的妻子，也包括勾引年轻姑娘（违背其父命）；道德书籍都严厉地谴责这种行为，因此，为其设计的因果报应是：“通奸

① 冯梦龙曾引用过这段谚语（见《明清民歌时调集·私部》，第39页）。亦可参看史华罗1991年作品集第20—23页。

② 见莱西（W. K. Lacey）的《古希腊的家庭》（1968），第113页。

③ 关于嫉妒问题，请看《史华罗文集》（1996年，巴勒莫；1997年，威尼斯）。

图七　施耐庵《水浒传》

犯”本人及其亲属丧失社会威望，乃至生命。①

但是，明末文学中的许多作品都表明了当时的社会气氛已经变得更具有容忍性。苏州的著名画家唐寅（《警世通言》第26卷）是一位聪明盖世、学问包天的青年，同时又轻世傲物，放荡不羁。然而，最终他的行为不但没有受到惩罚，反而得到众人的认可。莫可（《石点头》第5卷）② 是一位才华横溢的青年，其弱点就是喜欢女人，以至于父母为他的行为担忧而死；他携一年轻女子离家出走，未经其父亲同意，因此犯下等同于通奸的罪过。即使在这种情况下，他也并没有得到严厉的因果报应，他和他的儿子都在仕途上飞黄腾达。为了替莫可进行辩解，减轻他的责任，作者设计了一个前世姻缘的环境，与前生相比，男女主人公互换了性别，前生的男人，由于对爱情不忠，今生则变成了女人。

一般来说，一位男子与一位已有婚约的女子发生关系也等同于通奸，因为从订婚之日起，女子已经属于未来丈夫家的人了。冯梦龙的《醒世恒言》第7卷和第8卷讲述了两个违反这一规则的故事，然而，结局却都皆大欢喜。当然，故事内容是荒谬的，比如，在《钱秀才错占凤凰俦》（《醒世恒言》第7卷）一文中，主人公钱秀才是一位穷书生，他的表兄富有，但面貌丑陋；为骗取一位富商的好感，与其女结成秦晋之好，表兄委托钱秀才代其相亲；其结果自然是富商之女爱上了钱秀才。经过一系列的周折，富商希望立即举行婚礼，就这样，假未婚夫与富商之女同房度过了三个夜晚，却没有丝毫身体接触。然而，富有的表兄与穷秀才和富商之女之间发生了争议。一位清官为他们判断

---

① Ogawa Yōichi（小川陽），“Keihaku kō”（輕薄考），*Kaga hakushi taikan kinen Chūgoku bun shi tetsugaku ronshū*（加賀博士退官記念中国文史哲学論集），1979，第842—843页。

② 见《情史》卷3《莫举人》。

了此案，证实了秀才与富商之女的清白，确认了他们的婚姻关系。

另一个故事叫《乔太守乱点鸳鸯谱》（《醒世恒言》第8卷），这是一个以乔装打扮和欺骗为内容的具有喜剧色彩的故事：为了避免推迟与孙寡妇之女珠姨的婚事，医生刘秉义掩盖了儿子刘璞的严重病情；孙寡妇担心其中有诈，让儿子玉郎乔装珠姨，假扮新娘；刘家因儿子病重，只好派女儿陪伴儿媳，因此，玉郎有机会与刘璞之妹慧娘接触。两位青年相互爱恋，从而破坏了慧娘和玉郎先前与他人订立的婚约。最后，仁慈的乔太守将几对青年人重新组合，认可了玉郎与慧娘之间的爱情，使两人结为夫妻，巧妙地解决了复杂的问题。在这两篇故事中，女主人公均出身于平民百姓之家，假如是“大家闺秀”，她们与各自的男伴所发生的亲昵关系（尽管没有刻意地追求）都将使她们付出巨大的代价。是机缘与命运令男女主人公违背了父母之命，取消了已订婚约，使重新建立的爱情婚姻合法化了。

《拍案惊奇》第12卷中的蒋霆，尽管言行轻佻，却走桃花运，获得了一个天定的美满姻缘。《绿野仙踪》等18世纪的爱情小说①也表明，只要男人有能力控制自己的性行为，避免过分的欲望所带来的危险，通奸行为最后也都能够结成美满姻缘。所谓“越轨”，并不是指把男女主人公之间的感情和关系放在了首要位置，而是指违反了性道德规范。在一些情况下，“越轨”行为表现为“淫荡”，它完全远离了彬彬有礼的书生与纯真美丽的少女之间所发生的纯感情的理想之爱。那么，此时是什么挽救了作品中的人物，使其免受纵欲所应受到的惩罚呢？事实上，男主人公总是能够以某种方式处于超脱的地位，避免犯过度的错误，从而避免达到毁坏身体的地步。似乎有这样一个具有普遍意义的规则：如男人纵情，便应远性，如男人纵性，便应抑情。

---

① 见马克梦（McMahon）1995年著作第234—250页。

前面我们已经介绍过冯梦龙的《古今小说》第1卷，它也讲述了一个通奸的故事。为了表示陈大郎在付出何等巨大的努力之后才获得王巧儿的爱情，作者风趣地使用了一句成语，“欲求生受用，须下死工夫”。[①] 这句成语的意思是，要想快活地生活，就必须付出辛勤的劳动，然而用在此处，却具有了过分的爱会导致死亡的讽刺意味；在许多故事中，淫荡的男女主人公都是以死亡作为结局的。[②]《金瓶梅》中西门庆的下场也是如此，应了另一句成语所表示的思想内容，“生门亦是杀门”，这句成语明确了性关系的双重意义，即生与死。[③]

现在让我们再回到冯梦龙的作品之中。前面我们已经讲过，按照规定，婚姻是家庭之间的结合，因此，经常是成婚后夫妻才能够相识；而蒋兴哥与妻子之间的关系却已经超出了“正色”（合法的夫妻之爱）的范围，它是一种将夫妻二人都真正卷入在内的爱，一种在中国传统社会中少见的激情。当丈夫为了维持家庭的生计离家经商时，夫妻不得不分离，之后，感情生活与夫妻义务便发生了冲突。所以，危机的最初原因并不是夫妻之间有什么不轨行为，而恰恰是为了要承担家庭义务，除非我们想将其归罪于夫妻之间过于强烈的感情。后来，故事按照传统的道德观念发展，王巧儿和商人陈大郎由于违背了道德规范，没有承担自己的社会义务，而受到了惩罚。然而，我们应该注意的是，作者以同情的心理极其投入地描写了两位通奸者之间的感情；比如，在

---

① 见《古今小说》1：8。关于爱情的破坏性，请看《红楼梦》第22回和第25回中刻在玉石上的字。

② 见《清平山堂话本》卷14《刎颈鸳鸯会》。

③ 这句成语中的“门”字指的是女性的阴道。《古今小说》第13卷中有这样一句话，“至于‘色’之一字，人都在这里头生，在这里头死，那个不着迷的？”但是，并不是所有的人都同意这种观点，如《肉蒲团》就反对这种看法。

说到他们的爱情时，使用了“胜如夫妇一般”① 等词句。另外，尽管作品讲的是一个严重违反社会道德的已婚妇女通奸的故事，但从总体上看，女主人公不但不是一个反面形象，而且可以说是中国文学中最辉煌的女性形象之一。这又一次表明，区别淫荡与正当爱情或可容忍爱情的标准，并不是性因素本身。与唐代文学作品中所展现的“越轨”行为不同（唐代仍有赞赏通奸行为的作品），② 此时认为通奸无辜的看法似乎已经不存在，作者必须面对清朝严厉的思想与社会规范。

还有一篇作品，其中也可以看到人们对爱情的崇拜，它所描写的“通奸行为”似乎受到了上一篇作品的影响：官员张英之妻被一位乔装成卖珍珠女子的商人所引诱，背叛了自己的丈夫，最后有罪者受到了应得的惩罚。该作品对张英的描述极有新意；我们很难预料到，这位清官竟成了反面人物，当他得知妻子与人通奸时，难以抑制的妒火和复仇的欲望冲昏了他的头脑：他没有按照当时的道德标准谴责这种犯罪行为，也没有像王巧儿的故事中所描写的那样，重新赢得妻子的爱情，而是使自己成为了罪犯。表面上看，是仇恨与复仇的冲动使他犯下了罪过，所以受到了惩罚，事实上，越过法律层面，我们可以发现一种新的思维，它对“人心”更加敏感，认为是那位官员破坏了热烈的爱，扯断了两位情人在一起生活了两年所建立起来的情深意笃的关系，因而应承担责任。③ 我们再看一下《醒世恒言》第39卷中冯梦

① 见《古今小说》1：21。

② 见《唐人小说》，第56—58页。

③ 见《贪欢报》和《欢喜冤家》第4回《香菜根乔装奸命妇》。这篇小说使人们联想起法兰西玛丽的一篇诗歌的内容：一位国王爱上了臣属（骑士）的妻子，臣属的妻子也爱上了国王。两位情人决定杀死骑士，然而，国王却最终跌入为不幸之人准备的沸水之中，背叛丈夫的妻子也被骑士抛入其中。这里，因果报应惩罚的是谋杀，而不是通奸。

龙讲述的另一个故事，在这篇作品中，作者也表现出尊重主人公性要求的态度（主人公是一个被一位女子美貌所诱惑的和尚），但是这种要求只能限制在社会伦理规范（婚姻）和个人克制的范围之内。

通过阅读和对比冯梦龙的小说，我们可以明白，事实上，他的思想极其复杂，他所讲述的故事经常表现出多种对立的思想倾向，他是这些思想倾向的代言人。在以前发表的一篇论文中，我们曾经分析过冯梦龙的另一篇叫做《白娘子永镇雷峰塔》的小说，① 作品反映了人们已经部分地接受了严格的清教主义和极端的厌女主义思想。上文中我们也提到过韩玉翘的故事，她是一位不幸的皇妃，被庙官欺骗而失身；然而，最终给予读者深刻印象的不是韩玉翘对假二郎神的一见钟情，而是遂平生之愿的人间爱情；作品以不幸受骗的韩玉翘与一位京城商人的婚姻作为结局，对我们来说，这种令人愉快的结局似乎超出了点缀的作用。冯梦龙对儒家价值观采取了妥协和尊重的态度，从他对汤显祖的作品所进行的改造中我们可以看到这一点，他减弱了汤显祖作品中所表现出来的激情和性爱的浓度，使其尽量与儒家思想模式相融合。②

12. 自由的局限

在李渔的作品中，我们也可以见到一些对爱的不同的态度。毫无疑问，这里指的是性爱，但它却被两种因素所淡化，

---

① 见史华罗 1991 年著作第 231—233 页。应该注意的是，作品强调法海和尚是一位破坏男女主人公美满婚姻的凶恶人物，同时也强调白蛇代表了女性伤害人的性欲。

② 见史恺悌（Catherine Crutchfield Swatck）1990 年的博士论文。

这两种因素就是对家庭之爱的崇拜和保持内心平衡的需要。爱情应该在传统的家庭范围之内进行，正像我们所看到的那样，妾在其中起到了重要的作用。一方面，李渔表现出一种极其谨慎的态度，他不仅谴责通奸行为，即谴责与已婚女子发生不正当的两性关系，有时，他也对过度性行为所带来的危险非常恐惧，几乎具有一种迷信的色彩。在《鹤归楼》一文中，主人公段璞正是靠着屈从和对快乐与痛苦的控制能力，才克服了生活困难，挽救了自己的婚姻；而他的朋友郁生，却因被卷入过分的爱情之中而死亡，受到了命运的惩罚。另外，李渔还建议人们自我控制欲望，他认为，夏季，当年轻女子们穿着单薄衣服的时候，或冬季的寒夜中，女子的身体更经常地靠近我们的时候，我们便有了更多的机会，我们的欲望也就更加经常地、更加强烈地被唤醒，这些担忧使我们联想起希腊人为了节欲而节食的做法。① 除此之外，爱情不仅仅是人的活力的最高表现形式，按照“阴阳不交伤也”的古代传统，对李渔来说，爱情还是治愈疾病的最高手段，是最好的灵丹妙药。② 他在清教主义与放荡主义、禁欲主义与耽于声色两极之间周旋，把性爱视为保养身体的最好方法和治疗

---

① 关于主人公段璞，请看《李渔全集》中的《十二楼》15：6347—6436，特别是第6363、6369、6434页。亦可参看《闲情偶寄》6：2776—2777。

② 李渔在《闲情偶寄》中写道：“或是娇妻美妾，或为狎客娈童，或系至亲密友，思之弗得，与得而弗亲，皆可以致疾。即使致疾之由，非关于此，一到疾痛无聊之际，势必念及私爱之人。忽使相亲，如鱼得水，未有不耳清目明，精神陡健，若病魔之辞去也。此数类之中，惟色为甚，少年之疾，强半犯此。父母不知，谬听医士之言，以色为戒……人为情死，而不以情药之，岂人为饥死，而仍戒令勿食……”

疾病的良药。[①]《怜香伴》[②]中的女主人公按照当时所流行的爱情定义对她的女佣解释说：爱情是来自于内心的感情，而“淫”则是获得性快乐的欲望。每个人都试图按照自己的归类方法审视自己的情，因此，这位女主人公把对另一位年轻女子的同性恋情视为纯真的爱情。

《男孟母教合三迁》可能是李渔关于爱情思想的最有意思的作品了，它向我们展示的“贤妻良母”的典范是一位滑稽的同性恋形象，他先是为了表现对情人的忠诚而阉割了自己，情人死后，他又一心一意地教育情人留下的孤儿。就这样，这位“男性女主人公”兼备了忠实的妻子、贞洁的寡妇和非凡的母亲的特点。对李渔来说，爱情与淫荡的区别也不在于是否更加强调性行为，因为性行为是一般爱情的特点。淫荡与爱情相比，其消极面似乎在于两个基本因素，一是“过度”和“无节制”，二是没有美的感受。《风筝误》中有两位主人公，一位是道学先生，另一位却非常风流，但这并不是二人的主要差别，其主要差别在于性格的高雅或低俗，前者比后者更加挑剔，情趣也更加高雅。[③]还有一部作品叫做《慎鸾交》，主人公认为自己外表热情风流，而内里却庄重严肃。[④]《十二楼》中的第四篇故事叫做《夏宜

---

① 李渔在《闲情偶寄》中明确地写道：“此数类之中，惟色为甚……人为情死，而不以情药之，岂人为饥死，而仍戒令勿食。”（见《李渔全集》中的《闲情偶寄》6：2795）。亦可参看《醒世恒言》13：252、259和《聊斋志异》3：362。在西方，用满足性欲的方法治疗相思病具有悠久的传统，如：瓦勒里乌斯·马克西穆斯（Valerius Maximus）和普鲁塔克（Plutarco）向后人讲述的关于安条克和斯特拉托尼丝的古老故事、法兰西玛丽的诗、薄伽丘的小说等。

② 见《李渔全集》7：2807—3030。

③ 见《李渔全集》7：3049。

④ 见《李渔全集》11：4793、4811—4812。

楼》，是一篇具有自由婚姻（男性的自由婚姻）寓意的作品，主人公不相信媒妁之言，决定自选配偶。因为他很难直接接触到良家少女，因而便利用刚刚从西洋传入中国的新技术进行爱情侦察。正是利用了望远镜的功能，他才寻觅到了自己未来的妻子，并在求婚的过程中，得到了上天对他的眷顾。

进入清朝，尽管非正统倾向和“自由”倾向没有被取缔，但也受到了遏制，出现袁枚这样的作家便表明了这一点。正像最近马克梦（Keith McMahon）所强调的那样，在满族王朝的统治下，一系列爱情小说仍在继续广泛地流行，毫无疑问，这种情况与更加严厉的道学思想产生了冲撞。有一种文学形式，在当时人们所认识的渠道之外也展示了某些性爱内容，它的流行可能是一种最有趣的现象；尽管性爱总是受到控制，最终，它还是要通过婚姻的形式重新得到解脱。

袁枚也是一位伟大的作家，他的理想具有享乐主义的美，与李渔有节制的并不忽略社会规范和“克己”思想限制的享乐主义相比，他的主张更具挑战性，他毫不掩饰道学家随时都有坠入虚伪和偏执泥潭之中的危险，并讲述了一个寓言故事，来隐喻这种虚伪和偏执：一只丧失了尾巴的狐狸，竟然妄想所有的狐狸都割掉尾巴，以掩饰自己的残缺。直至晚年，袁枚仍在“寻花问柳”，① 他的文章和他的诗歌都向我们证明了这一点。由于人们认为他具有非凡的性活力，因而把他比作“神奇的白猿儿”（据说他是白猿的化身）。他在一首诗中写道：“有目必好色，有口必好味。”② 在一篇短文中，他曾如此表示他的人生理想：“好

① 尽管袁枚知道，公布自己的私人信件，会损害他作为文人的名声，但他还是这样做了。Gōyama（合山究）对袁枚有很深的研究，我从中获得了一些启示。

② 见《小仓山房诗集》中的《陶渊明有饮酒》。

味，好色，好葺屋，好游，好友，好花竹泉石，好珪璋彝尊、名人字画，又好书。”①

当然，袁枚也认为需要节制，按照他的看法，节制来自于对自己的状况和可能性进行辨别和估价的能力。但最终的标准是个人的兴趣，它不取决于世俗的判断和公众的舆论，也不取决于权威的意愿。② 袁枚作诗的灵感始终受到女性美貌的启发，它产生于对人的自然本性的理解和对道学思想的拒绝；袁枚认为，人的本性与追求肉体和精神快乐的倾向是一致的。他赞扬《诗经》中的爱情诗歌，把它们视为诗歌的典范；一位朋友告诫他不要情欲过度，他却建议这位朋友躺在床上思考问题（卧望），而不要按照佛教和理学的要求，坐着思考问题（坐望）。他不但指责了佛教语言的“粗野”和深奥莫测，而且抱怨佛教利用了人们惧怕死亡的心理和对转世的迷信，尤其是对佛教谴责“情”和“欲”的做法非常不满。他说：佛教不但无法取消“情”和“欲”，而且通过祈祷和恳求佛的方式增强了“情”和“欲”，从而为真正的生活设置了障碍。他又补充说：假如佛教的禅师们真的受到了人们的尊敬，几十年之内人类就将灭亡，世界上就只会剩下畜生。

然而，袁枚却非常赞赏源于佛教的“因缘”思想。关于道教，袁枚则排斥一切民间的信仰，将其视为迷信。尽管他承认儒家社会学说的价值，却以批判的态度阅读儒家的经典著作；他坚决反对理学派的道德思想，认为它对待人的欲望过分严厉，因而压制了人真正的自然本性：理学对人的“风流”和“好色”的

①　见袁枚《所好轩集》。

②　袁枚对选择妻妾提出了自己的建议，他重视妻妾的美貌，而相对轻视她们的贞洁和脚的大小。见 Gōyama（合山究）“En Mainokōshoku ron”（袁枚の好色論），*Bungaku ronshū*（文学論集），36，1990，第 146、155—156 页。

谴责使人沦为未开化的畜生。① 比如，有这样一个讲述少女全姑与书生陈生之间爱情的故事：一些人发现了他们的私情，便开始敲诈二人。当地的县官认为自己是公共道德和私人道德的卫道士，因而得知此事后，表现得异常积极；他折磨这一对年轻的情侣，试图以此教育本县的居民。当少女为陈生辩解时，县官大发雷霆，把少女的勇气和对陈生的爱视为寡廉鲜耻。②

与哲学家戴震和颜元一样，袁枚也认为，严厉的理学说教对于敲诈勒索者和官府衙役只是镇压人民、强取钱财的工具，对于自认为掌握儒家道德的政府官员只是缺少人性的表现。在下面一段对话中，一位姓刘的人指责县令对这对情侣过分残酷，反映了两种立场和两种逻辑，典型地说明了上述观点。

> 刘曰："所犯风流小过，何必是如？"
>
> 令曰："全姑美，不加杖，人道我好色；陈某富，不加杖，人道我得钱。"
>
> 刘曰："为父母官，以他人皮肉博自己声名，可乎？"③

还有一位作家叫龚自珍，在他的作品中可以见到佛教的出世思想，也可以见到不可避免的"苦根"，即"发钗与手镯的叮当之声"和"温柔之乡"的吸引，也就是美丽少女的吸引；④ 二者的共存虽然是一个问题，但并不是不可化解的矛盾。当龚自珍同时遇到对女性无法克制的追求和佛教出世要求两个问题的时候，他便采取一种超脱的态度，然而，这并不意味着禁欲和放弃。

---

① 见 Gōyama（合山究）1990 年著作第 136—147 页。

② 见袁枚《子不语》16：381。

③ 见袁枚《子不语》16：382。

④ 见《龚自珍全集》9：448、450，10：534。

种花都是种愁根，没个花枝又短魂。
新学甚深微妙法，看花看影不留痕。①

这种宽容的享乐主义态度，曾在他的作品中反复出现。

没想英雄重暮日，温柔不住住何乡？②

这两句诗把我们带入一种忧伤之中，使我们深深地感受到了永恒的自然与短暂的人生之间的鲜明对比，这一点我在另一篇论文中已经有过论述。《病梅馆记》是一篇具有深刻寓意的作品，作者要使情感摆脱理学正统思想的束缚和控制，他把情感比作他所购买的三百株梅花树盆景，并将这些梅花树从盆景的严厉桎梏下解脱出来，使它们在大地上自然生长。然后，他又反复明确地赞颂了代表女性的“阴”气，指出儒家正统思想正是通过它来激发人们情感的。③ 在一篇名为《私》的讽刺性论文中，作者颠倒了“私”与“公”的传统关系；他在人类的廉耻中，发现了一种人类的感情，这种感情取决于文化种类和社会差别，同时对“性”和“爱”又有很强的促进作用：

且夫狸交禽媾，不避人于白昼，无私也。若人则必有闺

① 见《龚自珍全集》9：448。可以把这几句诗与格言“目中有妓，心中无妓”相对比。拉丁语也有一句格言，叫做“每一个纯洁都纯洁”，当然，它与中国的这句格言所表示的意思有所不同。但是，事实上，中国人头脑中的担忧主要是行动的方式和思想是否是自由或独立的，而不是具体的内容。

② 见《龚自珍全集》10：534。

③ 关于梅的隐喻，见《龚自珍全集》第186页，关于对“情”字的理解，请看《龚自珍全集》第90页。

> 闼之蔽，房帷之没，枕席之匿，赪瓶之拒矣。禽之相交，径直何私？孰疏孰亲，一视无差。①

传统思想始终把“私”与“公”对立起来，然而，此处的“私”却反而有了积极的、体现道德的意义。具有挑战性的非正统思想家李贽（1527—1602）曾经说过：正像人们所见到的那样，情感空间的膨胀不能不反映在个性观念和主观层面之上。

在短篇小说集《聊斋志异》中蒲松龄所表现出来的立场也是极有趣的，与西方的鬼怪小说不同，他展示的幽灵并未打破“现实生活”与“死后无忧无虑的非现实生活”之间的界限。②他笔下的女主人公都表现出极端的复杂性，她们并没有落入人们常用的俗套之中，被描写为具有造反精神、试图摆脱传统观念束缚的人物。首先，我们应该把蒲松龄作品中的“女人”与“女鬼”或“狐女”区分开。只有“女鬼”和“狐女”才代表了自由恋爱的理想，这种自由恋爱不仅反映了男性的爱情观念，而且也体现了女性对个人幸福和爱情欲望满足的追求。③ 然而，这些女性却处于特殊的条件之中：它们属于另一个世界，不是真正的人类，因此不受社会规范和关系的制约；她们的行为也不会危及到她们的家庭，因为她们根本不属于任何家庭。她们在性与爱的领域中可以获得充分的自由，即现代社会所理解的那种性爱自由，她们的道德标准与其他女性的道德标准也截然不同。④

---

① 见《龚自珍全集》1：92。“利己主义”是谴责“情”和“欲”时常给人们带上的标签。

② 见比尔（G. Beer）在1978年《评论》（*Essays in Criticism*，第259—264页）第28期中所发表的文章《幽灵》（Ghosts）。

③ 见《聊斋志异》2：160—168《聂小倩》。

④ 在《聊斋志异》8：1090—1097《霍女》中，女主人公有倔强的性格和随着与自己生活的男人的情况进行变化的能力。

为了理解对感情关系自由思想的限制，我们必须弄懂两个因素，即家庭及婚姻中家庭与家庭之间关系的因素和经济状况的因素；前面我们曾引用过一段李渔的话，他无意中强调了这一点。经济状况不仅构成了完成婚姻法律行为的根本条件，而且也起到了维护女性贞洁和谴责一切婚外性关系的作用。婚姻机制垄断了性爱，这种垄断不仅是父系制度强加于人们的，而且也取决于关于女性作用的新思想。在婚嫁过程中，人们要支付或收取“聘金”；① 新娘是否是处女，直接影响到她的“身价”；这些都表现了人们把女子视为财产的观念（有时女子甚至被俗称为“两脚货”）。因此，人们把婚外的任何一种两性关系都称为“通奸”，其中也包括未婚青年之间的两性关系。当然，按照儒家学说，女性的越轨行为比男性的越轨行为严重得多，特别是已婚女性的越轨行为尤其严重，它被视为一种具有毁灭性的、破坏社会稳定的因素。这可能就是为什么许多女性通奸故事最后都“沦”为淫乱作品的缘故，它们只描写肉体关系，避免探索人的感情世界。

只有在特定的环境下，在一定程度上“自由”恋爱才被视为是积极的感情，② 诗人司马相如与卓文君之间的热恋就是一个典型的例子。他们私奔后，生活窘迫，困难重重，但二人却表现出高尚的人格，因而他们的爱情在中国历史上流芳百世。司马相

---

① 按照凌濛初在一篇小说（见《拍案惊奇》）中的记载，这种聘礼为50两白银，据明朝许多小说的记载，付给一个妓女的酬金也不低于此数。这一点也证明，当时社会的竞争是十分激烈的。社会只要求那些试图进入领导阶层的人参加科举考试，而许多人由于经济的原因，无法娶妻组成家庭，被排斥到社会的边缘。

② 晚明时期有许多这一类小说，如：《警世通言》24、26、33，《古今小说》12、17，《石点头》6，《二刻拍案惊奇》3、37，尤其是《欢喜冤家》和《西湖佳话》。

如与卓文君的故事包括了一系列吸引人的内容，如：引诱、越轨行为、女主人公的离家出走、受辱和贫穷，等等。对年轻女主人公的引诱和两位情侣的私奔，在很大程度上影响了官方的历史评价（甚至影响到传记文学的发展），也很快成为了民间流传的传奇故事；不同时代的说书人把它改造成各种版本的评书，民间戏剧也把它视为人们最喜爱的题材之一。① 总之，在一些小说中，通奸行为找到了自我辩解的理由。然而，同样还是在这些作品中，也可以出现否定感情自由的结果；故事的悲惨结局恰恰是对感情自由的谴责。但是，在这种情况下，即使作者总是以道德要求为掩护，② 他的兴趣也仍然经常集中在挖掘人的感情或铺陈故事情节之上。明清时期的一些作家，不是简单地以道德规范谴责感情和对自由的渴望，也不是简单地宣扬感情的满足和自由愿望的实现，更不是把二者简单地对立起来，而是试图展示这一问题的两个方面，他们在参与和担忧之间摇摆不定。

尽管蒲松龄主要是一位追求自由的作家，但是，在这一点上，他的观念可能是最具典型性的。前面我们已经介绍过小说《婴宁》，主人公婴宁是一个典型的介于人妖之间的人物：尽管

---

① 除了《史记》和《汉书》中的两篇传记外，还请参看《西京杂记》中两段有意思的故事，一篇是关于成都艰难生活的（2：2—3），另一篇（3：5）则是关于卓文君以离婚威胁司马相如（如果他不放弃妓女）的。这是一个复杂的问题，历来都有正史与野史或外史混淆不清的情况。

② 见《警世通言》第28、32卷和《古今小说》第1卷。欧洲与中国的爱情观念虽然不同，然而，直至19世纪中叶，在欧洲，包办婚姻也被认为是正常的。勒迈特尔·德克拉维尔1738年曾写道：“因此，我希望爱情是婚姻的结果而不是婚姻的原因；我需要的是一种理性的爱情。”对小仲马来说，爱情“不仅是两个人的结合，也是两个家庭的联盟”［见狄奥多尔·塞尔丁（Theodore Zeldin）的作品《1848—1945年法兰西情史：野心与爱情》第338页，1978，巴黎］。

她是一只狐狸的女儿，属于“妖女”一类，没有正常的家庭，① 但是，通过一段对人类文化的适应过程，她完全进入了人类社会；起初，她缺少教化，总是当众大笑，行为怪僻粗俗，不具备人类复杂而暧昧的情感，表现为一个天真快乐的年轻女子。然而，正像作者所要展示的那样，婴宁只是在人们面前表面上显得傻乎乎的，因为她非常明白如何坚定不移地去达到自己的目标：她能够欺骗并杀死试图诱奸她的邻居，知道在母亲的坟前痛哭；② 她忠于丈夫，当发现自己本能的行为会被人误解时，她便不再大笑。③ 她的目的是融入人类世界，最后她达到了自己的目的，接受了“孝道”，进入了她的家庭角色，承担起一切有关的社会义务，实现了成为“人母”的宿愿。④ 这篇“变形记”虽然具有隐喻一位贤妻如何适应夫家环境的意义，但更具有隐喻如何教育女子和驯服情感的意义。

然而，在人类妇女中，能够为实现自己的欲望努力斗争的形象并不多见。连城可能是为达到自己的目标进行奋斗表现得最坚定的女性人物。她没有勇气直截了当地反对父母对她的婚姻作出的决定，她坚定不移的决心表现为消极的抵制，而不是激烈的对抗。总而言之，正像谭雅伦（Marlon Kau Hom）所尖锐指出的那样，这些妇女，尽管很勇敢，但她们并不是为了摆脱束缚她们的道德规范和社会习俗而斗争，她们的斗争是为了按照社会的要求拯救自己的形象。⑤

---

① 见《聊斋志异》2：156。

② 见《聊斋志异》2：159。

③ 见《聊斋志异》2：158。

④ 同上。《聊斋志异》中还有一个叫做《青蛙神》的故事，其结尾是这样的：结婚多年后，女主人公蛙神之女十娘终于得到丈夫薛昆生的爱，被夫家所接受；当她对此深信不疑之时，才同意为其生儿育女（见《聊斋志异》11：1468）。

⑤ 见 M. Kau Hom，1970 年的博士论文。

人们常列举《宫梦弼》、《菱角》、《陈锡九》等故事作为例子，确实，这些作品展示了一些在婚姻问题上敢于向父母意愿挑战的勇敢的女性人物，但是，她们的挑战并不是要获得爱情生活中的"自由"，她们抗拒父命只是为了保持自己的贞洁和美德。然而，人们很难表明，这种抗争的目的仅仅是一种表面上的理由。对于良家女子来说，普遍的、不可抛弃的原则仍然是"从一而终"：一位女子，一生只能服侍一位夫君，不能嫁给两个男人，这与"一臣不事二主"是一个道理。因而，当必须在"孝"与"贞操"之间进行选择的时候，这些年轻女子毫不犹豫地选择了后者，因为，在生活中，"贞操"对她们更加重要。她们拒绝同另一个男人再婚或再次订婚，并不一定是因为她们要忠于对前夫或未婚夫的爱情（那是一种浪漫的理解）。事实上，如果一位人类女子冲破了儒家的道德规范，违反了"贞洁"的原则，她将面对不幸的命运，小说《窦氏》便是一个很好的例子：窦氏受一书生引诱，失身后希望能与其结为夫妻，最后与儿子一起被家庭和亲友们所抛弃。在小说《姊妹易嫁》中，道德谴责了拒绝与穷书生成亲的姐姐：后来她嫁给了一个虽然富有却骄奢淫逸的丈夫，并被其拖入贫困，最后落发为尼。①

在忠于爱情的原则问题上，冯梦龙与蒲松龄的观点相差无几。在《古今小说》第2卷中，他向我们展示的女主人公是一

① 见《聊斋志异》5：712—715。亦可参看 M. Kau Hom 1979 年作品集第 332—334 页。关于对未婚夫的忠诚也可参看前面提到过的《拍案惊奇》23：403—415 和《情史》9：238—245。关于利用魔法和超自然的力量冲破传统道德的束缚，评论家认为，只有"仙"才能具有这种能力（见《聊斋志异》10：1442《葛巾》）。中国人非常重视贞节，关于这一点，请看《李渔全集》中的《无声戏》2、12：5378—5379（在第2回中，陈平暂时不杀死绑架她的匪首，为的是让他为自己的贞洁做证）。关于两姐妹易嫁，请看《聊斋志异》4：512—517。

个悲惨的形象，同时也是一个荒谬的人物：阿秀与一位书生订婚，书生就像他的名字“白水”一样一贫如洗，但却忠厚老实。由于贫穷，书生无法迎娶新娘；阿秀的父亲强迫她取消婚约，阿秀抗命不从。尽管她与未婚夫从未谋面，却似乎已经爱上了他，以至于未婚夫的表弟冒名顶替，夜晚来找她，并占有了她。发现受骗后，阿秀自缢身亡。故事的荒谬之处在于，女孩儿至死所忠于的是一个她并不认识的男子，她无意中认错了人，失了身，竟然作出如此悲惨的决定。她的行为肯定了“贞洁”的原则，然而却不符合严厉的道德规范，因为伦理道德与阿秀心中所滋生、头脑中所幻想的爱情混淆在了一起。

在蒲松龄的作品中，甚至还会出现一些以妖女的形象表现厌女观念的迹象，如《画皮》和《成仙》两篇作品。在《青娥》一文中，我们可以看到一种受佛教和道教影响的清教主义思想：女主人公一旦成仙，就开始拒绝与丈夫发生肉体关系，以避免玷污自己的纯洁。胡四姐（《胡四姐》）在得到净化后，同样也拒绝与以前的情人发生爱情关系。但是，我们还注意到，就像对待佛教与道教一样，人们以非常世俗的观念理解他们的故事，这些故事为作者提供了一种神化尘世欲望的方式，使作者能够扩张人们的尘世欲望，尽管这种扩张永远被限制在传统的社会价值观念的范围之内，就像我们在前面所提到过的作品《白于玉》、《乐仲》和《画壁》中所见到的那样。即使在《人妖》（《聊斋志异》第12卷）等肆无忌惮的作品中，最终也要重新建立起社会秩序和丈夫与妻妾在传统家庭内部的角色分工。三角恋爱中的三个人物都摆脱了常规的限制，首先是因为夫妻之间的关系极其和谐，以至于妻子纵容并配合丈夫去获得美丽女邻居的爱：妻子假装身体不适，使女邻居以为她需要夜晚有人陪伴，热情的女邻居欣然接受请求，与其同床而卧；然而，妻子却让丈夫躺在了她的位置上。当丈夫要与美丽的女邻居亲近时，发现她其实是一个男人，男扮女装是为了不受怀疑地接近年轻女子，以便占有她们。故事的结局是皆大欢喜的：经过阉割之后，这位不速之客作为妾留在了家中，他帮助妻子做重活，满足丈夫的需求，避免了法律的惩罚，从而自己也获得了好处。

在日常的现实生活中，“淫荡”等同于性过度或越轨行为（特别是女子的越轨行为）。小说《胭脂》中的一个人物，在接受把罪恶归于“淫荡”的清教主义道德思想时，强调说：“风流道乃生此恶魔，温柔乡何有此鬼蜮哉!”[①] 就像父母对儿女婚姻所承担的责任具有一定的社会价值一样，婚前的贞洁也具有某种社会价值。[②] 在现实生活中，贞洁和屈从一直是女子主要的美德。激情则会给不善于控制情感的人及其家庭带来灾难，婚前受到引诱的“窦氏”如此，“胭脂”亦如此。“窦氏”的结局是被赶出家门，与私生子双双死亡，而引诱她的情夫则受到“窦氏”幽灵的折磨，最后注定无法成家，并被世人看作疯子。

蒲松龄的小说似乎表现了双重的道德标准，他对生活在有组织的社会之中的人类采取了接受传统观念的态度，对鬼魂、幽灵等非人类采取了摆脱一切束缚的自由理想态度。这并不意味着在蒲松龄的作品中妇女处在消极的地位，恰恰相反，无论是鬼魂世界的女性还是人类世界的女性，她们似乎总是起到了突出的作用。“贞节”高于“孝道”本身便是一种自主和勇敢的选择。在捍卫和发展自己的实际利益时，人类女性也表现得坚定不移，尽

---

① 见《聊斋志异》10：1367—1379。

② 在《青蛙神》中，神蛙对薛昆生说：“君家尊乃以异类见拒。此自百年事，父母只主其半，是在君耳。”蒲松龄不谴责丈夫的婚外恋情（见《胡四娘》和《香玉》），却谴责妻子的嫉妒。关于女子选择丈夫的自由，请看《情史》2：51—52、4：100—104和24：814。

管中国妇女在法律上处于从属的地位，[①] 然而她们在日常的现实生活中却始终能够做到这一点。爱情自由和男女两性之间尽可能的平等是蒲松龄的理想，但是，这种自由并不否定传统观念，也不与社会相冲突：有可能的话，越轨行为必须避免引起紧张形势和破坏社会的和谐。

蒲松龄对明朝晚期作家的思想表现得极其敏感：女性对幸福的追求在“超人类女子”的行为中得到了最高的体现，她们的非凡表现使人们通常认为的非法行为合法化；另外，在满足欲望与因果报应、野心和快乐之间的矛盾中，人们把重心放到了满足欲望之上，尽管它很明显的只是幻象与梦想的结果。作者同时设计出“忠诚的爱情”和“自由的爱情”两个观念，在艺术层面上表现了人天生所具有的追求幸福和实现欲望的倾向（这种倾向在有关狐仙的故事中得到了充分的体现）与调整人际关系的社会规范之间的矛盾。小说《巧娘》便是一个典型的例子：作为人类，巧娘无法摆脱社会强加给她的“贞洁”，因而痛苦而死，但是，一旦死后变成鬼魂，她便自由了，毫不顾忌压制自然欲望的社会要求，也完全没有了罪孽和羞耻的感觉。[②]

前文中我们已经说过，情感热烈的女子被比作妖魔，这种比喻把爱情的危险人格化了。爱情的确是一种“奢华”，人们在培植它和满足它的过程中消耗了巨大的能量，它是昙花一现的，是主观的，但它也是我们最深层的自我；它很容易异化，因为它把瞬间即逝的“美”作为“偶像”来崇拜，同时，它又仅仅是那喀索斯式自恋的反映。因而，爱情可以左右无能力控制情感之人

① 关于嫉妒的妻子，请看《聊斋志异》7：346—347；关于妻子压迫丈夫，请看《聊斋志异》4：171—173、12：598—603、9：431—437；关于妻子虐待丈夫，请看《聊斋志异》10：507—516 和 7：336—342。

② 见《聊斋志异》2：256—264。

的灵魂，使之坠入焦虑不安之中，疯狂的爱可以产生于情感关系之中。① 文学往往描写爱情的破坏性，展示爱情冲破社会规范和常规道德观念对人们进行限制的一面。②

然而，作为反面人物展示在文学作品中的出现在男人面前且自由献身的并不全是美丽的少女。中国始终存在着男人与美貌仙女幸运相会的文学传统，唐代初期的小说《游仙窟》便是其辉煌的典范之一；③ 进入明清时期，这一传统继续发展，我们在凌濛初和蒲松龄的作品中便可以看到它的进一步光大。当人们对这种人与神灵之间的关系进行正面描写的时候，它就像梦中的爱情一样，构成了一种少见的“理想之情”，这是自由的爱情，它摆脱了社会要求和规范的限制。

这种理想之爱有别于书生与美女之间的中国古典爱情，与西方传统的理想之爱也截然不同（在西方，传统的理想之爱往往与世俗之爱是对立的），然而，却在一定程度上可以与现代“自由恋爱”的理想相对比；其根源是男性欲望得不到满足而产生的幻想，以及两性隔离和强制性婚姻，尽管人们认为这是一种幻想的两性关系，但它仍具有明显的肉体之爱的特点。④

和早期的理学思想家一样，《情史》中的一段评论也把“情”与“爱”比作水，然而在《情史》中，这并不是一种纯粹的文学比喻或哲学暗示，而是要真正地展示水的积极的和消极

① 见《情史》7：194—195。

② 见1988年马克梦（K. McMahon）的著作。

③ 该作品成书于7世纪末，描写了一位政府官员的爱情：在一次去边远地区的旅程中，该官员遇见了一位举世无双的年轻貌美的寡妇。作品赞颂了爱情，没有任何社会道德限制的痕迹，也不顾忌儒家关于寡妇守节的训诫；尽管主人公知道，他们的艳遇是短暂的，分别不可避免，并为之而痛苦，他们却仍然追求爱情。

④ 见W. Yang、P. Li、N. Mao 1978年著作第24页。

的全部特性。“情”同水一样，是生活中不可缺少的，只要我们始终能够用渠道和堤坝控制住它，它便是有益的；但是，对于“情”并不存在着一条统一的、客观的“防水”警戒线，因为所谓的警戒线因人的能力而异；[1] 如果“情”放纵自由，或者将人卷入其中，那么它也会像水一样，具有破坏性和毁灭性：

> 情生爱，爱复生情。情爱相生而不已，则必有死亡灭绝之事。……虽然，此语其甚者，亦半由不善用爱，奇奇怪怪，令人有所借口，以为情尤。……夫使止于情爱，亦匹夫之日用饮食……[2]

13.《红楼梦》中的女性魅力

《红楼梦》是清代另一部激起中华帝国晚期思想波澜、使“爱情”和“淫荡”概念变得更加复杂的作品，它与《金瓶梅》相比，更能反映帝国将日落西山的特点，但却具有同样的含蓄性。虽然在《红楼梦》中见不到《金瓶梅》中那样的色情描写，然而折磨书中人物的感情却更加浓烈。正像斯科特（M. E. Scott）所尖锐指出的那样：“大观园”和《金瓶梅》中的花园一样，都是展示欲望的舞台，但是，在《红楼梦》中，欲望覆盖的范围更加广泛，因为，它不仅仅体现为得到满足时便消逝了的一般的性欲和贪婪，还包括无法满足的感情要求，如“完美之

---

① 见《情史》20：536—537。

② 见《情史》6：181。可以将这一段与亚里士多德的思想相对比：在《尼各马科伦理学》中，亚里士多德批评了把“德”与“无动于衷”等同起来的思想，认为伦理道德是随着习俗和时间的变化而变化的。

爱”或对美的渴望，等等。①

以佛教思想解读此书一定是有益而无害的：把“色”视为“空”，便可达到大彻大悟，把“空”视为“色”，便可获得大慈大悲；因此，真理在于“色”与“空”的统一，在于彻悟与慈悲的统一。在许多小说（无论是展示英雄业绩的作品，还是描写感情或色情的作品）中，作者都提醒人们要注意淫荡行为和女性诱惑的危险，美色的破坏作用是人们经常采用的一个主题：美色可以灭国，也可以使人丧命。② 然而，此种理解只能部分地解释《红楼梦》的复杂内容，比如，书中经常出现命运与传统的因果报应原则背道而驰的情况，这与中国大部分叙事文学作品的思想内容有很大差别。

书中有这样一段明显反映佛教影响的极具戏剧性的描述：贾瑞陷入了对凤姐儿的爱情之中，因碰壁和受其侮辱，重病不起，在双面魔镜中看见幻象之后，便一命呜呼。这面魔镜叫“风月宝鉴”③，是一位道人送给贾瑞的。在镜子的正面，他可以看到太虚幻境，凤姐儿正在邀他做爱，而在镜子的另一面，他看到的却是一具骷髅。我们可以把这一段描述理解为对大彻

---

① 见斯科特的（M. Scott）博士论文《青出于蓝：〈红楼梦〉与〈金瓶梅〉》（*Azure from Indigo: Hongloumeng's debt to Jin Ping Mei*, 1989，普林斯顿大学，第216页。《红楼梦》对性爱有很浓的描绘，如第26回中宝玉与黛玉的相会，尽管女主人公的羞涩和《西厢记》的诗句使这些描写显得有些含蓄。

② 参见《隋唐演义》35：262、71：549、72：556、81：623，《清平山堂话本》17：329、18：339、14：247—269，《警世通言》28：445、38：573，《古今小说》3：62—63，《二刻拍案惊奇》29：612—626等作品。

③ 有人把《红楼梦》称做《风月宝鉴》，这并不奇怪。见《红楼梦》第4页。亦可参看《红楼梦注评》（1983，南宁）6：4和第1页。“风月”经常被用作“色”的同义词，用来比喻被爱情过分吸引的女子。见《清平山堂话本》14：252和《警世通言》38：574。

大悟和摆脱爱情及淫荡的隐喻：双面魔镜，如果按照道士的教诲，只照背面，便会引导贾瑞领悟性欲虚无的道理，从而挽救其性命。①

莫测高深的双面魔镜，使我们联想起欧洲的某些魔镜，前文中我们已经介绍过此类联想。特别是中世纪关于“那喀索斯危险之镜”的故事，它向我们展示了一系列具有相似内容的精彩情节。那喀索斯之镜也是双面魔镜，但人们可以同时照两面，两面分别反射出的是人的肉体外形和“幻影”。② 另外，贾瑞的故事也表现了“爱与死”的主题，这也是欧洲文学和人物肖像学中常见的主题。然而，东西方魔镜的相似之处仅仅局限于此，下面我们还应该进一步阐明它们之间的根本差别，其中包括隐喻动机和隐喻含义的差别。

在中世纪的文化中，关于人在镜中形象的故事具有双重主题思想，反映了两种相反的目的：（1）在表面上（超越艺术家们或多或少有些病态的沾沾自喜），它提醒人们注意难以控制的幻想中所固有的危险：表现引诱圣安东尼奥的故事和展现这些故事的充满了魔鬼形象和诱惑场面的肖像画，最典型地反映了这一种主题思想；③（2）以人文主义的新精神，借助新柏拉图主义“神

---

① 见《红楼梦》12：141。

② 见阿甘本（G. Agamben）1993 年著作第 94—104 页。

③ 某些学者请人们注意佛在关于神话内容和肖像画方面对圣安东尼奥的影响，见古贝尔纳提斯（A. De Gubernatis）的《基督教诞生之前和之后的西方佛教》（“Le Bouddhisme en Occident, avant et apres le Christianisme”，1908—1909 年《东方之研究杂志》第 2 卷，第 225—226 页）和巴尔特鲁埃提斯（J. Baltru'aitis）的《奇妙的中世纪：哥特艺术中的古代风格和异国情调》（*Le Moyen Age fantastique. Antiquitès et exotismes dans l' art gothique*, 1955，巴黎），第 247—251 页。

灵引导”（拉丁语原文为：pneuma-ochema）的理论，[①] 重新评价人们的幻想，并通过发现爱情的幻觉过程和非现实性，将其提升到至高无上的地位，这便是第二种主题思想。贾瑞的故事只符合第一种主题思想，然而，表现形式却截然不同。无论在欧洲还是在中国，“死”的形象总要激起强烈的反响，它可以把人召唤到“空”（拉丁语原文为：vanitas vanitatum）的思想状态之中；在贾瑞不幸的爱情故事中，并没有像欧洲反映宗教清规戒律的文学和艺术作品那样，把恢复思想宁静的目的与仇恨肉体、视肉体为罪恶之源的观点结合在一起。另外，双面镜的隐喻也并没有准确地反映幻觉世界与掩盖真实的现实世界之间的矛盾，没有准确地反映“愚蠢之形象与智慧之形象”（拉丁语原文为：lo speculum stultitiae e lo speculum sapientiae）之间的矛盾。魔镜与梦幻都具有它们自己基本的含蓄意义，尤其在《红楼梦》中更是如此，因而，魔镜正反两面之间的矛盾本身也是虚幻的，它不亚于“情”和外部世界为“情”所设置的障碍的虚幻程度。

---

① 见柏拉图的《蒂迈乌斯篇》。柏拉图似乎指出，每一个灵魂都有一个载体，“他为每一个灵魂都分配了一个星球，并将灵魂放置在上面，就像放在一辆车子上”，见《柏拉图全集》［乔瓦尼·雷亚莱（Giovanni Reale）1991 年编辑出版］，第 1370 页。新柏拉图主义认为，斯多葛派所论述的“气”应该是一种载体，或者是陪伴灵魂从星体转移到人的肉体中来的一种轻微的物体。波菲利（233—305）认为，这种外壳是神妙的，是上天的，但是，如果在它逗留在地上的时候灵魂与物质粘接在一起，它便会变得沉重，便会使灵魂滞留在地上。在人体中，这种外壳便变成人们幻想的工具，使人能够做梦，能够与星辰和神的启示发生联系。西内西奥·迪·奇雷内（Sinesio Di Cirene，370—415）把它称做“幻想之灵”，认为它是肉体与灵魂、物质与精神之间的媒介，从而使人们可以解释所有神与人、永恒与暂时之间的联系。12 世纪，这种新柏拉图主义的理论又重新兴起，文艺复兴时期得到了菲奇诺（Marsilio Ficino，1433—1499）和布鲁诺（Giordano Bruno，1548—1600）等人的发展。

正如爱德华多·马西在《红楼梦》译本的前言中所说的那样，整个小说都建立在两个相反的并可互换的层面之上：社会和政治义务及家庭责任构成了一个“现实”的层面，另一个层面则是“非现实”的，它与世界的虚无所引起的幻灭是联系在一起的。“情”与一般的虚无现象紧密相关，也是日常生活中的具体现实和社会组织及人际关系的基础；它是个体和局部的表现，也在价值体系中起着决定性的作用；它与“梦”相仿，也是人内心成长的必由之路。①“大观园”是天堂，也是地狱，在那里，感情可以任意自由地表现，它是一个纯洁、自由的世界，然而，却也像戏子柳湘莲所影射的那样，受到了污染。②

在中国，人们也经常指出美色、肉体的吸引和欲望是虚幻的，这种道德观念反复地出现在许多作品之中。流行的道德观念似乎要告诫人们，美色的吸引是一种幻梦，因为，它所能够引起的一切后果都说明它是昙花一现的，是对自己和他人有害的。对女性危险的警惕具有医学的传统，《素女经》中的一句话概括了其精神，大意是：女胜于男，似水可熄火。但是，反复如此地告诫人们，甚至将其写入色情故事结尾处的评论中，这恰恰表明了人们并不接受此类告诫。除此之外，我们也不要忘记，还存在着各种与此类道德观念完全不合拍或以其他方式解释此类道德观念的思想潮流。比如，在《红楼梦》之后的许多作品中，我们都可以见到另一种与上述观念对立的关于女性的思想，这些作品重新评价了前文中我们所强调过的诗人谢希孟的著名诗句：“而天地英灵之气，不钟于男子而钟于妇人。”

---

① 见爱德华多·马西（Edoardo Masi）1981年在都灵发表的《曹雪芹与〈红楼梦〉》。

② 见《红楼梦》66：856。

14. 宝玉的"崇高之淫"："意淫"

初读《红楼梦》，似乎可以认为作者对"情"和"爱"的态度是消极的，书中的"情"好像与"淫"类似。第5回中有两段著名的话，完全否定了爱情与淫荡之间的差别。① 梦幻中，宝玉在上天的册簿里看到了这样一句话：

> 情天情海幻情身，情既相逢必主淫。……

后来，警幻仙姑又警告宝玉说：

> 尘世中多少富贵之家，那些绿窗风月，绣阁烟霞，皆被淫污纨绔与那些流荡女子悉皆玷辱。更可恨者，自古来多少轻薄浪子，皆以"好色不淫"为解，又以"情而不淫"作案，此皆饰非掩丑之语也。好色即淫，知情更淫。是以巫山之会，云雨之欢，皆由既悦其色、复恋其情所致也，吾所爱汝者，乃天下古今第一淫人也。

宝玉认为自己完全是洁净和清白的，当他进行抗辩的时候，仙姑又说：

> 非也。淫虽一理，意则有别。如世之好淫者，不过悦容貌，喜歌舞，调笑无厌，云雨无时，恨不能天下之美女供我片时之趣兴，此皆皮肤淫滥之蠢物耳。如尔则天分中生成一段痴情，吾辈推之为"意淫"。惟"意淫"二字，可心会而

① 分别见《红楼梦》5：58和5：64。

不可口传，可神通而不能语达。汝今独得此二字，在闺阁中，固可为良友，然于世道中未免迂阔怪诡，百口嘲谤，万目睚眦。

在中国有一系列的意见和看法，肯定了清教主义的态度，它们把原则与欲望和形式区分开。[①] 黛玉和宝玉一起贪婪地阅读了《西厢记》，听到宝玉把他俩比作书中的人物后，她感到不悦和羞耻，宝玉表现得热情，而黛玉则是一位冷面美女，这是一个很典型的例子。在舞台上，面对观众，"情"可以作为娱乐之物被人们所欣赏；而在私下里阅读关于"情"的作品，则是一种有伤体面的罪过，因为通过阅读文学作品，男女二人可以建立起一种性关系。[②]

在那个著名的具有隐喻意义的梦中，年轻的宝玉进入了虚幻世界，他被告诫不要成为一个狂热迷恋女性、被"情"迷住双眼的痴男。性爱把贾宝玉引入荆棘丛生、充满了豺狼虎豹的森林（隐喻不正当的"情"），引上了妖魔鬼怪所居住的深渊的边缘；然而，更令人瞠目结舌的是宝玉以乱伦的形式初试云雨（秦可卿是宝玉侄子的妻子），这显然更是越轨的行为。这位只想满足无止境性欲的浪子过着放荡的生活，但是，他却面对着儒家理想和政治与社会义务。另外，前面我们已经介绍过贾瑞对凤姐的不幸之爱和他的垂死挣扎，其中也体现了这两个方面的结合。还

① 贾宝玉在按照老师的要求评论《论语》中的一段话时（见第 15、12 回），尽管认为性快乐和喜爱女性美是天生的，自然的，但却不认为它们应该与喜爱美德处于同等地位，因为前者是"人欲"，后者则是"天理"。

② 见《红楼梦》23：269。无论如何都不应该过分强调林黛玉的这种反应，因为生气之后很快便是微笑：羞耻是每一个好女孩儿的自然反应，她对宝玉所表示的基本感情是"爱"。

有，宝玉的家庭教师所引用的那句“成人不自在，自在不成人”的格言，[①] 也把原则与欲望对立起来，激励人们进行“道德方面的努力”，似乎也隐喻了我们在汤显祖的戏剧中已经见到过的“自由”与“需要”之间的矛盾。在小说接近结尾时，作品中多次出现的“净”的思想达到了高峰，这是道教和佛教的另一个理想。

“淫”字具有“过分”和“淫荡”等含义，是一个贬义词，我们应该如何理解人们为什么要反复使用它而不使用“情”字呢（至少对宝玉是这样）？如果每一种爱情都是“淫荡”的，生活本身便也是“淫荡”的，那么是否可以推论出“一切皆淫即一切非淫”的结论呢？在此种意义上，使用“淫”字也可以表示作品中的主人公向传统价值观提出了挑战，从而证明了作者希望摆脱占统治地位的清教主义思想的控制。一般人都以批评的态度对待贾宝玉的反常行为，然而书中也有一些描写他的“精神实质”的内容，只是这些描写不被大多数人所理解而已。前面所提及的《红楼梦》中的章节，内容很明确，都表现了占统治地位的道德思想，然而，贾宝玉的挑战似乎已经超越了作者的佛教信仰和他本身的意图。比如，梦幻和恐怖的魔鬼不仅说明作者在思想矛盾中拼命地挣扎，而且表现了他潜意识中的压抑心情。

前文中我们已经讲过，宝玉在梦中游历了“太虚幻境”，那是一个万事皆空的世界，在那里，他遇见了警幻仙姑，仙姑试图通过对“情”和“欲”的展示启迪他，使他领悟到异性的诱惑是一种愚蠢的行为。对于理解“情”字，警幻是一个极其有趣的人物：她是一位神仙，居住在“离恨天之上，灌愁海之中”，因而，她不是“爱神”，也不是“爱的快乐之神”，而是“爱的

---

① 分别见《红楼梦》5：64、12：140—142、82：1062—1063。

痛苦之神”；她甚至认为，她的任务就是“司人间之风情月债，掌尘世之女怨男痴”。

除警幻之外，其妹可卿的形象也是极其神秘的，她与宝玉的侄媳同名，先是出现在宝玉的梦中，并引导他初试云雨，后来又出现在欲自尽的丫鬟鸳鸯面前；对于鸳鸯，可卿是一位把短暂的一生都奉献给情爱并为其自尽身亡的女性幽灵。① 可卿高深莫测，引起人们极大的争议，按照伦理道德准则，她与公公乱伦，本应是一个反面形象。的确，她华龄早逝，其罪过也受到了惩罚；但是，她所付出的代价对因果报应的原则来说是微不足道的。在作品中，可卿不只是反面形象，而且还有其他重要作用，这也是事实：她对贾家的道德败坏起到了推波助澜的作用，然而，在第 13 回中，她却出现在凤姐的梦中，奇怪地嘱托凤姐经营好贾家的财产。

人们总是认为，被女性的美貌所吸引，是纯粹的感情问题，与淫荡毫不相干，而警幻仙姑则把年轻人的淫荡和轻佻视为富豪之家道德堕落的原因，她的一席话不但使人们关于爱情的梦幻破灭，而且谴责了上述观点。仙姑似乎并不区分“情”与“放纵”、“魅力”与“淫荡”之间的差别，她对纯洁的爱情也加以谴责，在她看来，淫荡的形式各异，但实质相同，它是普遍存在的欲望的结晶，也是将人们束缚于痛苦之中的“羯磨”的精髓。事实上，宝玉是一个最典型的例子，他的情感过于丰富，可称为“情鬼”；他不仅是一块石头的化身，而且是一块多余的石头，

① 见《红楼梦》111：1402。关于警幻和可卿，请看《红楼梦人物词典》，第 103—104、159—161 页。在西方，也有一些强调爱情消极因素的观点，它们把爱情看作一种病，有时还把它比作疯狂和忧郁症，从而强调爱情的重要性。爱情忧郁症和相思病有悠久的历史，它是文学、医学、哲学等领域的共同现象，但同时爱情也是积极的，它与幸福联系在一起，然而，它表现更多的是欲望的幸福，而不是快感的幸福。

因而带有这块石头所具有的“原罪”特点。①

那么，在赞颂宝玉病态情感和他与黛玉之间的爱情时，我们又应该如何去理解上述极端的清教主义思想呢？这是一个复杂的问题。事实上，《红楼梦》中这一段模棱两可的描述始终把“淫”区分为两种类型，一种是与心灵联系在一起的“淫”，又可称其为“意淫”，即情欲，另一种则是一般俗人所理解的“淫”。只要我们认真地阅读，就会发现，作者认为这种区分是十分重要的，甚至将其视为男主人公正面形象的基本特点。一旦人们接受了这种“淫”的概念，或接受了与这种“淫”相关联的“羯磨”的概念，便会出现“淫虽一理，意则有别”的矛盾现象；② 当我们继续读下去，看到警幻仙姑把寻求一切淫荡之乐的蠢物与“意淫”者区分开时，矛盾就变得更加明显了。一般来说，人们总是把“意淫”与“淫荡”混为一谈，甚至对“意淫”的谴责更加严厉，这是因为“意淫”能够更完全地把人卷入在内，因为“意淫”向传统的社会角色和关系提出了疑问。在《红楼梦》中，“意淫”与男主人公的形象结合在一起，具有了新的含义：尽管它仍然表现为“过分的情欲”，但与庸俗的淫荡已毫无关系，而只是贾宝玉等人物的情感展现。警幻仙姑最后说：“意淫”二字只可意会不可言传。

后来，可卿似乎部分修正了警幻仙姑的断言，在小说快要结束时，她再次谴责为了给自身的恶劣行为进行辩护而经常制造混乱的人们，并把“纯粹的感情”（处于纯洁而宁静的“性”状态

---

① 见《红楼梦》1：1—6、8：95—96。这是传说中女娲补天时留下来的唯一一块石头，被弃在青埂峰下；“青埂”一词与“情根”一词近音，具有隐喻意义，与“道根”一词相对立（见《红楼梦词典》，第475页，1987年在广州出版）。人生存在着悲与喜的矛盾，这块被遗弃在需要修补的世界上的多余石头代表了这一矛盾。

② 见《红楼梦》5：64。

的未发之情，可以将其比作含苞欲放的蓓蕾）、伴随着喜怒哀乐的爱情和“淫欲”区分开。事实上，可卿使用了“无情”和“未发”等哲学概念，展示的是一种玄奥的爱情思想。在小说的第五回中，人们为“淫”字增添了新的含义，而在此处，“情”字又被赋予了一个新的词义。一般情况下，人们把“情”字视为“爱情”和“情欲”的同义词，而可卿却认为它的含义是：人的心灵在受到情欲冲击之前所具有的自然的纯洁和安宁。因而它是一种平静而崇高的感情。

> 那人（可卿）道："……我在警幻宫中原是个钟情的首坐，管的是风情月债，降临尘世，自当为第一情人，引这些痴情怨女早早归入情司，所以该当悬梁自尽的。因我看破凡情，超出情海，归入情天，所以太虚幻境痴情一司竟自无人掌管。今警幻仙子已将你补入，替我掌管此司，所以命我来引你前去的。"鸳鸯的魂道："我是个最无情的，怎么算我是个有情的人呢？"那人道："你还不知道呢。世人都把那淫欲之事当作'情'字，所以作出伤风败化的事来，还自谓风月多情，无关紧要。不知'情'之一字，喜怒哀乐未发之时便是个性，喜怒哀乐已发便是情了。至于你我这个情，正是未发之情，就如那花的含苞一样，欲待发泄出来，这情就不为真情了。"①

---

① 见《红楼梦》111：1420。在这段文字中我们可以看到各种“情”字的含义。这一段可以被看做是对作品思想内容的修正，具有说教的特点，它试图使作品的思想观念符合理学思想规范。关于“未发”一词的含义，请看史华罗 1992 年文选中关于“七情四根”的一章。“无情”一词有多种词义，常用词义为“冷漠”（见《剪灯余话》1：21 和《情史》4：132、5：161、11：312），哲学上的含义是“没有激情”和“从容”（见《醒世恒言》14：288）。

毫无疑问，按照纯粹的佛教观点，性的吸引和性爱之情是万恶之源，它们本身就是所谓的“情根”。《红楼梦》的伟大之处恰恰就在于它超越了人们在思想意识方面的担忧。在小说的另一段含义深刻的文字中，冷子兴谈到宝玉时，好像也做了上述的区分，他认为宝玉的父亲没有理由指责儿子将来定是酒色之徒，人们不应该以表面现象判断是非。①

事实上，宝玉的感情是矛盾的，含糊不清的，至少有时他处于违反常理的状态，比如在第 19 回和第 26 回中看望黛玉和在第 36 回中与宝钗相处时，他都表现出了这一点。他感情丰富，具有“女性”的性格，因而对黛玉多愁善感的爱情一拍即合，同时又无法抵御周围其他美貌而聪明的年轻女子们的诱惑：他被宝钗所吸引，对袭人也一往情深，见一个爱一个。② 作者曾指出，宝玉在休养期间，与丫鬟们无所不为，尽管他们之间的游戏是纯真无邪的，但却戏耍无度，挖空心思地寻求快乐。一方面，宝玉要取消男女之别，使自己成为周围女伴中的一员，他更重视玩耍和情感，而不重视性关系，这是一个事实；另一方面，他与“才子佳人”文学中纯洁的、忠于唯一情人的主人公截然不同，这也是一个事实。否则，他就应该毫不犹豫地选择黛玉，或者除了黛玉之外，再娶宝钗和使他为之动情的其他女孩儿为妻妾，如袭人与晴雯等人。他甚至任由丫鬟们摆布，

① 见《红楼梦》2：19。

② 如：他在园子里仔细看着那位反复在地上写“蔷”字的女孩（见《红楼梦》30：364）时，心中便生出了喜爱之情；在第 35 回中，宝玉虽然没有见过傅秋芳，却在头脑中想象了她的形象，喜欢并同情她。关于宝玉的女孩儿性格，请看《红楼梦》66：850—851。关于对宝钗和袭人的喜爱，请分别看《红楼梦》28：339 和 19：217—222。

因此人们说他毫无个性。① 他对黛玉十分关注和热心，以至于每次黛玉悲伤时他都试图安慰她（如第67回），黛玉对他冷嘲热讽、不理不睬时，他也不气馁，比如，在第22回中，他静静地等在黛玉的门外，直至黛玉开门。

他渴望自由，需要自由，是追求内心绝对自由的超验理想的化身，但同时，他又对美极其敏感，屈从于感情的冲动：事实上，他不断地受到感情的搅扰，连花开花落等最微不足道的小事也会令其动情。如果我们把“情不情”一词理解为“对麻木不仁的东西也有爱和感情”的话，宝玉则体现了把自我与周围事物不加区分地融合为一体的美学理想；但是，当许许多多激情接踵而来，积聚在一起时，他似乎又变得麻木不仁了，因此，我们也可以推论出“情不情”的另一个含义，即“如此充满激情以至于超越了激情”。前面已经说过，小说中的“幻”字，即包括人的意识通过“情”所体验到的魔幻般的感受，也包括对这种感受的自由认识，在宝玉的身上集中了一对矛盾，一方面他通过爱情受到启示，另一方面他又通过“情”本身超越了“情”。但是，他的这种态度也是令人无法理解的，甚至对他最亲近的人也不例外：他对人的热情经常引起误解，造成他所亲近的少女们之间的嫉妒和敌视。

毫无疑问，他的表现是一种强烈的性行为，其基础是女性美的魅力和女性的情感对他的吸引。但是，他的感情中还含有一些别的什么东西，因为其中并不包括任何攻击性的成分；他深深地同情女性的灾难，对女性的能力非常钦佩，他与女性的感情紧密地融合在一起，为她们分担忧愁，对中国传统式的婚姻表示极大的怀疑。有时他的态度比西方中世纪宫廷骑士文学的观念更加激

① 见《红楼梦》35：424。关于宝玉与丫鬟们之间的关系，请看《红楼梦》79：1031。宝玉与丫鬟之间的关系是一种“意淫”，除与袭人外，宝玉似乎未与其他丫鬟发生过性关系。

进。他认为女人清如水，男人浊如泥，这样就对成年男子的整个生活体系和价值体系提出了疑问：道德的污染（阴谋诡计、嫉妒、野心，等等）似乎恰恰是通过婚姻才产生的。在《金瓶梅》中，年轻女人们在家庭的范围内重演男人们在政治斗争中所使用的伎俩，而在《红楼梦》中，一旦她们成为丈夫家庭的成员，便被腐蚀，也参与到成年男子们的腐败行为之中。①

宝玉的痴情与贾琏一类人物的“皮肤滥淫”之间存在着差别，但不是伦理道德范畴的差别，而是美学范畴的差别：按照佛教、道教和理学的道德观念，宝玉是一个失败者，或者说是一个迷途者，在世人眼中，他的罪过不亚于《金瓶梅》的主人公西门庆的罪过；甚至还有过之而无不及，因为他的罪过似乎是荒谬的，怪诞的，无结果的。他的被夸张了的感情是独特的，是不随波逐流的（就像《卡拉玛佐夫兄弟》中的阿辽沙的温顺一样），并具有一点点革命的成分。② 关于宝玉，仆人兴儿和年轻的姑娘尤三姐这样说道：

> ……成天家疯疯癫癫的，说的话人也不懂，干的事人也不知。外头人人看着好清俊模样儿，心里自然是聪明的，谁知是外清而内浊，见了人，一句话也没有。所有的好处，虽没上过学，倒难为他竟认得几个字。每日也不习文，也不学武，又怕见人，只爱在丫头群里闹。再者也没刚柔，有时喜

① 见《红楼梦》77：996。

② 指的是宝玉无才（1：2）和无能（3：36）。宝玉被曹雪芹置于非正统思想的潮流之中，他颠倒了传统的世界，使青年男女占据了成年男子的地位，成为人们关注的中心。宝玉在一定程度上反对少女们出嫁，而对她们的微笑、眼泪、日常生活中的大大小小的事情却非常地关心。这部小说的另外一个特点是没有人们常见的圆满结局，也没有反映传统的因果报应的思想观念。

欢见了我们，没上没下，乱顽一阵；不喜欢各自走了，他也不理人。我们坐着卧着，见了他也不理，他也不责备。因此没人怕他，只管随便，都过的去。

……原来他在女孩子们前不管怎样都过的去，只不大合外人的式，所以他们不知道。①

这种情感反映了主人公的矛盾性格，他充满了爱的感情，却又希望超越爱的感情，摆脱所有痛苦之源。当他想到自己生活中的那些女孩儿的时候，自言自语道：

“说不得横心只当他们死了，横竖自然也要过的。”便权当他们死了，毫无牵挂，反能依然自悦。

道家经典著作《庄子》颠倒了人们通常所见到的谨慎与智慧的标准，以原始的纯真反对虚伪的社会常规；宝玉读过几页后，便试图自己安慰自己：

焚花散麝，而闺阁始人含其劝矣；戕宝钗之仙姿，灰黛玉之灵窍，丧灭情意，而闺阁之美恶始相类矣。彼含其劝，则无参商之虞矣；戕其仙姿，无恋爱之心矣；灰其灵窍，无才思之情矣。彼钗、玉、花、麝者，皆张其罗而穴其隧，所以迷眩缠陷天下者也。②

① 见《红楼梦》66：850—851。

② 见《红楼梦》21：242。关于庄子，请看《庄子集释》，台北，1970，第192—193页。

大观园是一个理想的世界，宝镜中反射的是一个清教主义的世界，假设二者之间存在着区别，越过这种假设，就可能发现一个秘密，似乎极难捕捉到的作品思想的一致性，恰恰就在于“情”字模棱两可的特点之中。正像我们所看到的那样，宝玉生来就是一个具有特殊、病态、异常感情的人：

> 若生于公侯富贵之家，则为情痴情种；若生于诗书清贫之族，则为逸士高人；纵偶生于薄祚寒门……必为奇优名倡。[1]

他这种热衷于爱情的天性是伴随他一生的负担，使他与需要负责任及承担政治义务的成人世界有些格格不入，使大多数人无法理解他。此种爱情可能已超出了作者的本意，超越了传统的价值观念和正统的社会规范，在道德和经济的范畴之外，按照自己的节奏发展。我们应该从宝玉的“多变”开始进行分析，这位主人公既不顾及自己的前程，也不顾及自己所处的社会地位和所应承担的责任，[2] 更不顾及家庭的未来，他是一块“多余的石头”，卧于“情根”之上，这便是他的本质。

这部小说至少在我们面前展现了三个层面的语言：第一个层面是宝玉的内心世界，它超越了社会常理，大观园中的生活体现了这一点；第二个层面建立在道教和佛教的道德原则之上；第三个层面则是反映社会现实的普通的语言层面。[3] 主人公的反潮流精神体现在对女性世界充满的激情之中，他原本是一块多余的奇

---

① 见《红楼梦》2:20。

② 见《红楼梦》36：428、435—436。

③ 人们认为此作品有一定的荒谬性，那是因为没有抓住它字里行间中隐藏的含义。这部小说间接地谴责了当时社会流行的价值观念，受到青年男女们的喜爱。作品中有这样一首诗：“满纸荒唐言，一把辛酸泪。都云作者痴，谁解其中味。”（见《红楼梦》1：4）

石，他的本质决定了他的不随波逐流的生活态度。他对女性美的欣赏与普遍存在的对妇女的歧视背道而驰；尽管从实质上讲，这种欣赏与迷恋肉体的诱惑和淫荡并无两样，但它却以一种抽象的享受形式展现在作品之中；它没有具体的目的，不被普通人所理解，因为它是“无用的，脱离现实的”：这种态度必然会引起过分的激情，然而这些过分的激情并不是为了满足一时的欲望，也不是为了达到实现婚姻的目的。[①] 我们不妨再想一下，为什么人们在某种程度上可以容忍主人与女仆发生肉体关系，甚至容忍主人与已婚女仆发生肉体关系，然而却无法理解贾宝玉对待某些侍女那样的带有一定情感成分的爱情关系呢？[②]

另外，整个作品到底是由谁完成的，这个问题我们也不能够忽略，因为它并不是一个与理解作品中的矛盾毫不相干的问题。如果作品中的某些片段真的来自其他文学源泉，或者来自不同的版本，[③] 那么，在这些片段中我们更能够看出思想内容的转变，即从对大观园生活中思想感情细腻而流畅的描写过渡到展现更激进的清教主义生活观念（有人认为激进的清教主义生活是指“风月宝鉴”所展现的世界），按照这种生活观念，爱情等同于

---

① 见陆僮林（Lu Tonglin）博士论文 *Desire and Love*: *A Comparative Study of Narrative*，普林斯顿大学，1988，第 200—204 页。

② 贾母对宝玉与袭人之间的关系表示理解，认为它是男女两性之间发生的普通事情，甚至她也理解贾琏与鲍二老婆之间的关系。然而，贾母与王夫人却对宝玉与其他丫鬟之间“奇怪”的感情纠葛表现出慌张和不安。

③ 最近，李惠仪（Li Wai-yee）又重新开始研究这个问题，她发现，除了最后 40 回是别人续补的之外，关于贾瑞、尤氏姐妹、秦可卿和秦钟等章节（第 9—16 回和第 63 回后半部分、第 69 回）以及关于风月宝鉴的部分，也待确认其来源。这些部分明显有更强烈的道德说教及伤感内容和表现上的夸张。

肉欲，应受到严厉的谴责。《红楼梦》的艺术表现手法是含蓄的，它既展示与人们纠缠不休的爱情，也展示社会整体生活，既表现高雅的美，也表现难以触摸到的色情，然而，在这些片段中，这种表现手法不见了，取而代之的是主宰一切的上天的因果报应思想，它要强行建立道德新秩序，要求人们克制自己，遵守常规，明确反对性的欲望和肉体之爱。

除了一些还无法确认出处的内容之外，现在所流行的《红楼梦》版本是统一的版本，是中国文化的重要组成部分，这是得到大多数读者认同的。大观园的气氛很难与“魔镜”中所反映出来的世界区分开，尤二姐和尤三姐的情况就是一个例子：尽管她们既性感又轻浮，却在一定程度上能够感受到纯真的爱情；似乎是爱情的觉醒将她们引向了悲惨的结局。然而，人们也可以用无情的因果报应对她们过去行为的惩罚来解释她们的命运，也完全有理由认为恰恰是因为她们不能克制自己才造成了自身的灾难。确实，我们不该忽视人们对“无节制”和“过度”的恐惧心理。深深的相爱与肤浅的性需求之间是有一定区别的，这一点在小说的许多片段中都有表现,① 但是，书中关于这一问题的看法也是矛盾的。

正像前面已经指出的那样，总体来说，爱情已经成为折磨相爱者的一种无法实现的理想。实现爱情理想的最大障碍，就在于一系列误解以及外来干扰和不幸所造成的爱情主体之间的沟通困难。然而，只要人们能够控制自己，使男女之间的关系限于表面，使“淫”不成为对异性的迷恋，“淫”便很容易得到满足，不会导致消极的结果。如果男人不被“淫”所控制，而能够成为它的主人，便不会受其所害。夏志清先生曾指出：贾珍和薛蟠

① 关于尤二姐的名声和尤三姐的表现，请看《红楼梦》65：843—844和69：894；关于对贾琏的评价，请看44：540。

等好色之徒与脆弱的患有爱情病的人不同，他们只寻求欲望的满足和保护自己的身体。庄信正（Chuang Hsin-cheng）先生也尖锐地补充说：一般来说，这些人物都从容地经营着他们的违禁的见不得人的勾当，他们不会被卷入情感的漩涡之中，没有道德上的顾忌，也不会造成社会影响，因而，他们不但避免了肉体上的惩罚，而且也避免了心灵的痛苦和紧张。① 因此，我们可以断言，至少对《红楼梦》来说，势不可挡的“情”（包括命中注定之情），无论是深深的爱情，还是淫荡之情，都被视为危险的和具有破坏性的。尽管如此，“情”仍然是极其重要的，它是生命的核心，是解读生命的关键。

作者继承了明末人们“对情的崇拜”，但随着时代的变迁，他面临着发展这一崇拜的困难，然而他却成功地将困难转变成崇拜的组成部分。清代，爱情变成了一个折磨人的问题；可能是人们要解决新情感与情感压制倾向之间的矛盾，从而推动作者（或作者们）创造了一种新的语言，这种新的语言既能够反映流行的清教主义思想，又能够表现新的思想观念，如崇高的爱情理想等。②《红楼梦》男主人公的怪癖和他对年轻女性的赞佩非常有利于此类语言的产生。

《红楼梦》中所展示的爱情与先前和后来的小说中所展示的爱情都有所不同，因为它与生儿育女和结婚等社会功能的联系并不十分紧密。从这个意义上讲，它所展示的爱情与《金瓶梅》中的爱情却有一些相同之处，但同时也有许多区别，因为它避免展示爱情的性行为，而刻意渲染感情和描绘人的内心。《红楼

① 对中国爱情小说和西方爱情小说进行对比研究是很有意义的。陆僮林（Lu Tonglin）的论文是第一次将法国爱情小说与中国的《金瓶梅》进行对比研究的文章。

② 作者是信奉感情的，是冯梦龙所开创的“情文化”的继承人。

梦》中，引起人们兴趣的并不是爱情的实际结果，也不是达到什么功利性的目的，而是千变万化的感情，是情感的交流，是男女双方情投意合或发生冲突时所产生的相互撞击，是暗示与误解，是对所爱男子或女子思想的猜测与直觉，是相爱者之间的暧昧之情和躲躲闪闪。作者的兴趣主要是展示人物的心理和漫长的爱情过程的细节。在以往以爱情为主要内容的作品中，人们有时也描写尚未结婚的相爱者的感情，但是，爱情总是与实现性交往和结婚的目的直接联系在一起的；如果我们把书生柳梦梅和杜丽娘之间情意绵绵的对话与宝玉和黛玉之间的对话相对比，就会很清楚地看到这一点。

在《红楼梦》中，人们对感情的展示也变得更加复杂和含蓄：暗示几乎总是间接的，有时还要借助于外表的虚假姿态，在对方的反应中试探其真实的感情。宝玉借助《西厢记》向黛玉表示了爱慕之情，这种暗示已经显得过分的直白：黛玉先是羞得面色绯红，后来变了颜色，对宝玉大发脾气（第 23 回）。此类行为符合贵族的举止风格和高雅的言行规范，但在一定意义上也可以追根溯源至中国的清教主义思想，这种思想甚至对爱情本身也表示怀疑，警幻仙子深入人们内心世界的嘱托和作者对严父的描写，都表现出了这一点。另外，青年男女之间不寻常的自由关系和行为与严厉的道德管制形成了鲜明的对比：从理想的角度看，青年男女们可以自由地从事自己感兴趣的事情，可以培养对感情的崇拜，可以适当地感受日常生活给予他们的快乐，而不必承担社会责任的压力，改变自己的天性；从实践的角度看，他们要达到相识和相会的目的时，不再需要一位丫鬟的帮助，为他们传递情书，促成他们的秘密约会。在“大观园”中，青年男女可以自由地单独相会；在一定意义上，“大观园”不是一个“非性”或“非性化”的地方，而像是一个纯洁的乌托邦，在那里“男女有别”和“男女授受不亲”的原则失掉了一定的效力。袭人抱怨宝玉，说他有“爱红的毛病”，即有玩弄脂粉、整日在女孩儿中厮混的毛病。宝玉经常与黛玉有直接的接触，如黛玉为宝玉擦去脸上的胭脂，擦干两颊的汗水，宝玉进入黛玉的闺房唤其起床等；两人的身体接触甚至到了相互胳肢取乐的地步，但是，这种接触却是纯洁无瑕的，并不像以前的爱情小说中所描写的那样，与性行为紧密相关。人们认为，这种男女青年之间的关系，恰恰源于满人尚未完全接受儒家文化之前的风俗习惯，它完全反映了作者的生活理想，即追求自由纯洁的生活和回归理想化的童年时代。①

前面我们已经看到，即使我们接受享乐主义与道教或佛教思想相对立的观点，人们也仍然对曹雪芹以及完成《红楼梦》创作之人的立场持有疑问，作者（或作者们）的创作意图与作品最终所达到的艺术效果之间也仍然存在着许多差异。作者警示读者，提醒他们注意“情”所构成的危险，然而，作品本身却恰恰建立在“情”的基础之上，特别是建立在爱情的基础之上；书中最终压倒一切的感情是由于社会规范的限制和时代的暴虐而无法实现完美爱情的痛苦和惋惜。恰恰是在这一点上，小说展示出了它的新意；主人公受到女性世界的吸引，而社会却要求他超越这种吸引，他生活于二者的矛盾之中；通过这一矛盾，小说试图设计出一个更加复杂的关于爱情和感情的观念。

当然，我们可以以各种解读方式和态度来阅读《红楼梦》，如从伦理道德、嘲讽、审美等角度来看待这部文学作品。但我觉得，最接近于作者思想的解读方式是通过“情”来解救众生的超佛教理念。小说一开始便向读者提出了一个观点，辩证地综合了相反相成的两种世界观，一种是出世的、虚无主义的，另一种

① 见《红楼梦》19：222。

是入世的、信仰主义的："因空见色，由色生情，传情入色，自色悟空……"我们可以认为这种观点就是提前综述故事思想内容的作品解读公式。尽管"情"是威胁人内心和谐和社会和谐的一种危险，但它似乎仍获得了新的价值，因为只有通过体验"情"，才有可能获得智慧，提高自己的品格。①

同时，作品中的主人公所遭受的失败或看破红尘，其结果不只是静坐默祷，感受神灵的存在，而是拒绝以某种价值观念为中心的世界，但人们又不能明确表明这种拒绝，而且还似乎需要超越常规和社会，撞击人类本身的不完善：小说以描写天倾的神话故事为开端，并借此引出了主人公，他本是女娲补天剩下的一块"无用"的石头。每一个男人和女人的性格与气质，都取决于出生之时偶然的"阴"和"阳"的组合情况，然而，一般来说，它们是有缺陷的。这些缺陷与利益关系和社会常规的合力，阻碍了人们对现实的感知和人与人之间的沟通：由此便产生了误解和不合时宜的感情表露，出现了真与假、现实与非现实、一般感觉与幻想之间的隔阂。在这种矛盾的状态之中，爱情（近似于西

① 见《红楼梦》1：3。王国维（1877—1927）认为，《红楼梦》隐喻了人们寻求解放的愿望；人们要摆脱宇宙中无限与有限、自然与超自然之间的矛盾，具体地落在人的身上，便是性欲中所反映出来的矛盾。只有少数人能够获得这种解放，如贾宝玉，因为无论是选择自杀还是出家为僧，只要是因为对现世生活不满，他的行为就不会影响他的来世。在《红楼梦》77：99—100中，作者又提出解救包括植物在内的众生的佛家老问题，同时，他也继承了对感情的崇拜。只有少数"高人"能够进入外表世界的内部，通过情，感悟和理解宇宙的虚无。痛苦的爱情经历使宝玉彻底感悟，而对黛玉来说，这种经历却是越来越令人绝望的迷惘。在第117回中，宝玉丢失了"玉"，它隐喻了宝玉失掉了"欲"，从而获得了"大悟"。而对黛玉来说，"情"与"欲"是不可分的，外表和美生"情"，"情"生"欲"和"幻觉"，从而形成无法摆脱的因果连锁反应；因为无法得到"情"和"欲"，黛玉便命归黄泉。

方中世纪的某些文章中所展示的“爱情痛苦与伤感”）只有在幻觉的乌托邦世界（万事皆空的幻想世界、“大观园”、睡梦等）中才能实现，才能体现纯粹激情的美。

人与神仙相爱的传统文学总是含蓄地表示，仙女的诱惑是要满足人的欲望，同时，也使人们意识到，这种诱惑具有幻想的特点。“幻想”一词，含义很复杂，它已与人们通常赋予它的词义不同，成为感情的孵化器和提炼炉：如果不区分事实与错觉、隐喻与真实之间的通常的差别，那么，情感便成为赞颂美和爱情的温床；然而，情感中也包括伤感，这是因为人们明白一切事物都必将衰亡的缘故。在由于想象（I）而产生的欲望（D）与由于易变的现实和感情所产生的无奈的伤感（M）之间，情感具有一种辩证的作用。

$$I = D/M$$

事实上，可以在很多层面上阅读《红楼梦》，尽管每一位读者都曾煞费苦心而且继续煞费苦心地寻找解读这部小说的关键，但是，如果认为只有一种解读方式能够准确而真实地反映作者的创作思想，那么，我们的认识也就太具有局限性了。因此，试图将作品强行限制在一个理论框架的范围之内是错误的。我认为，每一次全面地、合情合理地诠释作品的尝试都是注定要失败的，它无论如何都是有缺陷的：从思想体系的角度看，《红楼梦》基本上否定了传统的道德规范，然而，我们不可否认，有些地方它又符合传统道德规范。尽管作者有意识地接受了道教和佛教思想，书中的人物却都各自按照自己的艺术发展方向发展，他们之间存在着辩证关系，“现实”再加上现实在贾宝玉的幻想中所投射的影子，使这种辩证关系变得更加复杂。爱情以各种不同的形式展现在读者的眼前，从黛玉的理想之爱，到戏子和女佣们的肉欲，其中还有一系列复杂的、介于理想之爱与肉欲之间的爱情形式，如晴雯、鸳鸯、尤三姐等人的情况。

我们无法将各种爱情简单地分为积极的或消极的两类，因为，归根结底，理学道德思想并不比贾瑞的痴情更有价值。感情是与生活实质相一致的，如果一定要找出一个评定这部作品的基本尺度，它似乎不应该是一个建立在道德基础上的尺度，而更应该是一个审美的尺度。

结　论

> 通过选择不同的色彩、丝线、刺绣手法，绣工根据图样创作出丰富多彩的刺绣作品；同样，通过细致的文学描写，运用美化、扭曲甚至丑化等手段，人们也创作出了众多光怪陆离的以浪漫爱情故事为同一主题的文学作品。①

爱情以它最理想和最邪恶的形式，作为人内心高尚情感的表现或对社会基本关系的对抗，在明清时期的小说和戏剧的题材中占据了首要地位。然而，需要注意的是，只有在《红楼梦》和汤显祖的戏剧等少数作品中，对人物思想的挖掘才达到了深刻的心理内省的地步。在大多数情况下，对人物性格和欲望的描写不是由于作者对他们的内心世界真的具有好奇之心，而是由于社会道德的要求（这一点有点像法国古典戏剧中的情况），其目的是为了打击邪恶，因为它造成了恶劣的社会影响，或者是为了揭露儒家说教者们过分的清规戒律及其所造成的严重后果。

在展示爱情时，有时人们也描写最令人愉快的情景，从爱的期盼，到爱的实现，从爱的喜悦，到爱的极点，应有尽有，如：

---

① 见海伦·哈里斯（Helen Harris）的论文《对变态性关系的反思》（Rethingking Poliynesian Heterosexual Relationships: A Case Study on Mangaia, Cook Islands）。

《金瓶梅》中西门庆的爱情经历、蒲松龄作品中与狐女的艳遇、冯梦龙和凌濛初笔下的快乐的情侣，等等。作品的中心有时是恋爱者的忧虑，但更多的是着了魔似的嫉妒、被拒绝后的绝望、恋爱失败或离别所造成的痛苦。① 展现在我们面前的爱情是一种伤痕或疾病，或者纯粹是对快感的追求，甚至是全身心的投入。“真情”指的是能够经得起社会经济地位变化和时间考验的爱情，它的实现要得到社会的奖赏，其结果必然是夫妻“白头偕老”，儿孙满堂且勤奋上进。如果所谓的爱情并非真情，由于其中一方不相配或者不真诚，随着时间的推移，爱便会蜕变成恨。

曾经存在着一个试图展示理想之爱的流派，如：有些八股文风的“才子佳人”文学，《红楼梦》、《莺莺传》等文学名著，以及韩凭的传说等。在叙事文学中还有另一个流派，该流派的作品几乎全是白话文小说，如：明末冯梦龙和凌濛初的短篇小说集和长篇小说《金瓶梅》等作品。这些作品以“现实主义”的手法描写爱情的日常表现，把它视为人间喜剧中的情和欲，使它以最粗俗、最色情、最兽性的形式展现在读者的眼前。作品中，性的描写压倒了纯粹的感情描写，成功、失败、恋爱、无动于衷，经常成为无情的、具有讽刺意义的玩味对象。

最有特色的是使爱情合法化和神圣化的做法，为此，人们利用了隐喻和神话的表现形式，尽管它们与欧洲的隐喻和神话不同，却也对营造真正崇拜感情的气氛起到了积极的作用。比如，爱情的“道德化”以及爱情同人基本自然需求的一致性与社会要求和对爱情崇拜的限制之间形成了一种妥协，但是，同时，它们又把社会关系提升到一个相互友爱的高度，并表明人的内心自我以更复杂的激情形式膨胀。

---

① 请参阅史华罗 1997 年发表的著作《中华帝国之情》（*Le passioni nella Cina imperiale*），第 124—134、199—200、212—217 页。

在中华帝国晚期的文学中，出现了多种多样关于爱情的态度、观念和理解方式。爱情可以升华为一种完全的献身精神，就像那篇关于麻风病人与未婚妻的故事中所讲述的那样，也可以升华为黛玉对宝玉那样的具有占有性的“柏拉图主义”的爱，还可以升华为“卖油郎”对“花魁”式的绝对崇拜。爱情可以是《金瓶梅》和《肉蒲团》中的主人公所寻求的那种纯粹的肉体快乐，也可以是旨在采取生命之精华的有节制的保健行为；人们还经常把爱情解释为对社会公认的有资格成为配偶的人所具有的强烈感情。在大多数情况下，它被认为是一种难以实现的复杂而全面的情感，有时它极其高贵，能够给人带来幸福与痛苦，有时它又非常简单和实际。

人们是否能够为理想的爱情画出一个轮廓呢？很难，因为几乎所有的作家都曾在内心中提出过这样的问题，但得出的答案却是多样的。对李渔来说，爱情首先展现的是一种色情和快乐的气氛；对曹雪芹来说，爱情实际上是无法实现的，因为它完全处于人们相互敌视的背景之下，是一种过分脆弱和微妙的感情；冯梦龙和凌濛初的理想爱情则更加具体；而对沈复来说，爱情是幸福的，但也是朦胧的（以至于引起人们对他人命运的嫉妒）。在中国各类型的爱情之中，不乏或多或少与我们西方“浪漫之爱”理念相似的爱情，特别是在明末所发展起来的以汤显祖和冯梦龙为最著名代表的新文化运动中更是如此。

许多作家以一系列道德理念和思想构思出越来越复杂的爱情模式，因此，对爱情的崇拜成为明末文化的中心：命运与婚姻成为统一的主题，且经常与赞颂英勇献身精神的内容结合在一起，从而推动了一种新的爱情观念的形成，并促使人们接受它；由于出现了将真正感情与纯粹欲望或一时冲动相区分的以忠诚为基础的爱情道德观念，爱情反而在一定程度上摆脱了社会道德的束缚。同时，一些作品使情欲合法化，甚至使满足各类情欲也合法化；只要能够控制感情，使其保持在最低程度便无妨。在言情作品和色情作品中都存在此种情况。《金瓶梅》中的主人公的爱情，不管是恶还是善，都是个人的感情和行为，与社会和家庭的苛求无关。

在一对恋爱者之间，人们往往要加入越来越复杂的第三个人物：在以往的叙事文学中，第三个人物的介入一般是为了加强或破坏相爱者之间的关系，而在《红楼梦》和蒲松龄的作品中，他却是一个多少有些暧昧的形象，同时也是一位名副其实的三角恋爱中真正的竞争对手。另外，在那些赞颂爱情的小说中，人们的注意力也主要集中在相爱者如何克服重重障碍维护感情的持久性之上，而不是过分地强调强烈的感情和征服对方的过程。

当然，社会流动人口的增长和城市化的进程，商业革命和富有的商人们所起到的越来越积极的作用，都对上述现象具有重大的影响。此外，我们还要考虑到民众文化与高雅文化之间的距离在缩小，严厉的道德规范也有所松动。当时所出现的价值观的危机，自然会使我们联想起当今中国社会所经历的价值观危机的某些特点。人们发现了人类的感情具有独特性，它与动物的简单的直觉截然不同，人们又重新了解了欲望的内在性（按照其定义，欲望是外向的感情活动），认为它是头脑活动的表现，这必然引起某些虽然还不够明确但却大胆的具有现代意义的断言。①

在中国文化中也存在着一个评价复杂爱情现象的尺度，它能够区分什么是可以期望的，什么是合法的，什么是可以容忍的，什么是人们梦想但又有所惧怕的。尽管每一位作家都有各自的局限，然而，区分的标准却建立在人们所认为的“过度”的基础之上，“过度”则意味着对内心的平衡和社会秩序的威胁。在小

---

① 如巴塔伊（Bataille）关于性爱的论述，见巴塔伊的《性爱》（*L'èrotisme*，1957，巴黎）。

说集《石点头》的一篇故事中，作者极其戏剧性地描写了方寡妇对年轻男子孙三郎的爱情：与这一爱情形成鲜明对比的是方寡妇对自己非法爱情后果的担忧，① 是奸情暴露后年轻男子的悲惨结局，是最后嫁给母亲情人的不晓世故的凤奴的纯洁之爱。毫无疑问，这是描写情欲的力量和人性弱点的最佳作品之一。三位主人公都不是道德规范反叛者的形象。即使那些表现少女为追求爱情违反严厉的贞洁规定的戏剧作品，也不能被认为是破坏社会道德的作品，因为，如果人们真的通过“姻缘天注定”的思想宣扬了爱情，这种思想则只有在与社会要求相和谐的条件下才具有合法性。甚至《金瓶梅》中西门庆的自毁性爱情也没有任何狂欢的迹象，也不具备西方文学中“爱与死”双重主题的特点，而展现的纯粹只是“违规—受罚”的因果报应定式。看一下过去关于唐璜传说的研究结果，我们便可以与乔治·让达姆·德·贝沃特（Georges Gendarme de Bevotte）一起得出这样的结论：中国“既注重精神的渴望，又非常重视肉体的需求”，在这样一个世界中，“不可能出现像唐璜或浮士德那样的人物形象……他们二人，因为相似的原因，均是基督教世界的产物”。② 就像在许多色情小说中所表现的那样，追求性快乐有时被视为一种独立的价值，它不受任何道德的限制，但是，人们始终存在着对任何过度行为和骄奢淫逸的恐惧心理；与惧怕死亡和痛苦的存在主义主题相比，人们更喜欢对往日幸福和与亲人分别表示惋惜的作品主题。

中国作家对爱情的态度和对“淫”的谴责与基督教道德截然不同，因为理学的道德规范并不建立在外在形式（或称超自

① 见《石点头》中的《瞿凤奴情愆死盖》，特别是其中的第59—63页。

② 见贝沃特（G. G. de Bevotte）的《唐璜传说》（*La Lègende de Don Juan*，1929，巴黎），第7页。

然形式）之上，而建立在符合压制性自由的某些社会要求的个人内在修养之上，其主要目的是为了保障社会的和谐和家庭的传宗接代；对佛教和独身主义的攻击便能证明这一点。必须保证子嗣的合法性，即真正是出自于一家之长的后代，是结发之妻所生还是偏房所生并不重要。因而便有了女子出嫁之前保持贞洁从而维护娘家荣誉的问题。进入公元1000年以后，与以往相比，似乎出现了更加强调未婚和已婚媳妇与婆家关系的倾向。此种观念及其所引起的社会行为与现代意义的感情自由发展是明显相对立的。文学作品（那些对人物感情要求最敏感的作品也不例外）似乎并没有反对或挑战这种倾向，而首先关注的是男人肉体与品行的健康，同时仍继续赞颂女子的贞洁。有的作家玩弄一些小把戏，对上述倾向提出了唯一能够引起人们注意的批评，他们影射订婚制度和寡妇守节制度中的矛盾：一方面是寡妇守节和女子订婚后所应承担的义务，另一方面是贞洁，二者本身便是荒谬的。

在《情史》中，只要是智慧之情和高雅之情，哪怕过度（情狂），冯梦龙也为其进行辩护，他尤其欣赏那些能够理解他人之情的宽宏大度的官员。① 然而，冯梦龙也不能不谴责“过度”或不检点行为，因为它们可以导致堕落和悲惨的结局，纵欲过度死于痨病的范笏林便是一个例子。担忧“情”和“欲”以及它们所引起的内心和社会失衡，构成了每一篇动人作品的主要矛盾：在小说《新桥市韩五卖春情》中，作者列举了五种古典“倾国”之爱，并强调说：“这几个官家，都只为贪爱女色，

---

① 范仲淹与韩汝玉就是一例。关于性爱过度的危险，请看《情史》卷6《情爱》中的评论，关于范笏林，请看《情史》6：179—181。韩汝玉的名字具有隐喻意义，“汝玉”与“如欲”谐音（见《情史》卷5《情豪》，特别是第154—155页和第161页）。

致于亡国捐躯。”① 这些“倾国”之爱的例子表明，中国强烈的爱情展现的是诱人的美女形象，而不是可怕的魔鬼形象。

在文学中，鬼魂变成美女勾引男人的故事是很常见的。因为她们是魔鬼，她们的诱惑几乎总是要造成死亡和毁灭；很明显，这些诱惑反映了在特定的紧张情况下男人所具有的失落感和幻觉。比如，书生们在为了应付科举进行紧张备考的时候便经常感受到这种诱惑。在这种情况下，人们担心的不是书生可能会与诱人的少女发生两性关系，而是他们之间产生的感情，因为感情可以分散男人的精力，使他们背离对家庭和社会所应承担的义务。另外，感情还可能摧毁男人脆弱的内心平衡，过分地放纵它会耗尽男人的生命。抵御女性诱惑的能力可以增强男性的生命力和对异性的吸引力。在这方面，蒲松龄变化万千的处理方法极具典型意义，也在一定程度上具有反正统的意义，它反映了作者与时代、感情自由与感情压制之间的矛盾：一方面，他向我们展示了一个理想的乌托邦世界，打破了流行于世的道德规范和现实的局限，实现了人的欲望；另一方面，他向我们展示了一个妖魔鬼怪的世界，使社会的担忧和罪恶感形象化。然而，作者轻松而带有讥讽的态度，使人们感觉不到上述矛盾的严重性，似乎通过表现这些矛盾，作者正主观地寻求满足自我愿望和保持社会秩序之间的平衡。这样，作者自己也恰恰是通过缓和“情”和“欲”的办法，实现了驯服“情”和“欲”的目的。给人带来自然快乐的“情”和“欲”和令人愉快的对“情”和“欲”的节制，道德世界和现实世界，二者似乎是可以调节的；同时，魔法轻松地消失，也似乎暗示了“情”和“欲”含糊不清的特性：对“情”的喜欢程度完全是主观性的，“情”具有可变性。蒲松龄的革新之处在于使女性鬼魂极端的人性化，她们像普通人一样，可以忍受痛苦，同时也

① 见《古今小说》3：63。

期盼着幸福。尽管她们都带有超自然的光环，却特别可信，特别接近于读者；对作者来说，她们是理想的女性，可以分享欲望得到满足时的快乐，也可以成为忠实的生活伴侣。

一些文学作品还涉及了节省“精气”的问题，反映了道家的养生之道。一方面，人们试图“驯服”感情，从而加强自我内心控制和社会控制，另一方面，人们试图加强对性的控制：对佛教来说，就是要完善禁欲；对占主导地位的儒家来说，就是要告诫人们克制自己，将“精气”用于家庭的传宗接代。长篇小说《野叟曝言》的作者夏敬渠认为，不必要充分地满足性快乐的要求，如果性欲是有节制的，其目的是为了生儿育女，那么，家中妻妾成群也是合情合理的。夏敬渠和许多其他作家又重新强调了男子蓄养“精气”的古典医学理论，而且似乎又回到了区分“需求”和“过度”、“必要”和“奢侈”的传统立场上，就像哲学家朱熹区分饥饿与贪食一样。李渔和夏敬渠持同样观点，他认为人们应谨慎地培植性快乐，但首要的问题是保存“精气”。然而，夏敬渠与曹雪芹、李渔也有不同之处，他希望恢复爱情的传统理念，使之远离情感的诱惑，重新回到理想的宗族大家庭中；但这并不妨碍作者抒发感情：小说一开始就颂扬了主人公的美德，说他是一位保持了多情品格的男子，即“善爱”的男子，把他与“风流”① 之人对立起来。

最近（1995），马克梦（Keith McMahon）研究了一系列色情小说，特别是清代的色情小说，这些作品尽管直言不讳地描写了多种多样的性行为，却避免了任何悲剧式的结尾，性行为最终总是通过婚姻，女子作为妻或妾合法地进入家庭变得合情合理。有节制的性爱缓和了“情”和“欲”的破坏性和危险性，使作者不必借助因果报应来重申盛行的清教主义价值观念。另外，我

① 见《野叟曝言》1：2。

们还应该关注一下被韩南（Patrick Hanan）归纳为“疯狂及疯狂之后果”系列的爱情故事，在这些故事中，性爱的越轨行为成为了主要的故事情节。为了维护家庭的稳定，① 作品中反复地展示男人在女性美色面前的脆弱。《金瓶梅》等便属于此类作品，它们展示的是不可控制的性欲，从思想意识的角度上看，它们把这种性欲视为“淫”，视为完全消极的“恶”。

汉语中的“淫”字，具有“纵欲”、“道德败坏”、“放荡”和“骄奢淫逸”等意思，有时与“色”字为同义词，具有“享乐”和“耽于声色”之意。在理解这一概念时，尽管东西方文化之间有明显的相近之处，但总体来说，是存在着根本差异的。爱情思想同样都会引起社会、经济、传宗接代等方面的担忧，然而，在西方，除了婚姻之爱以外，还产生了一些其他的爱情观念，如果它们与婚姻不是对立的话，② 也至少是不包括在社会规范的范围之内。在中国，骄奢淫逸的思想也受到人们的谴责和怀疑，但并不是因为像西方那样存在着压倒一切的与性联系在一起的罪过观念（文艺复兴以前在天主教世界中清教主义思想倾向与更宽容、更与现世生活相融洽的其他思想倾向已经共存），而是因为存在着一种认为“情”具有危险性的实际态度：性诱惑所引发的“情”能够给个人内心平衡和社会秩序带来危险。

在实现爱情的理想化和宣扬感情的过程中（在这一方面，冯梦龙、洪昇、蒋士铨等是重要的里程碑式人物），人们不能不借助于“情”与“忠”、“孝”、“仁”、“义”等儒家基本道德思

---

① 见韩南（Patrick Hanan）1981 年著作 *The Chinese Vernacular Story*，第 59—68 页。

② 关于印度某些思想流派的“性—宗教”观念，请看弗拉厄蒂（W. D. O’Flaherty）的《性修行》（*Erotic Ascetic*，1973，纽约）。

想的虚假的统一。性爱和欲望是自然的，是不可禁灭的，承认这一点之后还要寻求一种平衡，这种平衡不是产生于社会具体义务在人内心的反映（理学认为道德本身就建立在“情”的基础之上），而是产生于克制和约束每一种感情的严厉的准则。在西方的巨大影响闯入中国之后的现代社会中，仍然可以见到爱情理想化和对感情的宣扬。事实上，西方的影响似乎并没有提高个性的地位，也没有扩大感情表现的自由。梁启超（1873—1929）的立场就是一个很好的例子，他具有双重性，既怀疑过分的“情”和传统叙事文学传递给我们的有关准则，同时也积极地主张和赞颂“道德”情感，并以此达到改造个人与社会的目的。小说过去被看做是非主流文学形式，梁启超却视小说为首要文学形式，因为他充分地认识到了小说在传播爱的价值观念和准则中所起到的作用；小说符合社会中层读者的感情和需要，比官方的道德文章能够取得更好的教育效果。

我们可以这样断言，和其他一切不符合社会规范的情况一样，一般来说，“淫”是受到人们无情谴责的，爱情的“神圣化”并未使其摆脱这种命运。对感情的怀疑使社会规范变得更加严厉。其结果是，在一个像清朝那样的社会秩序井然的“反改革”时代，中国社会似乎不会允许出现比欧洲传统更宽松的自由环境，羞耻感和社会规范对人内心的影响，似乎也使人具有了欧洲的传统罪孽观念所带给人们的那种内心感受。除了怕“坏礼”的想法和性恐惧的清教主义之外，“不洁净”的思想也是常见的，比如，17 世纪的文人陈士斌，在对《西游记》的评论中，就曾谈及“淫浊”，认为它是性行为的结果，与“贞洁”是对立的。“性”行为被认为是庸俗的、昙花一现的，并像《野叟曝言》中那样被以最粗俗的形式展现在读者的眼前，或者被描写为恋尸癖、食人肉等可怕现象；为了保护自己的“精气”

和精神上的独立,① 人们应该躲避它。

恰恰是文学升华了人们的欲望和失落、痛苦和快乐、希望和恐惧，从而不全面地解决了内心冲动与社会规范之间的矛盾。男主人公或女主人公的形象本身便能够引发这一矛盾，如《金瓶梅》中的潘金莲，人们既从道义上谴责她的堕落和冷酷，也描写她女性的优美。在《牡丹亭》中也可以见到类似的个性差异，女主人公在作品的前半部分和后半部分的表现形成了鲜明的反差，似乎反映了严厉的道德观念与不可抗拒的爱情之间的冲突：丽娘的父亲和监护人对女儿心中萌发的爱情非常敏感，试图将其压制下去。在感情极端敏感的宝玉身上，当他周围的人受苦时，我们也可以看到类似的情感；同情和怜悯与强烈的性爱混淆在了一起。总体来说，这种含蓄不清的感情，一方面表现为作者们对自由满足“情”和“欲”的同情，“才子佳人”类作品皆大欢喜的和解式结局也体现了这一点，另一方面表现为某些作品的悲惨结局，这说明人们担忧过分爆发出来的“情”和骄奢淫逸生活所具有的破坏性。

道德规范把婚姻完全视为社会行为，不接受婚姻关系之外的感情联系；在一般性的容忍与严厉的意识形态之间所形成的不平衡中，“杂剧”和“传奇”缓和了道德规范的严厉性。它们赞赏个人情感，通过命中注定的爱情和婚姻，为个人情感的满足进行辩护；如果说命中注定的爱情和婚姻还没能把“情”提高到与上天原则相同的水

---

① 见《西游记》(《国学基本丛书》3：548—551)。关于妇女不洁净和危险性的中国传统观念，请看埃亨（E. Ahern）1973年著作第269—277页、《台湾社会的人类学》(*The Antrhopology of Taiwanese Society*，1981）等作品。这些作品可以使我们联想起《禅真后史》1：6和55：429—431中的自杀和霉臭味儿，以及《聊斋志异》11：1540中的“天下之至秽”，或者女子生产秽亵的观念。此外，我们还应认真理解蒲松龄所使用的“俗道”一词（见《聊斋志异》9：1268)。1736年，一位姓林的女子自杀后，法官在判决记录中将性越轨行为判定为“丑事”（见《刑科底本》)。

平，那么至少也抵消了来自道德方面的谴责。严格的集体生活规范和社会等级要求人们相互爱护。因而便产生了这些具有批评精神的文学作品，它们在与社会相互协调的情况下为“情”进行辩护，似乎反映了读者和观众对“情”所寄予的期望。

如果从道德上进行申述，能够使某些“情”得到人们认可的话，那么，“欲”则由于本身的原因无法获得合法化，只有它受到限制时，或者更准确地说与“需要”相符合时，才能够被人们所接受：把“欲”降至“需要”的水准，意味着把幸福与满足物质享乐混为一谈，也意味着把“欲”限制在某些确定的、有限的快乐之上，还意味着无视培育“欲”成长的幻想的作用。由想象所引发的强烈的“情”是与梦幻世界相关联的，梦幻不应该影响现实和社会规范，正像《牡丹亭》的女主人公所说的那样：“鬼可虚情，人须实礼。”梦幻所具有的模棱两可的暧昧含义，完全可以给人们提供一个托词，从而减少违规的主人公所应承担的道德责任，也可以为“情”提供一个抽象的价值，并同时将“情”控制在社会所允许的范围之内，甚至还可以通过荒谬的幻觉取得一种力量，给人们以启示。

然而，仔细地观察一下，在中国文学中，幻想也起到了丰富爱情的作用；幻想是不可磨灭的“欲”的反映和源泉。我们不妨想象一下《红楼梦》中所谓的“意淫”，它是在对其他人与物的移情中自我的无限制的膨胀，是崇拜和迷恋引起的人头脑所处于的高度紧张状态，这与长久的美的感受并无区别。这样，爱情便具有了玄妙的、宗教的意义，便被与庸俗的“淫”和包括婚姻制度在内的无情的社会原则相对比。通过对女性人物形象刻板化的过程，在男性的想象中形成了一个“新的形象”，它是欲望的结果；它可能来自于一个用纸剪出的女子形象，也可能来自于一幅纸画或壁画，就像蒲松龄的一些故事中所描写的那样。

当然，中国文学设计出的不是那喀索斯和皮格马利翁之类的西方古典神话人物，而是花仙、狐仙或卓文君、莺莺和丽娘等产生于当地环境的传说中的人物形象。另外，由于思想意识方面的原因，中国文学不可能从新柏拉图主义和基督教思想中获得启示，而只能在佛教的“空”、道家的“变”、儒家的“德”以及民众所相信的“因果报应”和“天命”中获得启示。中国文学也借助隐喻形式，如比翼鸟、连理枝、梦幻、花草等都是中国文学特有的，火、风、雨、爱情之痛苦和化为灵魂等则是其他语言中也通常使用的。

关于作品内容的想象力问题，中国文学也与12世纪以后的西方文学不同，它既不表现人们对违规问题的玄奥的争执，也不反映人们对上帝、天福、天使的兴奋情绪；只有在《红楼梦》中才可能找到一种“无法实现的爱”，找到充满忧伤感的理想之爱的观念，这种观念不仅不被社会常规所接受，还反映了人们对人类的生存条件丧失了信心；爱情坠入了困难之中，导致了人们在社会关系方面的误解，然而人的幻想力却大大地扩展了它在人们内心的空间。是幻想使蒲松龄调和了欲望与原则之间的关系，缓解了无限制的欲望给人们带来的紧张和危险。也是幻想赋予了李渔艺术敏感，使他展示出女性的魅力，创造出神奇的美。就这样，中国叙事文学和戏剧中所充满的对爱情的崇拜为感情世界创造出了一块空间，一块使内心的自我得到扩张的空间。

为了培植爱情，中国的想象向着上述的方向发展，而与其相比，在西方，人们对真正的永恒之爱的追求却具有赞颂理想形象的特点，它超越了满足和习以为常后单调乏味所带来的失望和沮丧。由于上述前提和特点，在中国发展起来的对爱情和其他情感的崇拜便有了它自己的语言，形成了它自己的神话和价值观，它们与西方宫廷式爱情和浪漫派爱情等文学流派的语言、神话和价值观不同，它们使道德与情感、社会与欲望趋向协调一致。

在中国，爱情经常体现在女主人公的身上，它有时具有毁灭性，有时又具有救赎的力量，它按照哲学的轨迹发展，其根源可以追溯到哲学家董仲舒。《金瓶梅》和《醒世姻缘传》中的大多数女性是反面人物，而“大观园”中未婚和未订婚的女孩儿（包括女性化的宝玉），或《聊斋志异》中的女仙和狐仙，以及《牡丹亭》中的杜丽娘，则在一定程度上主要是正面人物，相对家庭的独立性使她们能够更自由地表现和感受更深刻的感情。这些人物具有梦幻世界的纯洁和自由，这就使她们既在理论上不违反社会所规定的“五常”原则，又能够满足开辟一块“私人”自由空间的迫切要求。

很明显，进入清代，伦理道德变得极端严厉，清教主义思想更受重视，对女子行为的限制也增多了，人们更加强调“忠孝”的价值。① 尽管在《红楼梦》以及袁枚（1716—1798）的态度中仍然可以明显地看到明代所出现的新的情感，但通过审视文学作品还是可以清楚地看到上述变化，除了内心经受过痛苦磨炼的

① 人们用远去的情人和被抛弃的女子之间的关系来表现君主与臣属之间的关系，人们也用隐喻的方法来诠释传统的“美人香草”类爱情诗歌。关于女子贞洁与政治忠诚的关系，请看查维斯（J. Chaves）1986年作品第402—405页。关于中国有关妇女的传统观念，请看路易丝·爱德华兹（Louise Edwards）的《〈红楼梦〉中的女性：中国清朝对女性贞洁的规定》[Women in *Hongloumeng*: Prescriptions of Purity in the Femininity of Qing Dynasty China，1990年4月16日《现代中国》（*Modern China*）]，关于寡妇守节，请看曼素恩的《亲属关系中的寡妇：中国清朝的阶级与社团结构》[“Widows in the Kinship, Class and Community Structures of Qing Dynasty China”，1987年《亚洲学报》（*Journal of Asian Studies*）第46期，第41—42页]，关于恢复道德价值观念，请看魏斐德（F. Wakeman）的《洪业：清朝开国史》（*The Great Enterprise: The Manchu Reconstruction of Imperial Order in Seventeenth-Century China*，1985，伯克利、洛杉矶），第1093—1094页。关于中华帝国晚期礼教更加严厉的问题，请看高罗佩（Van Gulik）《中国古代房内考：中国古代的性与社会》，第264—266页和第333—335页。

曹雪芹之外，另一个极具典型的例子便是莺莺形象的演变。

17、18 世纪之间，男性和女性的理想形象也部分地发生了变化。在《红楼梦》等长篇小说和冯梦龙的《卖油郎独占花魁》等短篇小说中，首要人物不再受身份和职业的限制（并不一定是文人墨客，尽管中国文化明显地维护着他们的价值），而是一位有情趣的高雅之士，他风流倜傥，不趋炎附势，按照自己的情趣我行我素，不被社会常规和仕途野心所左右。这就是理想的痴情男子，他全心全意地钟情于心爱的女人，以最大的热情对待她。

美貌和美感是女主人公的必要条件，然而，与以前相比，女主人公发生了进一步的变化：在《红楼梦》中，女性的美超越了男性情人的主观判断，几乎具有了客观的标准。在黛玉身上，体弱多病是美的特点，它使黛玉变得纯洁而神妙，按照传统，美是不幸的预兆，它预示了爱情，因而也预示了爱情所带给人的痛苦；但是，在该作品中，是体弱增加了这位多愁善感少女的魅力。这种微妙的情况属于“无性别化”的范畴，当时许多作品中的男女主人公都具有“无性别化”的特点。为了申明“爱情至上”，升华具有破坏性的“欲”，从而适应趋于更加严厉的道德规范，作品中的人物便付出了这样的代价。在文学中，一种新型的女性形象（经常是一种拼凑的形象）与“魅惑女子”的刻板形象形成了对比：她反映了一种与以往有所不同的理智的美学理想，她也有文化素养和坚定的信念，比男性形象并不逊色。

对于另一种既包括又超越肉体自然人的爱情观念来说，允许形成绝对爱情“神话”的空间自然所剩无几，因为爱情摆脱了束缚和常规，形成了一种爱的宗教；在中国，人们也不可能看到西方爱情理想化所起到的那种基本作用。总而言之，我们在明末清初的文学作品中所见到的丰富多彩的感情（包括某种能够超越各类障碍的爱情崇拜），不具备按照“希腊—基督教”模式生成于 13 世纪、完善于浪漫派时期的欧洲爱情理想的感染力和理想主义的特点，即："情"在超越原则规范、社会以及社会道德的同时，升华了人的灵魂，除此之外，它并无其他目的。这里，我还要不厌其烦地重复一句，这并不意味着中国不曾发展过具有自己独特丰富情感的神秘的爱情文学，如：超越生与死和时空界限的强大的"情"。

在欧洲，影响爱情思想发展的条件是明显不同的，首先是不同的宗教、伦理道德和哲学思想，还有柏拉图主义的影响、宗教诗歌与爱情诗歌的合流、对异端惩罚所引起的思想紧张，等等。[①]在此前提下，我们便可以分析一下作为世界文学宝库中的代表作之一的清代小说《红楼梦》。作品中似乎不仅对人的欲望和性爱提出了疑问，而且对主人公贾宝玉[②]无法摆脱的同情和怜悯之心是否适宜也表示怀疑；同时，作者还混淆了"情"等词语的含义，为社会强加给"爱情"的功能开辟了新的天地。难道完完全全的无动于衷就是摆脱一切不平衡的代价吗？难道看透了现实的荒谬就能使某些情感发生从未见过的膨胀吗？许多激情汇集在一起，在意识中接踵而至，它们之间相互抵消，最终使我们麻木不仁；难道不恰恰是通过放纵激情，才实现了超越"情"的可能吗？

到了清代，新出现的压制"情"和整治风尚的倾向变得更加严厉，因为统治社会所依赖的文人和知识分子中的大多数人都接受了这种倾向；此外，我们还应该考虑到另一种因素，即当时理学思想已经从文人阶级传播到了民众阶级。《红楼梦》的创作思想无论建立在何种基础之上，它都必然受到清教主义的影响，或者说，可能恰恰是由于清教主义思想的影响，它才开创了一种新的爱情文学的表现形式。这部小说中的人物主要是妇女和青

---

① 在西方，宗教丰富了"情"的含义，特别是丰富了"爱情"的含义，突出了"情"的理想和幻想魅力，这一点在更加追求现实生活的中国文化中是见不到的。与我的其他论文一样，本书也强调了这个文化差异。

② 见夏志清《中国古典小说导论》，第 287 页。

年，他们在传统社会中扮演的是次要角色；由于在美学上的成功，作品不仅引起了人们与书中主人公感情上的共鸣，而且还创造了一种表现感情的精美的新语言。正是由于此类文学方面的贡献，经过数世纪的发展，爱的情感也逐步在中国丰富起来。在西方，爱情是罗密欧与朱丽叶的理想，是斯丹达尔笔下的虚荣，是普鲁斯特描写的绅士派头，是福楼拜展示的包法利夫人的性格，同样，在中国，爱情是司马相如和卓文君的英勇行为，是韩凭夫妇不灭的深情，是莺莺和丽娘的勇气，是宝玉和黛玉之间微妙而折磨人的关系。①

真正对爱情崇拜的作品内容，除了要描写支离破碎的现象和反应（如反复出现的思想、对心上人聚精会神的关注、心上人的理想化、情感的依赖、个人行为的首要促动因素和其他促动因素排列顺序的改变等）之外，还会以自己特定的修辞手段和方式表现出爱情形式；它们要排除关于在中国是否存在"浪漫爱情"的辩论和纷争，因为这些辩论和纷争经常只是名义上的。事实上，这是美式英语"romantic love"一词带给中国文化和所有的非西方文化的误解。最近出版的一部以不同文化区域为研究基础的人类学论文集，阐明了浪漫情感是具有普遍意义的，从而也确认了本书的结论。

误解源于"浪漫"一词："爱情"被理解为"被爱的一方在性的背景下的理想化"，事实上，它是一个普遍的经历，自然会根据个人的不同性格表现出不同的强烈程度，也自然会根据不同的价值观念在不同的文化中找到有利于或不利于它发展的土壤。

---

① 丽娘等人物，是人类感情的产物，关于这一点，请看魏爱莲（Ellen Widmer）1989 年文集第 44—45 页。关于虚构与现实的关系，请看拉什迪（Rushdie）1985 年 6 月 27 日发表的论文《虚构是真实的谎言》（Fictions are Lies that Tell the Truth）。

如果我们现在赋予“浪漫”一词与特定文化经历联系在一起的原始含义的话，那么，很明显，它在西方文化中所继承和吸收的特点肯定是独一无二的，是中国所没有的。因而，我们可以肯定地认为，西方的“爱情之痛苦”是西方文化长期沉淀的结果，它具有柏拉图的智慧、神秘基督教徒的禁欲主义、吟游诗人的创造和浪漫派的伤感所留下的痕迹。

对中国爱情和11世纪以后的欧洲爱情的理解方式是不同的（关于这一点在本书中已经有所阐述），每一种文化根据自己不同的家庭秩序在自己环境中所采用和发展的表现手段（神话、语言、观念等）也是不同的。通过对比，我们得出的结论是，中西两种文化都曾经历过某种对爱情的崇拜，但是，西方的崇拜具有一种“宗教”意义，而中国的崇拜则主要遵循其他一些价值观念，如：个人内心平衡和社会平衡、自我完善和社会功能等，这一切的基础是建立在维护亲属关系和社会整体互补思想之上的家庭观念。因此，浪漫派的文学艺术应该被理解为欧洲文化的最高成就之一，而不应该被理解为人类进化过程中具有普遍意义的基本阶段。① 浪漫派革命发展了一种长期存在的文学艺术倾向，这种倾向的某些成分可以追溯到古希腊的哲学思想，如：理智和情感、灵魂和肉体的二元论，在对自我意识的观察中得到满足（这种自我崇拜的最高形象就是那喀索斯），等等。“情”压倒社会和宗教规范的思想产生于宫廷诗歌，在“爱情个人主义”和浪漫派的“爱情婚姻”思想得到确认之后，它仍存在于欧洲；“爱情个人主义”和“爱情婚姻”建立在一种新家庭观念之上，这种家庭观念的基础是承认个人权利和财产私有，建立以家庭为

---

① 另外，还需要强调的是，当代中国文学中对浪漫爱情的崇拜明显地与传统文化中的情况不同，一般它只出现在人物内心描写和自传性质的作品之中。

核心的社会，改变夫妻、父子以及男女两性之间的关系。①

中国文化不像西方文化那么明显地划分精神之爱和肉体之爱，与西方传统相比，它也经常以不同的形式来区分耽于声色之爱。在《红楼梦》和“才子佳人”类戏剧等少数作品中，我们见到了一种玄奥的爱情哲学原则，它自然与在欧洲发展起来的源于柏拉图思想的原则不同。② 中国的清教主义思想似乎主要与对身心健康和社会规范的担忧联系在一起。道家关于尽力节省灯油以免油尽灯熄的形象比喻就很好地说明了这一点。另外，从刘若愚（James Liu）的论述中，我们可以看到，中国没有对至高无上的爱情的宣扬，也不把爱情神化，使恋爱者摆脱道德和社会责任。中国人对待爱情的态度，尽管不排除情感和理想的成分，但主要还是现实主义的：爱情在生活中具有它自己的作用，因为它是一种基本的、有益的行为和感受，但它并不玄奥地被置于其他任何价值之上。③ 在中国见不到对脱离婚姻和社会背景的“自由

---

① 见肖特（E. Shorter）的《现代家庭的建立》（*The Making of the Modern Family*，1975，纽约）和索莱（J. Solè）的《现代爱情与现代西方》（*L' Amour et l' Occident à l' époque moderne*，1976，巴黎）。

② 见弗拉瑟利埃（R. Flacelière）的《希腊的爱情》（*L' Amour en Grèce*，1960，巴黎），第 222 页和韦杰蒂（M. Vegetti）的《古代人的伦理道德》（*L' etica degli antichi*，1990，巴里），第 6—9、73—106、130—138 页。

③ 见刘若愚（James Liu）的《中国诗歌艺术》（*The Art of Chinese Poetry*，1966，芝加哥），第 57 页。只有在少数特殊情况下，人们才赞颂爱情本身，如清代小说集《五色石》中一些作品所描述的那样（见 1985 年沈阳出版的最新版）。一般情况下，在描写爱情的作品中，最终社会秩序和家庭秩序都不能受到破坏。在某种意义上，古代希腊的同性恋中也有类似的感情。在古代希腊，同性恋不仅被允许，而且还丰富了艺术敏感，见米歇尔·福柯（Michel Foucault）1984 年著作《快感的享用》中关于“性爱”一章。

爱情”的赞颂，其主要原因就在于此。

因而，在中国，尽管人们承认感情在人的生活和艺术表现中起到了首要的作用，但它仍处于心的警觉的控制之下，心是不可违背的社会要求的“代言人”。我们切不可忘记，对儒家来说，“性”一直被理解为传宗接代的功能，它与社会有紧密的关系；就像现代欧洲人所认为的那样，如果不把性快乐控制在与家庭利益不发生冲突的范围之内，那么，个人便不能随意支配自己的身体：身体被认为是自己的，但同时也被认为是属于家庭的，它首先要为家庭延续生命。道家认为，“性”与传宗接代是分开的，它主要被视为延长生命的技巧。在这种道家思想的影响下，产生了为生育后代蓄养精气的儒家优生学训诫。这种思想被归纳为“阴阳”相反相成的宇宙观，成为婚姻的金科玉律。婚礼构成了认可两个家庭结盟的“法律—宗教”契约，其目的是保证夫家传宗接代和延续香火。文学在不同的层面上以不同的方式向我们表明人们形式上或实际上接受了这些原则。还应该注意的是，西方的浪漫派思想尽管把一种新的情感和表现形式引入了中国，但它对中国现代作家的影响仍然不能不依赖展示社会道德义务而自存。

另外，中国古典叙事文学确实涉及了许多情感问题，特别是爱情问题，道学家们清楚这是一个多么难以“驾驭”的题目。作者一般都没有什么破坏性的企图：对他们来说，重要的是，在尊重社会原则的同时，向读者讲述读者所感兴趣而正统文学又避而不谈的内容。但是，事情并不以作者的意志为转移，他们的文学作品如果并未对社会表示抗议的话，那么也成为了逃避社会的工具，起到了极大的情感教育作用，传播了越来越考究的爱情规则。

参考书目

一　参考文献与资料

阿蒙：《断袖篇》《香艳丛书》。

《弁而钗》，台北故宫。

《笔记小说大观》，扬州：江苏广陵古籍刻印社 1983 年版。

《笔记小说大观》，台北：新兴书局，1960、1964、1974、1978、1986。

《博物志校释》，台北，1980。

曹雪芹：《红楼梦》，北京，1972。

——：《红楼梦》（三家评本），上海，1988。

陈洪谟：《治世余闻》（1474），《治世余闻 继世纪闻 松窗梦语》，北京，1985。

陈士斌：《西游真诠》（1694），《国学基本丛书》，台北，1967。

陈确：《陈确集》，北京，1979。

程颐、程颢：《二程全书》，四部备要本。

《痴婆子传》，台北（1764 年本，1891 年本）。

褚人获：《隋唐演义》（四雪草堂本），上海，1983。

《醋葫芦》（明崇祯笔耕山房刻本）日本内阁文库藏影印本。

《大明实录》，东京，1984。

《大清实录》，台北，1964。

董说：《西游补》（1641），台北，1983。

董仲舒：《春秋繁露》（《春秋繁露今注今译》），台北，1984。

《豆棚闲话》，北京，1984。

《豆棚闲话 照世杯》，台北，1974 。

独逸窝退士：《笑笑录》，《历代小说笔记选》（清代卷）本。

《二十二子》，上海，1986。

范濂：《云间剧目抄》，《历代小说笔记选》（明代卷）本。

方成培：《雷峰塔》。

方汝浩：《禅真逸史》，上海，1936；台北，1985。

——：《禅真逸史》，杭州，1987。

——：《禅真后史》，济南，1988。

方孝孺：《逊志斋集》，四部丛刊本。

方绚：《香莲品藻》，《香艳丛书》本。

——：《金园杂纂》，《香艳丛书》本。

方以智：《浮山文集前编》，台北。

——：《物理小识》，《中国哲学史资料选辑》（清代之部）。

冯从吾：《少墟集》，台北，1974。

冯梦龙：《古今小说》，北京，1979；台北，1991。

——：《警世通言》，北京，1986；台北，1991。

——：《平妖传》，台南，1981。

——：《情史》，沈阳，1986。

——：《醒世恒言》，北京，1986；台北，1983 。

——：《智囊》，杭州，1988。

佚名：《如梦录》，郑州，1984。

高明：《琵琶记》，台北，1987。

高攀龙：《高子遗书》，四库全书本。

葛洪：《抱朴子内篇校释》（王明校释），北京，1985。

龚自珍：《龚自珍全集》，上海，1975。

《古汉语文选》，香港，1976。

《古今图书集成》，北京：中华书局、成都：巴蜀书社，1985。

《古今图书集成》，台北，1965。

《古今谭概》，北京，1955。

顾炎武：《日知录集释》（黄汝成集释），台北，1974。

——：《天下郡国利病书》，东京，1975。

——：《亭林文集》，台北，1963。

《管子》，《二十二子》本，上海，1986。

归有光：《震川先生集》，上海，1981。

海瑞：《海瑞集》，北京，1962。

《韩非子集释》，上海，1974。

韩愈：《韩昌黎集》，上海，1936。

——：《韩愈文选》，北京，1970。

何良俊：《四友斋丛说》，北京，1983。

何栋如：《梦林玄解》，1636。

何心隐：《何心隐集》，北京，1960。

洪楩：《清平山堂话本》，北京，1955。

洪昇：《长生殿》（1679—1688），北京，1993。

《后汉书》，香港，1971。

《后西游记》，北京，1989。

《淮南子》，《二十二子》本，上海，1986。

《黄帝内经素问》，《二十二子》本，上海，1986。

《黄帝内经灵枢》，《二十二子》本，上海，1986。

《皇明经世文编》，台北，1964。

黄图珌：《雷峰塔传奇》。

黄宗羲：《梨洲遗著汇刊》，上海，1915。

——：《明儒学案》，台北，1984。

——：《明夷待访录》，《明清史料汇编初集》五《黄宗羲全集》。

——：《南雷文定》，台北，1964。

——：《黄宗羲全集》，杭州，1985—1986。

黄尊素：《说略》，《历代小说笔记选》（明代卷），香港，1976。

《皇朝经世文编》，台北，1964。

《欢喜冤家》（1640），沈阳，1989。

《汇纂功过格》，道光刊本，日本内阁文库藏本。

《嵇康集校注》，北京，1962。

纪昀：《阅微草堂笔记》，《笔记小说大观》，扬州，1983。

蒋士铨：《临川梦》，上海，1989。

江盈科：《古代笔记小品选读》（张学忠），广州，1981。

焦竑：《焦氏笔乘续集》，《笔记小说大观》，台北。

——：《焦氏笔乘》，上海，1986。

焦循：《焦循集》，上海，1937。

——：《孟子正义》，石家庄，1988。

《警世功过格》，《道藏辑要》本。

《金瓶梅》，台北，1990。

《金瓶梅词话》，香港，1986。

《金瓶梅词话》，东京，1963。

《晋书》，北京，1974。

《金园杂纂》，《香艳丛书》本。

《旧唐书》，北京，1975。

孔尚任：《桃花扇》，台北，1983。

老子：《道德经》，四部备要本。

李昌祺:《剪灯余话》，台北，1978。
李汝珍:《镜花缘》，台北，1979。
李时珍:《本草纲目》，香港，北京，1986。
李颙:《二曲集》（1694），台北，1978。
李渔:《李渔全集》，台北，1970。
——:《李渔全集》，杭州，1991。
——:《闲情偶寄》（1671），哈佛燕京图书馆。
——:《肉蒲团》，高罗佩整理???。
李贽:《藏书》，北京，1959。
——:《焚书 续焚书》，北京，1975。
梁章钜:《浪迹丛谈》，北京，1981。
《历代小说笔记选》，北京，1976。
《列子》，《二十二子》本，上海，1986。
凌濛初:《二刻拍案惊奇》，香港，1985；台北，1986。
——:《拍案惊奇》，上海，1982。
——:《初刻拍案惊奇》，台北，1989。
刘鹗:《老残游记》（1905），香港，1985。
刘基:《郁离子》，《百子全书》本。
刘义庆等撰，徐震堮校笺:《世说新语校笺》，香港，1987。
刘宗周:《人谱》，台北，1968。
陆长春:《香饮楼宾谈》，《笔记小说大观》，扬州，1983。
陆楫:《蒹葭堂杂著摘抄》，《记录汇编》；丛书集成本。
陆象山:《陆九渊集》，北京，1980。
《吕氏春秋》，《二十二子》本。
吕坤:《闺范图说》（1590），哈佛燕京图书馆。
——:《呻吟语》，东京，1956。
罗贯中:《三国演义》，北京，1953。
《历代笔记小说选》（明清），香港，1976。

毛宗岗：《第一才子书》（《三国演义》）（1650），香港，1978。

《明清民歌时调集》，上海，1987。

《明代传记选粹》，天津，1988。

《明史》，北京，1974。

《明清苏州工商业碑刻集》，南京，1981。

欧阳修：《欧阳永叔集》，《国学基本丛书》本。

——：《欧阳修文选》，北京，1985。

《佩文韵府》（1711），台北，1983。

蒲松龄：《聊斋志异》，香港，1988；上海，1978。

钱谦益：《牧斋全集》。

《清代文学批评资料汇编》，台北，1981。

丘濬：《世史正纲》，1488 年刻本。

瞿佑：《剪灯新话》（1378），上海，1981。

阮大铖：《燕子笺》。

阮元：《揅经室集》，台北，1964。

《三国志》，北京，1973。

《三刻拍案惊奇》，北京，1987。

《山海经校注》，上海，1980。

邵雍：《皇极经世》（续编），四部备要本。

沈德符：《万历野获编》（1619），北京，1959。

沈复：《浮生六记》，台北，1986。

《盛世新声》，北京，1955。

天然痴叟：《石点头》（1635—1640），呼和浩特，1985；台北，1979。

《十戒功过格》，《道藏辑要》本。

《诗经》，北京，1973。

《十三经经文》，台北，1984。

《说文解字》，香港，1972。

司马迁：《史记》，北京，1973。

《宋诗抄 宋诗抄补》（1671），上海，1988。

《搜神记》，《笔记小说大观》，台北，1978。

苏轼：《苏轼文集》，北京，1986。

隋树森编：《全元散曲》，北京，1964。

《隋炀帝演义》（1631），郑州，1986。

《苏州府志》（1883），台北，1960。

《太极真人说二十四门戒经》，《道藏辑要》本。

《太平广记》，《笔记小说大观》，扬州，1983。

《太平御览》，上海，1960。

《太上感应篇》，《道藏》，上海，1923—1926。

《太上九真妙戒金录度命拔罪妙经》，《道藏辑要》本。

《太上十二上品飞天法轮劝戒妙经》，《道藏辑要》本。

《太微灵书紫文仙忌真记上经》，《道藏辑要》本。

《贪欢报》（1640）（上海校京山房本），莱顿（Leiden）大学图书馆微缩胶片 FCH－1323。

谭嗣同：《谭嗣同文选注》，北京，1981。

《唐人小说》，香港，1973；上海，1987。

唐顺之：《荆川稗编》。

《唐宋八大家鉴赏辞典》，北京，1989。

汤显祖：《汤显祖集》，北京，1962；上海，1973。

《太上洞玄灵宝法烛经》，《道藏辑要》本。

《太上洞玄灵宝业报因缘经》，《道藏辑要》本。

王国维：《红楼梦评论》（1905），《王观堂先生全集》，台北，1968。

王实甫：《西厢记》，台北，1981；汉城，1974。

吴承恩：《西游记》，北京，1972。

夏敬渠:《野叟曝言》，台北，1988。

《香艳丛书》，上海，1909—1911。

游戏主人:《笑林广记》，长春，2004。

谢肇淛:《文海披沙摘录》，《香艳丛书》本。

——:《五杂组》，《笔记小说大观》，扬州，1983。

《西湖佳话》(1673)，《石点头 西湖佳话》，台北，1979。

徐抚明:《牡丹亭研究资料考释》，上海，1987。

《一见赏心》，《明清小说善本丛书》。

《一片情》，日本存完整藏本，题作《新镌绣像小说一片情》，中央美术学院图书馆所藏虎啸花轩刊本残卷权存前三回。

余怀:《板桥杂记》，上海，1928。

袁宏道:《袁中郎全集》，香港。

——:《袁中郎随笔》，台北，1964。

袁枚:《小仓山房诗集》，四部备要本。

袁宗道:《珂雪斋近集》，上海，1935。

《子不语》，上海，1986。

乐钧:《耳食录》，《笔记小说大观》，台北。

张潮:《虞初新志》(1700)，《笔记小说大观》，扬州，1983。

张大复:《梅花草堂笔谈》，上海，1986。

张岱:《陶庵梦忆》(1644)，台北，1978。

——:《陶庵梦忆》，《丛书集成》本。

张竹坡:《两种竹坡评点本合刊天下第一奇书》，香港，1975。

《珍本金瓶梅》，香港。

《中国美学史资料选编》，台北，1984。

《中国哲学史资料选辑》(清代之部)，北京，1962。

周楫:《西湖二集》(1645?)，北京，1989。

周思仁：《欲海回狂》（1782），《笔记小说大观》，台北。

珠泉居士：《续板桥杂记》，上海，1090。

朱熹：《近思录集解》（张伯行集解），台北，1981。

——：《近思录集注》，四部备要本。

——：《朱子文集》（正谊堂全书），中国国家图书馆。

——：《朱子语类》，北京，1983。

《庄子集释》，台北，1970。

《紫兰宫女传》（任国绪译注），哈尔滨，1986。

二 论著

中文

蔡国梁：《明清小说探幽》，杭州，1985。

陈葆文：《试析〈蒋兴哥重会珍珠衫〉的冲突结构》，《中外文学》1989 年 18 卷第 2 期。

陈策：《中国人的点子》，台北，1980。

陈东原：《中国妇女生活史》（上海，1937），台北，1980。

陈福滨：《晚明理学思想通史》，台北，1983。

陈绍唐：《晚明小品文论析》，香港，1981。

陈万益：《冯梦龙‘情教说’试论》，《汉学研究》1988 年第 6 卷第 1 期。

陈永正：《三言二拍的世界》，台北，1989。

陈竹：《明清言情剧作学史稿》，武汉：华中师范大学出版社，1991。

戴不凡：《论崔莺莺》，上海，1963。

冯瑞龙：《元代爱情喜剧主题分析》，《中外文学》1989 年第 18 卷第 7 期。

——：《元代爱情悲剧主题分析》，《中外文学》1990 年第

18 卷第 8 期。

冯友兰：《中国哲学史》，香港，1970。

——：《新世训》，上海，1940。

郭英德：《痴情与幻梦》，北京，1992。

慧强：《红楼梦中的性观念及文化意义》，《红楼梦研究》1988 年第 2 期；《北京大学研究生学刊》1988 年第 1 期。

《红楼梦人物辞典》，南宁，1989。

胡万川：《玄女，白猿，天书》，《中外文学》1983 年第 22 卷第 6 期。

李希凡：《说“情”：红楼艺境探微》，北京，1989。

姜国柱、朱葵菊：《中国历史上的人性论》，北京，1989。

姜国柱：《中国认识论史》，郑州，1989。

姜琦：《中国国民道德原论》，台北，1966。

金耀基：《“面”、“耻”与中国人行为之分析》，《第二届国际汉学会议论文集》，台北，1989。

——：《人际关系中人情之分析》，杨联陞、《中国文化中包、保、报之意义》，香港，1987。

康哲茂：《辞汇》，台北，1974。

孔令新：《论〈聊斋志异〉的爱情主题》，《蒲松龄研究》季刊 1982 年第 2 期 1982。

李辰冬：《红楼梦研究》（1942），台北，1962。

李元贞：《红楼梦里的梦》，《现代文学》1975 年第 45 期。

李运转：《美貌的女人与俗套的艺术——对当代小说女性形象塑造的一个批判》，《文艺争鸣》1989 年第 5 期。

笠原仲：《回古代中国人的美意识》，（东京，1979），北京，1987。

梁其姿：《清代的惜字会》，《新史学》1994 年第 5 卷第 2 期。

梁漱溟：《中国文化要义》，香港，1964。

廖仲安：《红楼梦思想溯源一例——“天地间灵淑之气只钟于女子”一语的出处和源流》，《光明日报》1977 年 12 月 3 日。

林辰：《明末清初小说述录》，沈阳，1988。

刘文英：《中国古代的梦书》，北京，1990。

鲁迅：《中国小说史略》，《鲁迅全集》，北京，1982。

陆又新：《聊斋志异中的爱情》，台北，1992。

罗光：《中国哲学思想史，元明清》，台北，1981。

骆雪伦：《李渔戏剧小说中所反映的思想与时代》，《大陆杂志》1975 年第 50 卷第 2 期。

蒙培元：《中国心性论》，台北，1990。

钱穆：《中国文化史导论》，台北，1951。

——：《中国近三百年学术史》，台北，1970。

——：《从中国历史来看中国民族性及中国文化》，香港，1979。

钱锺书：《管锥编》，北京，1979。

——：《诗可以怨》，《文学评论》1981 年第 1 期。

瞿同祖：《中国法律与中国社会》，台北，1984。

施淑仪：《清代闺阁诗人征略》，上海，1987。

史华罗：《明清文学中的自然》，《当代》第 12 卷第 104 期，1994。《生态主义与道德主义：明清小说中的自然观》，《基建所致：中国环境史论文集》，台北，1995。

宋书功：《中国古代房室养生辑要》，北京，1991。

孙楷第：《中国通俗小说书目》，北京，1982。

——：《日本东京所见中国小说书目》，北京，1981。

孙克宽：《吴梅村北行前后诗》，《“国立中央”图书馆馆刊》1974 年 7 卷第 1 期。

孙隆基：《中国文化的深层结构》，西安，1988；香港，1983。

孙云鹤:《常用汉字详解字典》, 福州, 1986。

台大哲学系主编:《中国人性论》, 台北, 1990。

谭其骧:《中国文化的时代差异和地区差异》,《中国传统文化的再估计》, 上海, 1987。

汤用彤: 《王弼圣人有情论》, 《魏晋玄学论稿》, 台北, 1972。

唐君毅:《中国文化之精神价值》, 台北, 1972。

《唐人传奇小说集》, 台北, 1974。

陶希圣:《中国政治思想史》, 台北, 1954。

王利器:《敦煌文学中的韩朋赋》,《文学遗产增刊》, 北京, 1955。

王拓:《对〈西游补〉的新评价》,《现代学苑》, 1971 年第 8 期。

王先霈、周伟民:《明清小说理论批评史》, 广州, 1988。

王骧:《白蛇传说》,《中国大百科全书》(中国文学), 北京、上海, 1986。

王晓传:《元明清三代禁毁小说戏曲史料》, 北京, 1958。

魏子云:《金瓶梅散论》, 台北, 1990。

吴宏一: 《晚明的诗坛风气》, 《东亚文化》1986 年第 24 辑。

——、叶庆炳:《清代文学批评资料汇编》, 台北, 1981。

吴森: 《两种不同的心态》, 《比较哲学与文化》, 台北, 1977。

夏志清:《爱情·社会·小说》, 台北, 1970。

《现代汉语词典》, 北京, 1978。

萧汉明:《船山易学研究》, 北京, 1978。

谢国桢: 《明清之际党社运动考》, 北京, 1982(上海, 1934)。

许德成、田玉衡：《秦可卿与秦钟》，《红楼梦学刊》1985年第1期。

徐泓：《明末社会风气的变迁，以江浙地区为例》，《东亚文化》1986年第24辑。

许纪霖：《中国知识分子群体人格的历史探索》，《新华文摘》1987年第2期。

杨国枢：《中国人的蜕变》，台北，1988。

杨联陞：《中国文化中包、保、报之意义》，香港，1987。

杨树斌：《梦与秦可卿》，《红楼梦学刊》1988年第2辑。

杨永安：《明史管窥杂稿》，香港，1987。

叶德均：《戏曲小说丛考》，北京，1979。

余德慧：《中国人的爱情观：情感与择偶》，台北，1990。

喻青松：《明清时期民间宗教教派中的女性》，《南开学报》1982年第5期。

余英时：《从价值系统看中国文化的现代意义》，台北，1984。

——：《士与中国文化》，上海，1987。

——、周策纵等：《曹雪芹与红楼梦》，台北，1985。

——：《中国近世宗教伦理与商人精神》，《知识分子》1986年冬季号。

——：《红楼梦的两个世界》，台北，1986。

虞卓娅：《封建末世奴性生活的现实图景：儒林外史写奴性》，《明清小说研究》1998年第1期。

张静二：《从天意与人类的冲突论〈封神演义〉》，《汉学研究》1988年第6卷第1期。

张健：《明清文学批评》，台北，1983。

张立文：《朱熹思想研究》，北京，1981。

张其昀：《中文大辞典》，台北，1976。

张淑香:《元杂剧中的爱情与社会》, 台北, 1980。

赵景深:《中国小说论丛》, 济南, 1980。

赵敏俐:《秋与中国文学的相思怀归母题》,《中国社会科学》1990 年第 4 期,《中国社会科学》(英文版) 1991 年第 4 期。。

郑振铎:《中国文学研究》, 北京, 1957。

郑培凯:《〈金瓶梅词话〉与明人饮酒风尚》,《中外文学》1983 年第 12 卷第 6 期。

——:《酒色财气与〈金瓶梅词话〉的开头》,《中外文学》1983 年第 12 卷第 4 期。

郑志明:《明代三一教主研究》, 台北, 1988。

《中国古代名句辞典》, 上海, 1986。

周汝昌主编:《红楼梦辞典》, 广州, 1987。

周质平:《评公安派之诗论》,《中外文学》1984 年第 12 卷第 10 期。

朱光潜:《谈修养》, 重庆, 1947 (1942)。

——:《文艺心理学》, 上海, 1936。

——:《给青年的十二封信》, 上海, 1929。

朱剑心编:《晚明小品选注》, 台北, 1984。

朱岑楼:《从社会个人与文化的关系论中国人性格的耻感》, 李亦园、杨国枢《中国人的性格》, 台北, 1973。

外文论著

Adams, Robert, " Pure Love ", *Journal of Religious Ethics*, 1980, 8.

Adkins, Curtis, " The Hero in T'ang Ch'uan-ch'i Tales ", in Winston Yang and Curtis Adkins, eds. , Hong Kong, 1980.

Agamben, Giorgio, *Stanze. La parola e il fantasma nella cultura occidentale*, Torino, 1993 (1977).

Ahern, Emily M., Gates Hill, eds., *The Anthropology of Taiwanese Society*, Stanford, 1981.

Ahern, Emily M., *The Cult of the Dead in a Chinese Village*, Stanford, 1973.

Ahern, Emily M., "Sexual Politics of Karmic Retribution", *The Anthropology of Taiwanese Society*, in Ahern, Gates, eds., 1981.

Alabaster, E., *Notes and Commentaries on Chinese Criminal Law and Cognate Topics, with Special Relation to Ruling Cases*, London, 1899.

Alberoni, Francesco, *L'erotismo*, Bergamo, 1988.

Allan, Sarah and Cohen, Alvin, eds., *Legend, Lore and Religion in China: Essays in Honor of Wolfram Eberhard on His Seventieth Birthday*, San Francisco, 1979.

Allinson, Robert, ed., *Understanding the Chinese Mind. The Philosophical Roots*, Hong Kong, 1989.

Alston, William P., "Emotion and Feeling", in *The Encyclopedia of Philosophy*, London, 1967, vol. 2.

Alt, Wayne, "There is No Paradox of Desire in Buddhism", *Philosophy East and West*, 1980, 30, 4.

Ames, Roger, "Reflections on the Confucian Self: A Response to Fingarette", in Bockover, ed., 1991.

Ames, Roger, "The Mencian Conception of *Ren xing*: Does it Mean 'Human Nature'?", in Rosemont, ed., 1991.

Ameng di Wu, *La manica tagliata*, trad. e a cura di Giovanni Vitello, Palermo, 1990.

Ammaniti, Massimo e Nino, Dazzi, a cura di, *Affetti. Natura e sviluppo delle relazioni interpersonali*, Roma-Bari, 1990.

L'amore primario, Milano: Cortina, 1991.

Andres, Mark Francis, *New Perspectives on Two Late Ming Novels*: *Hsi-Yu Pu and Jou P'u T'uan*, M. A. Thesis, University of Arizona, 1988.

Anonimo, *Il meraviglioso discorso della fanciulla pura*, a cura di Paolo Santangelo, Milano, S. E., 1993.

Anonimo, *L'amour marié ou la bizarrerie de l'amour en estat de mariage*, Köln, 1681.

Antonelli, Ferruccio, *Psicologia dei vizi capitali*, Roma, 1972.

Aoki Masaru, *Shindai bungaku hyōron shi*, Tokyo 1940 (Chen Shunü, tr., *Qingdai wenxue pinglun shi*, Taibei, 1969).

Aoki Takako 青木孝子, "To Boku no tanrōishiki to sono hyogen. 'ryunen' 'haku hatsu' no gowo tōshite" 杜牧の歎老意識とその表現. 流年白髪の語を通して, *Kanbungaku ronshū*, Tokyo: Taishūkan shoten, 1991.

Aoyama Hiroshi 青山宏, "Chūgoku no shika ni okeru rakka to shōsekishun" 中国の詩歌における落花と傷惜春, *Kangaku kenkyū* 漢学研究, 1975, 13 - 14.

Aragon, *Aurélien*, Paris, Gallimard, 1944.

Araki Kengo, *Mindai shisō kenkyū*, Tokyo, 1972.

Argyle, M., Henderson, M., Bond, M. H., Iizuka, Y., Contarello, A., "Cross-cultural variations in relationship rules", *International Journal of Psychology*, 21, 1986.

Ariès, Ph., "Per una storia della vita privata", in *La vita privata dal Rinascimento all'Illuminismo*, Roma-Bari, 1993.

Ariosto, Ludovico, *Orlando furioso*. Raccontato da Italo Calvino con una scelta del poema, Torino, 1970.

Aulagnier, P., *Les Destins du plaisir. Alienation*, *amour*, *pas-*

sion, Paris, 1979.

Austen, John, *The Story Don Juan. A Study of the Legend and the Heroism*, London, 1939.

Avalle, D'Arco Silvio, "Due tesi sui limiti di amore", in Cappellano 1992.

Baldwin, Cass Victoria, *Celebrations at the Gate of Death: Symbol and Structure in Chin P'ing Mei*, Ph. D. Dissertation, Berkeley, 1979.

Baltrušaitis, *Il Medioevo fantastico. Antichità ed esotismi nell'arte gotica* (*Le Moyen Age fantastique. Antiquités et exotismes dans l'art gothique*, Paris, 1955), Milano, 1993.

Barr, Allan, *Pu Songling and Liaozhai zhiyi: A Study of Textual Transmission, Biographical Background, and Literary Antecedents*, Ph. D. Dissertation, Oxford University, 1983.

Barr, Allan, "Disarming Intruders: Alien Women in *Liaozhai zhiyi*", *Harvard Journal of Asiatic Studies*, 49, 2, 1989.

Barthes Roland, *Fragments d'un discours amoreux* (*Frammenti di un discorso amoroso*, Torino, Einaudi, 1979), Paris, Seuil, 1977.

Barthes, Roland, *Sade, Fourier, Loyola. La scrittura come eccesso* (*Sade, Fouirier, Loyola*, Paris: Seuil, 1971), Torino: Einaudi, 1977.

Bastide, Roger, *Sogno, trance, follia*, Milano, 1976.

Bataille, George, *L'érotisme*, Paris, 1957 (*L'erotismo. Il comportamento e le più segrete mozioni dell'homo eroticus*, Milano, 1969).

Bataille, George, *La littérature et le mal*, Paris, 1957 (*La letteratura e il male*, Milano, 1973) .

Baudrillard, Jean, *L'échange symbolique et la mort*, Paris, 1976 (*Lo scambio simbolico e la morte*, Milano, 1984) .

Baudrillard, Jean, *Della seduzione*, Bologna, 1986.

Baudrillard, Jean, *Le strategie fatali*, Milano, 1984 .

Bauer, Wolfgang, *China and the Search for Happiness*, New York, 1976.

Beecher, D. A. , Ciavolella, M. , eds. , *A Treatise on Lovesickness*, Syracuse, 1990.

Beer, Gillian, "Ghosts", *Essays in Criticism*, 28, 1978.

Bembo, Pietro, *Asolani*, Ferrara, 1505.

Berahardt, Kathryn, "A Ming-Qing Transition in Chinese Women's History? The Perspective from Law", G. Hershatter, E. Honig, J. Lipman, R. Stross, eds. *Remapping China. Fissures in Historical Terrain*, Stanford, Stanford University Press, 1996 .

Bertuccioli, Giuliano, a cura di, *Mandarini e cortigiane*, Roma, 1988.

Bertuccioli, Giuliano, *La letteratura cinese*, Firenze, 1968.

Billeter, Jean-François, *Li Zhi philosophe maudit* (*1527—1602*), Geneve-Paris, 1979.

Birch, Cyril ed. , *Anthology of Chinese Literature from early times to the fourteenth century*, New York, 1965.

Birch, Cyril ed. , *Anthology of Chinese Literature from the 14th century to the present day*, New York, 1972.

Birch, Cyril, *Stories from a Ming Collection. The Art of the Chinese Story-Teller*, New York, 1958.

Birch, Cyril ed. , *Studies in Chinese Literary Genres*, Berkeley and Los Angeles, 1974.

Birch, Cyril, tr. , *Tang Xianzu*, *The Peony Pavilion* (*Mudan ting*), Bloomington, 1980.

Birge, Bettine, "Chu Hsi and Women's Education", in De Bary

and Chaffee, eds., 1989.

Birrell, Anne, *Chinese Mythology: An Introduction*, Baltimore-London, 1993.

Bishop, John Lyman, *The Colloquial Short Story in China: A Study of the Sanyen Collections*, Cambridge Mass., 1956.

Black, Alison Harley, *Man and Nature in the Philosophical Thought of Wang Fu-chih*, Seattle and London, 1989.

Blake, Fred, "Death and Abuse in Marriage Laments: The Curse of Chinese Brides", *Asian Folklore Studies*, 31, 1, 1978.

Bodde, Derk, tr., *A History of Chinese Philosophy by Fung Yu-lan*, Princeton, 1952—3, 2 vol.

Bodde, Derk, "Sex in Chinese Civilization", *Proceedings of the American Philosophical Society*, 129, 2, 1985.

Bodei, *Ordo amoris. Conflitti terreni e felicità celeste*, Bologna, Il Mulino, 1991.

Boncompagno, da Signa, *Rota Veneris*, a cura di Paolo Garbini, Roma, Salerno ed., 1996.

Boswell, John, *Christianity, Social Tolerance and Homosexuality*, Chicago: Chicago U. P., 1980.

Bourget, Paul, *Physiologie de l'amour moderne*, Paris, 1917.

Brandauer, Frederick, "Women in the *Ching-hua Yuan*: Emancipation Toward a Confucian Ideal", *The Journal of Asian Studies*, 36, 4, 1977.

Brandauer, Frederick, *Tung Yüeh*, Boston, 1978.

Brissenden, R. F., *Virtue in Distress: Studies in the Novel of Sentiment from Richardson to Sade*, London: McMillan, 1974.

Brown, Carolyn, ed., *Psycho-Sinology: The Universe of Dreams in Chinese Culture*, Lanham and London, 1988.

Brokaw, Cynthia, *The Ledgers of Merit and Demerit. Social Change and Moral Order in Late Imperial China*, Princeton, 1991.

Brooks, Peter, (*The Melodramatic Imagination: Balzac, Henry James and the Mode of Excess*, New Haven-London: Yale U. P., 1976) *L'mmaginazione melodrammatica*, Parma, 1985.

Bruno, Giordano, *De gli eroici furori*, *Opere italiane*, Bari, 1925.

Buck, Samuel, "The Chinese Spirit World", *Orient*, 2 [1—12] 1951 [1—5] —52 [6—12].

Bush, Susan, *The Chinese Literati on Painting*, Cambridge, Mass., 1971.

Bush, Susan and Murck, Christian, eds., *Theories of the Arts in China*, Princeton, 1983.

Cahill, James, *The Compelling Image: Nature and Style in Seventeenth-Century Chinese Painting*, Cambridge Mass., 1982.

Cahill, James, *Distant Mountains: Chinese Painting of the Late Ming Dynasty*, New York, Tokyo, 1982.

Cahill, James, *The Restless Landscape*, Berkeley, 1971.

Cahill, James, *Fantastics and Eccentrics in Chinese Paintings*, New York, 1967.

Cahill, James, *Parting at the Shore: Chinese Painting of the Early and Middle Ming Dynasty*, New York, Tokyo, 1978.

Cahill, Suzanne, "Sex and Supernatural in Medieval China: Cantos on the Transcendent Who Presides over the River", in *Journal of African and Oriental Studies* [*JOAS*], 105, 2, 1985.

Cai Zongqi, "The Rethinking of Emotions: The Transformation of Traditional Literary Criticism in the Late Qing Era", in *Monumenta Serica*, 45, 1997.

Cantoni, R. , Introduzione, a Kierkegaard, *Don Giovanni. La musica di Mozart e l'eros*, Milano: Mondadori, 1976.

Cao Xueqin, *Le Rêve dans le pavillon rouge*, Paris, 1981.

[Andreas] Capellanus regii Francorum, *De amore libri tres*, Hauniae, 1892 (rist. München, 1972) .

Cappellano, Andrea, *De Amore*, trad. di Jolanda Insana, Milano, 1982.

Carlitz, Katherine, "Puns and Puzzles in the *Chin P'ing Mei*. A Look to Chapter 27", in *T'oung Pao*, 67, 3—5, 1981.

Carlitz, Katherine, "Family, Society, and Tradition in *Jin Ping Mei*", in *Modern China*, 10, 4, 1984.

Carlitz, Katherine, *The Rethoric of Chin P'ing Mei*, Bloomington: University of Indiana Press, 1986.

Carlitz, Katherine, "Desire, Danger, and the Body: Stories of Women's Virtue in Late Ming China", in Gilmartin, Hershatter, Rofel, White, eds. , 1994.

Carlitz, Katherine, "Shrines, Goverment-Class Identity, and the Cult of Widow Fidelity in Mid-Ming Jiangnan", in *The Journal of Asian Studies*, 56, 3, 1997 .

Carotenuto, A. , *Eros e pathos*, Milano, 1987. .

Carotenuto, A. , *Riti e miti della seduzione*, Milano, 1994. .

Cartier, Michel, "Le marchand comme voyageur. Remarques sur quelques histoires du Chin-ku ch'i kuan", *Etudes d'histoire et de littérature chinoises offertes au Prof. Prušek*, Paris, 1976.

Casacchia, Giorgio, a cura di, *Apparizioni d'Oriente. Novelle cinesi del Medioevo*, Roma, 1986.

Casacchia, Giorgio, a cura di, *Pao-weng Lao-jen. Nuove e antiche meraviglie. Racconti cinesi del Seicento*, Napoli, 1992.

Cazotte, J. , *Il diavolo innamorato*, tr. di B. Gentile, Firenze, 1954 (*Le diable amoureux*, *roman fantastique*, 1845) .

Chan D. W. , "Perception and Judgment of Facial Expressions among the Chinese", *International Journal of Psychology*, 1985, 20.

Chan Hing-ho, *Le Hongloumeng et les commentaires de Zhiyanzhai*, Paris, 1982.

Chan Hok-lam and De Bary, eds. , *Yüan Thought: Chinese Religion and Thought Under the Mongols*, New York, 1982.

Chan Sin-wai [tr.], *An Exposition of Benevolence: The Jen-hsueh of T'an Ssu-t'ung*, Hong Kong, 1984.

Chan Wing-tsit [ed. and tr.], *Instructions for Pratical Living and other Neo-Confucian Writings by Wang Yang-ming*, New York, 1963.

Chan Wing-tsit, *Chinese Philosophy*, Princeton, 1963.

Chan Wing-tsit [ed. e tr.], *Reflections on Things at Hand. The Neo-Confucian Anthology compiled by Chu Hsi and Lü Tsu-ch'ien*, New York and London, 1967.

Chan Wing-tsit, "Chu Hsi and Yüan Confucianism", in Chan and De Bary [eds.], New York, 1982.

Chan Wing-tsit [ed.], *Chu Hsi and Neo-Confucianism*, Honolulu: University of Hawaii Press, 1986.

Chang Chun-shu, Chang Shelley Hsueh-lun, *Crisis and Transformation in Seventeenth-Century China. Society, Culture, and Modernity in Li Yu's World*, Ann Arbor, The University of Michigan Press, 1992. .

Chang Chun-shu and Lo Hsüeh-lun, "The World of P'u Sung-ling's *Liao-chai chih-i*: Literature and the Intelligentsia during the Ming-Ch'ing Dynastic Transition", *Journal of the Institute of Chinese*

Studies of the Chinese University of Hong Kong, 6, 2, 1973.

Chang H. C., *Chinese Literature. Popular Fiction and Drama*, Chicago, 1973.

Chang Kang-i Sun, *The Late-Ming Poet Ch'en Tzu-lung. Crises of Love and Loyalism*, New Haven and London, 1991.

Chappel, David, ed., *Buddhist and Taoist Practice in Medieval Chinese Society* (*Buddhist and Taoist Studies, II*), Honolulu, 1987.

Chaves, Jonathan, "The Expression of Self in the Kung-an School: Non-Romantic Individualism", in R. Hegel and R. Hessney, eds., New York, 1985.

Chaves, Jonathan, "Moral Action in the Poetry of Wu Chia-chi (1618—84)", *Harvard Journal of Asiatic Studies*, 46, 2, 1986.

Chaves, Jonathan, "The Panoply of Images: A Reconsideration of the Literary Theory of the Kung-an School", in Bush and Murck, eds., 1983.

Che K. L., "Not Words but Feelings – Ch'ien Ch'ien-I", *Tamkang Review*, 6, 1975, 1.

Cheang Eng-chew, *Li Chih as a Critic: A Chapter of the Ming Intellectual History*, Ph. D. Dissertation, University of Washington, 1973 .

Chen Maiping, "Xu Wei and Modernity in Chinese Literature", *The Stockholm Journal of East Asian Stdies*, 4, 1993.

Chen Shih-hsiang and Harold Acton [with the collaboration of Cyril Birch], *The Peach Blossom Fan*, Berkeley, 1976.

Ch'en Ch'i-Yün, *Hsün Yüeh and the Mind of Late Han China. A Translation of the* Shen-chien *with Introduction and Annotations*, Princeton, 1980.

Ch'en Shou-yi, *Chinese Literature: A Historical Introduction*, New

York, 1961.

Ch'en Toyoko Yoshida, *Women in Confucian Society: A Study of Three T'an-tz'u Narratives*, Ph D. dissertation, Columbia University, New York, 1974.

Cheng C. K., "Characteristic Traits of the Chinese People", *Social Forces*, 25, 1946.

Cheng Chung-ying, "Conscience, Mind and Individual in Chinese Philosophy", *Journal of Chinese Philosophy*, 2, 1974.

Cheng Chung-ying, "Reason, Substance, and Human Desires in Seventeenth-Century Neo-Confucianism", in De Bary [ed.], New York, 1975.

Cheng Chung-ying, "The Concept of Face and Its Confucian Roots", *Journal of Chinese Philosophy*, 13, 1986.

Cheng Pei-kai, *Reality and Imagination: Li Chih and T'ang Hsien-tsu in Search of Authenticity*, Ph. D. Dissertation, Yale Un., 1980.

Chi Ch'iu-lang, "The Concepts of Classicism and Romanticism: Their Application to Chinese Literature", in *Tamkang Review*, 3, 2, 1972.

Chi Ch'iu-lang, "〈Fair Needs Foul〉: Moral Ambiguity in *Chin P'ing Mei*", *Tamkang Review*, 13, 1, 1982.

Chiang Hwei-eng, "The Mirror Image in *The Dream of Red Chamber*", in *Asian Culture Quarterly*, 8, 2, 1980.

Chien C., ed., *Proceedings of the Conference on Modernization and Chinese Culture*, Hong Kong, 1985.

Chien Ying-ying, "Sexuality and Power: A Feminist Reading of *Chin P'ing Mei*", *Tamkang Review*, 19, 1—4, 1989.

Chin Chun-ming, "In Praise of the Orchid", trans. by Yuan

Heh-hsiang, *Renditions*, Autumn, 1977.

Ch'ien Chung-shu, "Tragedy in Old Chinese Drama", in *T'ien Hsia Monthly*, 1, 1, 1935.

Ch'ien Chung-shu, "Poetry as a Vehicle of Grief", in Stephen Soong, ed., Hong Kong, 1985.

Ch'ien Edward, *Chiao Hung and the Restructuring of Neo-Confucianism in the Late Ming*, New York, 1986.

Chin P'ing Mei. Romanzo cinese del secolo XVI, Torino, 1955, [Milano, 1970].

Ching Julia, *Confucianism and Christianity: A Comparative Study*, Tokyo: Kodansha International, 1977.

Chittick W. C., *The Sufi Path of Love: The Spiritual Teachings of Rumi*, Albany, 1983.

Cho Dong-il, "A Comparative Analysis of Katharsis, Rasa, and Shinmyong p'uri Theatres", in *Korea Journal*, 1997.

Chou Chih-p'ing, *Yüan Hung-tao and the Kung-an School*, New York, Cambridge Un. Press, 1988.

Chou Ju-hsi and Brown, Claudia, eds., *Chinese Printing under Qianlong Emperor. Phoebus. A Journal of Art History*, 6, 1, 1988.

Chow Tse-tsung, *The May Fourth Movement: Intellectual Revolution in Modern China*, Cambridge, Mass., 1964.

Chuang Hsin-cheng, *Comparative Thematic of Dream of the Red Chamber*, Ph. D. Dissertation, Indiana University, 1966.

Chuang Hsin-cheng, *Themes of "Dream of the Red Chamber": A Comparative Interpretation*, Ann Arbor, 1976.

Ciavolella, M., *La "malattia d'amore" dall'Antichità al Medioevo*, Roma, 1976.

Clanton, Gordon e Smith, Lynn G., eds., *Gelosia*, (*Jealousy*,

New Jersey, 1977) Roma, 1978.

Cleary, J. C., tr., *Worldly Wisdom: Confucian Teachings of the Ming Dynasty*, Boston, 1991.

Cloud, Frederick, *Hangchow, The "City of Heaven", with a Brief Historical Sketch of Soochow*, Shanghai, 1906.

Clunas, Craig, *Superfluous Things, Material Culture and Social Status in Early Modern China*, Cambridge: Polity Press, 1991.

Coccia, Filippo, "Lu Xun e la cultura cinese del primo novecento: note biografiche e rilettura degli scritti del periodo giapponese (1902—1909)", *Annali Istituto Universitario Orientale*, 1984, 44.

Cockshut, A. O. J., *Man and Woman: A Study of Love and the Novel 1740—1940*, London: Collins, 1977.

Cohen Alvin, *Tales of Vengeful Souls. A Sixth Century Collection of Chinese Avenging Ghost Stories*, Taipei-Paris-Hongkong, 1982.

Cohn, Don J., ed. and tr., *Vignettes from the Chinese. Lithographs from Shanghai in the Late Nineteenth Century*, Hong Kong, 1987.

Cohn, Dorrit, *Transparent Minds: Narrative Modes for Presenting Consciousness in Fiction*, Princeton, 1978.

Corbin, H., *En Islam iranien*, Paris, 1972.

Couvreur, Séraphin, *Mémoires sur les bienséances et les cérémonies*, Paris, 1950 (rist.).

Crébillon, fils, *Les égarements du coeur et de l'esprit*, [1736], Paris: Gallimard, 1977.

Crump, J. I., "Eadem sed Aliter: 〈Pastoral〉 Idyl and *Vanitas* in Late Chinese Fiction and Verse", *Tamkang Review*, 8, 2, 1977.

D'Elia, Pasquale, ed., *Fonti ricciane: Storia dell'introduzione del cristianesimo in Cina*, Roma, 3 vv. 1942—1949.

Darnton, Robert, "Readers Respond to Rousseau: The Fabrication of Romantic Sensitivity", *The Great Cat Massacre and Other Episodes in French Cultural History*, New York, 1985.

Dars, Jacques, tr., *En mouchant la chandelle. Nouvelles chinoises des Ming*, Paris, 1986.

De Bary, Theodore ed., *The Unfolding of Neo-Confucianism*, New York, 1975.

De Bary, Theodore, "Neo-Confucian Cultivation and the Seventeenth-Century 〈Enlightenment〉", in De Bary, ed., New York, 1975.

De Bary, Theodore, "Individualism and Humanitarianism in Late Ming Thought", in De Bary, ed., New York, 1970.

De Bary, Theodore, ed., *Self and Society in Ming Thought*, New York, 1970.

De Bary, Theodore, ed., *Neo-Confucian Orthodoxy and the Learning of the Mind-and-Heart*, New York, 1981.

De Bary, Theodore, *The Liberal Tradition in China*, Hong Kong-New York, 1983.

De Bary, Theodore, *Learning for One's Self. Essays on the Individual in Neo-Confucian Thought*, New York, 1991.

De Bévotte, G. G:, *La légende de Don Juan*, Paris, 1929.

De Cantenac, Benech, *Poésies nouvelles et autres oeuvres galantes*, Paris, 1661.

De Gubernatis, A., "Le Bouddhisme en Occident, avant et après le Christianisme", *Rivista degli studi orientali*, II, 2, 1908—1909. .

De Laclos, Ch., *Les liaisons dangereuses* [1782], Paris: Flammarion, 1964.

De Laude, S. , *Contributi sulle concezioni della bellezza femminile nel medioevo*, Tesi di Laurea della Facoltà di Lettere di Pavia, a. a. 1989—1990. .

De Lorris, Guillaume, Jean De Meun, *Le Roman de la Rose*, a cura di F. Lecoy, Paris, 1970—73.

De Rougemont Denis, *L'amour et l'Occident*, Paris, 1939 (*Love in the Western World*, Princeton 1972; *L'amore e l'Occidente*, Milano, 1977) .

De Rougemont, Denis, *Les Mythes de l'amour*, Paris, 1961 .

De Rougemont, Denis, "Love", in Ph. Wiener, New York, 1973.

Demiéville, Paul, "Le miroir spirituel", *Choix d'études bouddhiques (1929—1970)*, Leiden, 1973.

Deneys-Tunney, Anne, *Ecritures du corps. De Descartes à Laclos*, Paris, 1992.

Denomy, A. J. , "The Pure Love of the Troubadours, its Amorality and Possible Source", *Mediaeval Studies*, 7, 1945.

Di Giura, Ludovico Nicola, *P'u Sung-ling*, *I racconti fantastici di Liao*, Milano, 1962.

Diderot, *L'uccello bianco. Racconto blu*, Palermo: Sellerio, 1992.

Diény, Jean-Pierre, *Pastourelles et magnanarelles, essai sur un thème littéraire chinois*, Genève: Droz, 1977.

Dilman, Ilham and D. Z. Phillips, *Sense and Delusion*, New York, 1971.

Dilman, Ilham, "Reason, Passion and the Will", *Philosophy*, 59, 228, 1984.

Ding, Fifi Naifei, *Obscene Objects: The Politics of Sex in 'Jin*

Ping Mei', University of California, Berkeley, PH. D. Dissertation, 1991, 205.

Dodds, E. R., *The Greeks and the Irrational* (*I Greci e l'irrazionale*, Firenze 1959), Berkeley, 1959.

Doleželovà-Velingerovà, Milena, Lubomìr Doležel, "An Early Chinese Confessional Prose: Shen Fu's Six Chapters of a Floating Life", *T'oung Pao*, 58, 1972.

Dong Lorraine, "The Many Faces of Cui Yingying", in Guisso and Johannesen, eds., 1981.

Dong Lorraine, *The Creation and Life of Cui Yingying* (*803—1969*), Ph. D. Diss., University of Washington, 1978.

Dong Yue, *Il sogno dello Scimmiotto* (*Xiyoubu*), Venezia, 1992.

Donner, Neal, "Chih-i's Meditation on Evil", in David Chappel, ed., Honolulu, 1987.

Dudbridge, Glen, *The Tale of Li Wa*, *Study and Critical Edition of a Chinese Story from the Ninth Century*, London, 1983.

Dudbridge, Glen, *The Hsi-yu chi. A Study of Antecedents to the Sixteenth-Century Chinese Novel*, Cambridge, 1970.

Drège, Jean Pierre, "Notes d'onirologie chinoise", in *Bulletin de l'Ecole Française d'Extreme Orient*, 70, 1981.

Duby, Georgess, "Il modello cortese", in Georgess Duby, Michelle Perrot, eds., Roma-Bari, 1990.

Duby, Georgess, Michelle Perrot, ed., *Storia delle donne*, *Il Medioevo*, a cura di Christiane Klapisch-Zuber, Roma-Bari, 1990.

Duby, Georgess, *L'amore e la sessualità* (1984), Bari, 1986. .

Duby, Georgess, *Matrimonio medievale. Due modelli nella Francia del dodicesimo secolo*, Milano, 1981 (*Medieval Marriage*: *Two*

Models from Twelfth-Century France, Baltimore, 1978).

Dudbridge, Glen, *The Hsi-yu chi. A Study of Antecedents to the Sixteenth-Century Chinese Novel*, Cambridge, 1970.

Dudley, E., Novak M. E., eds., *The Wild Man Within. An Image in Western Thought from the Renaissance to Romanticism*, Pittsburgh, 1972.

Dupront, Alphonse, "L'histoire après Freud", *Revue de l'Enseignement supérieur*, 44—45, 1969.

Dupront, A., "Problèmes et métodes d'une histoire de la psychologie collective", *Annales* 16, 1961.

Eberhard, Wolfram, *Folktales of China*, Chicago, 1965.

Eberhard, Wolfram, *Guilt and Sin in Traditional China*, Berkeley-Los Angeles, 1967.

Eberhard, Wolfram, *Moral and Social Values of the Chinese. Collected Essays*, Taibei, 1971.

Ebrey, Patricia, ed., *Chinese Civilization and Society: A Sourcebook*, New York, 1981.

Ebrey, Patricia, "Women in Liu Kezhuang's Family", *Modern China*, 10, 4, 1984.

Ebrey, Patricia, "Introduction", Watson and Ebrey eds., 1991.

Ebrey, Patricia, "Shifts in Marriage Finance from the Sixth to the Thirteenth Century", Watson and Ebrey eds., 1991.

Edel, Leon, *The Psychological Novel 1900—1950*, London, 1955.

Edwards, Louise, "Gender Imperatives in *Honglou meng*: Baoyu's Bisexuality", *Chinese Literature Essays Articles Reviews*, 1990, 12.

Edwards, Louise, "Women in the *Honglou meng*: Prescriptions of Purity in the Femininity of Qing Dynasty China", *Modern China*, 16, 4, 1990.

Edwards, Louise, "Representations of Women and Social Power in Eighteenth Century China: The Case of Wang Xifeng", *Late Imperial China*, 14, 1, 1993.

Egerton, Clement, *The Golden Lotus. A Translation, from the Chinese Original, of the Novel Chin P'ing Mei*, (4 volumes) London, [1939] 1972.

Eibl-Eibesfelgt, I., *Amore e odio*, Milano: Adelphi, 1971.

Elias, Norbert, *Über den Prozess der Zivilisation. I. Wandlungen des Verhaltens in den Wetlichen Oberschichten des Abendlandes*, Frankfurt: Suhrkamp, 1969 [1936] (*La civiltà delle buone maniere. Il processo di civilizzazione. I*, Bologna, 1982).

Elvin, Mark, "Female Virtue and the State in China", *Past and Present*, 104, 1984.

Elvin, Mark, "Tales of *Shen* and *Xin*: Body-Person and Heart-Mind in China during the Last 150 Years", in Feher Michel, ed. *Fragments for a History of the Human Body*, Part II, New York, Urzone, 1989—90.

Elvin, Mark, "The Spectrum of Accessibility: Tipes of Humour in the *The Destinies of the Flowers in the Mirror*", in Ames, Chan, Ng, eds., 1991.

Elvin, Mark, "In What Sense is it Possible to Speak of a 'Modernization' of the Emotions in Chinese Society?", *Zhongguo xiandaihua lunwenji*, Taibei, 1991.

Elvin, Mark, "The Inner World of 1830", *Daedalus*, 120, 2, 1991.

Empson, William, "Alice in Wonderland: The Child as Swain", in *Some Versions of Pastoral*, London, 1966.

Epstein, Maram, *Beauty is the Beast: The dual face of Woman in four Ch'ing novels*, Ph. D. Princeton University, Princeton, 1992.

Epstein Maram, "Reflections of Desire: The Poetics of Gender in Dream of the Red Chamber", in *NanNu, Men, Women and Gender in Early and Imperial China*, 1, 1999.

Epstein Maram, "Engendering Order: Structure, Gender, and Meaning in the Qing Novel Jinghua yuan", in CLEAR, 18, 1996, 101—127. .

Farrell, Daniel, "Jealousy", *The Philosophical Review*, 1980, 89.

Feagin, Susan, "Mill and Edwards on the Higher Pleasures", *Philosophy*, 58, 224, 1983.

Filippini, S. , "Connaissance de la fureur", *La Nouvelle Revue Française*, 424, 1988.

Firenzuola, *I discorsi della bellezza delle donne*, Roma, 1891.

Fisk, Craig, "The Alterity of Chinese Literature in Its Critical Context". *Chinese Literature: Essays, Articles, Reviews*, 2, 1980.

Flacelière, R. , *L'Amour en Grèce*, Paris, 1960.

Flandrin, Jean Louis, *La famiglia*, Milano, 1980 (*Families in Former Times*, London, Cambridge University Press, 1979) .

Fleming, J. , *The "Roman de la Rose". A Study in Allegory and Iconography*, Princeton, 1969.

Fleur en Fiole d'Or, Paris, 1985.

Fong Grace S. , "Engendering the Lyric: Her Voice in Song", in Pauline Yu, 1994.

Foucault, Michel, *L'usage des plaisirs*, Paris, 1984 (*L'uso dei* piaceri. *Storia della sessualità*. 2, Milano, 1984).

Foucault, Michel, "Préface à la transgression", *Critique*, 195—6, 1963.

Frankel, Hans, "The Plum Tree in Chinese Poetry", *Asiatische Studien*, 6, 1952.

Frappier, J., "Vues sur les conceptions courtoises dans les littératures d'Oc et d'Oil au XII siècle", *Cahiers de civilisation médiéval*, II, 2, 1959.

Fujimura Kōichi, "Kyō Jichin ron. Aikon to dōshin nitsuite", *Nippon Chūgoku gakkaihō*, 36, 1984.

Fung Yu-lan [Feng Youlan], *A History of Chinese Philosophy*, [D. Bodde ed.] Princeton, 1952—53, 2 voll..

Fung Yu-lan, *A Short History of Chinese Philosophy*, [D. Bodde ed.], New York, 1948 (*Storia della filosofia cinese* Milano, 1956 [1948]).

Furth, Charlotte, "Concepts of Pregnancy, Childbirth, and Infancy in Ch'ing Dynasty China", *Journal of Asian Studies*, 46, 1, 1987.

Furth, Charlotte, "Androgenous Males and Deficient Females: Biology and Gender Boundaries in Sixteenth and Seventeenth-Century China", *Late Imperial China*, 9, 2, 1988.

Furth, Charlotte, "The Patriarch's Legacy. Household Instructions and the Transmission of Orthodox Values", in Liu Kwang-Ching, ed., 1990.

Fyler, Jennifer, "The Social Context of Belief: Female Demons in Six Dynasties *Chih-kuai*", *Tamkang Review*, 21, 3, 1991.

Gabrieli, F. (tr. e comm.), *Ibn Hazm*, *Il Collare della Colomba*, Bari, 1949.

Gauss, Charles Edward, "Empathy", in Wiener, ed., New York, 1973.

Gernet, Jacques, *Chine et Christianisme: action et réaction*, Paris, 1982 (*China and the Christian Impact. A Conflict of Cultures*, Cambridge and Paris, 1985; *Cina e cristianesimo*, Casale Monferrato, 1984).

Gernet, Jacques, "De nouveau sur les premiers contacts de la Chine avec l'Europe", *Etudes chinoises*, XV, 1—2, 1996.

Giffen, L. A., *Theory of Profane Love among the Arabs: The Development of the Genre*, New York, 1971.

Gilmartin, C., Hershatter, G., Rofel, L., White, T., eds, *Engendering China. Women, Culture, and State*, Cambridge and London, Harvard University Press, 1994.

Girard, René, *Mensonge romantique et verité romanesque*, Paris, 1962 (*Menzogna romantica e verità romanzesca. Le mediazioni del desiderio nella letteratura e nella vita*, Milano, 1981).

Gjertson, Donald, *Ghosts, Gods, and Retribution: Nine Buddhist Miracle Tales from Six Dynasties and Early T'ang China*, Cambridge, 1978.

Goodrich and Fang, ed., *Dictionary of Ming Biography 1368—1644*, New York and London, 1976.

Goodrich, Luther Carrington, *The Literary Inquisition of Ch'ien-lung*, Baltimore, 1935.

Goody, Jack, *The Culture of Flowers*, Cambridge: Cambridge University Press, 1993.

Goody, Jack, *Famiglia e matrimonio in Europa*, Bari, Laterza, 1995 (*The Development of the Family and Marriage in Europe*, London, Cambridge University Press, 1983).

Goulemot, Jean Marie, "Le pratiche letterarie o la pubblicità del privato", in AA VV, *La vita privata dal Rinascimento all'Illuminismo*, Roma-Bari, 1993.

Gōyama Kiwamu 合山究, "Min Shin jidai ni okeru aikasha no keifu" 明清時代における愛花者の系譜, *Bungaku ronshū* 文学論集, 28, 1982.

Gōyama Kiwamu 合山究, "Kōrōmu ni okeru nyonin sūhai shisō to sono genryū" 紅樓夢における女人崇拜思想とその源流, *Chūgoku bungaku ronshū* 中国文学論集, 12, 1983.

Gōyama Kiwamu 合山究, "Min Shin jidai ni okeru jōshi to sono bungaku" 明清時代における情死とその文学, *Itō Sōhei kyōju kinen Chūgokugaku ronshū* 伊藤漱平教授退官記念中国学論集, Tokyo: Kyūko Shoin 汲古書院, 1986.

Gōyama Kiwamu 合山究, "Kaan, kabō kō" 花案. 花榜攷, *Bungaku ronshū* 文学論集, 35, 1989.

Gōyama Kiwamu 合山究, "En Mai no kō shoku ron" 袁枚の好色論, *Bungaku ronshū* 文学論集, 36, 1990.

Graham, A. C., *Studies in Chinese Philosophy and Philosophical Literature*, Singapore, 1986.

Granet, Marcel e Mauss, Marcel, *Il linguaggio dei sentimenti*, Milano, 1975.

Gronewold, Sue, *Beautiful Merchandise: Prostitution in China 1860—1936*, New York, 1982.

Guisso, Johannesen, eds., *Women in China: Current Directions in Historical Scholarship*, Youngstown, New York, 1981.

Hagenaar, Elly, *Stream of consciousness and free indirect discourse in modern Chinese literature*, CNWS, Leiden, 1992.

Hagstrum, Jean Howard, *Sex and Sensibility: Ideal and Erotic*

Love from Milton to Mozart, Chicago-London: Univ. of Chicago Press, 1980.

Hales, Dell R., "Dreams and the Daemonic in Traditional Chinese Short Stories", in William H. Nienhauser, ed., Hong Kong, 1976.

Hamlym, D. W., "The Phenomena of Love and Hate", *Philosophy*, 1978, 53.

Hanan, Patrick, "A Landmark of the Chinese Novel", *University of Toronto Quarterly*, 30, 3, 1961.

Hanan, Patrick, "The Nature of Ling Meng-ch'u's Fiction", in A. H. Plaks, ed., Princeton, 1977 [a].

Hanan, Patrick, "The Sources of the *Chin P'ing Mei*" in *Asia Major*, 9, 1962.

Hanan, Patrick, *The Chinese Short Stories: Studies in Dating, Authorship, and Composition*, Cambridge Mass., 1973.

Hanan, Patrick, *The Chinese Vernacular Story*, Cambridge and London, 1981.

Hanan, Patrick, *The Invention of Li Yu*, Cambridge Mass., 1988.

Hanan Patrick, "The Fiction of Moral Duty: The Vernacular Story in 1640s", in Robert Hegel and Richard Hessney, eds., New York, 1985.

Hanan, Patrick, ed., *Silent Operas (Wusheng xi) by Li Yu*, Hong Kong, 1990.

Handlin, Johanna, "Lü K'un's New Audience: The Influence of Women's Literacy on Sixteenth-Century Thought", in Wolf, Witke, eds., Stanford, 1975.

Handlin, Johanna, *Action in Late Ming Thought*, Berkeley, Los

Angeles, London, 1983.

Harrell, Stevan, "The Concept of Fate in Chinese Folk Ideology", *Modern China*, 13, 1, 1987 .

Harris, Helen, "Rethinking Polynesian Heterosexual Relationships: A Case Study on Mangaia, Cook Islands", in W. Jankowiak, ed. , *Romantic Passion. A Universal Experience?*, New York, Columbia University Press, 1995.

Hart, Henry, tr. , *The West Chamber. A Medieval Drama*, Stanford, 1936.

Hatton, Russell, "Is Ch'i Recycled? The Debate within the Neo-Confucian Tradition and Its Implications with respect to the Principle of Personal Identity", in *Journal of Chinese Philosophy*, 15, 1988.

Hatton, Russell, " Ch'i's Role within the Psychology of Chu Hsi", in *Journal of Chinese Philosophy*, 9, 1982.

Hawkes, David, *Cao Xueqin*, *The story of the Stone*, *also known as The Dream of the Read Chamber*, Middlesex, 1980, 5 voll. .

Hay, John, "The Body Invisible in Chinese Art?", in zito, Barlow, eds. , *Body*, *Subject and Power in China*, Chicago – London, Unicersity of Chicago Press, 1994.

Hazo, Robert G. , *The Idea of Love*, New York, 1967.

Hegel, Robert and Richard Hessney, eds. , *Expressions of Self in Chinese Literature*, New York, 1985.

Hegel, Robert, "*Sui T'ang yen-i*": *The Sources and Narrative Techniques of a Traditional Chinese Novel*, Ph. D. Columbia Univ. , 1973.

Hegel, Robert, *The Novel in Seventeenth-Century China*, New York, 1981.

Hegel, Robert, "An Exploration of the Chinese Literary Self", in R. Hegel and R. Hessney eds. , New York, 1985.

Hegel, Robert, "Distinguishing Levels of Audience for Ming-Ch'ing Vernacular Literature: A Case Study", in Johnson, Nathan, Rawski, eds. , 1985 [b] .

Hendrick, C. e Hendrick, S. , "A Theory and Method of Love", *Journal of Personality and Social Psychology*, 50, 1986.

Henriquez, F. , *Love in Action*, *The Sociology of Sex*, London, 1959.

Henry, Eric, "The Motif of Recognition in Early China", *Harvard Journal of Asiatic Studies*, 47, 1, 1987.

Hepburn, *A Japanese-English and English-Japanese Dictionary*, Tokyo, 1888.

Herman, A. L. , "A Solution to the Paradox of Desire in Buddhism", *Philosophy East and West*, 1979, 29, 1.

Herman, A. L. , "Ah, But there is a Paradox of Desire in Buddhism", *Philosophy East and West*, 1980, 30, 4.

Hershatter, Gail, "Sexing Modern China", G. Hershatter, E. Honig, J. Lipman, R. Stross, eds. , *Remapping China. Fissures in Historical Terrain*, Stanford, Stanford University Press, 1996.

Hervouet, Yves, *Un poète de cour sous les Han: Sseu-ma Siang-jou*, Paris, 1964.

Hervouet, Yves, "L'autobiographie dans la Chine traditionelle", in *Etudes d'histoire et de littérature chinoises, offertes au Professeur Jaroslav Prušek*, Paris, 1976 .

Hesnard, A, *L'Univers morbide de la faute*, Paris, 1949.

Hessney, Richard, *Beautiful, Talented, and Brave: Seventeenth Century Chinese Scholar-Beauty, Romance*, Ph. D. Dissertation, Columbia University, 1979.

Hessney Richard, "Beyond Beauty and Talent: The Moral and Chivalric Self in the *Fortunate Union*", in Robert Hegel and Richard Hessney, eds., New York, 1985.

Hightower, James Robert, *The Poetry of T'ao Ch'ien*, New York, 1970.

Hightower, James Robert, "Yüan Chen and 'The Story of Ying-ying'", *Harvard Journal of Asiatic Studies*, 33, 1973 . .

Hirschman, Albert, *The Passions and the Interests. Political Arguments for Capitalism before its Triumph*, Princeton, 1977 (*Le passioni e gli interessi. Argomenti politici in favore del capitalismo prima del suo trionfo*, Milano, 1979).

Ho Clara Wing-chung, "Conventionality Versus Dissent: Designation of the Titles of Women's Collected Works in Qing China", *Ming Qing yanjiu*, 1994, 1995.

Ho D. Y. F., Spinks J. A., Yeung C. S. H., eds., *Chinese Patterns of Behavior: A Sourcebook of Psychological and Psychiatric Studies*, New York, 1989.

Hoang P., "Le marriage chinois au point de vue légal", *Varietès sinologiques*, 14, Shanghai, 1898 (rist. 1975).

Hokari Yoshiaki 保刈佳昭, "Tō ni itaru made no shi ni mirareru *tajō* no go ni tsuite", 唐に至るまで詩に見られる多情の語について, *Nihon daigaku shōgaku kenkyūkai* 日本大学小学研究会, 22, 3, 1991.

Hom Marlon Kau, *The Continuation of Tradition: A Study of* Liaozhai zhiyi *by Pu Songling (1640—1715)*, Ph. D. Dissertation, University of Washington, 1979.

Honda Wataru 本田済, "Shujō no setsu -Shinchōjin no baai" 主情の説—清朝人の場合, in Kanaya Osamu 金谷治, ed., Tokyo,

1983.

Horowitz, Louise K. , *Love and Language: A Study of the Classical French Moralist Writers*, Columbus: Ohio State Univ. Press, 1977.

Hsia C. T. , *The Classic Chinese Novel. A Critical Introduction*, New York and London, 1968.

Hsia C. T. , "Love and Compassion in *Dream of the Red Chamber*", *Criticism*, 5, 1963.

Hsia C. T. , "The Scholar-Novelist and Chinese Culture: A Study of Ching Hua Yuan" , in *Tamkang Review*, 5, 2, 1974.

Hsia C. T. , "Time and the Human Condition in the Plays of T'ang Hsien-tsu", in De Bary, ed. , New York, 1970.

Hsiao Kung-chuan, Translated by E. W. Mote, *A History of Chinese Political Thought. Volume I: From the Beginnings to the Sixth Century A. D.* , Princeton, 1979.

Hsieh Andrew C. K. and Jonathan Spence, "Suicide and the Family in Pre-Modern Chinese Society", in Kleinman and Lin, eds. , Dordrecht-Boston-London, 1981.

Hsieh Yu-wei, "Filial Piety and Chinese Society", in Moore, ed. , 1967.

Hsu Francis, "Kinship and Ways of Life: An Exploration", in F. L. K. Hsu, ed. , 1972.

Hsu F. L. K. , ed. , *Psychological Anthropology*, Cambridge, Schenkman, 1972.

Hsu Pi-ching, "Feng Meng-lung's Treasury of Laughs: Humorous Satire on Seventeenth-Century Chinese Culture and Society", in *Journal of Asian Studies*, 57, 4, 1998.

Hsu Wen-hung, "The Evolution of the Legend of the White Serpent", *Tamkang Review*, 4, 1, 2, 1973.

Hu John Y. H., "Through Hades to Humanity: A Structural Interpretation of *The Peony Pavilion*", *Tamkang Review*, 10, 4, 1980.

Hu Wai-kam, "Late Ming Literati: Their Social and Cultural Ambience", in Li Chu-tsing, Watt James, eds., 1987.

Hu-Sterk Florence, "Miroir connaissance dans la poésie des Tang", *Études Chinoises*, 6, 1, 1987.

Huang Martin Weizong, "Notes towards a Poetics of Characterization in the Traditional Chinese Novel: *Honglou meng* as Paradigm", *Tamkang Review*, 21, 1, 1990.

Huang Martin, *Literati and Self-Re/Presentation. Autobiographical Sensibility in the Eighteenth-Century Chinese Novel*, Stanford: Stanford University Press, 1995.

Huang Ray, *1587, A Year of No Significance: The Ming Dynasty in Decline*, New Haven and London, 1981.

Huang San et Lionel Epstein, tr., *Vie d'une amoureuse*, Paris, 1991.

Huang Yung-wu, "Four Symbolic Plants in Chinese Poetry", *Renditions*, Spring, 1978.

Hucker, Charles O., "The Tung-lin Movement of the Late Ming Period", in Fairbank [ed], 1957.

Hughes, D. O., "From Brideprice to Dowry in Mediterranean Europe", *Journal of Family History*, 3, 1978.

Humphrey, Robert, *Stream of Consciousness in the Modern Novel*, Berkeley, 1954.

Hummel, Arthur, ed., *Eminent Chinese of the Ch'ing Period (1644—1912)*, Washington, 1943.

Hung Eva, ed., *Paradoxes of Traditional Chinese Literature*,

Hong Kong, The Chinese University Press, 1994.

Idema, Wilt L., "The Story of Ssu-ma Hsiang-ru and Cho Wen-chün in Vernacular Literature of the Yüan and Early Ming Dynasty", *T'oung Pao*, 70, 1984.

Idema, Wilt L., "*The Orphan of Zhao*: Self-Sacrifice, Tragic Choice and Revenge and the Confucianization of Mongol Drama at the Ming Court", *Cina*, 21 (*XXXth European Conference of Chinese Studies*), 1988.

Idema, Wilt, L. *Chinese Vernacular Fiction*: *The Formative Period*, Leiden, 1974.

Imanishi Yoshio 今西凱夫, "Sangen kenkyu (1)" 三言研究（一）, in *Nihon Daigaku jinbun kagaku kenkyū kiyō* 日本大学人文科学研究紀要, 25, 1981. .

Imanishi Yoshio, "Sangen ni egakareta Bianjing to Lin'an no yuanxiaojie?", in *Nihon Daigaku jinbun kagaku kenkyū kiyō*, 30, 1985. .

Imanishi Yoshio, "Sangen kenkyū (2)", in *Nihon Daigaku jinbun kagaku kenkyū kiyō*, 32, 1986. .

Imanish Yoshio, " 'Cong yi er zhong'. Sangen ni okeru shitaifu no koi", in *Numajiri hakushi taikyū kinen. Chūgokugaku ronshū*, Tokyo, 1990. .

Inada Takashi 稲田孝, " '*Jiandeng xinhua*' ni kansuru oboegaki" 剪燈新話に關李る覺書, *kangaku kenkyū* 漢学研究, 22—23, 1985.

Inui Kazuo 乾一夫, "Saisō bungaku ni miru erochishisumu no genri" 扶桑文学にみるエロチッズムの原理, *Koten hyōron* 古典評論, 5, 1969.

Irwin, William R., *The Game of the Impossible*: *A Rhetoric of*

Fantasy, Illinois 1976。

Isobe Yuko 磯部祐子，相如、文君劇之演變，漢学研究，6，1，1988.

Issei, Tanaka, "The Social and Historical Context of Ming-Ch'ing Local Drama", in Johnson, Nathan, Rawski, eds., 1985.

Jackson, Rosemary, *Il Fantastico. "La letteratura della trasgressione"*, Napoli, 1986 (*Fantasy: The Literature of Subversion*, London-New York [1981], 1988).

Jiang Tsui-fen, *Gender Reversal: Women in Chinese Drama under Mongol Rule (1234—1368)*, Seattle: Ph. D. Dissertation, University of Washington, 1991.

Johnson, Cooke Linda, ed., *Cities of Jiangnan in Late Imperial China*, New York, 1993.

Johnson, D., Nathan, A. J., Rawski S. E. eds, *Popular Culture in Late Imperial China*, Berkeley-Los Angeles-London, 1985.

Johnson, David, "Communication, Class, and Consciousness in Late Imperial China" in Johnson, Nathan, Rawski, Berkeley-Los Angeles-London, 1985.

Johnson-Laird, Philip N. e Keith Oatley, "Il significato delle emozioni: una teoria cognitiva e un'analisi semantica", in V. D'Urso e R. Trentin, Bologna, 1990.

Jordan, David K., *God, Ghosts, and Ancestors*, Berkeley, 1972.

Jung, Carl Gustav, *L'io e l'inconscio*, in *Opere*, VII, Torino, 1983.

Kakehi Kumiko, "Teifū inpon shi oboegaki", *Iriya kyōju Ogawa kyōju taikyū kinen Chūgoku bungaku gogaku ronshū*, 1974.

Kamiya Seizo, "Chūgoku kodai shisō ni okeru sei, shi, kishin, toku no igi ni tsuite", *Kagoshima daigaku bunka hōkoku*, 11—13, 1, 3, 1962—4 1966—7 11; 12; 13, 1.

Kanaya Osamu 金谷治, ed., *Chūgoku ni okeru ningensei no tankyū* 中国にずT行为人間性の探究, Tokyo, 1983.

Kao Karl, "An Archetypal Approach to Hsi-yu chi", *Tamkang Review*, 5, 2, 1974.

Kao Karl, "Aspects of Derivation in Chinese Narrative", *Chinese Literature: Essays, Articles, Reviews*, 7, 1985.

Kao Karl, "*Bao* and *Baoying*: Narrative Causality and External Motivations in Chinese Fiction", *Chinese Literature: Essays, Articles, Reviews*, 11, 1989.

Kao Karl, ed., *Classical Chinese Tales of the Supernatural and the Fantastic*, Bloomington, 1985 [a].

Kao Yu-kung, "Lyric Vision in Chinese Narrative Tradition: A Reading of Hung-lou meng and Ju-lin wai-shih", in Andrew H. Plaks, ed., Princeton, 1977 [a].

Kasahara Chuji, *Chûgokujin no shizenkan to biishiki*, Tokyo, 1982.

Kataoka Masao 片冈政雄, "Tō Enmei bungaku no ningenai ni tsuite" 陶淵明文学の人間愛にフいこ, *Daitō bunka daigaku kiyō-Jinbun kagaku* 大東文化大学紀要・人文科学, 21, 1983.

Kataoka Masao, "Ri Haku no ryūsui ni takusuru shi jō no kōzō" 李白の流水に託する詩情の構造, in *Iwate Daigaku Gakugei gaku-bu kenkyū nempō* 岩手大学芸術学部研究年報, 24, 1964. .

Kawai Kōzō 川合康三, "Ri Shōin renai shi" 李商隱の戀愛詩, *Chūgoku bungakuhō* 中国文学報, 24, 1974.

Kawashima Ikuo 川島郁夫, "Kinpeibai ni okeru in" 金瓶梅にずける淫, 個ちる人人の運命, *Itō Sōhei kyōju kinen Chūgokugaku* ronshū 伊藤漱平教授退官記念中国学論集，1986.

King, A. Y. C. and Bond, M. H., "The Confucian Paradigm of Man: A Sociological View", in Tseng and Wu, eds., 1985.

King, L. A., R. A. Emmons, "Conflict over emotional expression: Psychological and physical correlates", *Journal of Personality and Social Psychology*, 58, 1990.

Kleinman, Arthur and Byron, Good, eds., *Culture and Depression: Studies in the Anthropology and Cross-Cultural Psychiatry of Affect and Disorder*, Berkeley, 1985.

Kleinman, A. and Lin T. Y., eds., *Normal and Abnormal Behavior in Chinese Culture*, Dordrecht-Boston-London, 1981.

Kleinman, A., *Social Origins of Distress and Disease: Depression, Neurasthenia and Pain in Modern China*, New Haven, 1986.

Ko Dorothy, "Pursuing Talent and Virtue: Education and Women's Culture in Seventeenth- and Eighteenth-Century China", *Late Imperial China*, 13, 1, 1992.

Ko Yin-yee, *Toward a Social History of Women in Seventeenth-Century China*, Ph. D. dissertation, Stanford University, 1989.

Ko Dorothy, "Bondage in Time: Footbinding and Fashion Theory", in *Fashion Theory*, 1, 1, 1997.

Ko Dorothy, "The Body as Attire: The Shifting Meanings of Footbinding in Seventeenth-Century China", in *Journal of Women's History*, 8, 4, 1997.

Ko Dorothy, "Thinking About Copulating: An Early-Qing Confucian Thinker's Problem with Emotion and Words", G. Hershatter, E. Honig, J. Ko Dorothy, *Teachers of the Inner Chambers. Women and Culture in Seventeenth-Century China*, Stanford, Stanford University Press, 1994.

Lipman, R. Stross, eds., *Remapping China. Fissures in Historical Terrain*, Stanford, Stanford University Press, 1996.

Kojima Tsuyoshi, "Sōdai tenken ron no seiji rinen", *Tōyō bunka kenkyūjo kiyō*, 107, 1988.

Kövecses Zoltán, *The Language of Love. The Semantics of Passion in Conversational English*, Londond-Toronto, 1988.

Koyama Sumio 小山澄夫, "Kōrōmu ni okeru shinri byōsha shiron" 紅楼夢にずける心理描寫試論, *Aichi daigaku bungakubu ronsō* 愛知大学文学部論集, 63 and 64, 1980.

Koyanagi Shikita, "Minmatsu no sankyō kankei", in *Takase hakushi kanreki kinen*, Kyoto, 1928.

Kraut, Robert, "Love *De Re*", *Studies in Philosophy of Mind*, Minneapolis, 1986.

Kristeva, J., *Storie d'amore* (*Histoires d'amour*, Paris: Denoel 1983), Roma: Editori Riuniti, 1985.

Kuroda Ryo 黑田亮, *Shina shinri shisoshi* 支那人心理思想史, Tokyo, 1948.

Kurokawa Yōichi, "Chūgoku bungaku ni okeru hiai no jōka ni tsuite", *Shitennōji joshi daigaku kiyō*, 2, 1970.

Lacey, W. K., *The Family in Classical Greece*, Ithaca, 1968.

Lai T. C. and Gamarekian, S. E., *The Romance of the Western Chamber*, Hong Kong, 1976.

Lai Whalen, "How the Principle Rides on Ether: Chu Hsi's Non-Buddhistic Resolution of Nature and Emotion", *Journal of Chinese Philosophy*, 1984, 11.

Lamotte, Etienne, "Passions and Impregnations of the Passions in Buddhism", *Buddhist Studies in Honour of I. B. Horner*, eds. L. Cousins, A. Kunst, K. R. Norman, Dordrecht, 1974.

Lanciotti, Lionello, transl. , *Shen-fu. Racconti di vita irreale*, Venezia, 1993.

Lanciotti, Lionello, *Letteratura cinese*, Milano, Vallardi, 1969.

Langdon-Davies, John, *Sex, Sin and Sanctity*, London, 1954.

Lanselle, Rainier, ed. and tr. , *Le poisson de jade et l'épingle au phénix. Douze contes chinois du XVII siècle*, Préface d'André Lévy, Paris, 1987.

La Rochefoucald, *Réflections ou sentences et maximes morales*, [1678] n. 136, *Oeuvres complètes*, Paris, 1964.

Larre, C. et Rochat de la Vallée, Elisabeth, *Les mouvements du coeur. Psychologie des Chinois*, Paris, 1992.

Lasch, Christopher, *The Culture of Narcissism*, New York, 1979 (*La cultura del narcisismo. L'individuo in fuga dal sociale in un'età di disillusioni collettive*, Milano, 1981) .

Lau Joseph, S. M. , "The Saint as Sinner: Paradoxes of Love and Virtue in *The Predestined Couple*", *Tamkang Review*, 1, 1, 1970.

Lau Wing-chung Clara, *A Study of the Concepts of Women's "Talent" and "Virtue" During the Early and High Ch'ing Periods*, Ma. Ph. Thesis, Hong Kong University, Hong Kong, 1987.

Lau Ho Wing-chung Clara, "Conventionality versus Dissent: Designation of the Titles of Women's Collected Works in Qing China", *Ming Qing yanjiu*, 1994 .

Lazar, Moshé, *Amour courtois et Fin' Amors dans la littérature du XII° siècle*, Paris, 1964.

Le Boulanger, *Morale galante ou L'art de bien aimer*, Paris, 1669.

Le Goff, Jacques, *L'immaginaire médiéval*, Paris 1985

(*L'immaginario medievale*, Bari, 1988).

Le Goff, Jacques, "Le refus du plaisir", *L'Histoire*, 63, *L'amour et la sexualité*, 1984 ("Il rifiuto del piacere", in Le Goff, 1988).

Lecercle, Jean-Louis, *L'amour*, Paris, 1991.

Lee, Leo Ou-fan, *The Romantic Generation of Modern Chinese Writers*, Cambridge, Mass., 1973.

Legge, James, *The Chinese Classics with a translation, critical and exegetical notes, prolegomena, and copious indexes*, Oxford, 1893 [Rist. Taibei, 1985].

Leopardi, Giacomo, *Zibaldone di pensieri*, Milano, 1988.

Lesser, Simon, *Fiction and the Unconscious*, London, 1960.

Leung Angela Kiche [Liang Qizi], "To Chasten the Society: The Development of Widow Homes in the Ch'ing, 1773—1911", *Family Process and Political Process in Modern Chinese History*, Taibei, 1992.

Leung Angela Kiche, "Sexualité et sociabilité dans le Jin Ping Mei, Roman érotique chinois de la fin du XVIème siècle", *Institute of the Three Principles of the People. Academia Sinica*, SAGE, 23, 4—5, 1984.

Levi, A., *French Moralists*, *The Theory of the Passions*, *1585 to 1649*, Oxford: Clerendon Press, 1964.

Levi, Jean, "Le renard, la morte et la courtisane dans la Chine classique", *Etudes mongoles*, 15, 1984.

Levinson, Jerrold, "Music and Negative Emotions", *Pacific Philosophical Quarterly*, 1982, 63.

Levy, Howard, *The Dwelling of Playful Goddesses*, *Chinese First Novellette by Chang Wen-ch'eng*, Tokyo, 1965.

Levy, Howard, *Chinese Footbinding. The History of a Curious Erotic Custom*, New York, 1967.

Levy, Howard, *A Feast of Mist and Flowers. The Gay Quarters of Nanking at the End of the Ming*, Yokohama, 1967.

Levy, Howald, *Sex Histories: China's First Modern Treatise on Sex Education, by Dr. Chang Ching-sheng*, Yokohama, 1967.

Levy, Howard, *China's Dirtiest Trickster. Folklore about Hsü Wen-ch'ang (1521—1593)*, Arlington, 1974.

Levy, Howard, *Chinese Sex Jokes in Traditional Times*, Taibei, 1974.

Levy, Howard, *The Lotus Lovers. The Complete History of a Curious Erotic Custom of Footbinding in China*, New York, 1991.

Lévy, André, "Etudes sur trois recueils anciens de contes chinois", *T'oung Pao*, 52, 1—3, 1965.

Lévy, André, *Inventaire analytique et critique du cont chinois en langue vulgaire*, Paris, 1978—1991.

Lévy, André, *Etudes sur le conte et le roman chinois*, Paris, 1971.

Lévy, André, "Notes bibliographiques pour une histoire des 'Histoires pour rire' en Chine", in Lévy A. ed., 1971.

Lévy, André, "Conter et raconter. Remarques sur deux techniques narratives", in Lévy A. ed., 1971.

Lévy, André, *Le conte en langue vulgaire du XVII siècle*, Paris, 1981.

Lévy, André, tr., *Histoires d'amour et de mort de la Chine ancienne. Chefs-d'oeuvre de la nouvelle dynastie des Tang (618—907)*, Paris, 1992.

Lewis, C. S., *I quattro amori: affetto, amicizia, eros e carità*

(1960), Milano, 1982. .

Lewis, C. S., *L'allegoria dell'amore* (*The Allegory of Love*, Oxford 1936), Torino, 1969. .

Lewis, M. G., *Il monaco*, Torino, 1970 (*The Monk*, 1796).

Li Chi, "Chu Hsi the Poet", *T'oung Pao*, 58, 1972.

Li Chu-tsing, Watt, James C. Y., eds., *The Chinese Scholar's Studio: Artistic Life in the Late Ming Period*, New York, 1987.

Li Tche-houa et Jacqueline Alézaïs, tr., eds., *Cao Xueqin*, *Le Rêve dans le pavillon rouge*, Paris, 1981.

Li Wai-yee, "Dream Visions of Transcendence in Chinese Literature and Painting", *Asian Art*, 3, 4, 1990.

Li Wai-yee, "The Representation of History in *The Peach Blossom Fan*", *Journal of the American Oriental Society*, 115, 3, 1995.

Li Wai-yee, *Enchantment and Disenchantment. Love and Illusion in Chinese Literature*, Princeton, 1993.

Li Wai-yee, "The Rhetoric of Spontaneity in Late-Ming Literature", in *Ming Studies*, 1995, 35.

Liao Chaoyang, "Three Readings in the *Jinpingmei cihua*", *Chinese Literature: Essays, Articles, Reviews*, 6, 1984.

Liao Hsien-hao, "Tai-yü or Pao-ch'ai: The Paradox of Existence as Manifested in Pao-yü's Existential Struggle", *Tamkang Review*, 15, 1—4, 1985.

Limentani, Virdis Caterina, ed., *Le delizie dell'inferno. Dipinti di Jheronimus Bosch e altri fiamminghi restaurati*, Venezia, 1992.

Lin K. M., "Traditional Chinese Medical Beliefs and Their Relevance for Mental Illness and Psychiatry", in Kleinman and Lin, eds., 1980.

Lin Shuen-fu, *The Transformation of the Chinese Lyrical Tradi-*

tion: Chiang K'uei and Southern Sung Tz'u Poetry, Princeton, 1978.

Lin Shuen-fu, Schulz, Larry, tr., *The Tower of Myriad Mirrors, a supplement to Journey to the West, by Tung Yüeh (1620—1686)*, Berkeley, 1988.

Lin Yutang, "Feminist Thought in Ancient China", *T'ian Hsia Monthly*, 1, 2, 1935.

Lindauer, M. S., "Pleasant and Unpleasant Emotions in Literature: a Comparison with the Affective Tone of Psychology", *Journal of Psychology*, 70, 1968.

Liu James J. Y., "Some Literary Qualities of the Lyric", in Birch, Cyril [ed.], Berkeley and Los Angeles, 1974.

Liu James J. Y., *The Art of Chinese Poetry*, Chicago, 1966.

Liu James J. Y., *The Chinese Knight-Errant*, London, 1967.

Liu James T. C., Tu Wei-ming, eds., *Traditional China*, Englewood Cliffs, 1970.

Liu Kwang-Ching, ed., *Orthodoxy in Late Imperial China*, Berkeley-Los Angeles-Oxford, University of California Press, 1990.

Liu Ts'un-yan, *New Excursions from the Hall of Harmonious Wind*, Leiden, 1984.

Liu Ts'un-yan, *Selected Papers from the Hall of Harmonious Wind*, Leiden, 1976.

Liu Wu-chi and Lo Irving Yucheng, eds., *Sunflower Splendor. Three Thousand Years of Chinese Poetry*, New York, 1975.

Liu Xiaolian, *The Odyssey of the Buddhist Mind: The Allegory of "The Later Journey to the West"*, Ph. D. dissertation, Washington University, 1992.

Lo Irvin Yucheng and Schultz, William, eds., *Waiting for the Unicorn. Poems and Lyrics of China's Last Dynasty, 1644—1911*,

Bloomington, 1986.

Lo Ping-cheung, "Zhu Xi and Confucian Sexual Ethics", *Journal of Chinese Philosophy*, 20, 1993.

Lot-Borodine Myrrha, *De l'amour profane à l'amour sacré: Etude de psychologie sentimentale au Moyen Age*, Paris, 1961.

Lowes, J. L., "The Loveres Malady of Hereos", *Modern Philology*, 2, 1913—1914.

Lu Tonglin, *Desire and Love: A Comparative Study of Narrative*, Princeton University Ph. D. dissertation, Ann Arbor, 1988.

Lu Tonglin, *Rose and Lotus: Narrative and Desire in France and China*, Suny: Albany, 1991.

Luhmann, Niklas, *Amore come passione*, (*Love as Passion*, Cambridge, 1966) Roma, 1987.

Mabille, Pierre, *Le miroir du merveilleux*, Paris, 1962.

Macchia, Giovanni, *Vita, avventure e morte di Don Giovanni*, Torino, 1966.

Macchia, Giovanni, *La scuola dei sentimenti*, Caltanissetta-Roma: Sciascia, 1966.

Macchia, G., *Tra Don Giovanni e Don Rodrigo. Scenari secenteschi*, Milano: Adelphi, 1990.

Maeda, Robert, "The Portrait of a Woman of the Late Ming-Early Ch'ing Period: Madame Ho-tung", *Archives of Asian Art*, 27, 1973—1974.

Maffesoli, Michel, *L'ombra di Dioniso* (*L'ombre de Dionysos. Contribution à une sociologie de l'orgie*, Paris, 1988), Milano, 1990.

Magris, A., *L'idea di destino nel pensiero antico*, Trieste, 1984.

Mair, Victor, "Anthologizing and Anthropologing", *Working Papers in Asian/Pacific Studies*, Durham, 1990.

Majault, J., Morin, Violette, *Un mythe moderne, l'érotisme*, Paris, 1964.

Malinowski, B., *Sesso e repressione sessuale tra i selvaggi*, Torino, 1969.

Mancini, Mario, *La gaia scienza dei trovatori*, Torino, 1984.

Mandler, G., *Mind and Body: Psychology of Emotion and Stress*, New York and London, 1984.

Mann, Susan, "Widows in the Kinship, Class and Community Structures of Qing Dynasty China", in *Journal of Asian Studies*, 46, 1987.

Mann, Susan, "Grooming a Daughter for Marriage: Brides and Wives in Mid-Ch'ing Period", Watson and Ebrey eds., 1991.

Mann, Susan, "Learned Women in the Eighteenth Century", in Gilmartin, Hershatter, Rofel, White, eds., 1994.

Mao, Nathan, *Li Yü's Twelve Towers*, Hong Kong, 1975.

Margolis, Joseph, "Rationality and Weakness of Will", *Journal of Chinese Philosophy*, 8, 1, 1981.

Maria di Francia, Parma, 1992.

Marks, Joel, *The Ways of Desire: New Essays in Philosophical Psychology on the Concept of Wanting*, Chicago, 1986.

Marks, Joel and Ames, Roger, eds., *Emotions in Asian Thought. A Dialogue in Comparative Philosophy*, Albany, SUNY, 1995.

Marshall, D. S., Suggs; R., *Il comportamento sessuale umano analizzato in sei diverse culture*, Milano, 1975.

Martin, Helmut, "Liricism in Yuan Drama", in *Etudes d'histoire et de littérature chinoises*, Paris, 1976 .

Martin, W. A. P. , *The Lore of Cathay or the Intellect of China*, New York, 1901.

Martinson, Paul Varo, *Pao Order and Redemption: Perspective on Chinese Religion and Society Based on a Study of the Chin P'ing Mei*, Ph. D. Dissertation, University of Chicago, Chicago, 1973.

Masi, Edoarda, tr. , *Ts'ao Hsüeh-ch'in. Il sogno della camera rossa*, Torino, 1981.

Masi, Edoarda, *Cento trame di capolavori della letteratura cinese*, Milano, 1991.

Mathieu, R. , "Aux origines de la femme-renard en Chine", *Etudes Mongoles*, 15, 1984.

Matignon, J. J. , *Superstition. Crime et misère en Chine*, Lyon, 1902.

Matsukawa Kenji, "Ryu Ki -Tenchi no tō- ni tsuite", *Chūgoku tetsugaku.*

Matsumoto Hajime 松本肇, "Kan Yu—shujōsei no bungaku" 韓愈：主情性の文学, *Kaga hakushi taikan kinen Chūgoku bun shi tetsugaku ronshū* 加賀博士退官記念中国文史哲学論集, *Tokyo*, 1979, pp. 493—506.

Matsushita Tadashi, "En Chûrô no seirei setsu", *Chûgoku bungaku hō*, 9, 1958, 10.

May, R. , *Love and Will*, London, 1969 (*L'amore e la volontà*, Roma, 1971) .

McLaren, Anne E. , "The Discovery of Chinese Chantefable Narratives from the Fifteenth Century: A Reassessment of Their Likely Audience", *Ming Studies*, 29, 1990.

McMahon, Keith Robert, *The Gap in the Wall: Containment and*

Abandon in Seventeenth-Century Chinese Fiction, Ph. D. Princeton Un., 1984.

McMahon, K. R., "Two Late Ming Vernacular Novels: Chan Zhen yishi and Chan Zhen houshi", in *Ming Studies*, 23, 1987.

McMahon, K. R., *Causality and Containment in Seventeenth-Century Chinese Fiction*, Leiden, 1988.

McMahon, K. R., "A Case for Confucian Sexuality: The Eighteenth-Century Novel *Yesou Puyan*", *Late Imperial China*, 9, 2, 1988 [a].

McMahon, K. R., *Misers, Shrews, and Polygamists. Sexuality and Male-Female Relations in Eighteenth-Century Chinese Fiction*, Durham and London, Duke University Press, 1995.

McNaughton, William ed., *Chinese Literature. An Antology from the Earliest Times to the Present Day*, Tokyo, 1974.

Meijer, M. J., "An Aspect of Retribution in Traditional Chinese Law", *T'oung Pao*, 66, 4—5, 1980.

Meijer, M. J., *Murder and Adultery in Late Imperial China. A Study of Law and Morality*, Leiden, 1991.

Milner, Max, *Le diable dans la littérature française de Cazotte à Baudelaire 1772—1861*, Paris, 1960.

Minagawa Susumu, "Kyō no shisō. Geijutsuka ni okeru kyō no jinin to kannen", *Nishōgakusha Daigaku ronshu*, 1985.

Miyazaki Ichisada, "Mindai So-Shō chihō no shidaifu to minshū - Mindai shi sobyō no kokoromi", *Shirin*, 37, 3, 1954.

Mizoguchi Yūzō 溝口雄三, "Iwayuru Tōrinha jinshino shisō – zenkindai ni okeru Chū goku shisō no tendai" いわゆる東林派人士の思想——前近代における中国思想展開, *Tōyō bunka kenkyūjo kiyō* 東洋文化研究所紀要, Tokyo, 75, 1978.

Mizoguchi Yūzō 溝口雄三, "Minmatsu Shinsho shisō no kussetsu to tenkai. Dōshinsetsu no yukue no tendai" 明末清初思想の屈折と展開：童心説のゆくえ, *Shisō* 思想, 636, 1977.

Mizoguchi Yūzō, "Mōshi jigi soshō no rekishiteki kōsatsu" 孟子字義證の歷史的考察, in *Tōyō bunka kenkyūjo kiyō* 東京文化研究所紀要, 48, 1969.

Monschein, Ylva, *Der Zauber der Fuchsfee: Entstehung und Wandel eines 'femme fatale'—Motivs in der Chinesischen Literatur*, Frankfurt, Haag- Herchen, 1988.

Moore, Charles, ed., *The Chinese Mind. Essentials of Chinese Philosophy and Culture*, Honolulu, 1967.

Mortimer, R., *I sette peccati capitali*, Milano, 1962.

Mote, Frederick W., *A History of Chinese Political Thought. Volume I: From the Beginnings to the Sixth Century A. D.*, Princeton, 1979.

Mote, Frederick W., "The Cosmological Gulf between China and the West", in Buxbaum and Mote, Hong Kong, 1972.

Mote, Frederick W., "China's Past in the Study of China Today— Some Comments on the Recent Work of Richard Solomon", in *Journal of Asian Studies*, 1972, 32.

Mourau, F., ed., *Eros philosophe*, Genève-Paris: Slatkine, 1981.

Mowry Hua-yuan Li, "The Legend of Li Miao-hui", in Allan and Cohen, eds., San Francisco, 1979.

Mowry Hua-yuan Li, *Chinese Love Stories from "Ch'ing-shih"*, Hamden, Archon Books, 1983.

Muensterberger, Warner, "Orality and Dependence: Characteristics of Southern Chinese", *Psychoanalysis and the Social Sciences*,

3, 1951.

Muller, Max, ed. , *The Sacred Books of the East*, voll. 39—40, Oxford, 1891 [Delhi, 1966] .

Müller, E, *Zur Widerspiegelung der Entwicklung der 'Legende von der Weissen Schlange' (baishezhuan) in der chinesischen Literatur bis zur ersten Hälfte des 20 Jahrhunderts*, Berlino, 1966.

Munro, Donald, *Images of Human Nature—A Sung Portrait-*, Princeton, 1988.

Munro, Donald, ed. , *Individualism and Holism: Studies in Confucian and Taoist Values*, Ann Arbor, 1985.

Murakami Yoshimi, "The Affirmation of Desire in Taoism", *Acta Asiatica*, 1974, 27.

Murck, Christian, *Chu Yun-ming (1461—1527) and Cultural Commitment in Suchou*, Ph. D. Dissertation, Princeton, 1978.

Musso, G. D. , *La Cina ed i Cinesi* , 2 vol. , Milano, 1926.

Nakamura Hajime, *The Ways of thinking of Eastern Peoples*, Tokyo, 1960.

Naquin, Susan and Rawski, Evelyn, *Chinese Society in the Eighteenth Century*, New Haven and London, 1987.

Needham, Joseph, *Science and Civilization in China*, voll. II, V: 2, 4 e 5, Cambridge, 1956, 1974, 1980, 1983.

Nelli, M. René, *L'érotique des troubadours*, Paris, 1974.

Newman, F. X. , ed. , *The Meaning of Courtly Love*, Albany, 1968.

Ng On-cho, "Is Emotion (Qing) the Source of a Confucian Antinomy?", Comments by Cheng Chung-ying, in *Journal of Chinese Philosophy*, 25, 1998, 169—190.

Ng Vivien W. , "Ideology and Sexuality: Rape Laws in Qing

China", in *Journal of Asian Studies*, 42, 1, 1987.

Ng Vivien W., *Madness in Late Imperial China from Illness to Deviance*, Norman and London, 1990.

Nicholson, R., *Studies in Islamic Mysticism*, Cambridge, 1967.

Nienhauser, William H., ed., *Critical Essays on Chinese Literature*, Hong Kong, The Chinese University of Hong Kong, 1976.

Nienhauser, William H., ed., *The Indiana Companion to Traditional Chinese Literature*, Bloomington, 1986.

Nienhauser, William H., *Female Sexuality and the Double Standard in Tang Narratives: A Preliminary Survey*, Hong Kong, The Chinese University of Hong Kong, 1994.

Ninomiya Toshihiro 二宫俊博 "Haku Kyoi no renai taiken to sono bungaku" 白居易の戀愛体験とさの文学, *Okamura shigeru kyōju taikan kinen ronshū - Chūgoku shijinron* 罔村繁教授退官記念論集——中国詩人論, 1986.

Nishimura Hideto, "En Kōdō no shu no setsu", in *Bunkyō kokubungaku*, 30, 1993. .

Nivison and Wright, eds., *Confucianism in Action*, Stanford, 1959.

Novitz, David, "Fiction, Imagination and Emotion", *The Journal of Aesthetics and Art Criticism*, 1980, 38.

Nussbaum, Martha, *The Fragility of Goodness. Luck and Ethics in Greek Tragedy and Philosophy* (*La fragilità del bene. Fortuna ed etica nella tragedia e nella filosofia greca*, Bologna, Mulino, 1996), Cambridge, 1986.

Nussbaum, Martha, *Love's Knowledge: Essays on Philosophy and Literature*, Oxford, 1990.

Nykl, A. R., *Hispano-Arabic Poetry and Its Relations with the*

Old Provençal Troubadours, Bartimore, 1946.

Ocko, Jonathan, "Hierarchy and Harmony: Family Conflict as Seen in Ch'ing Legal Cases", in Liu Kwang-Ching, ed. , 1990.

O'Flaherty, Wendy Doniger, *Siva: The Erotic Ascetic*, New York, 1973.

O'Flaherty, Wendy D. , *Dream, Illusion and Other Realities*, Chicago, 1986.

Ogawa Yōichi 小川陽, "Kantsūwa naze zaiaku ka? Sangen nihyō no baai" 姦通はなぜ罪悪か, *Shūkan tōyōgaku* 東洋学集刊, 29, 1973.

Ogawa Yōichi, "Keihaku kō" 輕薄考, *Kaga hakushi taikan kinen Chūgoku bun shi tetsugaku ronshū* 加賀博士退官記念中国文史哲学論集, 1979.

Ogawa Tamaki, "Rikuchō shijin no fūkei kan", *Shūkan tōyōgaku* , 50, 1983.

O'hara, Albert, *The Position of Woman in Early China*, Hong Kong, 1955.

Oka Haruo, "Gen kyoku Min kyoku ni okeru yume", *Geibun kenkyū*, 32, 1973.

Ōki Yasushi 大木康, "Fū Muryū to gijo 馮夢龍と妓女, *Hiroshima daigaku bungakubu kiyō* 広島大学文学部紀要, 48, 1989.

Ōki Yasushi, "Fū Furyū 'sangen' no hensan ito nitsuite - *shinjō* yori mita ichisokumen" 馮夢龍三言の編纂意圖について——真情すり見た一側面, *Itō Sōhei kyōju taikan kinen Chūgokugaku ronshū* 伊藤漱平教授退官記念中国学論集, 1986.

Ong, Roberto K. , *The Interpretation of Dreams in Ancient China*, Bochum, 1985.

Ortega y Gasset, José, "Amore in Stendhal", in *Saggi*

sull'amore (*Estudios sobre el amor*, in *Rivista de Occidente*, 1926), Milano, 1992.

Ōtake Isaku 大竹伊策, "Tō shi sen ni okeru 'renaishi' wo megutte" 唐詩選にずけ爲戀愛詩をめぐちて, *Kangaku kenkyū* 漢学研究, 9, 1972.

Owen, Stephen, *The Great Age of Chinese Poetry. The High T'ang*, New Haven and London, 1981.

Owen, Stephen, *Traditional Chinese Poetry and Poetics. Omen of the World*, Madison, 1985.

Owen, Stephen, *Mi-Lou: Poetry and the Labyrinth of Desire*, Cambridge, Mass., 1989.

Paderni, Paola, "Le rachat de l'honneur perdu. Le suicide des femmes dans la Chine du XVIII siècle", *Études chinoises*, 10, 1—2, 1991.

Paderni, Paola, "I Thought I Would Have some Happy Days: Women Eloping in Eighteenth-Century China", *Late Imperial China*, 16, 1, 1995.

Paderni, Paola, "Alcuni casi di omosessualità nella Cina del XVIII secolo", in *Studi in onore di Lionello Lanciotti*, S. M. Carletti, M. Sacchetti, P. Santangelo, eds., Napoli, Iuo-IsMEO, 1996.

Paderni, Paola, "Donne e proprietà in Cina", in *Donne e proprietà. Un'analisi comparata tra scienze storico-sociali, letterarie, linguistiche e figurative*, Napoli, 1997.

Parry, J. J., ed., *The Art of Courtly Love*, New York, 1964.

Payen, J. Ch., "Figures féminines dans le roman médiéval français", in *Entretiens sur la renaissance du XIIème siècle*, M. de Gandillac e E. Leauneau, eds, Paris: The Hague, 1968, pp. 407—428. .

Pelous, J., *Amour précieux, amour galant*, Paris: Kliencksieck, 1980.

Perrier, F., Granoff, W., *Le désir et le féminin*, Paris, 1979.

Phillips, Robert, ed., *Aspects of Alice*, London, 1971.

Pimpaneau, Jacques, "La légende du Serpent Blanc dans le Ts'ing P'ing Chan-t'ang Houa-pen", *Journal Asiatique*, 253, 2, 1965,.

Pimpaneau, Jacques, *Histoire de la litterature chinoise*, Paris, 1989.

Pinoteau, Roger, *Les expressions morbides des émotions dans la neurologie et dans l'art*, Paris, 1937.

Plaks, Andrew, "Allegory in *Hsi-yu chi* and *Hung-lou meng*", in A. Plaks, ed., *Chinese Narrative. Critical and Theoretical Essays*, Princeton, 1977.

Plaks, Andrew, ed., *Chinese Narrative. Critical and Theoretical Essays*, Princeton, 1977 [a].

Plaks, Andrew, "Towards a Critical Theory of Chinese Narrative", in Plaks, ed., Princeton, 1977 (a).

Plaks, Andrew, *Archetype and Allegory in the* Dream of the Red Chamber, Princeton, 1977.

Plaks, Andrew, "After the Fall: *Hsing-shih yin-yüan chuan* and the Seventeenth-Century Chinese Novel", *Harvard Journal of Asiatic Society*, 45, 2, 1985.

Plaks, Andrew, *The Four Masterworks of the Ming Novel. Ssu ta ch'i-shu*, Princeton, 1987.

Plaks, Andrew, "The Problem of Incest in Jin Ping Mei and Honglou meng", in Hung Eva, ed., *Paradoxes of Traditional Chinese Literature*, Hong Kong: The Chinese University Press, 1994.

Platone, *Tutti gli scritti*, a cura di Giovanni Reale, Milano, 1991.

Platone, *Dialoghi*, Bari, I, 1950, II, 1957, III, 1934, V, 1956.

Poirion, Daniel, *Il meraviglioso nella letteratura francese del medioevo* (*Le merveilleux dans la littérature française du Moyen Age*, Paris 1982), Torino, 1988.

Pollard, David, "*Ch'i* in Chinese Literary Theory", in Rickett, ed., 1978.

Pomeroy, S., *Goddesses, Whores, Wives and Slaves. Women in Classical Antiquity*, New York, 1975.

Porkert, Manfred, *Theoretical Foundations of Chinese Medicine*, Cambridge, Mass., 1974.

Potocki, J., *Manoscritto trovato a Saragozza*, trad. di A. Devoto, Milano, 1965 (*Le manuscript trouvé a Saragosse*, 1805).

Praz, M., *La carne, la morte e il diavolo nella letteratura romantica*, Torino, 1942.

Propp, Vladimir, *Le radici storiche dei racconti di fate*, Torino, 1949.

Prušêk, Jaroslav, "The Narrators of Buddhist Scriptures and Religious Tales in the Sung Period", *Archiv Orientální*, 10, 1938.

Prušêk, Jaroslav, "Urban Centers: The Cradle of Popular Fiction", in C. Birch, 1974.

Prušêk, Jaroslav, "Boccaccio and His Chinese Contemporaries", *Chinese History and Literature*, Reidel, 1970.

Pseudo, Longino, *Il Sublime*, a cura di Giovanni Lombardo, postafazione di Harold Bloom, Palermo, 1992.

Pulcini, Elena, *Amour-passion e amore coniugale. Rousseau e l'origine di un conflitto moderno*, Venezia, 1990.

Pulcini, Elena, "La passione del moderno: l'amore di sé", in Silvia Vegetti Finzi, a cura di, Roma-Bari, 1995.

Purkart, J., "Boncompagno of Signa and the Rhetoric of Love", in J. J. Murphy, ed., *Medieval Eloquence. Studies in the Theory and Practice of Medieval Rhetoric*, Berkeley-Los Angeles-London, University of California Press, 1978.

Pye, Lucian, *The Spirit of Chinese Politics. A Psychocultural Study of the Authority Crisis in Political Development*, Cambridge, Mass., 1968.

Pye, Lucian, "Communications and Chinese Political Culture", *Asian Survey*, 18, 3, 1978.

Qian Zhongshu, *Cinq essais de poétique*. Presentés et traduits du Chinois par Nicolas Chapuis, Paris, 1987.

Radford, Colin, "How Can We be Moved by the Fate of Anna Karenina?", *Proceedings of the Aristotelian Society*, Suppl. vol. 49, 1975.

Rausch, H. L., Barry, W. A., Hertel, R. K., Swain, M. A., *Communication, Conflict, Marriage*, San Francisco, 1974.

Rawski, Evelyn, "Ch'ing Imperial Marriage and Problems of Rulership", Watson and Ebrey eds., 1991.

Rawski, Evelyn, *Education and Popular Literacy in Ch'ing China*, Ann Arbor: The University of Michigan Press, 1979.

Reich, W., *Der sexuelle Kampf der Jugend*, Wien, 1932.

Reik, Th., *Amore e lussuria* (1957), Milano, 1960. .

Rickett, Adele Austin, *Wang Kuo-wei's "Jen-chien tz'u-hua": A Study in Chinese Literary Criticism*, Hong Kong, 1977.

Rickett, Adele Austin, ed., *Chinese Approaches to Literature from Confucius to Liang Ch'i-ch'ao*, Princeton, 1978.

Rimé, B., "Le partage social des émotions", in Scherer, 1989.

Ripa, Matteo, *Storia della fondazione della Congregazione e del Collegio de' Cinesi sotto il titolo della Sacra Famiglia di G. C.*, Napoli, 1832.

Robinson, Jenefer, "Emotion, Judgment, and Desire", *The Journal of Philosophy*, 1983, 80.

Robinson, Lewis, "Love and Sexual Gratification as Seen in Selected Stories of the *Hsing-shih heng-yen* [Lasting Words to Awaken the World] and the *Decameron*", *Tamkang Review*, 16, 4, 1986.

Rolston, David, ed., *How to Read the Chinese Novel*, Princeton, 1990.

Ropp, Paul, *Dissent in Early Modern China*: 〈*Ju-lin wai-shih*〉 *and Ch'ing Social Criticism*, Ann Arbor, 1981.

Ropp, Paul, "The Seeds of Change: Reflections on the Condition of Women in the Early and Mid Ch'ing", *Signs*, 2, 1, 1976.

Ropp, Paul, "A Confucian View of Women in the Ch'ing Period. Literati Laments for Women in the *Ch'ing Shi tuo*", *Hanxue yanjiu*, 10, 2, 1992.

Rorty, Amelie Oksenberg, "The Historicity of Psychological Attitudes: Love Is Not Love Which Alters Not When It Alteration Finds", *Studies in Philosophy of Mind*, Minneapolis, 1986.

Rousseau, Jean-Jacques, *Nouvelle Héloïse*, Paris, 1967.

Rousseau, Jean-Jacques, *Oeuvres Complètes*, *Les Confessions*, *Autres textes autobiographiques*, Paris, 1959.

Rousselle, Aline, *Sesso e società alle origini dell'età cristiana* (*Porneia*, Paris, 1983), Roma-Bari, 1985.

Rousset, Jean, *Il mito di Don Giovanni*, Torino, 1984.

Roy, David, "The Theme of the Neglected Wife in the Poetry of Ts'ao Chih", *The Journal of Asian Studies*, 19, 1, 1959.

Rubin, B., *Intimate Strangers*, New York, 1983.

Rubin, Zick, "Measurement of Romantic Love", *Journal of Personality and Social Psychology*, 16, 1970.

Ruggiero, Guido, *I confini dell'eros. Crimini sessuali e sessualità nella Venezia del Rinascimento* (*The Boundaries of Eros*, Oxford, 1985), Venezia, 1988.

Ruggiero, Guido, *Patrizi e malfattori* (*Violence in Early Renaissance Venice*, New Brunswick: Rutgers University Press, 1980), Bologna, 1982.

Runcini, Romolo, "Giochi con la paura", *Prometeo*, 31, 1990.

Rushdie, Grass, "Fictions are Lies that Tell the Truth", *The Listener*, 27—6—1985.

Russell, J. A., "Culture and the Categorization of Emotions", *Psychological Bulletin*, 110, 1991.

Sabattini, Mario, Santangelo, Paolo, *Storia della Cina. Dalle origini alla fondazione della Repubblica*, Roma-Bari, 1986 (1989).

Sabattini, Mario, *The Aesthetic Thought of Zhu Guangqian. With a Translation of His* Wenyi xinlixue (*The Psychology of Art and Literature*), Roma, 1984; l'edizione ampliata e definitiva è in corso di stampa.

Sabattini, Mario, Santangelo, Paolo, *Il pennello di lacca. La narrativa cinese dalla dinastia Ming ai giorni nostri*. Roma-Bari, Laterza, 1997.

Saitō, Kiyoko 斎藤喜代子, "Kōrōmu naga no jō ji nitsuite" 紅楼夢中の情字について, *Nishōgakusha sōritsu hiakujusshūnen kinen ronbushū* 二松学舍大学創立一百一十週年記念論文集, 1987.

Sakai Tadao, *Chūgoku zensho no kenkyū*, Tokyo, 1960.

Sakai Tadao, "Confucianism and Popular Educational Works", in De Bary, ed. , New York and London, 1970, .

Salomè, Lou Andreas, *La materia erotica*, Roma, 1985.

Sant'Agostino, *Le confessioni. Testo latino dell'edizione di M. Skutella riveduto da M. Pellegrino. Introduzione, traduzione, note e indici a cura di Carlo Carena*, Roma, 1965.

Santangelo, Paolo, *Confucio e le scuole confuciane. La via della saggezza*, Roma, 1986.

Santangelo, Paolo, "The Concept of Good and Evil. Positive and Negative Forces in Late Imperial China. A Preliminary approach", *East and West*, 37, 1—4, 1987.

Santangelo, Paolo, "The Origin of Good and Evil in Human Nature According to Neo-Confucianism. Some Aspects of the Question", *East and West*, 40, 1990.

Santangelo, Paolo, *Il "peccato" in Cina. Bene e male nel neoconfucianesimo dalla metà del XIV alla metà del XIX secolo*, Bari, 1991.

Santangelo, Paolo, "A Neo-Confucian Debate in 16th Century Korea. Its ethical and social implications", *T'oung Pao*, 76, 1990.

Santangelo, Paolo, *Emozioni e desideri in Cina. La riflessione neoconfuciana dalla metà del XIV alla metà del XIX secolo*, Bari, 1992.

Santangelo, Paolo, "Destiny and Retribution in Late Imperial China", *East and West*, 42, 1992 [b] .

Santangelo, Paolo, "Urban Society in Late Imperial Suzhou", in Linda Johnson ed. , 1993.

Santangelo, Paolo, "Human Conscience and Responsibility in

Ming-Qing China", *East Asian History*, 4, 1992.

Santangelo, Paolo, *Dong Yue*, *Il sogno dello scimmiotto*, Venezia, Marsilio, 1992.

Santangelo, Paolo, *Il meraviglioso discorso della fanciulla pura*, Milano, SE, 1993.

Santangelo, Paolo, *Storia della Cina dalle origini ai nostri giorni*, Roma, Newton Compton, 1994.

Santangelo, Paolo, *Gelosia nella Cina imperiale*, Palermo, Novecento, 1996.

Santangelo, Paolo, *Le passioni nella Cina imperiale*, Venezia, Marsilio, 1997.

Santangelo, Paolo, *Il sogno in Cina. L'immaginario collettivo attraverso la narrativa Ming e Qing*, Milano, Raffaello Cortina ed., 1998.

Santangelo, Paolo, "Ecologism versus moralism: Conceptions of Nature in Ming-Qing fiction", in *Sediments of Time. Environment and Society in Chinese History*, Mark Elvin and Liu Ts'ui-jung eds., New York: Cambridge University Press, 1997.

Santangelo, Paolo, "Martino Martini e le grandi trasformazioni nella Cina del suo tempo", *Studi trentini di Scienze Storiche*, 77, 1998.

Santangelo, Paolo, "Il problema del male nel Neoconfucianesimo", in *Del bene e del male. Tradizioni religiose a confronto* (a cura di Massimo Raveri), Venezia, Marsilio, 1997.

Santangelo, Paolo, "La psicologia occidentale in Cina", *Quaderni dell'Amicizia*, *Atti del Convegno 'Le riforme del 1898 e del 1978 in Cina'*, Roma, 1999.

Santangelo, Paolo, "Emotions and the Origin of Evil in Neo-

Confucian Thought", in H. Eifring, ed. , *Minds and Mentalities in Traditional Chinese Literature*, Beijing, Culture and Art Publishing House, 1999.

Santas, G. , *Platone e Freud. Due teorie sull'eros* (1988), Bologna, 1990.

Saraval, A. , a cura di, *La seduzione. Saggi psicoanalitici*, Milano: Cortina, 1989.

Sawada Mizuho 泽田瑞穗, "Ren ri ju" 連理樹, *Chūgoku bungaku kenkyū* 中国文学研究, 6, 1980.

Scaglione, Aldo D. , *Nature and Love in the Late Middle Ages*, Berkeley, 1963.

Scarpari, Maurizio, *La concezione della natura umana in Confucio e Mencio*, Venezia, 1991.

Schafer, Edward, "Three Divine Women of South China", *Chinese Literature: Essays, Articles, Reviews*, 1, 1979.

Scheler, M. , *Essenza e forma della simpatia* (1923), Roma, 1980.

Schiavone, Michele, *Il problema dell'amore nel mondo greco*, Milano, 1965.

Schimmel, A. , *As Through a Veil: Mystical Poetry in Islam*, New York, 1982.

Schipper, Kristofer, *Le corps taoïste; corps physique-corps social*, Paris, 1982.

Schneider, I. , *The World of Love*, New York, 1964, 2 vv.

Schneider, Laurence, *A Madman of Ch'u: The Chinese Myth of Loyalty and Dissent*, Berkeley and Los Angeles: University of California Press, 1980.

Scott, Mary Elizabeth, *Azure from Indigo: "Hong lou meng" 's debt to "Jin Ping Mei"*, Ph. d. Princeton University, 1989.

Scruton, Roger, *Sexual Desire: A Philosophical Investigation*, London, 1986.

Seaman, Gary, "The Sexual Politics of Karmic Retribution", in Ahern e Gates, Stanford, 1981.

Sergi, Giuseppe, *Dolore e piacere. Storia naturale dei sentimenti*, Milano, 1894.

Shaffer, Jerome, "Sexual Desire", *The Journal of Philosophy*, 1978, 75.

Shen Minte, "A Historical Breakthrough on the Subject of Love: The Romantic Tragedy *Regret for the Past*", *Social Sciences in China*, 1983, 3.

Shih Chung-wen, *The Golden Age of Chinese Drama: Yuan Tsa-chü*, Princeton, 1976.

Shih Vincent Yu-cheng, tr., *The Literary Mind and the Carving of Dragons* (*Wen Hsin Tiao Lung*), Hong Kong: The Chinese University Press, 1983.

Shih Vincent, *The Taiping Ideology. Its Sources, Interpretations and Influences* Seattle, 1967.

Shih Vincent, "Metaphysical Tendencies in Mencius", *Philosophy East and West*, 12, 4, 1963.

Shimada Kenji 島田虔次, *Chūgoku ni okeru kindai shii no zasetsu* 中国における近代思惟の挫折, Tokyo: Chikuma shobō, 1949.

Shimizu Eikichi, "Chūgoku no setsuwa to shōsetsu ni okeru yume", in *Tenri daigaku gakuhō*, 7, 1956.

Shimizu Morimitsu 清水盛光, *Shina shakai no kenkyū* 支那社會の研究, Tokyo: 岩波書店, 1941.

Shinohara Koichi, "Buddhist and Confucianism in Ch'i-Sung's

Essay on Teaching (Yüan-tao)", in *Journal of Chinese Philosophy*, 9, 1982.

Shorter, E., *The Making of the Modern Family* (*Famiglia e civiltà*, Milano, Rizzoli, 1978), New York, Basic Books, 1975.

Simon, B., *Mind and Madness in Ancient Greece. The Classical Roots of Modern Psychiatry*, Ithaca and London, 1978.

Soble, Alan, *The Structure of Love*, New Haven, 1990.

Solé, J., *L'amour et l'Occident à l'époque moderne* (*Storia dell'amore e del sesso nell'età moderna*, Bari, Laterza, 1979), Paris, Albin Michel, 1976.

Solomon, Robert, *Love: Emotion, Myth and Metaphor*, New York: Anchor Press, 1981.

Song Yongyi, "Courtesans' Dreams in Feng Meng-lung's *San yen*", *Tamkang Review*, 21, 3, 1991.

Song Yongyi, "Erotic Archetypes in Jian'an Literature", *Chinese Culture*, 34, 2, 1993.

Soong Stephen, ed., *A Brotherhood in Song. Chinese Poetry and Poetics*, Hong Kong, 1985.

Soulliere, Ellen Felicia, *Palace Women in the Ming Dynasty: 1368—1644*, Ph. D. Princeton University, 1987.

Southwold, Martin, " Buddhism and Evil", in David Parkin ed., Oxford, 1985.

Soymié, Michel, "Les songes et leur interpretation en Chine", in *Sources Orientales*, 2, Paris, 1959.

Spence, Jonathan, *The Death of Woman Wang*, New York, 1978.

Standaert, N., *Yang Tingyun*, *Confucian and Christian in Late Ming China. His Life and Thought*, Leiden, 1988.

Starobinski, Jean, "Il concetto di nostalgia", in A. Prete, 1992 ["Le concept de nostalgie", *Diogène*, 1966, 2] .

Stendhal, *L'amore* (1826), Milano, 1990

Sternberg, R. J. , Barnes, M. L. , *La psicologia dell'amore* (1988), Milano, 1990.

Stewart, P. , *La masque et la parole: le langage de l'amour au XVIII siècle*, Paris: Corti, 1968.

Strassberg, Richard E. , *The Peach-Blossom Fan: Personal Cultivation in a Chinese Drama*, Ph. D. Dissertation, Princeton Univ. , 1975 .

Strassberg, Richard E. , *The World of K'ung Shang-ren: A Man of Letters in Early Ch'ing China*, New York, 1983.

Strassberg, Richard E. , "The Authentic Self in Seventeenth-Century Chinese Drama", *Tamkang Review*, 8, 2, 1977.

Struve, Lynn A. , "Chen Que Versus Huang Zongxi: Confucianism Faces Modern Times in the Seventeenth Century", in *Journal of Chinese Philosophy*, 18, 1991.

Struve, Lynn A. , " History and *The Peach Blossom Fan* ", in *Chinese Literature: Essays, Articles, Reviews*, 2, 1980.

Sugiyama Hiroyuki, "Ri Takugo no ronri", *Tōhōgaku*, 59.

Sun Phillip S. Y. , "The Seditious Art of the Water Margin—Misogynists or Desperadoes?", *Renditions*, Autumn, 1973.

Sung Marina Hsiu-wen, *The Narrative Art of " Tsai-sheng-yuan" —A Feminist Vision in Traditional Confucian Society*, Ph. D. University of Wisconsin, Madison, 1988.

Sung Z. D. , *The Text of Yi King and its Appendixes. Chinese Original with English Translation*, New York, 1969.

Suzuki Shuji, "Kei Kō, Gen Seki kara Tō Yōmei e - mujun

kanjō no bungaku teki shori ni okeru mitsu no kata", *Chūgoku bungaku hō*, 18, 1963.

Suzuki Teitaro, Paul Carus, *T'ai-Shang Kan-Ying P'ien*, La Salle, 1950.

Swatek, Catherine Crutchfield, *Feng Menglong's Romantic Dream: Strategies of Containment in His Revision of the Peony Pavilion*, Ph. D. Dissertation, Columbia University, New York, 1990.

Sweeten, Alan Richard, "Women and Law in Rural China: Vignettes from 'Sectarian Cases' (*Chiao-an*) in Kiangsi, 1872—1878", *Ch'ing-shih wen-t'i*, 1978, 3, 10.

T'ai Yü, *A Study of the Characters of Dream of the Red Chamber*, Shanghai, 1948.

Takahashi Bunji 高橋文治, "Koi no tōsui - Gendai sankyoku to Kaishinki" 戀の陶醉 —元代散曲と會真記, *Tōyō bunka gakka nempō, ōtemon gakuin daigaku bungakubu* 東京文化学科年報（追手門学院大学文学部), 7, 1992.

Takahashi Minoru 高橋稔, "Rikuchō shikai ni okeru ai to shi" 六朝志怪における愛と死, *Chūgoku bungaku kenkyū* 中国文学研究, 4, 1966.

Takemura Noriyuki 竹村則行, "Seisōki Kankonki to Kōrōmu wo meguru yume no hatten - genjitsu no naka no yume kara yume no naka no genjitsu e" 西廂記 還魂記 と紅楼夢をめぐる夢の發展 - 現實の中の夢から夢の中の現實へ, *Nippon Chūgoku gakkaihō* 日本中国学会報, 38, 1986.

Takizawa Seiichiro 瀧沢精一郎, "Hishu bungaku no ichi keifu" 悲秋文学の一系譜, in *Kokugakuin zasshi* 国学院雜誌, 68. 7, 1967.

T'ang Chün-i, "The Development of Ideas of Spiritual Value in

Chinese Philosophy", in Charles Moore [ed.], Honolulu, 1967.

T'ang Chün-i, "The T'ien Ming [Heavenly Ordinance] in Pre-Ch'in China", in *Philosophy East and West*, 11, 4, 1962; 12, 1, 1962.

T'ang Chün-i, "The Development of the Concept of Moral Mind from Wang Yang-ming to Wang Chi", in De Bary, ed. , New York, 1970.

T'ang Chün-i, "Liu Tsung-chou's Doctrine of Moral Mind and Practice and His Critique of Wang Yang-ming", in Th. De Bary ed. , New York, 1975.

Tang Yijie, "Questions Concerning the Categorical System of Traditional Chinese Philosophy" , in *Sociel Sciences in China*, 1982, 4.

Tanner, T. , *Adultery in the Novel*, Baltimore-London, Hopkins U. P. , 1979.

Taylor, C. M. , *The Descriptive Paradise. The Garden as Image of Self and Society in Medieval Romance*, Ph. D. dissertation, Harvard, 1982.

Tenenti, A. , *Il senso della morte e l'amore della vita nel Rinascimento*, Torino, 1957 [1977] .

Tennoy, Dorothy, *Love and Limerence*, New York, 1979.

Tertulliani, Q. Septimii, *De cultu feminarum libri duo*, Torino, 1930.

T'ien Ju-k'ang, *Male Anxiety and Female Chastity. A Comparative Study of Chinese Ethical Values in Ming-Ch'ing Times*, Leiden , 1988.

Tillman, Hoyt Cleveland, "Consciousness of T'ien in Chu Hsi's Thought", in *HJAS*, 1, 1987.

Ting Nai-tung, "The Holy Man and the Snake-Woman: A Study of a Lamia Story in Asian and European Literature", *Fabula*, 3, 1966.

Todorov, Tzvetan, *La letteratura fantastica* (*Introduction à la littérature fantastique*, Paris, 1970) Milano, 1991.

Tomkins, Silvan, *Affect*, *Imagery*, *Consciousness*, New York, vv. 2: *the Positive Affects*, 1962, *The Negative Affects*, 1963.

Tong Lik Kuen, "Nature and Feeling: The Meaning of Mentality in the Philosophy of Chu Hsi", in *Journal of Chinese Philosophy*, 9, 1982.

Tranchtenberg, P., *The Casanova Complex*, New York, Pocket Books, 1988.

Trahard, P., *Les maîtres de la sensibilité française au XVIII*[e] *siècle*, (1931—33), Genève, Slatkine, 1967.

Trigault, *De Christiana Expeditione apud Sinas ab societate Iesu suscepta. Ex P. Matthaei Ricij eiusdem societatis commentarijs libri V*, *Auctore Nicolao Trigautio belga*, Augusta, 1615 (*Regni cinensis descriptio varijs authoribus*, Lugd. Batav. Leiden ex offic. Elzeviriana, 1639).

Tseng W. S. and Wu D. Y. H., eds., *Chinese Culture and Mental Health*, New York, 1985.

Tsukamoto Yoshihisa 塚本嘉壽, "*Kōrōmu* no ni dai hiroin, Taigyoku to Hōsai. —sono shinriteki bunseki" 紅楼夢の二大ヒロイニ黛玉と寶釵—その心理的分析, *Nitchū bunka kenkyū* 日中文化研究, 3, 1992.

Tu Fang Lienche, "Ming Dreams", *Tsing Hua Journal of Chinese Studies*, X, 1973, n. 1.

Tu Wei-ming [Du Weiming], *Neo-Confucian Thought in Action.*

Wang Yang-ming's Youth (*1472—1509*), Berkeley, 1976.

Tu Wei-ming, *Confucian Thought. Selfhood as Creative Transformation*, New York 1985.

Twitchett Denis, "Problems of Chinese Biography", in Wright and Twitchett, eds., *Confucian Personalities*, Stanford, 1962.

Ueda Hitomi 上田ひとつゐ, "*kokin shosetsu* ni mieru yume ni tsuite no kōsatsu" 古今小説にみえゐ夢につての考察, *Kansai Daigaku Chūgoku bungakkai kiyō* 関西大学中国文学会紀要, 13, 1992.

Vadet, J. C., *L'Esprit courtois en Orient*, Paris, 1968.

Valensin, G., *La vie sexuelle en Chine communiste*, Paris, 1977.

Vallette-Hémery, Martine, *Yuan Hongdao* (*1568—1610*). *Théorie et pratique littéraires*, Paris, 1982.

Van Gulik, R. H., *Sexual Life in Ancient China*, Leiden, 1974.

Van Gulik, R. H., *Erotic Colour Print of the Ming Period*, *with an Essay on Chinese Sex Life from the Han to the Ch'ing Dynasty*, *B. C. 206—A. D. 1644*, Tokyo, 1951 (rist. Taibei, n. d.).

Van Sommers, Peter, *La gelosia*, Bari, 1991.

Van Tieghem, P., "La sensibilité et la passion dans le roman européen au XVIII siècle", *Revue de litterature comparée*, 3, 1926.

Vandermeersch, Léon, *La voie royale*, Paris, 1980.

Vax, Lous, *L'art et la littérature fantastique*, Paris, 1974.

Vecchio, S., ed., di, *Nostalgia. Scritti psicoanalitici*, Bergamo, 1989.

Vegetti, Mario, *L'etica degli antichi*, Bari, 1990.

Vieth, Ilza, tr., *The Yellow Emperor's Classic of Internal Medi-*

cine, Berkeley: University of California Press, 1966.

Vincent-Buffault, Anne, *Histoire des larmes, XVIII-XIX siècles*, Paris, Rivages, 1986.

Vinay, G., "Il 'De amore' di Andrea Cappellano nel quadro della letteratura amorosa e della Rinascita del secolo XII", *Studi Medievali*, 17, 1951.

Wakeman, *Frederic*, *The Great Enterprise: The Manchu Reconstruction of Imperial Order in Seventeenth-Century China*, Berkeley and Los Angeles, 1985.

Wakeman, Frederic, "Romantics, Stoics, and Martyrs in Seventeenth-Century China", *Journal of Asian Studies*, 43, 4, 1984.

Waley, Arthur, tr., *Chinese Poems*, London, 1946.

Waley, Arthur, *Yüan Mei: Eighteenth Century Chinese Poet*, London, 1956.

Wallace, John R., "Reading the Rhetoric of Seduction in Izumi Shikibu nikki", in *Harvard Journal of Asiatic Studies*, 58, 2, 1998.

Waltner, Ann, "The Loyalty of Adopted Sons in Ming and Early Qing China", *Modern China*, 10, 4, 1984.

Waltner, Ann, "Widows and Remarriage in Ming and Early Qing China", in Guisso, Johannesen, eds., 1981.

Waltner, Ann, "T'an-yang-tzu and Wang Shih-chen: Visionary and Bureaucrat in the Late Ming", *Late Imperial China*, 1987, 8, 1.

Walzer, R., "Aristotle, Galen, and Palladius on Love", in *Greek into Arabic*, Cambridge, Mass., 1962.

Wang Ay-ling, *The Artistry of Hong Sheng's 'Changshengdian'*, New Haven, Ph. D. Disseration, Yale University, 1992.

Wang C. H., "Towards Defining a Chinese Heroism", *Journal of the American Oriental Society*, 95, 1, 1975.

Wang John, *Chin Sheng-t'an*, New York, 1972.

Wang John, "The Cyclical View of Life and Meaning in the Traditional Chinese Novel", in *Etudes d'histoire et de littérature chinoises, offertes au Professeur Jaroslav Průšek*, Paris, 1976.

Wang John, "The Chih-yen-chai Commentary and the *Dream of the Red Chamber*: A Literary Study", in Rickett, ed., 1978.

Wang Richard, "The cult of *Qing*: Romanticism in the late Ming period and in the novel *Jiao Hong ji*", *Ming Studies*, 33, 1994.

Watson, Burton, *The Works of Han Fei Tzu*, Rist, Taibei, 1984.

Watson, Burton, *Chinese Lyricism*, New York, 1971.

Watson, Burton, *Ssu-ma Ch'ien Grand Historian of China*, New York and London, 1958.

Watson, Rubie and Ebrey, Patricia, eds., *Marriage and Inequality in Chinese Society*, Berkeley-Los Angeles-Oxford, 1991.

Watson, Rubie, "Afterword. Marriage and Gender Inequality", in Watson, Rubie, Ebrey, Patricia, eds., 1991.

Watt, Ian, *Miti dell'individualismo moderno. Faust, don Chisciotte, don Giovanni, Robinson Crusoe*, Roma, Donzelli, 1998.

Watt, James, "The Literati Environment", in Li, Watt, eds., New York, 1987.

Watts, Alan, *The Way of Zen*, Middlesex, 1962.

Weakland, John, "The Organization of Action in Chinese Culture", *Psychiatry*, 13, 1950.

Weber, Max, "Die Wirtschaftsethik der Weltreligionen: Konfuzianismus und Taoismus", in *Gesammelte Aufsätze zur Religionssoziologie*, Tübingen: Mohr, 1922 (*The Religion of China: Confucianism and Taoism*, ed. and tr. By Hans H. Gerth, Glencoe: Free Press,

1951; *Sociologia della religione*, Milano, 1982).

Weidner, Marsha, Ellen Johnston Laing, Irving Yucheng Lo, Christina Chu, James Robinson, *Views from the Jade Terrace: Chinese Women Artists 1330—1912*, Indianapolis- New York.

Welch, Holmes, Seidel, Anna, eds., *Facets of Taoism: Essays in Chinese Religion*, New Haven, 1979.

West, Stephen H. and Wilt L. Idema, "Sexuality and Innocence: The Charactization of Oriole in the Hongzhi Edition of the *Xixiang ji*", in Eva Hung, ed., 1994.

West Stephen H. and Wilt L. Idema, *The Moon and the Zither: Wang Shifu's Story of the Western Wing*, Berkeley, University of California Press, 1991.

Weston, Michael, "How can we be Moved by the Fate of Anna Karenina?", *Proceedings of the Aristotelian Society*, Suppl. vol. 49, 1975.

Widmer, Ellen, "The Epistolary World of Female Talent in Seventeenth-Century China", *Late Imperial China*, 10, 2, 1989.

Wieger, Léon, *Histoire des croyances religieuses et des opinions philosophiques en Chine depuis l'origine, jusqu'à nos jours*, Hien-hien, 1927.

Wieger, L., *Rudiments: Morale et usages*, Ho-kien-fou, 1905.

Wieger, L., *Rudiments: Narrations populaires*, Ho-kien-fou, 1903.

Wills, T. A., Weiss, R. A., Patterson, G. R., "A Behavioral Analysis of the Determinants of Marital Satisfaction", *Journal of Cross-Cultural Psychiatry*, 1974, 42.

Wilson, A. A., Greenblatt, S. L., Wilson, R. W., eds., *Deviance and Social Control in Chinese Society*, New York, 1977.

Wilson, A. A., Greenblatt, S. L., Wilson, R. W., eds., *Moral Behavior in Chinese Society*, New York, 1981.

Wilson, Richard W., "Shame and Behaviour in Chinese Society", *Asian Profile*, 1, 3, 1973.

Wilson, Richard W., *Learning to Be Chinese*, Cambridge, Mass, 1970 .

Wivell, Charles Joseph, *Adaption and Coherence in Late Ming Short Vernacular Fiction: A Study of the 〈Second West Lake Collection〉*, Ph. D. Dissertation, Un. of Washington, 1969.

Wolf, Margery, Witke, Roxane, *Women in Chinese Society*, Stanford, 1975.

Wong Kam-ming, "Point of View, Norms and Structure: Hunglou Meng and Lyrical Fiction", in Plaks, ed., Princeton, 1977 [a] .

Wong Shirleen, *Kung Tzu-chen*, Boston, 1975.

Wong Siu-kit, *〈Ch'ing〉 in Chinese Literary Criticism*, Ph. D. Dissertation, Oxford University, University College, Oxford, 1969.

Wong Siu-kit, *Early Chinese Literary Criticism*, Hong Kong: Joint Publishing Co., 1983.

Wong Siu-kit, "*Ch'ing* and *Ching* in the Critical Writings of Wang Fu-chih", in Rickett, ed., 1978.

Wong Siu-kit and Lee Kar-shui, "Poems of Depravity: A Twelfth Century Dispute on the Moral Character of the *Book of Songs*", *T'oung Pao*, 75, 1989.

Wong Siu-kit, tr., "Poetry as a Vehicle of Grief", *Renditions*, 21—22, 1984.

Wong T., "Aggression, Personality and Political Culture", *Bulletin of the Hong Kong Psychological Society*, 9, 1982.

Wong Timothy C. , "Morality as Entertainment: Altruistic Friendship in the *Ku-chin hsiao-shuo*", *Tamkang Review*, 13, 1, 1982.

Wong Yuk, "The Philosophy and Religion of Sung Mou-ch'eng, a Late Ming Poet-Essayist", *Chinese Culture*, 34, 3, 1993.

Workman, Michael, "The Badchamber *Topos* in the *Tz'u* Songs", in Nienhauser, ed. , 1976.

Wright, Arthur, ed. , *The Confucian Persuasion*, Stanford, 1960.

Wright, Arthur, *Confucianism and Chinese Civilization*, New York, 1964.

Wright, Arthur and Denis Twitchett, eds. , *Confucian Personalities*, Stanford, 1962.

Wright, Arthur, ed. , *Studies in Chinese Thought*, Chicago and London , 1967.

Wright, Arthur, "Sui Yang-ti: Personality and Stereotype", in A. Wright, ed. , Stanford, 1960.

Wright, Arthur, "The Chinese Language and Foreign Ideas", in A. Wright, ed. , Chicago and London, 1967 .

Wright, Arthur, "Values, Roles, and Personalities", in A. Wright and D. Twitchett, eds. , Stanford, 1962.

Wu D. Y. H. , "Psychotherapy and Emotion in Traditional Chinese Meducine", in Marsella and White, eds. , 1982.

Wu Pei-yi, *The Confucian's Progress. Autobiographical Writings in Traditional China*, Princeton, 1990.

Wu Yenna, *Marriage Destinies to Awaken the World: A Literary Study of Xingshi yinyuan zhuan*, Ph. D. dissertation, Harvard, 1986.

Wu Yenna, "The Inversion of Marital Hierarchy: Shrewish Wives and Henpecked Husbands in Seventeenth-Century Chinese Literature", *Harvard Journal of Asiatic Studies*, 48, 2, 1988.

Wu Yenna, "Repetition in *Xingshi yinyuan zhuan*", *Harvard Journal of Asiatic Studies*, 51, 1, 1991.

Wunenburger, J. J., *La fête, le jeu et le sacré*, Paris: Editions Universitaires, 1977.

Yagi Akiyoshi 八木章好, "*Ryōsai shii* no 'chi' ni tsuite" 聊斎誌異, *Geibun kenkyū* 艺文研究, 48, 1986.

Yajima Mitsuko 矢岛美都子, "Sei Shi imeiji no hensen - bijo kara initsu sekai no iro dori made" 西施のイメージの變遷—美人ガ的隱逸世界の色でりまで, *Ochanomizu joshi daigaku Chūgoku bungakkaihō* 御茶水女子大学中国文学会報, 7, 1988.

Yamane Mitsuyoshi, "Shushi no ten ni tsuite", in *Tōhō shūkyō*, 26, 1965.

Yamanoi Yū, "Min Shin jidai ni okeru 'ki' no tetsugaku" 明清時代にずける"氣"の哲学, *Tetsugaku zasshi* 哲学雑誌, 1951, 46, 711.

Yamazaki Jun'ichi 山崎纯一, "*Shi you bai xing jun de quan hu*- Tōdai denki sansuishōtoku ni mieru futeihyō" 士有百行君得全乎—唐代伝奇〈三水小牘〉に見える不貞評, *Chūgoku koten kenkyū* 中国古典研究, 24, 1979.

Yampolsky Philip, *The Platform Sutra of the Sixth Patriarch*, New York, 1967.

Yan Yunxiang, "The Culture of Guanxi in a North China Village", *China Journal*, 1996, 35.

Yan Yunxiang, "The Triumph of Conjugality: Structural Transformation of Family Relations in Chinese Villages", in *Ethnology*,

1997, 36, 3.

Yang C. K., *Religion in Chinese Society*, Berkeley, 1961.

Yang C. K., "Some Characteristics of Chinese Bureaucratic Behavior", in Nivison, Wright, eds., Stanford, 1959.

Yang Kuo-shu [Yang Guoshu], "Chinese Personality and Its Change", in M. H. Bond, Hong Kong, 1986.

Yang Kuo-shu and Bond M. H., "Dimensions of Chinese Person Perception: An Emic Approach", in Chien, ed., 1985.

Yang Kuo-shu and Bond M. H., "Exploring Implicit Personality Theories with Indigenous or Imported Constructs: The Chinese Case", *Journal of Personality and Social Psychology*, 58, 1990.

Yang Liansheng, "Daojiao zhinzibo yu fojiao zhi zipu", *Tsukamoto Hakushi shōju kinen bukkyōshi gakuronshū*, Kyoto, 1961.

Yang Lien-sheng [Yang Liansheng], "The Concept of *Pao* as a Basis for Social Relations in China", in Fairbank, Chicago, 1957.

Yang Martin C., *A Chinese Village. Taitou, Shantung Province*, New York and London, 1945.

Yang Michael, "Naming in *Honglou meng*", *Chinese Literature: Essays, Articles, Reviews*, 18, 1996.

Yang Winston and Curtis Adkins, eds., *Critical Essays on Chinese Fiction*, Hong Kong, 1980.

Yang Winston, Peter Li, Nathan K. Mao, *Classical Chinese Fiction: A Guide to Its Study and Appreciation. Essays and Bibliographies*, Boston, 1978.

Yao Christina Shu-hwa, *Cai-zi jia-ren: Love Drama During the Yuan, Ming and Qing Periods*, Ph. D. Dissertation, Stanford University, 1982.

Yao Christina Shu-hwa, "The Design within the Symbolic Structure in Hsi-Hsiang-Chi", in *Études d'histoire et de littérature chinoises offertes au Professeur Jaroslav Prusek*, Paris, 1976.

Yap P. M., "Phenomenology of Affective Disorder in Chinese and Other Cultures", in De Reuck e Porter, eds., London, 1965.

Yap P. M., "Guilt and Shame, Depression and Culture: a Psychiatric Cliché Re-examined", *Community Contemporary Psychiatry*, I, 1971.

Yee Angelina, "Counterpoise in *Honglou meng*", *Harvard Journal of Asiatic Studies*, 50, 2, 1990.

Yee Angelina C., "Self, Sexuality, and Writing in *Honglou meng*", *in Harvard Journal of Asiatic Studies*, 55, 2, 1995.

Yee Edmond, *Love versus Neo-Confucian Orthodoxy: An Evolutionary and Critical Study of Yü-tsan chi by the Ming Dramatist Kao Lien*, Ph. D. Dissert., University of California, Berkeley, 1977, Ann Arbor, 1986.

Yik M. S. M. and Bond M. H., "Exploring the Dimensions of Chinese Perception with Indigenous and Imported Constructs: Creating a Culturally Balanced Scale", *International Journal of Psychology*, 1992.

Yip Siu-han Terry, "Desire and Repression: *Werther* and Modern Chinese Writers", in M. Gálik, ed., 1994.

Yoshikawa Kojirō, "Gen Min shi gaisetsu", in *Chūgoku shijin senshū*, Tokyo, 1963.

Yoshizawa Tadashi, "Nanga to bunjinga", in *Kokusui*, 82, 9, 1942; 82, 11; 82, 12; 83, 1, 1943.

Young John D., *Confucianism and Christianity. The First Encounter*, Hong Kong, 1983.

Yu Anthony, tr., *The Journey to the West*, Chicago and London,

1977.

Yu Anthony C. , "*Rest, Rest, Perturbed Spirit*! Ghosts in Traditional Chinese Prose Fiction", *HJAS*, 47, 2, 1987.

Yu Pauline, "Metaphor and Chinese Poetry", *Chinese Literature: Essays, Articles, Reviews*, 3, 1981.

Yu Pauline, ed. , *Voices of the Song Lyric in China*, Berkeley: University of California Press, 1994.

Yü [Chün-fang] Kristin Gleenblatt, *Yun-ch'i Chu-hung: The Career of a Ming Buddhist Monk*, Ph. D. dissertation, Columbia University, New York, 1973.

Yü Chün-fang, *The Renewal of Buddhism in China: Chu-hung and the Late Ming Synthesis*, New York, 1981.

Yü Kristin Gleenblatt, "Chu-hung and Lay Buddhism in the late Ming", in De Bary, ed. , *The Unfolding of Neo-Confucianism*, New York, 1975.

Yuan Tsing, "Urban Riots and Disturbances", in Spence and Wills, eds. , New Haven and London, 1979.

Zeitlin, Judith, *Historian of the Strange. Pu Songling and the Chinese Classical Tale*, Stanford: Stanford U. P. , 1993.

Zeitlin, Judith, "The Petrified Heart: Obsession in Chinese Literature, Art, and Medicine", *Late Imperial China*, 12, 1, 1991.

Zeitlin, Judith, "Shared Dreams: The Story of the Three Wives' Commentary on *The Peony Pavilion*", *Harvard Journal of Asiatic Studies*, 54, 1, 1994.

Zeller, Eduard and Mondolfo, Rodolfo, *La filosofia dei Greci nel suo sviluppo storico*, Firenza, 1966.

Zhang Jing [Cho Kyo], *Koi no Chūgoku bunmei shi* 戀の中国文明史, Tokyo, 1993.

Zhao Yuan, "Love and Marriage in May Fouth Fiction", *Social Sciences in China*, 1984, 2。

Zolla, Elémire, *L'amante invisibile. L'erotica sciamanica nelle religioni, nella letteratura e nella legittimazione politica*, Venezia: Marsilio, 1986.

Zorrilla y Moral José, *Don Juan Tenorio* (1844), Milano, 1957